10|18
12, avenue d'Italie — Paris XIIIe

Sur l'auteur

Lauren Haney a été rédactrice technique au sein d'une entreprise californienne d'aéronautique durant quelques années avant de se consacrer à l'écriture. Férue de romans policiers et passionnée par l'Égypte antique, elle publie, en 1997, *La Main droite d'Amon*, la première enquête du lieutenant Bak. *A Place of Darkness*, sixième roman de cette série, a paru aux États-Unis en 2001. Lauren Haney vit aujourd'hui à Santa Fe.

LE VISAGE DE MAÂT

PAR

LAUREN HANEY

Traduit de l'américain
par Corine DERBLUM

10|18

INÉDIT

« Grands Détectives »
dirigé par Jean-Claude Zylberstein

Du même auteur
aux Éditions 10/18

LA MAIN DROITE D'AMON, n° 3386
▶LE VISAGE DE MAÂT, n° 3387
LE VENTRE D'APOPIS, n° 3450

Titre original :
A Face Turned Backward

ISBN 2-264-03062-3

A la mémoire de George Winkelman

Remerciements

Je remercie les membres de mon club d'écriture de San Francisco pour leurs remarques pertinentes concernant ce roman durant sa phase de gestation : Karen Southwick, Jane Goldsmith, Cara Black et Tavo Serina. Nos réunions du samedi matin me manquent, aussi bien pour ces critiques judicieuses que pour les « discussions littéraires ».

Chaque fois que ma bibliothèque personnelle révèle des lacunes, je peux compter sur Dennis Forbes, directeur de rédaction de *KMT : A Modern Journal of Ancient Egypt*, pour me fournir d'inestimables informations sur l'Antiquité égyptienne. Ce fut fréquemment le cas pendant que je travaillais à ce roman.

Et, par-dessus tout, je tiens à remercier tous les hommes et les femmes qui ont défriché ce vaste sujet qu'est l'Égypte dynastique. C'est eux, grâce à leurs recherches et leurs publications, qui m'ont permis de donner vie à cette glorieuse et fascinante civilisation.

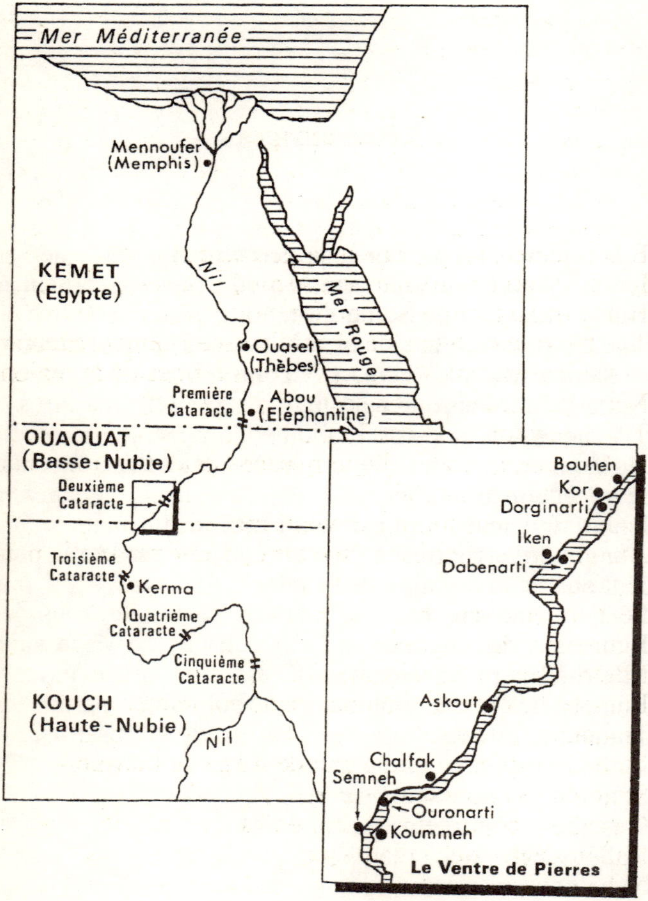

Mer Méditerranée
Mennoufer
(Memphis)
KEMET
(Egypte)
Nil
Mer Rouge
Ouaset
(Thèbes)
Première
Cataracte
Abou
(Eléphantine)
OUAOUAT
(Basse-Nubie)
Deuxième
Cataracte
Troisième
Cataracte
Kerma
Quatrième
Cataracte
Cinquième
Cataracte
KOUCH
(Haute-Nubie)
Nil
Bouhen
Kor
Dorginarti
Iken
Dabenarti
Askout
Chalfak
Semneh
Ouronarti
Koummeh
Le Ventre de Pierres

Personnages

Bak : lieutenant, chef de la police medjai.
Imsiba : sergent medjai, son second.
Hori : jeune scribe de la police.
Thouti : commandant de la garnison de Bouhen, exerçant son autorité sur les villages et les fermes de la région.
Neboua : capitaine, son second.
Tiya : épouse de Thouti.
Noferi : propriétaire d'une maison de plaisir à Bouhen, informatrice de Bak.
Psouro et Pachenouro : sergents medjai.
Amonmosé et Heribsen : membres d'une patrouille militaire.
Penhet : cultivateur.
Rennefer : son épouse.
Netermosé : un fermier voisin.
Ramosé : capitaine d'un navire de commerce.
Tjanouni : rameur.
Mahou : capitaine d'une grande barge de transport.
Sitamon : sa ravissante sœur.
Ouserhet : contrôleur des entrepôts.
Hapouseneb : riche marchand.
Nebamon : marchand.
Kaï : officier d'infanterie.
Roï : capitaine d'un navire de commerce.
Pahouro : chef de village.
Intef : chasseur.

Nehi : son épouse.
Meri : jeune garçon.
Ouensou : homme du désert.
Amenemopet : prêtre-ouêb du Sud profond.

Ceux qui marchent dans les couloirs du pouvoir à Kemet

Maakarê Hatchepsout : souveraine de Kemet.
Menkheperrê Touthmosis : neveu de la reine, avec qui il partage officiellement le trône.
Le vizir des terres du Sud.
Le vice-roi de Ouaouat et de Kouch.

Dieux et déesses

Amon : le plus grand des dieux pendant la majeure partie de l'histoire égyptienne, et surtout au début de la XVIIIe dynastie, époque où se situe ce roman. Il revêt une apparence humaine.
Horus de Bouhen : version locale du dieu-faucon Horus.
Maât : déesse de l'ordre, de la justice et de la vérité, symbolisée par une plume.
Hapy : dieu du Nil.
Hathor : déesse dotée de nombreux attributs, telles la maternité, la joie, la danse et la musique, mais aussi la guerre. Elle est souvent dépeinte sous l'aspect d'une vache.
Osiris : très ancien dieu de la fertilité et roi du monde souterrain, il est figuré tel un homme enveloppé d'un suaire.
Rê : le dieu-soleil.
Kheprê : le soleil levant.
Khnoum : gardien des sources du Nil et créateur de la vie, il est représenté tel un potier façonnant l'être humain sur son tour.
Bès : dieu du foyer.
Thouéris : déesse de la maternité.

1

— Lieutenant Bak !

Malgré l'atmosphère lourde et chaude, le scribe Hori traversa en courant le passage couvert qui surmontait la haute porte à double-tourelle. Il ne prêta pas attention à la sentinelle postée sur cette partie des remparts. Son attention se concentrait sur son supérieur, un militaire de haute taille aux épaules larges et aux cheveux noirs coupés court.

— Chef ! Un homme a été blessé ! Poignardé !

Le lieutenant Bak, chef de la police medjai à la forteresse de Bouhen, se détourna vivement du créneau d'où il regardait les soldats, les marins, les marchands et les pêcheurs s'affairer tout en bas, sur les trois quais de grès qui s'avançaient dans le fleuve.

— Ne me dis pas que l'archer Maii est retourné au village de Dedou !

L'adolescent aux joues rondes épongea les filets de sueur sur son front.

— Non, chef. Sa nuit au poste de garde l'a dégrisé et a refroidi ses ardeurs. Il a eu de longues heures pour ressasser la menace de Dedou, et vu qu'il ne tient pas à être émasculé, il jure bien qu'il évitera la petite-fille du vieux comme si elle était de sang royal.

Il reprit son souffle, puis expliqua d'une traite :

— C'est Penhet, le cultivateur. Son épouse l'a trouvé

en sang dans un champ, avec une dague auprès de lui, dans la poussière.

— Penhet...

Le sourire qu'avait fait naître la promesse véhémente de Maii s'effaça des lèvres de Bak, qui chercha dans sa mémoire, les sourcils froncés. Puis il tourna son regard vers la rive opposée, où s'étirait un long ruban de verdure. A l'instar de Bouhen, l'oasis représentait un bastion de vie au milieu du désert d'or stérile où seuls subsistaient les plus résistants.

— Oui, je vois de qui il s'agit. Il possède d'assez belles terres au nord de l'oasis. Sa femme travaille toujours aux champs, à ses côtés.

— Elle a surpris celui qui l'a poignardé, indiqua Hori, dont l'animation juvénile rendait les yeux brillants. C'est un voisin, Netermosé. Quand elle est arrivée, il était agenouillé près de son mari et tout couvert de sang.

— Netermosé ? s'étonna Bak, de profonds plis barrant son front. J'ai fait sa connaissance au marché. Il y vient souvent avec ses nouvelles récoltes, pour troquer ses dattes, ses melons et ses légumes. Il me semblait d'un naturel très doux. Pas du genre à agresser un voisin.

Hori haussa les épaules, sa bonne humeur envolée.

— Je me borne à répéter les informations du serviteur que dame Rennefer a envoyé pour t'appeler.

— Elle souhaite que je vienne ? C'est étonnant. La population locale préfère toujours que son propre chef ajuste les plateaux de la balance.

— Je l'ai fait remarquer au serviteur, mais il n'a pu me fournir aucune raison.

— Tant pis. Je le saurai bien assez vite.

Bak prit le jeune garçon par l'épaule et ils se dirigèrent ensemble vers la tour.

— Que dit Penhet ? reprit le policier. Il sait sans doute qui lui a porté ce coup.

— Non, il n'a rien vu. On l'a attaqué par-derrière.

Bak leva la tête vers le ciel où Rê, pareil à un globe d'or voilé par la poussière, lançait des vrilles de lumière à travers la brume jaune en une ultime et vaine tentative pour repousser l'orage qui couvait. Le policier écarta de ses pensées les questions qui y affluaient.

— Trouve Imsiba. Qu'il interroge le serviteur, puis qu'il me rejoigne sur le quai.

— Chef, il ne fera pas bon être sur le fleuve quand le vent se lèvera, s'inquiéta Hori.

Mais bien que le crime parût avoir une solution évidente, Bak était tenu de répondre à cet appel. En temps normal, il était le dernier informé des délits commis dans les oasis voisines, à moins qu'un soldat de la garnison n'y soit impliqué. Même alors, son aide était acceptée de mauvaise grâce, car il était regardé comme un étranger s'immisçant dans les affaires de la région.

— Chaque heure qui passe rend la quête de la vérité plus difficile, dit-il au jeune scribe. Or, je dois être sûr de mon fait. Si je crois Netermosé coupable, je n'aurai pas d'autre choix que de le déférer devant le commandant, sous l'accusation de tentative de meurtre. Imagine la réaction des villageois, en cas d'erreur...

Muni de son bâton de commandement, une dague fixée à sa ceinture dans un fourreau, Bak franchit rapidement le portail à tourelles. Il dépassa des portefaix qui déchargeaient une barge de transport massive pour transférer la cargaison dans un entrepôt, à l'intérieur de la forteresse. Telle une procession de fourmis ils avançaient, le dos ployé sous de lourds sacs de céréales. Leurs voix discordantes s'élevaient et retombaient au rythme d'un chant ancestral d'ouvriers. Une odeur de sueur et de grain fleurant encore la terre chatouilla les narines de Bak, qui éternua.

Il tourna à droite pour parcourir l'esplanade de pierre qui bordait le fleuve et, hâtivement, longea l'enceinte en brique crue enduite de plâtre blanc, fortifiée à intervalles réguliers par des tours en saillie. Le souffle implacable de Rê annonçait l'orage imminent. La lumière exacerbée par la blancheur crue des murailles aveuglait, et les ondes de chaleur montant du plâtre et de la pierre avaient dispersé les enfants qui s'amusaient d'habitude au bord de l'eau. Près du quai nord, Bak aperçut Imsiba, son sergent medjai, l'attendant à côté de leur barque. Il sauta par-dessus le parapet et retomba sur une terrasse inférieure, puis au-dessus d'un second muret pour atterrir sur le revêtement de pierre qui protégeait la berge contre l'érosion.

— Tu as interrogé le serviteur de Penhet ? demanda le lieutenant Bak en jetant son bâton dans le fond plat de l'embarcation.

L'emblème de commandement tomba avec un choc mat sur le bouclier noir en peau de vache d'Imsiba, roula et s'immobilisa entre le mât baissé et la longue lance à pointe de bronze de l'officier medjai.

— Oui. A moins que les blessures ne s'infectent, il pense que son maître guérira. Hormis cela, il ne m'a rien appris. C'est un être pusillanime qu'effraierait son propre reflet dans un bassin, remarqua Imsiba avec mépris. Il a donc feint l'ignorance.

Le sergent dépassait Bak d'une demi-paume [1] et comptait quelques années de plus. Il avait un menton volontaire et des muscles impressionnants, qui saillaient sous sa peau brune à chacun de ses gestes, empreints d'une grâce toute léonine.

Bak s'arc-bouta contre la proue et ils unirent leurs forces pour pousser l'embarcation.

— L'as-tu menacé de la trique ?

— Même cela n'a pu lui délier la langue.

Bak n'en fut ni surpris ni déçu. Il voyait dans le recours à la force un moyen douteux de découvrir la vérité. Trop souvent celui qui subissait les coups ne faisait qu'exprimer ce que voulait entendre celui qui tenait le bâton.

La barque glissa dans le fleuve presque sans une éclaboussure, et ils se hissèrent à bord. Bak s'installa à l'arrière, au gouvernail, tandis qu'Imsiba empoignait les

1. Paume : mesure représentant la largeur de quatre doigts, soit environ 7 cm. (*N.d.T.*)

avirons afin de contourner les barges amarrées sur le quai. Un marin qui pêchait, de la haute proue d'un navire de plaisance aux couleurs resplendissantes, lança un cri d'avertissement en les voyant s'aventurer trop près de ses lignes.

— Que sais-tu au juste de Penhet, Imsiba ?

— Je ne l'ai jamais rencontré, mais certains bruits circulent à son sujet. J'en ai entendu parler dans une maison de bière où je m'arrête parfois pour me désaltérer, tout près de ses terres.

Passé le quai, le courant s'empara de la barque et l'entraîna. Bak ajusta le gouvernail selon un cap qui les mènerait droit à l'oasis. Le fleuve était haut et les berges renaissaient à la vie. L'onde lisse tendait au ciel torride son miroir où se reflétait un soleil étincelant. De temps en temps, un poisson la brisait d'un bond dans les airs pour retomber en un grand jet d'éclaboussures. Une bande de canards sauvages à la recherche d'un havre fendait l'eau en cancanant. Près de la rive opposée, six nacelles de pêcheurs descendaient le courant pour rentrer au bercail avant l'orage.

De sa rame, Imsiba repoussa une branche d'acacia qui dérivait près d'eux.

— Tous ceux qui vivent à moins d'un jour de marche vantent le dévouement de son épouse, et presque personne n'ignore les ennuis qu'il a causés à ses voisins.

— Quels ennuis ?

Une simple querelle de voisinage pouvait-elle être la cause de cet appel ? se demanda Bak. Peut-être Rennefer pensait-elle que seul un homme n'étant pas partie prenante dans les disputes locales saurait rendre la justice.

Un souffle d'air effleura sa joue, une brise ténue et cependant si chaude qu'elle en sécha la transpiration. Il pria pour que l'orage n'éclate pas avant qu'ils aient examiné le champ où l'agression avait eu lieu. Une douzaine de vautours tournoyaient dans le ciel, au nord de l'oasis. La victime avait-elle succombé à ses blessures ?

Imsiba, revigoré par la brise naissante, actionna les

avirons avec ardeur. La sueur perlait sur son torse, sur ses muscles bandés. Ses coups de rame puissants, secondés par le courant, propulsaient la barque sur les flots.

— Bien que Penhet ait été fautif, on ne lui en a pas tenu grief.

— Tu te contredis et tu me plonges dans la perplexité.

— C'est un homme aimable, gai et généreux, mais peu disposé à un effort soutenu, expliqua le Medjai, qui avait sans doute remarqué les charognards, lui aussi, car il redoubla de vigueur sur ses avirons. On dit que s'il prospère, c'est uniquement parce que le précédent propriétaire aimait et comprenait sa terre, et parce que son épouse se dépense sans compter, en tenant d'une main ferme leurs serviteurs.

— Tu parlais d'ennuis avec les voisins, rappela Bak, les yeux rivés sur une tache sombre à leur gauche — un banc de vase affleurant à peine à la surface de l'eau, traquenard pour le navigateur imprudent.

— L'an dernier, vers la fin de la saison des cultures, quand les jours étaient chauds et la terre brûlée, il ordonna à ses serviteurs d'endiguer le principal conduit d'irrigation passant près de chez lui et d'ouvrir les douves d'accès à ses propres champs. Les récoltes situées plus loin séchèrent sur pied pendant que ses terres se gorgeaient d'eau. Dès le lendemain, la digue fut découverte et démolie, mais le mal était fait. Plusieurs champs voisins étaient ravagés par la sécheresse, d'autres ne donnèrent qu'une demi-moisson.

Bak siffla tout bas.

— Pas étonnant qu'on l'ait agressé !

— Quand il mesura l'ampleur des dégâts causés par sa faute, il se sentit accablé de honte, poursuivit Imsiba, d'une voix aussi sèche que l'air empli de poussière. Il proposa de compenser les pertes, mais ses propres récoltes étaient loin de les couvrir en totalité. Le sachant plus irréfléchi que méchant, ses voisins lui pardonnèrent, acceptèrent le peu qu'il était à même de leur rembourser, et passèrent à d'autres affaires. Certains se demandent si

Rennefer n'avait pas soufflé à son mari cette idée de détourner l'eau, indiqua le Medjai avec un léger sourire. Mais la plupart des gens sont convaincus qu'elle est trop honnête pour commettre un acte aussi odieux.

Bak parvint à la conclusion qui s'imposait :

— J'imagine que Netermosé était de ceux dont les terres ont souffert.

— Il faisait partie des rares à vouloir que Penhet soit puni, mais les autres s'étant si vite satisfaits de ce piètre dédommagement, de quel recours disposait-il ?

« Duquel, en vérité ? » se demanda Bak. L'incident remontait à six mois. Les récoltes étaient depuis longtemps engrangées et de nouvelles semailles avaient eu lieu. C'était de l'histoire ancienne, trop pour éveiller de la rancœur. A moins que Penhet n'ait recommencé ce mauvais tour...

— Ainsi, tu as donné à ton époux de la racine de mandragore.

Bak s'assit sur un trépied bas installé dans la cour intérieure, contenant son irritation. Il ne voulait pas ajouter au malheur de Rennefer par des reproches, toutefois ce n'était pas l'envie qui lui en manquait.

— Je tenais à ce qu'il se repose. Qu'il soit soulagé de ses souffrances.

Les yeux dans les yeux, elle défiait Bak de contester son droit à protéger ce qui lui appartenait. Elle s'assit sur le sol en terre battue, ramena ses jambes sous elle et posa la main sur l'homme endormi. Il était encore dans la litière improvisée sur laquelle on l'avait transporté jusqu'à la maison. Grande, sèche et nerveuse, Rennefer avait un visage banal qui n'aurait peut-être pas manqué d'attrait s'il avait été moins négligé, et des mains rudes aux jointures enflées. Son époux corpulent était retourné sur le ventre, le visage vers la droite, tout enveloppé de bandages du cou jusqu'à la taille. Sur son flanc suintait du sang d'un rouge profond, qui séchait en formant une croûte brunâtre.

La cour rectangulaire, blanchie à la chaux, était abritée à une extrémité par des feuilles de palmier disposées sur une fragile charpente de bois. Un métier à tisser et une meule étaient installés dans ce coin ombragé, ainsi que trois gargoulettes à fond arrondi, appuyées contre le mur. Une longue gerbe de joncs et une natte à demi tissée avaient été repoussées près des jarres afin de ménager de la place au blessé. Sept gros pots en terre cuite contenant des aromates et des légumes étaient dispersés dans la partie exposée au soleil. Un chat roux somnolait sur la terre fraîche et humide où poussait du romarin, sans s'aviser du trottinement menu trahissant le passage d'une souris.

— Tu aurais dû lui administrer une dose plus légère, dit Bak. Cela m'aurait laissé une chance de lui parler.

— A quoi bon, puisque tu sais qui a tenté de le tuer ? C'est ce misérable Netermosé ! répliqua-t-elle d'une voix plus sonore et plus stridente à chaque mot.

Il s'exhorta à la patience.

— Dame Rennefer, tu prétends faire appel à moi afin que j'étudie cette affaire avec un regard clair et sans parti pris. Si tel est réellement ton désir, ne place pas d'obstacle sur mon chemin.

Il attendit qu'elle acquiesce, ce qu'elle fit à contrecœur.

— Maintenant, dis-moi où est la dague que tu as trouvée.

Les yeux de Rennefer indiquèrent la porte, et la direction du champ que Bak devait encore examiner.

— Là-bas. Sa vue m'était tellement insupportable que je l'ai jetée. Elle est quelque part dans les herbes folles, près de l'endroit où mon mari est tombé.

Refrénant son envie de secouer cette femme, il l'observa. Elle allait sur ses quarante ans, comme son époux. Mais alors que le rire avait creusé des rides au coin des yeux de Penhet, son front à elle était marqué par toute une vie d'anxiété. Tandis que le corps rebondi du blessé montrait son goût pour les bonnes choses de la vie, la plate silhouette de Rennefer parlait de dur labeur et de sacrifice. Elle gardait le dos raide, les lèvres dures et pincées. L'inquiétude cernait ses yeux de noir. Bak ressentait de la pitié pour elle, mais aucune sympathie. Il se promit de rester sur ses gardes : cette répulsion ne devait pas influer sur son enquête.

— As-tu vu de tes yeux Netermosé enfoncer la dague dans le dos de Penhet ?

— Je l'ai vu agenouillé au-dessus de mon mari, en train de contempler son œuvre.

Elle déglutit péniblement, comme si elle avait un flot de salive à endiguer.

— Quand il m'a entendue derrière lui, il s'est relevé pour s'enfuir. Il y avait du sang sur lui... Tout ce sang ! Alors j'ai crié, mes serviteurs sont accourus de la maison et des champs. Ils l'ont attrapé, lui ont lié les mains et l'ont jeté dans la hutte où il se trouve encore.

Une petite femme courtaude arriva en se dandinant par une porte de derrière. Surprise de voir sa maîtresse en compagnie de Bak, elle poussa un cri effarouché avant de détaler. Elle aurait dû être avec Imsiba dans le quartier des domestiques, pensa-t-il, au lieu d'aller et venir dans la maison.

— Pourquoi Netermosé voudrait-il tuer Penhet ?

Rennefer rejeta la tête en arrière d'un air de bravade.

— Comment saurais-je ce qui a ulcéré son cœur au point de le pousser à cette folie ? Je ne le lui ai pas demandé. Je ne pouvais me résoudre à le regarder.

Ainsi, c'était là une femme qui préférait répliquer par l'offensive.

— Ne trouves-tu pas qu'un homme privé de l'eau qui lui revient de droit a des raisons évidentes d'être en colère ?

— Mon époux a commis une sottise, concéda-t-elle en battant des paupières. Il... Ce n'est pas un très bon cultivateur. Il agit parfois sans réfléchir, mais jamais par méchanceté.

— En quoi d'autre a-t-il nui à Netermosé ?

— Cherches-tu donc à noircir son nom ? riposta-t-elle.

Conscient du filet de sueur qui coulait le long de son dos, Bak se leva.

— Faudra-t-il que je l'apprenne par tes voisins ?

Elle pinça les lèvres, les yeux pleins de ressentiment. Elle savait aussi bien que lui qu'on ne pouvait garder un secret le long du fleuve. N'importe qui répondrait au policier, dont les questions mêmes viendraient enrichir le récit la prochaine fois qu'il serait répété.

— Un jour, Netermosé a accusé mon époux d'avoir déplacé les bornes qui délimitent nos terres respectives. Un autre, il s'est plaint de ce que nos vaches avaient traversé une douve et piétiné son champ d'oignons nouveaux.

— Ces accusations étaient-elles fondées ?

Elle posa sur lui un regard hésitant puis détourna la tête, mais resta aussi droite qu'un tronc de palmier-doum.

— Malheureusement, nos bêtes ont causé quelques dégâts, admit-elle. Quant aux bornes, nous verrons bien la prochaine fois qu'on viendra arpenter nos champs.

Bak la scruta longuement, sans aménité.

— Tu sembles être une femme avisée et tout le monde sait que tu travailles chaque jour aux côtés de ton époux. Il n'a pu mal agir à ton insu.

— Il possède d'admirables qualités, lieutenant. Il est bon, généreux, prévenant. Son cœur est empli de rire.

Elle caressa la joue de son mari du revers de la main et un sourire éclaira son visage d'une tendresse fugitive.

— Je l'accepte pour ce qu'il est et je ferme les yeux sur ses défauts. C'est ce qui permet à une union de durer, et la nôtre est solide.

Sa voix se brisa sur ces dernières paroles et un gémissement sourd, étonnant, monta du plus profond de sa poitrine. Elle baissa la tête, une larme s'enfla en un déluge, et les sanglots la secouèrent tout entière.

Dehors, Bak trouva Imsiba occupé à examiner l'abri des animaux et un enclos délimité par un muret en brique crue. Une vache beige au ventre distendu, qui devait bientôt mettre bas, les partageait avec une truie et ses cochonnets endormis. Au soleil, quatre ânes mâchaient de la paille en chassant les mouches de leur queue. L'un se mit à braire sans raison apparente ; un autre lui répondit d'une propriété éloignée. Des oies et des canards s'ébattaient dans la terre humide, de l'eau s'étant renversée d'une petite cuve en terre cuite où cinq canetons duveteux nageaient en cercles désordonnés. Des moineaux voltigeaient en pépiant autour de gerbes de roseaux suspendues au toit pour sécher, y cherchant des graines et des insectes. Deux serviteurs traversaient un bout de jardin fraîchement recouvert de fumier pour se diriger vers un troupeau de bœufs, de moutons et de chèvres, qui disputaient aux pigeons les glanes d'un champ attendant d'être labouré et ensemencé.

L'oasis s'étirait vers le sud en une longue étendue brune de terre retournée, de lopins où pointaient de jeunes pousses vert tendre, et de chaumes mouchetés d'herbes folles. Par intervalles, le paysage était brisé par des palmeraies d'un vert grisâtre, ou par les acacias et les tamaris, plus bas et plus touffus, qui bordaient les canaux d'irrigation. Des feuilles chargées de poussière s'accrochaient aux branches des buissons ; des herbes sèches dressaient leurs lames cassantes au-dessus d'un épais tapis de jeune verdure. Un chien invisible aboya, déclenchant un chœur parmi ses congénères. Un arc de dunes fauves aux contours brouillés par la brume enfermait l'oasis à l'est.

— Penhet n'est peut-être pas un très bon cultivateur, mais Rennefer a su tirer le meilleur de sa terre, constata Imsiba en regardant autour de lui.

— Qu'ont dit les serviteurs ? interrogea Bak, portant son attention sur un bâtiment plus modeste, derrière la maison — le quartier des domestiques.

Imsiba éclata de rire.

— Ils vouent une admiration sans bornes à leur maîtresse et tiennent leur maître en haute estime. Ils sont toujours traités avec bonté et ne manquent jamais ni du vivre ni du couvert. Ils se considèrent comme les plus heureux au monde.

— On se croirait dans le Champ des Joncs, et non dans un simple domaine du pays de Ouaouat ! s'amusa Bak, faisant allusion au paradis dans lequel chaque mortel aspirait à entrer.

Il s'interrompit le temps de laisser un âne braire tout son soûl, puis il demanda :

— Est-ce la peur qui les pousse, ou le désir de protéger leur maîtresse ?

Imsiba se rembrunit et déclara d'une voix compatissante :

— Ils ont vu Penhet couvert de sang et trop affaibli pour parler. Ils craignent pour sa vie. Perdre un maître est toujours inquiétant. Surtout lorsque sa veuve sera contrainte de continuer seule — ou de se débarrasser des terres, des bêtes et de la plupart des ouvriers.

Bak vit les deux serviteurs guider le troupeau vers l'abri, avant que le vent ne devienne violent. L'orbe de Rê avait perdu sa clarté et son éclat dans la brume épaisse.

— Il ne nous reste guère de temps. Tirons Netermosé de sa prison et conduisons-le sur le lieu du crime. Il nous faut sa version des faits, outre celle de son accusatrice.

Imsiba tourna vivement la tête pour le considérer non sans étonnement.

— Elle mentirait ?

— Bien sûr, c'est elle qui m'a fait venir et je n'ai trouvé aucune raison de la soupçonner, concéda Bak en haussant les épaules. Cependant, une longue expérience m'a appris qu'il n'est pas de terreau plus fertile pour le meurtre que le foyer conjugal.

— Je n'ai rien fait ! Je le jure ! affirma Netermosé d'une voix tremblante de peur. Il était couché par terre quand je l'ai trouvé, avec la dague à côté de lui. Son sang s'écoulait d'une douzaine de plaies. Je le revois encore, gémit-il, je revois ses yeux effarés. Il voulait me dire qui l'avait frappé, j'en suis sûr, mais il n'en avait pas la force.

Le propriétaire voisin, la quarantaine robuste et bourrue, se frotta les yeux comme s'il pouvait ainsi effacer ce souvenir. Il était à genoux dans la posture décrite par Rennefer, penché sur un coin de terre piétinée, à l'orée d'une grande palmeraie. Après le passage des serviteurs venus secourir leur maître, il ne subsistait que quelques traces brunâtres de sang séché. Comme si cela ne suffisait pas, le chaume écrasé alentour, la terre craquelée réduite en poussière ne laissaient aucune chance de distinguer les différentes empreintes.

— Si tu n'as pas utilisé cette dague, raisonna Imsiba en montrant l'arme qu'il avait retrouvée, pourquoi avais-tu tout ce sang sur toi ?

Netermosé baissa la tête vers ses bras et ses jambes musclés, son ventre marqué par un léger embonpoint. Une grande partie du sang que Rennefer avait vu était tombée en séchant, mais des traînées brun-rouge marbraient le devant de son pagne, et des caillots sombres s'étaient figés dans les plis moites de sa peau.

— L'idée m'était venue de le porter chez lui, mais...

Il s'interrompit, s'éclaircit la gorge.

— ... Mais Rennefer a surgi au moment même où je le prenais dans mes bras.

L'homme avait les mains tremblantes. Coupable ou non, il était encore bouleversé par l'incident. Bak mit fin à la reconstitution des faits. Il l'aida à se relever et le conduisit sous les arbres dont l'ombre mouchetait le sol.

— Je sais que Penhet n'était pas le voisin idéal, lui dit-il. Vous avez eu plus d'une fois des motifs de discorde. Qu'avait-il encore fait pour que tu viennes sur ses terres ?

— Rien. C'était une affaire qui m'amenait. Une simple transaction.

Une bourrasque passa sur la palmeraie et sur le champ, cinglant les feuillages, malmenant l'ourlet de leurs pagnes, soulevant la poussière vers leurs yeux, leurs oreilles, leurs narines. Dans les chaumes, les pigeons prirent leur essor à tire-d'aile et regagnèrent le colombier en brique crue, près de la maison. Le vent mourut et la chaleur oppressante réaffirma son emprise.

Bak et Imsiba échangèrent un coup d'œil, mus par la même idée : eux aussi devaient bien vite se mettre à l'abri.

— Raconte-nous ce qui s'est passé. Et reprends par le commencement.

Bak réclamerait des détails sur cette transaction, mais plus tard, quand ils seraient moins pressés par le temps.

Netermosé leva la tête vers le ciel dont il examina la couleur, la forme des nuages. Il connaissait mieux qu'eux les orages capricieux qui s'abattaient sur cette partie du fleuve. Ses phrases hachées révélaient une hâte qui confirmait leurs craintes.

— Penhet m'a fait savoir par un serviteur que le document était prêt, et qu'il l'avait en sa possession. Si je venais ce matin, nous pourrions nous rendre ensemble au village, où le scribe nous rejoindrait en compagnie de témoins. J'ai coupé à travers mes champs, longé le canal, puis j'ai suivi le sentier de la palmeraie.

Il s'interrompit, respira en frissonnant.

— Quand je suis ressorti sous le soleil, je l'ai découvert, gisant là-bas.

— As-tu remarqué quoi que ce soit qui sorte de l'ordinaire ? demanda Imsiba.

Netermosé lança au Medjai un regard perplexe, comprenant mal où il voulait en venir, puis son front s'éclaira et il hocha la tête.

— Les oiseaux. Tandis que j'avançais sous les arbres, l'air résonnait de leurs chants, mais soudain ils se sont tus.

Bak et Imsiba échangèrent un nouveau coup d'œil. Soit le cri d'un homme effrayé avait apeuré les oiseaux, soit un homme suspecté de tentative de meurtre cherchait à leur mentir.

— Donc, reprit Bak, tu as découvert Penhet gisant sur le sol... Et ensuite ?

— Il s'est passé ce que je vous ai dit. Je me suis agenouillé près de lui dans l'intention de l'aider, de le porter jusqu'à sa maison. Au moment où je le prenais dans mes bras, une femme a hurlé. Derrière moi, Rennefer criait, criait comme si elle était devenue folle. Ses serviteurs sont arrivés en courant, elle m'a montré du doigt en affirmant que j'avais poignardé son époux. Ils m'ont fait prisonnier. Quant au reste, tu le sais.

Une autre rafale, plus forte que la précédente, balaya poussière, paille et feuilles mortes, secoua les palmiers, courba herbes et buissons. Les hommes se retournèrent, arrondirent le dos, fermèrent fort leurs yeux et leur bouche. Quand la bourrasque retomba, Bak leva la tête vers le soleil, qui n'était plus qu'une vague tache jaune dans un ciel brouillé. De l'autre côté du fleuve, à l'ouest derrière Bouhen, un nuage noir compact avançait sur le désert, en une bande si large qu'elle emplissait l'horizon. Le tourbillon de poussière et de sable s'élevait tel un mur, réduisant la forteresse massive aux dimensions d'une miniature. Il enveloppait tout sur son passage. Bak contint une exclamation de stupeur. Il s'attendait à des vents violents, mais un tel ouragan était rare à cette époque tardive de l'année.

Netermosé suivit son regard.

— Mes récoltes sont encore tendres, maugréa-t-il, oubliant la situation difficile où il se trouvait. Rien n'y résistera.

— Allons-y ! ordonna Imsiba, déjà prêt à partir.

Bak observa une dernière fois l'endroit où Penhet était tombé et la disposition du terrain tout autour. Que s'était-il passé ici, en réalité ? Il était à deux doigts de la vérité, à coup sûr, mais comment la trouver ?

Les fenêtres, étroites et percées haut dans les murs, étaient calfeutrées par des nattes à la trame serrée et l'entrée était protégée de même, pourtant il était impossible de se soustraire à la poussière. Avec un mugissement effrayant, le vent explorait les fissures et les crevasses, y crachant du sable qui se déposait sur chaque surface. Les flammes tremblotantes des lampes à huile projetaient des ombres incertaines qui s'agitaient et se tordaient dans la pénombre. La poussière collait aux peaux moites jusque sous les vêtements, desséchait les lèvres et les narines, brûlait les yeux. Bak savait que, au-dehors, le monde était encore plus inhospitalier, pourtant l'envie de fuir planait au fond de son esprit.

Bien que chichement meublée, la pièce paraissait encombrée. Trois gros coffres à provisions en joncs tressés, et un autre plus petit, en bois foncé, étaient rangés contre les murs. Le métier à tisser avait été tiré dans un coin. Rennefer occupait l'unique chaise, tandis que Bak avait pris place sur un trépied. Netermosé était assis par terre, adossé au mur, les jambes à plat devant lui. Imsiba avait préféré au tabouret près de la porte une marche de l'escalier en terre battue conduisant au toit. Comme la porte et les fenêtres, l'ouverture était barrée par une natte. Sur la partie surélevée et revêtue de plâtre où la couche était installée, Penhet était allongé, les paupières closes, réduit au silence par la drogue. S'il n'avait poussé un faible gémissement de temps à autre, on aurait pu croire qu'il avait quitté le monde des vivants.

— Comment avez-vous osé amener cet homme chez moi ? protesta Rennefer.

— Que voulais-tu qu'on fasse ? riposta Bak. Qu'on l'abandonne dans la tempête ?

— Vous l'avez sorti de la cabane, vous n'aviez qu'à l'y remettre.

Bak se leva et s'essuya le visage, laissant des traces noirâtres en travers de sa joue. Son ombre dominait la femme.

— Dame Rennefer ! Toi, tu l'accuses d'avoir poignardé ton époux, or lui jure qu'il est innocent. Quelle raison ai-je de te croire, toi, plutôt que lui ?

— T'aurais-je demandé de venir si mon cœur était coupable ? dit-elle en redressant le menton.

Netermosé fixait ses grosses mains marquées par un dur labeur, qu'il gardait serrées entre ses genoux. De l'instant où ils avaient pénétré dans la maison, pas une seule fois le voisin n'avait affronté le regard de Rennefer. Il lui lançait parfois un coup d'œil furtif, puis détournait la tête. Manifestement, il n'avait pas la conscience tranquille.

— Je n'ai pas attaqué Penhet, je le jure ! dit-il d'une voix amère. Elle déforme ce qu'elle a vu et se convainc que je l'ai frappé.

Bak laissa échapper un long soupir excédé, se rassit sur le trépied qu'il venait à peine de quitter et se recula vers le mur, à bonne distance des minces volutes de fumée déroulant leur spirale au-dessus d'une flammèche crépitante. Trois chiots jaunâtres, nichés dans leur litière de paille, observaient l'intrus qu'il était avec méfiance. Les caquètements apaisés de canetons s'échappaient de sous les ailes de leur mère, blottie dans un panier à proximité. Bak ferma les yeux pour oublier le monde extérieur. Il aspirait à une pleine gorgée d'eau pour laver sa langue de cette poussière, à la fin de l'orage, à l'air pur, à la solution du mystère auquel il était confronté.

Il se redressa, se força à analyser la version des deux témoins. Il ne distinguait aucune faille dans le récit de Rennefer. Elle avait dit la vérité, jusqu'à un certain point. Mais le moment crucial se situait plus tôt, avant qu'elle ne voie Penhet et Netermosé, peut-être avant que ce dernier ne découvre le blessé.

Selon Netermosé, elle était arrivée par-derrière, de la palmeraie. S'il disait vrai, elle pouvait fort bien avoir poignardé son époux avant de se cacher parmi les arbres et les buissons en entendant des pas approcher. Mais, comme elle l'avait elle-même souligné, pourquoi aurait-elle fait appel à un officier de police de Bouhen, un homme expérimenté, apte à redresser les plus graves offenses envers Maât, déesse de l'ordre et de la justice ?

Le vent gémissant bruissait contre les nattes et s'acharnait sur les briques qui en plaquaient le bas contre le sol. Imsiba descendit quelques marches pour éviter le sable qui s'infiltrait par les minuscules interstices au-dessus de lui.

Pour quelle raison avait-on voulu assassiner Penhet ? se demandait Bak. Pourquoi justement ce jour-là et non la veille ou le lendemain ? Il ouvrit soudain les yeux et fixa une poterie gris-vert rangée dans une niche, à côté d'une statue de Bès, le dieu laid et trapu protecteur de la maison. Plusieurs rouleaux de papyrus dépassaient du col de la jarre.

— Pour quel genre d'affaire venais-tu, Netermosé ?

— Il me fallait plus de terrain et Penhet avait accepté de me vendre un champ, répondit le cultivateur, coulant un coup d'œil furtif vers Rennefer.

Elle voulut protester, mais Bak lui imposa silence d'un regard sévère.

— Quelles étaient les clauses de votre accord ?

— Les termes habituels.

Les yeux de Netermosé restaient rivés sur ses mains, mais ses épaules se voûtèrent comme s'il cherchait à se défendre de la femme qui le dévisageait, les lèvres pincées.

— Je devais lui donner du bétail et divers biens de ma maison. En retour, il me cédait le champ à la lisière de la palmeraie, là où le principal canal d'irrigation retourne vers le fleuve.

— Impossible ! s'écria Rennefer, se penchant en avant sur sa chaise. C'est notre meilleur champ, celui qui retient l'eau le plus longtemps, celui où les cultures profitent le mieux. Mon époux ne le vendrait jamais. Jamais ! répéta-t-elle d'une voix dure.

Bak aurait juré que les paupières de Penhet avaient frémi. Il contempla le blessé, souhaitant de toute sa volonté qu'il se réveille. Un faible gémissement fut sa seule récompense. Il se tourna à nouveau vers Netermosé.

— Qui, le premier, a suggéré cette transaction ?

Le voisin remonta ses genoux sous son menton et les enlaça.

— Penhet. Il savait que je voulais accroître mes terres et je possédais... hum, plusieurs biens qu'il désirait.

Il avait l'air d'un homme qui s'attend à être criblé de melons pourris — ou, en l'occurrence, livré aux cris stridents et aux griffes d'une furie.

— Où se trouve le document, à présent ? interrogea Imsiba.

— Je n'ai pas vu de rouleau, répondit Netermosé, perplexe. Il ne l'avait pas sur lui, pourtant nous devions aller...

Il laissa sa phrase inachevée et se perdit dans ses pensées.

« Penhet se serait-il ravisé, aurait-il décidé de laisser le papyrus chez lui ? » se demanda Bak. Il s'approcha de la niche et y prit la jarre. Se réinstallant sur son tabouret, il la retourna. Une demi-douzaine de rouleaux cascadèrent avec un bruissement sec sur le sol de terre. Tous étaient noués et scellés, toutefois cela ne voulait rien dire. N'importe qui aurait pu apposer un peu de boue sur un nœud et y imprimer un sceau.

Choisissant un rouleau au hasard, Bak le décacheta d'une pression de l'ongle du pouce et l'étala sur ses genoux. Avant de commencer à lire, il observa discrètement Rennefer. Il surprit sur ses traits l'étonnement et la consternation, avant qu'elle ait eu le temps de se reprendre. Elle ne s'attendait pas à ce qu'il soit lettré.

— Sais-tu lire et écrire, Rennefer ?

— Pour qui me prends-tu ? railla-t-elle. Pour une fille de nobles, gâtée et capricieuse ?

— Et toi, Netermosé ?

— Je sais compter, additionner et soustraire. Je n'ai besoin de rien d'autre.

Bak parcourut rapidement le document, un accord antérieur d'un an consignant la vente de deux vaches à un cultivateur qui résidait à l'autre bout de l'oasis. Il le laissa retomber dans la jarre.

— Le scribe du village avait-il préparé votre contrat, ou Penhet sait-il écrire ?

— Penhet devait le rédiger, répondit Netermosé avec embarras. Afin que tout soit juste et approprié, nous voulions demander au scribe de le relire.

— Dans cette terre-là, tu ne creuseras jamais un sillon, ricana Rennefer.

Comme pour ponctuer ses paroles, le vent ébranla les nattes obturant les ouvertures de la maison. Une poussière mêlée de sable épaissit encore la pénombre. La lampe la plus proche de la porte s'éteignit en exhalant un ruban de fumée âcre. D'un regard, Bak consulta Imsiba, dont le hochement de tête presque imperceptible lui apprit que son sergent avait lui aussi perçu le triomphe sur le visage de la femme et l'exultation dans sa voix.

Bak ramassa un autre rouleau et en rompit le sceau. Tout en le déployant sur ses cuisses, il scruta l'homme couché sur la plate-forme. Il n'aurait pu en jurer dans la lumière vacillante, mais il crut voir les yeux de Penhet se fermer brusquement. Impassible, le lieutenant se mit à lire. Au bout de quelques instants, il releva la tête vers le blessé. Cette fois, il ne conserva aucun doute : Penhet observait la scène à travers ses cils. Comme s'il préférait ne pas affronter la vérité — comme s'il craignait qu'elle ne le tue.

Feignant de s'absorber dans sa lecture, Bak passa les faits en revue et explora les différentes hypothèses, les éliminant jusqu'à la théorie la plus probable, qui n'était pas entièrement à son goût car elle laissait une question irrésolue. Un simple lopin de terre pouvait-il à ce point exacerber les passions ? N'était-ce pas plutôt un fait en apparence insignifiant qui avait provoqué l'agression ? D'un geste décidé, il remit les rouleaux dans la jarre et se leva.

— Je dois en savoir plus sur cet accord, Netermosé. Peux-tu m'en préciser les termes ?

Ainsi que c'était souvent le cas chez ceux n'ayant jamais appris à lire, l'homme possédait une excellente mémoire. Il exposa par le menu le long marchandage compliqué fixé dans le papyrus : chacun des biens, son origine et sa valeur grande ou petite. En échange de la terre, décrite en détail, il avait consenti à donner de la nourriture, des rouleaux de lin et des colifichets — fragments de pierres précieuses, peigne d'ivoire et miroir de bronze. Les articles les plus précieux étaient réservés pour la fin : du bétail, des chèvres et une servante de la maison, répondant au nom de Meret et âgée de quatorze ans.

Bak se figea, certain de tenir enfin la clef de l'énigme.

— Meret, répéta-t-il, remarquant que Rennefer se crispait et redressait le menton. Qui est cette servante Meret ?

— Elle aide ma femme dans les corvées ménagères. Son père, un pauvre cultivateur, me l'a donnée en remboursement d'une dette bien avant que nous ne venions au pays de Ouaouat.

— Est-elle jolie ?

— Certains le disent, éluda Netermosé en haussant les épaules.

Imsiba voyait le chemin qu'empruntaient les pensées de son chef. Veillant à ne pas regarder Rennefer, il intervint :

— J'ai entendu parler d'une servante nommée Meret. Une succulente oiselle, paraît-il. Toute prête à être plumée.

— Penhet la voulait-il pour servante ou pour concubine ? interrogea Bak, du ton le plus brutal et désagréable qu'il le pouvait vis-à-vis de Rennefer.

Le blessé poussa un faible geignement.

— Il aspirait à avoir un héritier et il la trouvait belle, expliqua Netermosé en fixant obstinément le sol. La fille est jeune et robuste, de celles qui remplissent d'enfants la maison d'un homme, et comblent ses dernières années de joie et de réconfort.

— Sottises ! coupa Rennefer d'une voix cassante. Il m'a répété cent fois que mon manque de fécondité est un don des dieux, qui nous rapproche au lieu de nous déchirer. Je ne sacrifierai jamais une seule coudée de cette terre pour qu'une petite bécasse partage son lit.

Bak considéra la femme sèche et maigre, usée par le labeur, ni chaleureuse ni aimable, qui avait consacré sa jeunesse et son peu de beauté à la prospérité de leur terre. D'une manière quelconque — peut-être même par Penhet —, elle avait appris qu'il comptait en troquer un lopin contre une jeune et jolie femme. Qui pouvait la blâmer de craindre qu'un jour il ne veuille aussi se séparer d'elle ?

Le vent s'était tu. La flamme des torches brûlait haut sans que rien ne vienne en troubler l'éclat. Les nattes couvrant portes et fenêtres pendaient paisiblement. Du sable ruisselait à travers un trou au-dessus de l'escalier, le chuchotement de sa chute résonnant dans le silence. L'orage était passé.

Bak traversa la pièce pour se camper devant la femme.

— Je dois te conduire à Bouhen, dame Rennefer, et tu comparaîtras devant le commandant. Ton époux n'était pas aussi fidèle et dévoué que vos années de vie commune le laissaient supposer, mais cela ne te donnait pas le droit d'attenter à ses jours.

Elle se leva pour l'affronter, un éclair de défi dans les yeux.

— Me crois-tu assez sotte pour le poignarder au grand jour ? Si je souhaitais sa mort, j'aurais versé du poison dans son ragoût et tout le monde aurait pensé qu'il s'était éteint naturellement.

Le blessé geignit plus fort, en une plainte qui montait du plus profond de lui. Il avait ouvert les yeux et fixait sa femme avec le même regard horrifié qu'il aurait posé sur un cobra dressé, sifflant avant de frapper. Cela n'échappa pas à Bak, qui répliqua :

— Je comprends que tu te sois sentie lésée, cependant tu es allée trop loin. Tu as voulu détruire Netermosé en même temps que Penhet afin de le punir pour son rôle involontaire dans la trahison de ton mari. Aussi, poursuivit le policier d'un ton courroucé, tu m'as fait venir de Bouhen, me croyant crédule, facile à duper, incapable, avec mon esprit borné de militaire, de sonder le cœur féminin.

— J'aime mon mari, lieutenant.

Le rire de Bak n'exprimait guère la joie.

— L'homme qui vendrait la terre que tu as nourrie de ta jeunesse afin de coucher entre les bras d'une autre.

Elle tourna la tête vers Penhet et s'aperçut pour la première fois qu'il était lucide. Elle vit comment il la fixait, l'effroi et l'horreur dans ses yeux. Toute sa bravade fondit ; son expression devint une image déformée de celle de son époux, reflétant une horreur égale, un effroi naissant. Elle enfouit son visage dans ses mains et éclata en sanglots.

Bak comprit soudain, de même, sans doute, que Penhet avant lui, que celui-ci n'était pas censé sortir du sommeil causé par la drogue. Pas si surpris, au fond, il s'éloigna, laissant Rennefer se pénétrer de son échec. Imsiba, toujours ému par les larmes, sauta de l'escalier et entreprit de dépoussiérer sa lance et son bouclier. Netermosé paraissait écrasé par un sentiment de culpabilité, comme s'il partageait la responsabilité de tout ce qui était arrivé. En un sens, c'était vrai.

Bak alla jusqu'à la porte. D'un coup de pied, il écarta les briques qui maintenaient le bas de la natte et la repoussa. Une brise fraîche et douce l'accueillit, infiniment apaisante après la violence de l'orage. La poussière restait suspendue dans l'air, mais bientôt elle retomberait, livrant le soir à une délicieuse douceur pareille à celle des hivers, chez lui, à Kemet. Bak regarda le fleuve par-delà les champs, aspirant à se détendre et à se purifier dans l'eau.

— Lieutenant Bak !

Un soldat de haute taille, sec et nerveux, courait vers

eux le long du quai. Les derniers rayons flamboyants du couchant se réfléchissaient sur la pointe en bronze de sa lance.

— Le commandant Thouti veut te voir sur-le-champ.

Bak grimpa à terre, tira l'esquif et le fixa au piquet d'amarrage.

— Que se passe-t-il ?

— Je ne sais pas, mon lieutenant. Un courrier est arrivé du nord, et peu après on nous a ordonné de te prévenir.

La sentinelle s'efforçait de ne pas fixer Rennefer, assise dans la barque, les mains sur les genoux, les poignets entravés.

— Le capitaine Neboua est déjà chez lui.

« Un courrier venu du nord... Probablement un messager du vice-roi », songea Bak. Et Neboua était également convoqué. Un autre orage couvait, engendré par un homme, celui-là, et non par les dieux.

2

— Si Penhet s'était expliqué, avec le temps elle en serait peut-être venue à accepter Meret, dit Bak. Mais elle a appris la chose fortuitement, par un des serviteurs qui aidaient Netermosé aux champs.

— Je déteste juger une femme, surtout en un cas pareil où le seul châtiment équitable est la mort.

Le commandant Thouti s'accouda sur le parapet qui dominait la citadelle et grimaça en songeant à la tâche que les dieux lui avaient dévolue.

— Quel malheur que Rennefer n'ait pu se résigner à cette fille, avec le bon sens que tous lui connaissaient !

Malgré sa petite taille, Thouti avait des épaules carrées, dont les muscles puissants étaient accentués par la vive lumière du soir. Ses cheveux et ses sourcils étaient drus, le pli de ses lèvres exprimait la fermeté. Comme Bak, qui s'était autorisé un bain rapide mais vivifiant dans le fleuve avant de passer dans ses quartiers pour se changer, il portait un pagne blanc couvrant les cuisses, un large collier de perles multicolores et des bracelets assortis, ainsi que des sandales de joncs tressés. Il maniait son bâton de commandement tel un prolongement de son bras, le pointant, s'en servant pour tapoter sa jambe ou pour sonder une motte de terre dans un coin.

Bak n'avait aucun réconfort à lui offrir.

— Je suppose qu'elle l'a poignardé sans réfléchir, aveuglée par la colère.

— Encore et encore et encore ? ironisa le capitaine Neboua. Il a eu de la chance que le voisin arrive au bon moment ! Et elle a eu de la chance que Netermosé ne tombe pas sur elle lorsqu'elle maniait sa dague comme le boucher de la garnison.

L'officier aux traits épatés, second de Thouti, était de la même taille qu'Imsiba mais plus râblé. Ses boucles rebelles avaient besoin d'être coupées, l'ourlet déchiré de son pagne pendillait d'un côté. Une amulette bleue en faïence, figurant l'œil d'Horus, était accrochée au bout d'une chaîne en bronze à son cou épais. Comme d'habitude, il ne s'était pas encombré de son bâton de commandement, préférant garder les mains libres.

Son langage imagé était assez familier à Bak pour qu'il n'en fasse pas cas.

— Les coups de poignard étaient spontanés, j'en suis sûr, néanmoins en ce qui concerne la racine de mandragore, c'est une tout autre histoire. Rennefer était déterminée à le supprimer. Soit pour le punir, soit pour le réduire au silence, soit pour garder les terres. Ou encore à cause de toutes ces raisons en même temps. Mais elle a mesuré une quantité trop parcimonieuse et son plan a échoué.

— Penhet peut rendre grâce aux dieux qu'elle soit peu douée pour le meurtre, commenta Neboua avec un large sourire.

— Il est cloué au lit dans un état d'extrême faiblesse, et restera alité pendant une bonne semaine. Elle aurait réussi, tôt ou tard.

Bak ne voulait plus penser à Rennefer. Par la grâce d'Amon, il n'était pas tombé dans la toile d'araignée qu'elle avait tissée pour le tromper, mais il s'en était tant approché que c'en était embarrassant. Quant à savoir si cette triste aventure lui vaudrait le respect des gens de la région, nul ne pouvait le dire.

Il s'accouda au parapet et contempla la ville, une série de rectangles blanc-gris sous la lumière déclinante, encadrés de rues et de passages enfoncés dans l'ombre. Thouti les avait conduits, Neboua et lui, tout en haut du mur d'enceinte. Il avait dû choisir l'endroit le plus isolé de Bouhen pour une raison précise. Quand se déciderait-il à en parler ?

Dans l'angle en contrebas s'étendait la résidence du commandant, d'où un long escalier découvert, bordé par le rempart, montait vers l'imposante tour d'angle près de laquelle ils étaient réunis. Les greniers et les entrepôts se reconnaissaient facilement à leurs vastes dimensions. Le temple ceint par des murailles, séjour de l'Horus de Bouhen, se dressait au-dessus des édifices ordinaires sur une haute butte artificielle. A côté se trouvait l'ancien corps de garde que Bak et ses Medjai utilisaient comme prison et comme bureau. Le casernement et le secteur des petites résidences attribuées aux officiers, aux scribes et à leurs familles occupaient l'extrémité opposée de la citadelle, qui formait presque un carré.

Les points lumineux disséminés sur les toits semblaient refléter les étoiles, plus scintillantes à mesure que le ciel virait au noir. Chacune de ces lumières infimes représentait un brasero en terre cuite, une famille partageant le repas du soir. La fumée se mêlait aux odeurs de friture, d'oignons, de poisson et de volaille braisés, ainsi qu'à celle, omniprésente, du fumier, provenant des enclos en bordure de la ville. Une meute de chiens dévalait une rue en grondant à la poursuite d'une bestiole trop petite pour être distinguée, très probablement un rat. Au milieu du braiment des ânes montait l'appel rauque d'un chat en rut. Bak songea à ses premiers jours à Bouhen, quand il détestait ce fort et la tâche qu'on lui avait confiée. Désormais, c'était son foyer, un lieu synonyme de réconfort et d'amitié, et il se sentait fier de diriger la police medjai.

Thouti eut un brusque mouvement du menton comme pour chasser Rennefer de son esprit, et rompit le long silence.

— Vous savez, je suppose, qu'un messager du vice-roi est arrivé avant l'orage ?

Il attendit qu'ils acquiescent et continua :

— Le vizir croit que des objets précieux venus de loin en amont parviennent entre les mains des rois du Nord — du Mitanni [1], d'Amourrou [2], de Keftiou [3] et même chez les lointains Hatti [4] — sans transiter par le Trésor, à Ouaset.

Bak haussa un sourcil. Ce n'était tout de même pas pour cette raison que Neboua et lui étaient convoqués ?

— Nous avons déjà entendu cette rumeur, dont la véracité n'a jamais été prouvée. Du moins, pas suffisamment pour qu'on s'en inquiète.

— Cette fois, il ne s'agit pas de quelques babioles qui auraient traversé la frontière sur le dos d'un baudet, entre des peaux et des paniers d'œufs d'autruche. C'est d'ivoire dont nous parlons, de défenses entières, à l'état brut ! Amon seul sait ce qui nous a encore échappé.

— Une défense peut être plus haute et presque aussi lourde que moi, objecta Bak en tâchant de ne pas montrer son scepticisme. Ce n'est pas une pièce facile à passer en fraude.

— Impossible, si vous voulez mon avis ! grogna Neboua.

— Je n'ai pas plus que vous envie d'y croire, dit Thouti, qui considérait d'un air maussade les deux hommes devant lui. Mais le fait est là. Notre ambassadeur auprès du roi de Tyr a vu une défense au palais. Elle venait d'arriver et trônait à la place d'honneur. L'ambassadeur, offusqué à l'idée que notre souveraine ait délégué un autre émissaire pour offrir ce présent à son insu, adressa le jour même un message à Ouaset, à l'intention du vizir. Il ressort que cette défense n'était pas un cadeau de la maison royale. En outre, elle n'était pas passée par le Trésor, selon la procédure requise.

1. Mitanni : empire recouvrant la haute Mésopotamie et la Syrie du Nord. (*N.d.T.*)

2. Amourrou : la Phénicie. (*N.d.T.*)

3. Keftiou : la Crète. (*N.d.T.*)

4. Hatti : populations d'Anatolie vaincues par les Hittites. (*N.d.T.*)

Thouti fixa d'abord Bak, puis Neboua, la bouche et le regard durs.

— Ordre nous est donné de fouiller tous les navires circulant sur cette partie du fleuve, toutes les caravanes sillonnant le désert. Les garnisons situées plus au sud dans le Ventre de Pierres sont chargées d'une responsabilité identique.

— On ne trouvera pas de défense brute dans une caravane, observa Neboua. A la rigueur, quelques fragments de belle taille. Cela arrive quelquefois. Mais rien d'aussi énorme.

— Cette défense ne pourrait-elle provenir des contrées qui s'étendent à l'est de Tyr ? demanda Bak, réticent lui aussi à se laisser convaincre. On dit qu'on y trouve des éléphants, entre les deux puissants fleuves qui coulent vers le sud au lieu de descendre vers le nord.

Thouti leva son bâton pour rendre son salut à la sentinelle qui approchait, un jeune soldat dégingandé en pagne court, armé d'un bouclier blanc en peau de vache et d'une longue lance.

— Le chancelier de Tyr, bras droit du roi, a assuré à notre ambassadeur qu'elle venait de l'extrême sud de Kemet. Et ce n'était pas un présent d'une maison royale. Elle avait été achetée à un marchand, contre de l'or.

Avant que Bak ou Neboua ait pu proférer une objection, il trancha :

— Discuter plus longuement serait futile. Le vizir a formulé des ordres que nous devons exécuter.

Il attendit que la sentinelle les croise, pénètre dans la tour et gravisse l'échelle menant au toit.

— Ces ordres consistent à garder le secret absolu sur cette défense passée en contrebande. Le vizir ne tolérera pas que des rumeurs courent le long de la frontière. Pas question qu'on raconte que Kemet ne jouit plus de la même puissance qu'au temps du père de notre souveraine, Aakheperkarê Touthmosis[1].

1. Touthmosis Ier (*N.d.T.*)

— Chaque capitaine retardé s'égosillera comme une oie prise dans un filet, marmonna Neboua, peu féru de politique. Chaque marchand, chaque chef de caravane, chaque pêcheur. Chaque homme transportant un chargement de légumes sur le fleuve.

— Envoie-les-moi. J'aurai vite fait de leur imposer silence.

Bak voyait bien qu'ils n'échapperaient pas à cette corvée, mais il crut devoir souligner une réalité :

— Dès que la nouvelle se répandra que nous cherchons de la contrebande — et elle volera plus vite que la poussière au vent —, pas même un fragment de grès ne passera la frontière sans être dûment déclaré, avec la taxe déjà préparée à l'intention du collecteur. Nous aurions plus de succès en tablant sur l'effet de surprise.

— Certes, la rumeur poussera les fraudeurs à la prudence, convint Thouti. Tu le sais, je le sais et le vice-roi le sait aussi. Mais va donc l'expliquer à la capitale ! Au vizir ! Crois-tu qu'il écoutera les hommes des garnisons, ceux qui parlent par expérience ?

Bak ne sut que répondre, et d'ailleurs Thouti ne s'y attendait pas. Cette amertume était commune à tous les commandants de la frontière. Ils aspiraient à être entendus par ceux qui marchaient dans les couloirs du pouvoir, mais leurs messages se perdaient le plus souvent dans l'indifférence bureaucratique.

Thouti traversa le passage couvert en direction des remparts surplombant la ville basse, une immense zone rectangulaire entourant les trois côtés de la citadelle orientés vers le désert, et contenue par des murailles aussi hautes que solides. Bak et Neboua le suivirent avec une même pensée : combien de temps ces futilités dureraient-elles encore ?

En bas, le long des ruelles sinueuses, les groupes de bâtisses irrégulières semblaient jetés là au petit bonheur. Ces maisons exiguës abritaient des ateliers, les logis des artisans et des marchands. Plus loin s'étendaient les enclos, les campements pour les soldats en transit, et l'ancien cimetière.

— J'ai d'abord envisagé cette affaire comme une opération militaire, mais je crois à présent que la police, et non l'armée, doit être chargée de cette mission ici, à Bouhen.

Devant la surprise de Bak, Thouti éleva son bâton pour repousser toute objection.

— Je sais, les troupes medjai sont trop réduites pour assumer cet effort tout en poursuivant leurs devoirs habituels. C'est pourquoi nous utiliserons une équipe mixte de policiers et de militaires, dont tu prendras la tête, lieutenant Bak.

Neboua poussa un soupir qui exprimait un indéniable soulagement :

— Je ne vois personne de mieux qualifié pour cette tâche, déclara-t-il d'un ton bienveillant. Fais-moi savoir de combien d'hommes tu as besoin et je serai heureux de t'obliger.

Bak résista à l'envie de lui assener un vigoureux coup de coude dans les côtes. Il savait que son ami préférait la vie rude et mouvementée du soldat aux devoirs plus monotones requis dans une garnison sur la frontière, et la plupart du temps il voulait bien compatir. Mais cette fois-ci, où une besogne si fastidieuse l'attendait, il lui était difficile d'éprouver de la compréhension.

— Afin que tu ne craignes pas que je te néglige, capitaine, ajouta Thouti avec un sourire en coin, je place Kor sous ta responsabilité. Tes hommes fouilleront chaque sac, chaque panier chargé sur chaque bête remontant vers le nord à travers le désert, de même que ceux de Bak inspecteront les navires circulant sur ces eaux.

Bak réprima son hilarité. L'ancien fortin de Kor, servant d'annexe à Bouhen, se trouvait à l'extrémité inférieure du Ventre de Pierres, au bord d'une longue suite de rapides impraticables le plus clair de l'année. C'était à Kor que les marchandises en partance pour le nord étaient transférées des caravanes aux vaisseaux, ou l'inverse. La sécheresse et la poussière en faisaient un séjour infiniment moins plaisant que le port de Bouhen.

— Comment aurais-je pu savoir qu'il lui fallait un laissez-passer ?

Ramosé, le capitaine du navire de commerce amarré à quai, se campa sur ses jambes, les poings sur les hanches, son teint de brique encore avivé par la colère. Il foudroya des yeux l'officier devant lui.

— Il prétendait venir du nord. Vous ne pouvez me tenir pour responsable des mensonges d'un autre !

Bak laissa glisser cette virulence sur lui avec l'indifférence née de l'habitude. Presque un jour avait passé depuis que le commandant avait ordonné les inspections systématiques, et tous les marins du quai avaient épanché leur bile d'une manière ou d'une autre. Plus l'embarcation était modeste, plus vives étaient les plaintes et les vociférations des mécontents. Bak se tourna vers un homme mince et musclé, dont les bras étaient maintenus fermement par un jeune policier medjai, lourd et massif en comparaison.

— Explique-toi, Tjanouni !

Le coupable au teint sombre redressa les épaules et releva le menton sans se laisser intimider.

— Mon frère habite Kemet. Il cultive les champs d'un noble illustre dont le domaine se trouve à un jour de marche d'Abou. Je m'y rends afin de commencer une vie meilleure.

Bak chassa une mouche qui bourdonnait autour de son front.

— Comment sais-tu que tu seras le bienvenu ?

Tjanouni hésita. Ses yeux foncés révélaient à quel point la décision était difficile à prendre. Avec réticence, il desserra l'ouverture d'une bourse de cuir suspendue par un lien autour de sa taille, en retira un éclat de poterie grisâtre qu'il tendit au lieutenant. L'écriture sur la surface était serrée, mais nette. Le scribe du noble Amonhotep se portait garant pour le voyage de Tjanouni depuis

Ouaouat jusqu'au Nord. Il suffirait de présenter ce fragment pour recevoir le paiement.

Bak observa le navire de Ramosé, alourdi par les marchandises qu'il rapportait du Sud profond. Le niveau de flottaison était bas. Une unité mixte de soldats et de policiers medjai s'affairait sur le pont, sondant les paniers et les sacs débordant de précieuses denrées exotiques. Un scribe entre deux âges, emprunté au Bureau des archives de la garnison, suivait leur progression en comparant la cargaison avec le manifeste qu'il avait entre les mains, pour s'assurer que le capitaine n'avait omis aucun article soumis à une taxe. Les couleurs de la cabine — rouge, jaune et noir — étaient fanées, alors que le château avant brillait sous une couche de peinture fraîche. Sur la proue, les symboles estompés du nom avaient été délinéés en noir avant d'être repeints. Les planches craquaient, un chien gris attaché à la cabine gémissait pour être libéré. Un sac de lin ventru exhalait un effluve mystérieux qui se mêlait à l'odeur de la peinture.

Une quinzaine d'hommes vêtus de pagnes lombaires, la peau tannée par le soleil, s'étaient regroupés sur le quai près de la poupe. Les compagnons de rame de Tjanouni. Se rendant compte qu'ils avaient attiré l'attention de Bak, ils détournèrent la tête précipitamment, rendant leur curiosité plus flagrante par leur feinte désinvolture.

Le navire était assez bien tenu, son équipage sympathique et le capitaine d'un abord agréable quand tout allait bien. Ce n'était pas une mauvaise place, conclut Bak. Sur ce vaisseau-là, Tjanouni pouvait gagner son voyage vers le nord afin que, plus tard, un comparse pût se faire passer pour un capitaine de navire et présenter la note au scribe d'Amonhotep, en réclamation du paiement.

Réprimant un sourire, Bak demanda à Ramosé :

— S'il disposait d'un laissez-passer, le garderais-tu à bord jusqu'à Abou ?

— Les bons marins sont durs à trouver, répondit le capitaine, pensif, en considérant Tjanouni. Il a démontré sa valeur. Je suppose qu'il n'avait pas l'intention de causer du tort...

Une pause, un hochement de tête.

— Oui, je le garderais.

— Kasaya, emmène-le au Bureau des scribes, ordonna Bak au Medjai. Qu'on lui remette un laissez-passer pour se rendre dans le Nord.

Les traits de Tjanouni exprimèrent la stupéfaction, le plaisir puis le désarroi quand Bak s'approcha du bord du quai et laissa tomber dans le fleuve le fragment de poterie.

« Encore un jour de cette maudite besogne, songea Bak, et je serai l'homme le plus impopulaire de la frontière, évité par tous. » Une autre idée le fit éclater de rire, à la grande surprise d'un pêcheur déposant ses filets à la proue de son bateau avant de lever la voile vers son village. Non, Bak ne serait pas le plus impopulaire. D'après ce qu'il avait appris des voyageurs fraîchement arrivés de Kor, Neboua, avec son manque de tact habituel, l'avait déjà supplanté pour ce titre.

Remerciant Amon que la journée soit presque terminée, Bak s'arrêta devant une passerelle qui reliait au quai un navire de plaisance aux lignes fuselées. Sur le pont, Imsiba surveillait son équipe d'inspection. Ses hommes se rapprochaient du gouvernail, ayant presque fini d'examiner la cargaison. Hori était perché sur le toit de la cabine, les jambes pendantes, avec près de lui son écritoire, une cruche d'eau et des calames de rechange. Le manifeste était étalé sur ses genoux afin qu'il puisse cocher les objets sur la liste à mesure que les hommes les désignaient à tue-tête. Le capitaine, un petit individu nerveux au teint marbré, traînait près du château avant pendant que les membres d'équipage suivaient la scène de l'esplanade, où ils étaient allés jouer aux osselets à l'ombre du mur de la forteresse.

Le navire flambant neuf resplendissait. Sa coque de bois n'était pas encore foncée par le temps, ses équipements en bronze rutilaient avec un éclat qu'aucune tache ne ternissait. Un dais léger en bois, tendu de lin, était fixé à la cabine aux motifs en chevron pour abriter du soleil et de la brise une vieille femme ratatinée et ses trois servantes. On avait arrimé un sarcophage blanc, en bois, contre la cabine. Ainsi que le capitaine l'expliqua à Bak, l'époux de la vieille femme devait être inhumé à Kemet, dans le tombeau familial.

Le contenu de l'ultime panier fut énuméré. Hori cocha le dernier article, puis rassembla son matériel d'écriture et sauta du toit. L'équipe d'inspection descendit la passerelle en colonne. Bak libéra les hommes, qui remontèrent le quai au pas de course vers la forteresse. Aussitôt, l'équipage interrompit son jeu pour retourner à bord en discutant vivement de cette dernière partie. Sous le regard d'Imsiba, Hori roula et cacheta le manifeste avant de le rendre au capitaine. Ils échangèrent quelques mots, le marin donna au grand Medjai une claque amicale dans le dos et ordonna aux rameurs de regagner leurs places.

— Vous n'avez pas l'air débordés par le nombre de paniers de contrebande, dit Neboua derrière Bak.

Le lieutenant se retourna, stupéfait.

— Par la barbe d'Amon ! Que viens-tu faire à Bouhen ?

— J'ai laissé Ptahmosé s'occuper de tout. Personne à Ouaouat n'a conduit plus de patrouilles dans le désert, et le chef de caravane qui saura le berner n'est pas encore né.

Le sergent Ptahmosé était aussi proche de Neboua qu'Imsiba de Bak.

— Évite Thouti avec soin ! Tu sais ce qu'il pense des tire-au-flanc.

— Tu accuses un innocent, répliqua Neboua, s'efforçant de paraître vexé. J'ai une raison légitime d'être ici. Même Thouti n'y pourra trouver à redire.

Bak leva les yeux au ciel.

— Je ne te crois pas un instant, mais débite ton histoire. Autant que tu t'entraînes avant de la lui servir.

Neboua sourit comme un gamin échappé de l'école de scribes, mais revint bien vite à la réalité.

— Le capitaine Mahou quittera Kor au crépuscule, son navire lourdement chargé de marchandises. Une bonne moitié de la cargaison était à bord lorsque je suis arrivé à l'aube, c'est pourquoi je ne jurerais pas de ce qu'on y a entreposé hier. Quand sa barge entrera à Bouhen, je te suggère de la fouiller de la proue à la poupe.

— Tu sais bien que nous inspectons la moindre coquille de noix. Maintenant, continua Bak avec méfiance en dévisageant son ami, dis-moi la vérité : était-ce un simple prétexte pour t'éloigner de Kor, ou as-tu une bonne raison de nous inciter à ce surcroît de zèle ? Mahou m'a toujours fait l'effet d'un homme honnête.

— C'était une excuse pour rentrer, je l'avoue, néanmoins...

Neboua se gratta la tête, les sourcils froncés.

— Je l'ai vu discuter avec un homme auquel je ne confierais pas ma plus mauvaise paire de sandales. Un batelier du Sud, plus glissant qu'une anguille. Ce n'est pas grand-chose, j'en conviens, mais...

Il s'interrompit, puis tenta de se justifier d'un air presque gêné :

— J'aime bien Mahou. L'idée qu'il ne soit pas l'homme que je croyais m'est détestable et je ne voudrais pas nuire à sa réputation. Cependant, ils se parlaient de très près, à voix basse, comme s'ils tramaient quelque chose.

— Si nous ne trouvons rien à bord, sa réputation restera intacte, promit Bak.

— D'accord.

Esquissant un sourire, Neboua leva la main pour saluer Imsiba et Hori qui descendaient la passerelle.

Un débardeur à moitié nu courut le long du quai pour détacher les cordages enroulés autour des piquets d'amarrage. Sur un ordre alerte du capitaine, un marin remonta la passerelle, le tambour marqua la cadence à l'intention des rameurs qui plongèrent leurs longs avirons dans l'eau. Alors que le navire virait pour s'éloigner du mouillage, ils entonnèrent un chant du fleuve de leurs voix sonores et joyeuses, à défaut d'être mélodieuses. Bak leva son bâton de commandement pour retourner son salut au capitaine, tandis que Neboua et les autres agitaient la main.

— Encore à négliger ses devoirs, à ce que je vois ! lança Imsiba en imitant la voix de Thouti. Bel exemple pour un capitaine d'infanterie, dont le moindre geste devrait être irréprochable !

Ces sarcasmes provoquèrent un rire insouciant.

— J'ai mieux à faire que d'écouter les vitupérations d'une bande de caravaniers, riposta Neboua, qui cracha par terre afin de souligner son mépris. Nous n'avons pas trouvé un seul article de contrebande, et nous n'en trouverons pas, puisque tout le monde s'attend à une fouille.

Continuant à grommeler, il remonta le quai avec Imsiba et Hori. Bak resta derrière, préférant ne pas partir avant que ses hommes aient fini d'inspecter le navire de Ramosé, qui voguerait alors vers le nord. Il s'assit sur une borne d'amarrage, frappant machinalement sa cheville de son bâton, et laissa vagabonder ses pensées. L'orbe jaune pâle du soleil dans un ciel laiteux parut s'accrocher un instant au sommet de la citadelle, puis tomber derrière la haute muraille. Une sentinelle, simple silhouette à contre-jour, arpentait le chemin de ronde. Une demi-douzaine de pêcheurs, au milieu d'autant d'esquifs halés à l'extrémité du quai, se querellaient d'une voix forte dans un dialecte local que Bak ne pouvait comprendre.

Il écouta les murmures de l'équipage s'éloigner, respira l'odeur du port, savoura la caresse de la brise sur ses épaules. Il songea au navire qui venait de partir, se demanda dans quel havre il ferait halte pour la nuit. Et il pensa à la barge de transport de Mahou, qui arriverait bientôt de Kor. Les soupçons de Neboua semblaient excessifs, fondés sur l'instinct plutôt que sur des faits.

Cet instinct s'était déjà révélé très sûr, mais en l'occurrence ? La réputation exemplaire de Mahou reposait sur son honnêteté incontestable.

Bâillant à s'en décrocher la mâchoire, Bak sortit du passage sombre sous la porte à tourelles et suivit l'esplanade supérieure. Un grand et large vaisseau de transport, arborant l'effigie du dieu Hapy sur sa proue, avait accosté sur le quai sud. L'équipage s'activait pour fixer le mât et les vergues baissés en vue du long voyage vers Kemet. C'était la barge de Mahou, flottant bas sous le poids de sa cargaison empestant le fumier. Quand elle était entrée dans Bouhen au crépuscule, trop tard pour subir l'inspection, le bétail et les chèvres qu'elle transportait avaient été conduits dans les enclos. Les gardes du port avaient assuré à Bak que personne n'avait touché au reste de la cargaison pendant la nuit.

Le lourd vaisseau tanguait sur les rouleaux sous l'action d'une forte brise. Plus loin, des bateaux plus modestes s'alignaient contre le quai central. Barques de pêcheurs, nacelles de papyrus, bacs transportant des passagers, des animaux ou des marchandises d'une rive à l'autre, tous oscillaient d'avant en arrière, tirant sur leurs amarres.

Bak observa le quai, l'effervescence qui régnait sur la barge de Mahou, les hommes travaillant autour d'un autre bateau plus petit. Il huma l'odeur du fleuve, chargée d'un léger relent de poisson, des fumées d'une multitude de petits foyers, et des remugles douceâtres du fumier. Des oriflammes rouges s'agitaient dans le vent, au bout de quatre longues hampes fixées sur la face du pylône. Le claquement de la toile épaisse rythmait la clameur qui s'élevait à l'intérieur de la forteresse : aboiements, braiments, hurlements des sergents exhortant les troupes à s'atteler à leurs activités de la journée.

En cet instant, le monde semblait parfait. Presque trop. « Si j'étais superstitieux, se dit Bak avec un sourire, je commencerais à redouter des ennuis. »

Imsiba franchit le portail d'un pas décidé, suivi par une petite file de Medjai et de soldats, ainsi que par le scribe des archives. Il s'arrêta en voyant deux hommes au milieu du quai.

— On a tout lieu de se féliciter de sa matinée, semble-t-il.

Bak savait que le grand Medjai faisait allusion au plus jeune des deux. Ouserhet, le contrôleur des entrepôts, était vêtu avec recherche d'un pagne couvrant ses mollets, d'un collier large et de bracelets en perles. Grand et bien charpenté, le fonctionnaire ressemblait davantage à un soldat qu'à un scribe, vu de loin. Il avait des cheveux sombres et bouclés, un nez aquilin, une peau dorée soigneusement ointe d'huile. Imsiba s'était pris d'aversion pour lui du jour où il avait posé le pied à Bouhen. Ouserhet le charmeur — trop au goût du sergent medjai — jouissait de l'admiration de toute la gent féminine de la garnison.

Mahou, le plus âgé des deux, était de taille et de carrure moyennes. Ses longues années en plein soleil sur le pont d'un bateau avaient desséché sa peau foncée. Il portait un simple pagne blanc long jusqu'aux genoux, des anneaux de bronze aux poignets et aux bras, et un pectoral au dessin trop finement ciselé pour être visible d'aussi loin.

— Ouserhet et Mahou sont voisins, expliqua Bak. Ils jouent souvent au *senet*[1] ensemble.

Mais Imsiba lança sur les deux hommes un regard aigre.

— Je croyais Mahou trop intègre pour exploiter la faveur de hauts fonctionnaires.

— Tu connais l'égoïsme d'Ouserhet ! Il ne serait pas en sa compagnie s'il craignait qu'un scandale n'éclabousse sa précieuse réputation.

1. *Senet* : jeu se présentant sous la forme d'une tablette ou d'un coffret doté de trente cases sur une face et de vingt sur l'autre. On y jouait à l'aide de pions noirs et blancs, et d'osselets. (*N.d.T.*)

— Celle de Mahou est également sans tache, mon ami, mais si jamais Ouserhet plaide sa cause afin qu'il échappe à l'inspection, leur image à l'un et l'autre en sortira pour le moins ternie.

— Les subtilités du langage n'ont pas de secret pour toi, sergent !

Un jeune homme mince, âgé d'une trentaine d'années, sortait du passage sombre derrière eux. Ses yeux pétillaient de bonne humeur. Bien que son visage osseux fût grêlé de cicatrices, séquelles d'une maladie infantile, il séduisait par son élégance et sa grâce naturelles. Le collier et les bracelets qui le paraient, délices pour les yeux, mêlaient les perles d'or à la cornaline, à la turquoise et au lapis-lazuli, quand presque tous les autres habitants de Bouhen ne pouvaient s'offrir que du bronze et de la faïence.

Bak n'était jamais tout à fait sûr de la manière dont il devait traiter cet homme, le marchand le plus prospère au sud de Kemet. Aussi avait-il opté depuis longtemps pour des rapports d'égal à égal.

— Hapouseneb ! Je ne m'attendais pas à te voir ici.

Il jeta un coup d'œil vers le quai, quoiqu'il sût pertinemment qu'aucun de ses navires n'y était amarré.

— Comment es-tu arrivé à Bouhen ?

— Tu vois ce glorieux vaisseau à la voile jaune rapiécée ? dit Hapouseneb en désignant un petit bateau de pêche oscillant sur l'onde, près du bord. Je l'ai emprunté la nuit dernière et je suis parti de Kor, où mon propre navire reste bloqué grâce à ton ami Neboua.

— Ne me dis pas qu'il t'a surpris à frauder ! s'exclama Bak en riant.

Le marchand eut une petite moue désabusée :

— En dépit de tout bon sens, un de mes caravaniers a essayé de faire franchir la frontière à trois jeunes femmes démunies de laissez-passer. Neboua a saisi le tout : femmes, ânes et marchandises. Il peut garder les femmes tant qu'il le veut, c'est le cadet de mes soucis, mais je veux qu'on me rende mes ânes et la marchandise qu'ils transportent. Comme il se montre sourd à tout argument, je suis venu à Bouhen dans l'espoir de convaincre Thouti, afin qu'on puisse bientôt charger mon navire et regagner Kemet.

Il secoua la tête d'un air de feinte résignation.

— Le commandant y consent, à la seule condition que je passe par Bouhen pour y subir une seconde fouille. Les ordres du vice-roi ont plus de poids, semble-t-il, que mes pauvres appels à la compréhension.

Souriant de son propre humour, Hapouseneb s'agenouilla au bord de l'eau, rapprocha de lui le bateau de pêche et sauta à bord. Bak et Imsiba reprirent la tête de leur équipe d'inspection et descendirent le quai.

— Hapouseneb est vraiment de bonne composition, remarqua Imsiba. Dommage qu'il n'y en ait pas plus comme lui. Prompt à supporter cette inévitable corvée, et lent à la colère.

Bak s'arrêta près de la passerelle et baissa la voix afin que personne d'autre n'entende :

— Si nous ne trouvons pas d'ivoire, et Neboua non plus à Kor, nous parlerons à Thouti. D'ici là, nous aurons indisposé assez de monde pour convaincre le vice-roi que nous avons accompli notre devoir. Avec de la chance, il tirera un trait sur ces inspections générales.

— Oh, je ne te blâme pas, lieutenant ! dit Ouserhet, tout en considérant Imsiba et ses hommes qui attendaient devant la passerelle le signal de Bak pour monter. Je suis sûr que tu préférerais de loin être ailleurs.

— En effet, répondit Bak de son ton le plus neutre pour éviter toute dispute.

— J'ai cru comprendre que le commandant Thouti a reçu un message du vice-roi, ordonnant des recherches systématiques pour prévenir la contrebande.

Ouserhet marqua une pause, offrant à Bak la possibilité de confirmer ou de démentir, voire de se laisser aller à fournir de plus amples détails.

— Le commandant me fait rarement ses confidences.

— Combien de navires as-tu inspectés jusqu'ici ? Deux ? Trois ? Et tu dois avoir fouillé la moitié des bateaux de pêche qui passent sur cette partie du fleuve, sans parler des bacs. Pourtant tu n'as rien rapporté au Trésor, ni même la moindre marchandise de prix à l'entrepôt principal.

— Non, répondit laconiquement le lieutenant.

La veille au soir, un subalterne de Neboua avait confisqué une cage de bébés singes souffrant de la faim et de la soif. Sans doute leur propriétaire n'était-il pas informé des consignes relatives aux animaux — ou bien il croyait ceux-ci dénués de valeur.

Les sourcils froncés, Ouserhet persévéra :

— Fouiller tant de navires et revenir bredouille, quelle perte de temps ! Le tien, comme celui de tous les autres.

Mahou posa la main sur l'épaule du contrôleur.

— Nous vivons sur la frontière, mon jeune ami. Cela nous crée inévitablement quelques embarras de temps à autre. Surtout aux gens comme moi, qui vont et viennent sans cesse en ayant à leur bord des denrées rares et précieuses.

— Ta réputation est au-delà de tout reproche, insista Ouserhet. Tu ne devrais pas être soumis à une telle humiliation. Si j'étais investi de la moindre autorité, je te permettrais de poursuivre ta route à l'instant.

— Je te sais gré de ta considération, dit Mahou en souriant, mais même si tu en avais le pouvoir, je refuserais. Que penseraient les autres, si l'on m'accordait un passe-droit alors qu'eux sont contraints de se soumettre ?

Jusqu'alors, Bak n'avait vu en Mahou qu'un homme agréable : cette remarque accrut son respect.

— Nous devrions avoir fini avant midi, précisa-t-il.

— Lieutenant Bak ! résonna la voix pressante d'Hori.

Bak se retourna et vit l'adolescent joufflu accourir sur le quai, sa palette sous le bras. Le jeune scribe s'arrêta en une glissade, respira un grand coup.

— Chef, il y a eu un naufrage à une bonne journée de marche vers le nord. Sûrement durant l'orage, ajouta-t-il en épongeant son visage en sueur. Le capitaine Ramosé l'a découvert à l'aurore. Il faut que tu y ailles, chef. On n'a pas trouvé trace des hommes d'équipage. Ils se sont noyés, ou bien ils ont pris la fuite. Et toute la cargaison a disparu.

3

— Peu avant le crépuscule, nous avons trouvé un coin abrité à l'embouchure d'un oued. Le capitaine Ramosé jugeant l'endroit sûr, nous nous y sommes amarrés pour la nuit. Nous étions bien loin de nous douter de ce qui nous attendait au détour d'un banc de récifs !

Tjanouni, le rameur que Bak avait blessé la veille dans son amour propre, s'interrompit pour accroître la tension dramatique de son récit.

Derrière lui, Imsiba, qui tenait les avirons pendant que le courant entraînait l'esquif, arracha son regard à la rive orientale, le long de laquelle ils progressaient, pour lever les yeux au ciel. Réprimant un sourire, Bak encouragea le marin d'un signe de tête. Peu après son arrivée à Bouhen, il avait appris que les habitants de cette terre misérable n'aimaient rien tant que jouer avec les nerfs de leurs supérieurs. Sa patience leur donnait l'occasion de s'amuser tout en lui fournissant les réponses dont il avait besoin. Cependant, il ne pouvait montrer trop d'intérêt, de peur de les pousser à l'exagération.

— L'oued est long mais étroit, et l'eau à son embouchure est profonde. Les berges escarpées ne laissent pas place aux cultures, raconta Tjanouni, qui prit le temps de se gratter le flanc en observant Bak à la dérobée. Avec trois compagnons, j'ai quitté le navire afin de faire un tour au bord de l'eau. C'était le coin idéal pour chercher du petit bois et des objets de peu de valeur rejetés sur la rive pendant l'orage.

Bak considéra la terre qui s'étendait de chaque côté, une terre assoiffée, désolée, où l'expression « de peu de valeur » était à prendre au sens littéral. A l'ouest, une couverture de sable blanchi par le soleil de midi s'accrochait au sommet de l'escarpement. Parfois, elle envahissait la pente d'un cours d'eau depuis longtemps à sec ou glissait au-dessus des rochers sombres pour être avalée par le fleuve enflé. Par endroits l'escarpement reculait, cédant la place à une étroite plaine de riche terre noire qui nourrissait quelques petits villages. Les palmiers, les tamaris et les acacias aux racines gorgées par les eaux bordaient des champs, des canaux et le fleuve. Plus haut, des hommes labouraient la terre moins humide ; les sillons fraîchement creusés, où apparaissaient des vers et d'autres insectes, attiraient des nuées d'oiseaux.

Sur la rive orientale, l'or du désert se teintait de brun. Là-bas, le paysage était plus rude, plus rocailleux. Nichées entre les hautes terres et le fleuve, de pauvres poches de limon émergeaient des eaux. Devant, un oued s'ouvrait en un étroit triangle de fertilité cerné de parois abruptes, attirant les ibis, les grues et les aigrettes. La majeure partie de l'oasis était ombragée par des palmiers ; des vignes mûrissaient sur une terrasse naturelle qui n'était immergée qu'au plus fort de la crue. Une douzaine de bâtisses en pierre et en terre cuite, perchées sur un plateau sableux, dominaient la terre arable.

— On approche de l'épave, annonça Tjanouni. C'est dans le prochain oued après ce village.

Avec un regain d'intérêt, Bak scruta le petit groupe de maisons aux couleurs ternes. Là-bas il trouverait la cargaison, pressentait-il, de même que les membres d'équipage, s'ils avaient survécu au naufrage. Le village ne paraissait pas différent de tous ceux qui avaient poussé sur cette terre misérable. Dans des ruelles tortueuses, des canards et des oies grattaient la boue, des chiens se provoquaient sans grande ardeur. Des enfants nus suivaient l'esquif des yeux pendant que leurs mères lavaient du linge au bord des eaux troubles. Deux hommes assis à l'ombre jouaient aux dames, attendant la décrue. Si ces villageois avaient été les premiers à découvrir l'épave, ils s'étaient appropriés son contenu. Qui aurait agi différemment, le long du fleuve ?

L'air distrait de Bak incita Tjanouni à reprendre son histoire :

— Nous avons contourné les écueils et là, devant nous, l'épave est apparue. On avait peine à la distinguer à cette heure tardive, d'autant plus qu'elle se trouvait dans l'ombre de la falaise. L'un de nous est retourné à la hâte prévenir le capitaine, tandis que mon compagnon et moi courions vers le vaisseau. Celui-ci était brisé, battu par la tempête. Personne n'y montait la garde.

— Tu ne t'es pas aperçu que la cargaison avait disparu ? interrogea Imsiba d'une voix sèche, promettant moins de patience que Bak.

Tjanouni se retourna pour lancer un bref coup d'œil au Medjai, comme pour voir jusqu'où il pouvait aller. Pas très loin, conclut-il sans doute, car il en vint directement au fait :

— Quelques objets se trouvaient encore sur le pont, aussi avons-nous cru que la cargaison était légère, mais intacte. C'est le capitaine qui, à son arrivée, a grimpé à bord pour dresser l'état des lieux. C'est lui qui a trouvé la cabine déserte et la cale vide, continua-t-il à l'adresse de Bak. Il m'a donc envoyé à Bouhen, afin de te prévenir.

Les marchandises entreposées sous le pont servaient de lest. Pas un capitaine jouissant de tout son bon sens ne se serait aventuré loin sans cela, quitte à charger des rochers. Les navires à quille courte et à fond arrondi manquaient de stabilité et chaviraient facilement, surtout en remontant le fleuve toutes voiles déployées, mais aussi lorsqu'ils voguaient vers le nord, propulsés par le courant et un équipage de rameurs. Peu d'hommes auraient couru un risque aussi énorme. Ramosé avait très probablement raison de supposer que la cargaison avait disparu. A moins qu'il ne l'ait lui-même récupérée, espérant, à l'instar de Rennefer, aveugler la police en donnant l'alerte.

Bak aperçut un sentier le long des terrasses naturelles qui ceignaient l'oued. Il imagina le désert au-delà, le sable doré trop brûlant pour être foulé pieds nus, et les affleurements rocheux procurant de l'ombre aux petits habitants des lieux : lézards, scorpions, serpents.

— Ce sentier mène à l'épave ?

— Oui. Le trajet est facile, à partir du village.

Bak manœuvra de manière à guider l'esquif vers la rive. Ses paroles acérées glissèrent comme une dague tirée d'un étroit fourreau :

— Et c'est ici que tu as volé ce bateau ?

Tjanouni se crispa un instant, puis ouvrit de grands yeux candides.

— Je l'ai seulement emprunté.

Imsiba laissa échapper un petit rire dédaigneux. Les traits du rameur se figèrent. Bak masqua son amusement sous un air réprobateur tandis que Tjanouni feignait l'indignation.

— En voyageant à pied, je n'aurais pas atteint Bouhen avant la nuit. J'ai cru préférable de m'en procurer un provisoirement afin que vous parveniez à l'épave à temps. Le capitaine Ramosé souhaite repartir pour le Nord, mais, comme je vous l'ai dit dès que je vous ai vus, il se sent obligé d'apporter son aide. Soit pour reconduire les rescapés à Bouhen, s'ils trouvent le courage de revenir sur le navire pillé, soit pour transporter tous les biens récupérables.

Bak considéra le rameur avec sévérité.

— Plus tard, quand j'aurai discuté avec Ramosé, tu me ramèneras dans ce village. Alors, tu expliqueras que c'est toi qui as volé, enfin, « emprunté » cet esquif.

Le désarroi se peignit fugitivement sur le visage de Tjanouni. Bak se radoucit. Le délit était minime et facile à réparer.

— Je doute que tu aies de grandes raisons de t'inquiéter. S'ils se sont emparés de la cargaison, ils seront trop occupés à se justifier pour se plaindre de ton larcin.

— S'agit-il bien d'un accident, ou le navire a-t-il pu être échoué de propos délibéré ? interrogea Bak en s'approchant du bateau renversé.

Il prenait soin de ne pas trop remuer la vase sous ses pieds afin de ne pas troubler l'eau davantage. Il se pencha pour mieux examiner la carène.

Le capitaine Ramosé, son visage hâlé pincé par une colère sourde, était auprès de lui.

— Tu es trop soupçonneux, lieutenant.

Il faisait moins allusion à l'épave qu'à ce qui s'était passé à son propre bord. Il avait regardé dans un silence tendu Imsiba rejoindre son navire à la nage et se hisser sur le pont. Il n'avait pas eu besoin d'explication pour deviner l'intention du sergent : si, avec la complicité de son équipage, il avait déchargé la cargaison du navire naufragé pour la transférer dans une cache toute proche, le Medjai saurait la vérité.

Bak ne dit mot et admit seulement en son for intérieur qu'il péchait quelquefois par excès de prudence. Ramosé désigna la longue planche rompue de la quille.

— Vois par toi-même : toute son épine dorsale est brisée.

Le vaisseau, long de soixante-dix coudées de la poupe à l'étambot, gisait de tout son poids contre un gros bloc de grès, qui avait dû jadis être charrié dans l'oued quand, sous l'effet d'une violente pluie d'orage comme il en survenait parfois dans les montagnes orientales, les eaux de la crue avaient déferlé dans le lit asséché. Outre la planche principale de la quille, le flanc gauche était défoncé, comme transpercé par la pointe d'une gigantesque flèche. Le navire embroché penchait sur le côté, sa coque submergée jusqu'à hauteur de cuisse.

— J'en sais trop peu en matière de navigation pour hasarder une hypothèse, dit Bak en se redressant. J'aimerais que tu m'éclaires.

— Seuls les dieux ont pu pousser ce navire si loin à l'intérieur des terres et le jeter si fort contre le récif.

Ramosé observa la vase soulevée dans le sillage de Bak, puis longea la coque. Sa main glissa sur le bois noirci et grenu d'avoir servi tant d'années. Près de la proue, il se pencha très bas sous le fleuron puis scruta l'embouchure de l'oued où attendait son propre navire. Son ton devint cassant :

— D'après moi, ils ont été surpris par la tempête. Le capitaine Roï a dû voir en cet oued un présent des dieux. Mais ils ont été entraînés dans les hauts-fonds, puis contre ce rocher, sans aucune chance de salut.

La théorie était plausible, cependant...

— Tu penses que tout l'équipage a péri ? demanda Bak en regardant le pont incliné, mais intact. A part cette énorme brèche, les dégâts sont si minimes et l'eau si peu profonde que cela semble impossible.

Un banc de minuscules poissons vint tournoyer autour de lui en chatouillant ses jambes. Les sourcils froncés, Ramosé réfléchit, chercha dans ses souvenirs.

— La tempête a été rude, néanmoins la plupart des hommes en ont probablement réchappé. Tout de même, ça ne m'étonnerait pas qu'un ou deux matelots soient passés par-dessus bord avant de quitter le fleuve. J'ai vu de mes yeux l'eau balayer l'esplanade la plus haute, à Bouhen. Après l'orage, les poissons flottaient le ventre en l'air, avec des oiseaux morts ou blessés abattus par le vent.

Bak repensa au village plus au sud, si tentant pour des hommes sans abri, ployant sous le fardeau d'une cargaison volée. Mais où se trouvait le capitaine ? Il n'aurait certainement pas abandonné son vaisseau et sa cargaison.

Il remonta sur la berge escarpée. Au bout de l'oued, le navire de Ramosé se balançait sur la houle légère. Le pont et les équipements grinçaient, son pavillon bruissait sous la brise douce. A l'avant et à l'arrière, des aussières reliaient le vaisseau aux piquets d'amarrage fichés dans la pente, au-dessus du bord de l'eau. Sur le pont, Imsiba bavardait avec les hommes d'équipage.

Certain que le Medjai saurait à quoi s'en tenir, Bak reporta son attention sur l'épave empalée. Un mât fixe s'élevait au centre d'une modeste cabine à armature de bois, flanquée de pans bruns en joncs grossièrement tressés. Comme le navire suivait le fil du courant, les vergues étaient rabattues sur le toit de la cabine et la voile pliée au-dessous. La poupe avait été projetée contre la paroi de l'oued, écrasant le poste de pilotage et le gouvernail. L'avant, intact, reposait sur un coin d'herbes dures, sur la rive opposée. Une pile d'au moins vingt rondins d'ébène, longs de six coudées, avait fracassé la rambarde après avoir échappé à ses attaches et dépassait du bord, en équilibre précaire. Un sarcophage de bois, peint en blanc, était arrimé à la cabine ; sur la forme humaine, un ruban jaune couvert d'inscriptions noires courait de la poitrine aux orteils, entrecroisé par intervalles de rubans transversaux. Une quinzaine de paniers en jonc, au couvercle scellé, avaient glissé contre le pied de la rambarde au moment du choc.

Sans pouvoir s'expliquer pourquoi, Bak se sentait triste devant ce navire blessé. Ce n'était qu'un banal bateau de commerce, de taille moyenne, avec pour seul ornement un œil d'Horus peint sur la proue. Pourtant il avait dû posséder une beauté majestueuse, lorsqu'il fendait les eaux de son bois sombre et lustré qui avait essuyé tous les climats, sa voile rectangulaire largement déployée telles les ailes d'un gigantesque oiseau.

— Pourra-t-il naviguer à nouveau un jour ?

— Ce ne sont pas des réparations anodines. Le récif a déchiré le cœur du navire, jugea Ramosé, qui recula en éclaboussant son pagne pour examiner encore les dégâts. Il faudra le mettre en cale sèche dans un chantier.

Bak se rappela le vaisseau amarré à Bouhen, la veille de l'orage. L'ébène arrivant du nord dans le Ventre de Pierres était généralement tronçonnée en raison de la difficulté du transport, aussi ces rondins avaient-ils éveillé sa curiosité. Le capitaine, qu'il n'avait jamais vu et se rappelait à peine, était absorbé par l'inspection finale avant le départ, de sorte qu'il s'était entretenu avec le scribe chargé de percevoir les taxes. L'ébène, lui expliqua celui-ci, avait été transportée le long des rapides pendant la crue, sur le petit navire d'un Kouchite si intrépide qu'il avait bravé les eaux sauvages et turbulentes par plaisir autant que par intérêt.

Hormis le bois, la cargaison ne sortait pas de l'ordinaire. Des peaux de vache sur le pont. Des lingots de cuivre, apportés d'un entrepôt par une file ininterrompue de débardeurs qui les entassaient ensuite dans la cale. Désormais, il ne restait plus que le cercueil, les rondins et les paniers. « Trop lourds pour être déplacés aisément, supposa Bak, ou bien n'en valant pas la peine. »

— Ont-ils laissé quelque chose en bas ? demanda-t-il.

— Pas même la voile.

Ramosé escalada la pente pour le rejoindre. Les pieds largement écartés, les pouces coincés dans sa ceinture de part et d'autre de son ample bedaine, il fixait sa propre barge. Imsiba se trouvait encore sur le pont, où il sondait paniers, coffres et baluchons tout en bavardant gaiement comme si sa tâche n'était qu'une pure formalité. La bonne humeur souriante du Medjai, mais surtout sa rigueur implacable ne manquaient jamais de faire flancher ceux qui avaient quelque chose à cacher.

Bouillant de rage, Ramosé arracha son regard à son navire pour le poser sur l'épave.

— La dernière fois que j'ai vu ce vaisseau, c'était à Kor, où les hommes déchargeaient des céréales. Roï comptait ensuite s'arrêter à Bouhen pour embarquer du cuivre qu'il devait livrer à Abou. Je connaissais assez peu cet homme, c'est pourquoi je ne me suis pas attardé pour bavarder.

Bak répugnait à faire l'éloge de gens qui s'appropriaient le bien d'autrui, offensant Maât, cependant il devait reconnaître que les voleurs ne manquaient pas de détermination. Les lingots de cuivre, de même que les peaux, étaient lourds et encombrants. Il avait fallu un travail de fourmi pour vider la cale, nettoyer le pont de presque tout ce qui s'y trouvait puis dissimuler le butin. Un jour de plus, et ils auraient raflé l'ébène. Qui sait s'ils n'espéraient pas réduire le navire en petit bois pour le feu. Quant au sarcophage, une fois le cadavre jeté pardessus bord, il aurait été conservé en vue d'un usage ultérieur.

Les yeux de Ramosé se posèrent une fois encore sur son propre bateau avant de revenir sur l'épave. Sa voix vibrait d'amertume lorsqu'il affirma :

— Nous avons trouvé ce navire dans l'état où tu le vois, lieutenant. Si je mens, qu'Hapy nous engloutisse tous !

Peu d'hommes du fleuve auraient proféré en vain un tel serment. Celui qui évoquait la vengeance du dieu était d'une honnêteté sans faille, ou si coupable qu'il savait mériter la mort par noyade.

Bak posa la main sur l'épaule du capitaine et répondit en souriant :

— Il faut en passer par là, Ramosé. Je dois être sûr de ton innocence. Pour récupérer la cargaison volée, j'aurai besoin de ton aide et de celle de tes hommes.

Le rire de Ramosé résonna, sec et ironique.

— Ce n'est pas croyable ! En même temps que tu m'insultes, mettant en cause mon intégrité, tu sollicites mon assistance !

Il secoua la tête en exagérant son air d'incrédulité avant de rire à nouveau.

— Vraiment, je n'ai jamais vu d'homme aussi parfait pour sa tâche. Maât a trouvé en toi l'instrument idéal.

Bak ne fut pas certain d'apprécier cette réflexion. Il aurait aimé y discerner un compliment et non une critique, car si Maât était la divinité de la vérité et de l'ordre, le mot « instrument » le chiffonnait.

Pour éviter une discussion, et peut-être des paroles trop vives, Bak s'éloigna le long de la berge où émergeaient les pointes irrégulières des roseaux. Au bout de quelques pas, il atteignit la pente raide menant au sommet de l'escarpement. La surface du sentier était sablonneuse, mais incrustée de pierres tassées par le passage de pieds et de sabots. Autant dire indéchiffrable. Toutefois, des hommes pressés cherchaient souvent des raccourcis et, pour peu qu'ils soient lourdement chargés, il leur arrivait de dévier à droite ou à gauche.

Bak gravit la pente jusqu'au premier lacet et s'arrêta pour étudier le sol de chaque côté. Rude et rocailleux, celui-ci parut d'abord aussi insondable que le sentier, mais le lieutenant trouva bientôt une minuscule poche de sable déposé par l'orage récent, où apparaissait l'empreinte parfaite d'un pied nu que le vent n'avait pas encore estompée. C'était un pas d'adulte, trop grand pour être celui d'une femme, sans rien de particulier. Parfaitement quelconque, en somme. Peut-être celui d'un marin, peut-être pas. Offrant une rapide prière à Amon afin que sa patience soit récompensée par un indice plus probant, Bak persévéra. Il avançait d'un ou deux pas à la fois, puis s'immobilisait pour repérer d'autres dépôts sablonneux.

La piste vira encore sur elle-même. Il distingua une nouvelle poche plus vaste, abritée par un affleurement rocheux au-dessus du chemin, et crut y apercevoir une sorte d'empreinte. Retenant son souffle, il gravit prestement la pente. Son pied dérapa sur une pierre branlante et il s'écorcha le genou. Indifférent au sang suintant de la blessure, à la brûlure de la chair, il s'accroupit afin d'examiner la trace dans le sable.

Elle était nette et facile à interpréter. Bak reprit espoir. Sur la gauche, un carré lisse apparaissait au milieu d'un réseau de triangles : l'impression du vêtement en filet porté par les rameurs, avec une pièce de cuir à l'arrière pour protéger le pagne. Et puis, à côté sur la droite, l'empreinte minuscule d'une patte de singe, un peu floue comme si l'animal tenait à peine en place. Bak s'étonna qu'une créature aussi exotique vive dans un pauvre village sur cette partie du fleuve. Pourtant, ni le navire de

Roï ni celui de Ramosé ne transportaient d'animaux sauvages dans leur cargaison. Le singe était-il un animal familier ? Un marin pouvait l'avoir trouvé et gardé pour compagnon. En tout cas, il n'appartenait pas à l'équipage de Ramosé, car on n'avait pas vu de singe lors de l'inspection à Bouhen.

Non, l'homme qui s'était assis à cet endroit venait du navire échoué. Les autres survivants et lui s'étaient dirigés vers le sud, jusqu'au village où ils avaient recruté de l'aide pour récupérer la cargaison. Mais qu'était-il advenu de Roï ? Pourquoi un capitaine aurait-il dépouillé son propre vaisseau de tout ce qu'il transportait ?

Un mouvement attira son attention au débouché de l'oued. A la rambarde de la barge de transport, Imsiba agitait les deux bras au-dessus de sa tête, le signal convenu pour indiquer que Ramosé et ses hommes étaient innocents. Bak dévala la piste et s'empressa de rejoindre l'homme envers lequel il avait des torts. Des excuses s'imposaient.

— Jusqu'à ton arrivée, nous ne savions rien de ce naufrage.

Pahouro, le chef du village en amont, secoua sa tête chenue pour opposer un démenti formel.

— Puisque nous n'en savions rien, nous n'avons pas pu prendre la cargaison.

Un argument d'une logique imparable, qui n'en était pas moins un fieffé mensonge. Le policier s'appuya contre le muret en brique crue, à hauteur de hanches, qui enfermait deux vaches blanches bien grasses et un âne gris. Il scruta la piste au sommet de l'escarpement, à l'endroit où elle disparaissait. Aucun signe d'Imsiba, parti chercher un jeune garçon qu'il avait aperçu tout en haut, en train de contempler l'épave. Un villageois, peut-être, ou bien l'un des marins disparus.

A l'intérieur de l'enclos, les mouches bourdonnaient autour de plusieurs tas de fumier verdâtre, dont les relents se mêlaient à l'odeur des animaux et aux effluves piquants du fourrage. Un corbeau apprivoisé sautillait le long du muret, réclamant à cris rauques de la nourriture ou de l'attention. De là où Bak se trouvait, le village correspondait à l'impression qu'on en avait depuis le fleuve : quelques maisons misérables reliées par d'étroits chemins poussiéreux, dont les portes ouvraient sur des pièces sombres, à l'atmosphère confinée. Trois petits enfants nus, l'un suçant son pouce, l'observaient du haut d'un toit.

De temps à autre, Bak apercevait les marins de Ramosé qui passaient de maison en maison, conduits par Tjanouni, pour chercher les marchandises manquantes. Il avait placé le rameur à leur tête sitôt l'esquif restitué avec les excuses appropriées. L'humiliation était suffisante. Les villageois se tenaient à l'écart et suivaient leur progression de loin, en chuchotant. Ils semblaient plus sournois que vexés ; c'étaient des gens qui dissimulaient un secret, non les victimes indignées d'une fouille inique.

— Ton village et tes champs sont bien entretenus, Pahouro. Quant à tes palmiers-dattiers, ajouta Bak en désignant du menton l'oasis qui s'étendait en bas, je gage qu'ils suscitent l'envie de tous les habitants de cette partie du fleuve. Franchement, à la fin de l'orage, tu n'as pas eu le bon sens d'envoyer les enfants à la recherche des objets utiles ou agréables rejetés sur le rivage ?

Pahouro, d'abord flatté par le compliment puis blessé par sa conclusion, changea de position sur l'unique fauteuil que comptait le village. Le siège en bois, doté d'un dossier raide, s'ornait d'un coussin aux motifs de spirales multicolores entrelacées. Avant que le vieillard ne s'y installe, Bak avait remarqué la minceur du rembourrage, destinée, peut-être, à mettre les motifs en valeur. Quelle que fût la raison d'une telle parcimonie, le coussin était bien fin pour protéger le postérieur osseux du chef du village. Bak sentit que sa patience serait couronnée de succès, car Pahouro finirait par éprouver une envie irrésistible de se lever. Cependant, il préférait ne pas attendre aussi longtemps.

— L'orage s'est calmé tard, répondit Pahouro, passant de la fesse gauche à la droite, d'un mensonge à l'autre. Je n'aime pas savoir les enfants loin du village à la nuit tombée.

Bak ramassa un fétu de paille, en mâchonna l'extrémité, puis il forma un sourire compatissant.

— J'aurais montré la même prudence, surtout avec une bonne dizaine de marins montant du fleuve à la recherche d'un abri et de nourriture.

— L'équipage a survécu ? dit Pahouro d'un ton soulagé. Hapy soit loué de les avoir épargnés.

— Ne prétends pas que tu ne les as pas vus ! Mon sergent medjai a suivi leurs traces depuis l'épave jusqu'à ce village.

Il mentait à son tour, exploitant une opinion préconçue des gens de la région, selon laquelle les Medjai connaissaient mieux le désert que quiconque à Ouaouat. Il ne leur venait pas à l'idée que les hommes de Bak avaient tous grandi au pays de Kemet, et que la plupart avaient passé leur jeune âge à cultiver les champs d'Amon.

Pahouro s'agita sur son siège, non à cause du manque de confort, devina Bak, mais parce qu'il commençait à se sentir acculé.

Les matelots quittèrent la dernière maison, leur fouille terminée, et Tjanouni secoua négativement la tête. Ils n'avaient rien trouvé. Bak ne voyait pas non plus Imsiba reparaître sur le sentier en compagnie du jeune guetteur. Le soleil terminait sa course vers l'horizon. Tout espoir de mettre bientôt la main sur l'équipage et la cargaison s'évanouirait en même temps que la lumière.

— Je sais que tu as récupéré tout ce que tu pouvais. Pourquoi pas, après tout ? La vie est dure, sur cette terre ingrate.

Bak fixa le vide comme s'il tâchait de prendre une décision, puis cracha la paille et se leva.

— Voici ce que je vais faire, Pahouro : si tu me guides jusqu'aux marchandises qui manquent, je fermerai les yeux sur ton infraction.

Le vieil homme fronça les sourcils, sceptique.

— Je ne blâmerai personne dans ce village, promit Bak. Ni homme ni femme, ni enfant. Je tournerai les talons, je m'en irai et il n'en sera jamais plus question.

— Tu accuses à tort, lieutenant, soupira Pahouro en secouant la tête.

Une pensée secrète donna à son visage un air rusé, et il s'appuya sur les accoudoirs pour se propulser hors du fauteuil.

— Viens, laisse-moi te montrer.

Sans un regard en arrière, il avança parmi les maisons du village. Bak, se pressant pour le rattraper, fit signe à Tjanouni de les accompagner.

Pahouro les guida d'une bâtisse à l'autre, dans des remises et sous des auvents. Il les invita à palper et à sonder, à regarder encore ce que la patrouille avait déjà examiné. Certain que le vieillard tentait de le berner, Bak scrutait tout avec attention, l'esprit à l'affût. Comme la première fois, les villageois les observaient de loin, en chuchotant, cependant ils paraissaient d'humeur réjouie, et Bak vit même un homme donner un coup de coude à son voisin. La cargaison pillée était là, il en aurait mis sa main au feu. Mais où ? Était-il passé tout près sans la voir ?

Enfin, un chemin étroit les conduisit à un édifice construit à l'arrière de la terrasse naturelle. D'après l'agencement des pierres et les différences de taille des briques qui le composaient, Bak sut qu'il avait été bâti maintes générations plus tôt, puis réparé ou modifié à plusieurs reprises dans le passé. La façade présentait des traces récentes de rénovation, mais l'arrière du bâtiment menaçait ruine. Un mur avait croulé, un autre penchait à un angle précaire. Plus de la moitié du toit s'était affaissée.

Six grandes poteries grises, transformées en ruches, attirèrent le regard de Bak vers une partie intacte du plafond. Que faisaient-elles là ? D'ordinaire, on plaçait les ruches près de l'oasis, sûrement pas à l'autre bout d'un village, ce qui obligeait les insectes à survoler les toits où les femmes travaillaient aux heures fraîches et où jouaient les enfants. Dans la ruelle au-dessous, il remarqua que des abeilles s'agglutinaient autour des éclats d'une petite jarre dans une mare d'or liquide. Du miel. Devant cette touche magistrale, il rit tout bas.

— As-tu fouillé cette bâtisse, Tjanouni ?

— Oui, mon lieutenant, répondit le rameur, presque obséquieux envers Bak auquel il devait sa nouvelle autorité. Nous n'y avons rien trouvé du tout.

— L'un d'entre vous est-il monté sur le toit ?

— Avec ces essaims d'abeilles ? protesta Tjanouni. Personne n'avait envie de se faire piquer ! D'ailleurs, c'était inutile. On voyait l'intérieur à travers les éboulis.

Bak avança lentement au milieu des insectes vrombissants, en prenant soin de ne pas les alarmer. Ayant atteint le long mur de pierres cimentées à l'aide de boue séchée, il en effleura la surface de l'index. Bien que sec en apparence, le ciment improvisé était frais et humide, souple au toucher. Les pierres venaient d'être posées. Quand le policier se retourna, Pahouro le considérait avec une considération accrue, et Tjanouni avec une expression proche de la vénération.

— Qu'on ouvre une brèche dans ce mur, dit-il au vieil homme.

— Pas la peine, se résigna Pahouro. Je vais te montrer ce que tu désires voir.

Il guida Bak dans l'édifice et gravit un escalier défoncé aboutissant au toit. Les abeilles volaient autour d'eux, quittant puis regagnant les ruches, résolues à fournir une dernière livraison de miel avant l'obscurité. Ils progressèrent avec circonspection jusqu'au bout de la partie intacte. A leurs pieds apparut une petite pièce carrée, sans doute abandonnée depuis longtemps, qui venait d'être transformée en dépôt sans porte ni fenêtre. Des dizaines de lingots de cuivre, épais d'un doigt et dont la forme évoquait des dépouilles d'animaux, étaient empilés contre les murs. Les peaux ne s'y trouvaient pas.

— Où avez-vous caché le reste ? interrogea Bak.

Les yeux du vieillard se levèrent vers lui et sa voix vibra de sincérité.

— Tout ce que nous avons trouvé est là.

Bak jugea que l'heure était venue d'énoncer une vérité très simple :

— Deux choix s'offrent à moi, Pahouro. L'un est la promesse que je t'ai faite tout à l'heure. Le second est beaucoup moins plaisant.

Il s'approcha de l'extrémité de la toiture et contempla l'oasis, au-delà du village. Les palmiers d'un vert luxuriant et le sol noir fertile émergeraient bientôt des eaux en crue.

— Je peux emmener tous tes hommes de plus de quatorze ans à Bouhen, où ils comparaîtront pour vol devant le commandant. S'il les déclare coupables, ce qu'il ne manquera pas de faire, ils rejoindront un convoi de prisonniers en partance pour le désert. Ils travailleront dans les mines au profit de notre souveraine, Maakarê Hatchepsout. Un juste châtiment, n'est-ce pas, pour ceux qui l'ont lésée de ce qui lui revient de droit ?

Pahouro l'écoutait, pâle et figé, bouleversé par cette menace. Si tous les hommes valides étaient emmenés au loin, il ne resterait plus que les femmes et les enfants pour ensemencer les champs et s'occuper des récoltes, ce qui était exiger l'impossible. Pis encore, nombre des hommes ne survivraient pas à une peine si sévère.

— Tu fermeras les yeux ?

Si la question n'était pas une prière, elle y ressemblait fort.

— Je l'ai promis et je tiendrai parole.

— Viens avec moi.

— Voilà tout ce que nous avons trouvé à bord, jusqu'au moindre petit objet.

Pahouro ressemblait à un homme brusquement plongé dans le veuvage, tant était grande son affliction de perdre ces précieuses marchandises. A côté de lui, Bak s'efforçait de masquer sa stupeur. Il s'attendait à voir des peaux, une voile, quelques objets utiles — or un véritable trésor s'étalait sous ses yeux.

Le vieux l'avait conduit au bout de la vallée fertile. Là, ils avaient gravi un chemin escarpé jusqu'à une profonde indentation dans la face rocheuse, entourée d'un cercle d'énormes pierres. Le long de la paroi du fond, un surplomb protégeait les cages du soleil et du vent. Elles renfermaient deux lionceaux et un couple de petits félins dont Bak ignorait le nom, quatre chiens sauvages — des chiots, en réalité — et plusieurs singes, dont deux jeunes babouins, qui étaient des animaux sacrés destinés à la demeure d'un dieu, à Kemet. Sans les peaux rousses, brun-gris ou noir et blanc amassées contre les rochers, Bak aurait pu douter que cette marchandise provenait du navire qu'il avait vu à Bouhen.

Un glapissement aigu attira son regard vers le surplomb au-dessus des cages, d'où le dévisageait un petit singe gris perché sur l'épaule d'un rameur d'environ treize ans — sans doute celui qui avait laissé l'empreinte sur le sable. Le gamin était en compagnie d'un matelot plus âgé, aux muscles puissants et au nez tordu, qui était assis les genoux contre sa poitrine et regardait Pahouro d'un œil mauvais. Des silhouettes peintes d'hommes et de bétail semblaient cheminer sur le mur au-dessus de leur tête, ainsi qu'au-dessus des cages. Plus loin, d'autres dessins rouge et noir bleuté ornaient la paroi derrière un monceau de peaux de léopard, de zèbre et de girafe, des paniers d'œufs et de plumes d'autruche, des jarres et des coffres dont les étiquettes indiquaient des huiles aromatiques, des épices, de l'encens.

Tant d'objets de prix, beaux et rares, dont tous jusqu'au dernier étaient à coup sûr passés en fraude. Bak tendit la main, paume en l'air. Bien que moite, du moins elle ne tremblait pas, ce qui aurait trahi sa surexcitation.

— Il me faut le manifeste du navire.

Ignorant le marin au nez tordu, dont le visage s'empourprait de colère et de reproche, Pahouro alla chercher à l'autre bout du surplomb une jarre d'argile grise contenant une demi-douzaine de rouleaux de papyrus.

— Personne au village ne sait lire, pas plus que les rescapés du naufrage, mais ce que tu cherches doit être là-dedans.

Les notes griffonnées à l'extérieur des documents révélèrent, non pas un inventaire scellé, ce qui eût été normal, mais deux. Le premier, bref et concis, mentionnait des peaux de vache, des rondins d'ébène, le sarcophage d'un certain Amenemopet embarqué à Kor, et pour finir des lingots de cuivre chargés à Bouhen. Il était tracé dans l'écriture serrée et familière d'un scribe en chef que Bak connaissait bien. Le second, plus long, répertoriait les objets exotiques cachés dans l'abri, outre des denrées plus banales. C'était un faux, destiné à convaincre un contrôleur curieux que toute la cargaison était en règle. L'écriture était nette, les signes formés à la perfection, comme par un scribe décidé à omettre la moindre habitude négligente qui aurait permis plus tard de l'identifier.

Bak parcourut la cache en comparant la liste avec les articles qu'il voyait. Sans décompte exact, il ne pouvait en avoir l'assurance, toutefois il pensait que rien ne manquait. Une vérification rigoureuse pourrait être effectuée plus tard, au moment où les marchandises seraient chargées sur le navire de Ramosé pour être transportées à Bouhen.

Les rouleaux à la main, il maîtrisa sa jubilation avant de se planter devant les marins.

— Où est le capitaine Roï ?

— Disparu, marmonna le plus âgé. Passé par-dessus bord.

D'un regard, Bak chercha confirmation auprès du gamin.

— C'est vrai ! L'orage a éclaté plus tôt que le capitaine s'y attendait, assura l'enfant avec une telle nervosité que le singe l'agrippa par le cou. Nous étions encore en train d'arrimer l'ébène. Dans ce brouillard, on ne voyait plus ses propres pieds. Le capitaine connaissait ces eaux-là mieux que je ne connais les taches de rousseur sur mes mains. Il avait grimpé sur la proue pour chercher un havre. Une vague immense s'est abattue sur nous, et puis il n'était plus là. Ouaserhet et Maïa non plus, seulement on ne s'en est aperçu que plus tard.

L'histoire avait l'accent de la vérité, cependant...

— Comment avez-vous trouvé l'oued où votre navire gît à présent ?

— Les dieux nous ont pris en pitié ! Nous avons été précipités dans sa bouche, affirma le gamin, saisi d'une terreur respectueuse à cette évocation. On ne savait pas où on était, sinon on aurait peut-être pu sauver notre bateau.

— On se croyait en eau profonde, grommela son compagnon.

— C'est seulement en nous échouant que nous avons compris notre erreur, renchérit le garçon.

— Si le capitaine avait été avec nous, il aurait su, lui.

Bak imaginait fort bien le chaos qui avait dû régner, sans personne pour donner d'ordres, pour imposer une ligne d'action.

— Où avez-vous chargé cette précieuse cargaison ?

— A Kor, répliqua l'homme avant que l'enfant ait pu répondre.

Le regard que Bak lui lança aurait pu le dessécher sur place.

— Je sais précisément ce que vous avez pris à Kor : des peaux, de l'ébène et le sarcophage. Quant au cuivre, vous l'avez chargé il y a trois jours, et plus tard dans l'après-midi, vous avez vogué vers le nord.

Les yeux écarquillés de peur, l'enfant ouvrit la bouche pour parler. Son compagnon referma sa main autour de sa cuisse, et ses doigts s'enfoncèrent dans sa chair tel un étau, arrachant un cri au jeune garçon. Le singe se réfugia peureusement dans ses bras.

— En ce moment même, mon sergent medjai cherche tes camarades. Il les trouvera, sois-en sûr.

Frappant le genou de l'homme du bout de son papyrus, Bak prit une voix menaçante :

— Vas-tu me dire ce que je veux savoir, ou un autre parlera-t-il à ta place ? Seras-tu traité avec indulgence pour ta coopération, ou l'un de tes camarades partira-t-il de Bouhen lavé de tout soupçon, pendant que tu croupiras avec les autres dans les mines du désert ?

L'homme regarda le jeune garçon, dont les yeux le suppliaient d'être franc. Il cracha sur le côté comme s'il était obligé de marquer son mépris, puis se décida à parler, bourru et réticent.

— Cette nuit, nous nous sommes arrêtés environ à mi-chemin entre Bouhen et cette vallée. Sur la rive ouest du fleuve. Un coin isolé, trop stérile et aride pour y vivre. Un feu nous a guidés vers le rivage, où nous avons trouvé tout ce que tu vois ici. Nous avons chargé à la hâte, y voyant à peine, trébuchant dans la maigre lueur du feu jusqu'à notre navire où le capitaine Roï brandissait une torche. Quand tout a été déposé sur le pont, nous avons largué les amarres.

— Qui avez-vous rencontré là-bas ? Qui a remis ces objets à ton capitaine ?

— Nous n'avons vu personne, répondit le marin, baissant la tête comme si cette question le mettait mal à l'aise. La nuit était noire, sans le moindre rayon de lune. Loin du feu, on ne distinguait rien à deux pas devant soi. Peut-être que des gardes étaient postés, en tout cas on ne s'en est pas rendu compte.

Cette histoire invraisemblable rappela à Bak celles que son père lui racontait autrefois pour épuiser son imagination d'enfant, afin qu'il s'endorme. Et comme à ces récits mêlant mythes et aventures, il avait envie d'y croire.

— Peux-tu me montrer l'endroit ?

— Je pense que oui... On peut essayer, décida le matelot après un coup d'œil au gamin, qui lui aussi paraissait hésitant.

Un long sifflement en trilles résonna au loin. Un signal medjai. Bak se hâta de sortir pour scruter le chemin sinueux sur l'escarpement. Imsiba le descendait rapidement, suivi par un groupe disparate. Les marins disparus.

Plusieurs hommes de Ramosé fermaient la marche, pour prévenir toute tentative de fuite. Bak tourna la tête vers l'ouest embrasé par Rê, telle une flammèche rouge orangé à l'horizon. Il était trop tard pour charger le navire de Ramosé, trop tard pour lever la voile. Néanmoins, on pouvait considérer que ç'avait été une journée satisfaisante. Oui, plus que satisfaisante.

4

Le capitaine Ramosé se tenait à l'entrée de la cachette dans les rochers, les pieds largement écartés, les mains sur les hanches. C'était, comme l'avait observé Bak, sa posture de commandement favorite.

— Maintenant, écoutez-moi bien ! Sauf pour vous soulager, vous ne mettrez pas les pieds hors de cet abri en mon absence. Vous m'entendez ?

Les quatre rameurs auxquels il avait ordonné de rester derrière acquiescèrent sans enthousiasme. Aucun d'entre eux n'envisageait avec joie de passer le prochain jour sur un étroit replat rocheux, à imaginer comment ses camarades se divertissaient à Bouhen.

— Si quoi que ce soit disparaît, je vous en tiendrai responsables, tous jusqu'au dernier. Compris ?

Ils opinèrent à nouveau du chef, frottèrent leurs pieds nus par terre, contemplèrent aigrement la marchandise de contrebande qui les enchaînait à ce lieu de désolation. Un marin parut sur le point de protester, mais l'air menaçant de Ramosé le convainquit de ravaler ses paroles.

— C'est donc réglé, conclut le capitaine.

Il se tourna, adressa un clin d'œil à Bak, et descendit le chemin vers son navire, amarré en bas de l'escarpement situé au nord de la terre cultivée.

Le vaisseau tanguait lourdement sur la houle, trop chargé pour conserver sa grâce. Une large planche reliait le pont à la pente en guise de passerelle. Deux marins transportèrent le sarcophage blanc sur le passage instable, l'un à la tête et l'autre aux pieds. Ils avançaient rapidement bien qu'avec prudence, de peur de glisser et de tomber à l'eau avec leur triste fardeau. Outre la cargaison première à destination d'Abou, le pont était encombré de cages, de jarres d'huiles aromatiques et d'encens — les marchandises les plus fragiles. Dans tous les coins restés libres, les rescapés du naufrage tâchaient de se faire oublier.

Pahouro, les épaules droites et les lèvres pincées, dissimulait fièrement son humiliation d'avoir été percé à jour si vite et si totalement. A moins qu'il ne se soit attendu à subir le courroux des dieux, ou de la puissante Kemet.

— Vous n'avez rien trouvé d'autre à bord ? l'interrogea Bak, une fois encore.

Il pensait aux défenses d'éléphant, car on n'en avait pas découvert parmi les articles de contrebande.

— Nous n'avons rien gardé, je te le jure devant le seigneur Dedoum[1], répliqua Pahouro, la voix tendue et l'échine raide.

Bak eut foi en ses paroles, que d'ailleurs le faux document énumérant les objets précieux semblait corroborer. Il n'était fait aucune mention d'ivoire.

Son regard se porta sur Ramosé, qui quittait le village en toute hâte, soulevant un nuage de poussière à chaque pas. Un chien jaune jappa dans un coin d'ombre, puis se leva et trotta le long d'une ruelle ensoleillée. Il s'arrêta pour renifler les talons de plusieurs femmes agenouillées devant un petit autel en brique, dédié à une divinité locale que Bak ne put identifier d'aussi loin. Il devina que ces femmes priaient pour la sécurité de leur village et de leurs hommes.

— Je tiendrai ma promesse, Pahouro, dit-il, irrité qu'on montre si peu de confiance en ses assurances. Je n'ai aucun désir de saigner ton village à blanc.

1. Dedoum : dieu du désert de Nubie. On le voit brûler de l'encens lors des naissances royales. (*N.d.T.*)

— Ce sont de vieilles femmes, lieutenant, des êtres fragiles qui se rappellent un temps ancien où nos hommes durent partir à la guerre. Pas un sur dix ne revint.

Bak se souvint des récits qu'il avait entendus sur la dernière grande guerre livrée dans cette région et plus loin au sud. Bien des années s'étaient écoulées depuis et le village semblait désormais plutôt prospère, avec ses vaches grasses et ses volailles dodues, ses champs riches, ses palmiers luxuriants et ses vignes qui donnaient sans doute des fruits succulents. Ce qu'on ne voyait pas, c'était la somme de labeur que tout cela avait requis, un labeur à briser le dos qui laissait peu de temps et d'énergie pour réparer les pauvres maisons, pour permettre aux malades de se rétablir, ou pour se rendre à Bouhen afin de participer aux festivités religieuses.

Bak se tourna vers les rameurs, respira profondément et ferma son cœur à l'idée de sa responsabilité envers Maât, de ses devoirs vis-à-vis de la maison royale et de sa souveraine.

— Dès à présent, afin que Ramosé sache que je vous l'ai demandé avant le départ et qu'il ne rejette pas le blâme sur vous, remettez au chef de ce village un lingot de cuivre ainsi que deux balles de peaux de vache.

Il parcourut des yeux les objets entassés dans l'abri, faisant la part de l'utile et du superflu.

— Donnez-lui aussi le plus petit des deux rouleaux de lin épais, et une jarre d'huile parfumée pour les femmes.

Pahouro tomba à genoux et cacha son visage, étreint par l'émotion. Bak s'éloigna précipitamment, maudissant son cœur trop tendre. Le commandant Thouti, dont la langue acérée avait fait trembler plus d'un brave dans ses sandales, ne le féliciterait pas d'avoir récompensé un village qui, selon la loi, méritait un châtiment.

— C'est bien là. Tu vois ?

Le marin au nez busqué s'accroupit à côté de petites boules brunâtres à moitié recouvertes par le sable, desséchées et durcies par la chaleur torride. Quelques mouches en parcouraient la surface sans rien trouver qui soit digne de s'attarder plus longtemps.

— Ils avaient dû jeter de l'eau sur les cages pour les nettoyer. Tu te souviens ? demanda-t-il au gamin, dont le singe s'accrochait à son cou. Le sable tout autour était humide quand nous sommes arrivés.

— J'ai trébuché dedans, acquiesça le garçon avec un léger embarras, en montrant l'endroit. Il faisait si noir que je ne voyais rien du tout.

Tjanouni, penché à côté d'un cercle irrégulier de rochers à une douzaine de pas, se redressa après avoir dégagé du sable une mince couche de cendres et quelques débris de bois calcinés.

— Si ce maigre feu était votre seule source de lumière, je suis surpris que vous ayez distingué les cages.

Mettant sa main en visière, Bak scruta la vaste plaine de part et d'autre du fleuve. Les sables, dénués de toute vie, animale comme végétale, tapissaient la terre depuis l'eau jusqu'à l'horizon qui se perdait dans une brume rose pourpre. Leur surface d'or bruni, adoucie de loin en loin par de petites dunes, paraissait trembler comme un être vivant sous ses voiles d'ondes de chaleur. De très haut dans un ciel bleu intense, Rê contemplait les humains, parcheminant leur gorge et brûlant le sable sous leurs pieds. Hormis le foyer de fortune et les déjections animales, l'orage avait préservé tel un complice les secrets du lieu en effaçant toute trace humaine.

Cette plaine stérile et d'une absolue désolation semblait un choix insolite pour un rendez-vous, songea Bak. Elle était trop visible, trop à découvert. Cependant, c'était un des rares coins le long du fleuve où deux hommes pouvaient se retrouver à l'insu de tous, surtout par une nuit sans lune.

— On s'est collés contre la berge et on a chargé rapidement. Aucun d'entre nous n'avait envie de traîner, indiqua le marin qui se leva et regarda autour de lui sans pouvoir retenir une grimace. Cet endroit ne nous plaisait pas. Une terre de mort, même dans la fraîcheur de la nuit.

— Qui est venu vous rejoindre ici ? interrogea Imsiba.

— On n'a pas vu âme qui vive, marmonna l'homme. Seulement...

Il se tut soudain, remua les pieds dans le sable d'un air gêné.

— On a aperçu des ombres dans l'obscurité, continua le jeune garçon d'une voix étouffée. Le plus vieux d'entre nous, un qui sait de quoi il parle, affirmait que les dunes sont d'anciens tombeaux. Alors, au début, on a craint que les ombres soient celles des défunts. Mais, plus tard...

— Et pourquoi pas l'homme sans tête ? souffla Tjanouni, railleur. Ou un autre spectre du désert ?

Bak lui imposa silence d'un froncement de sourcils, soucieux d'éviter toute interruption.

L'homme et le petit matelot se consultèrent d'un bref regard. Le second poursuivit :

— Plus tard, après le chargement, Maïa s'éloigna pour se soulager. Il n'avait pas fait dix pas qu'une flèche siffla, venue de nulle part, et le manqua de peu.

— Les morts ne portent pas d'arc et de flèches, dit son aîné d'un ton opiniâtre, comme s'il s'accrochait à son bon sens malgré la peur de l'inconnu. Et ils n'entraînent pas les navires de passage dans l'autre monde.

Ce fut au tour de Bak d'échanger un coup d'œil avec Imsiba.

— Vous avez vu un autre vaisseau ici ? Celui qui avait apporté la contrebande ?

— Non ! répliqua le garçon d'une voix si tranchante que le singe se cramponna à ses cheveux et se blottit davantage contre sa tête. On ignorait qu'il était à proximité jusqu'au moment où on a voulu repartir, et ce n'est pas sûr que la marchandise venait de là. D'abord, on a entendu à travers l'eau le gémissement et le craquement des vergues que l'on hisse, le claquement de la toile sous le vent. Peu après, le navire s'est élancé vers le sud et est passé devant nous toutes voiles déployées. Dans le noir, il était impossible de le distinguer.

« Et donc de l'identifier plus tard, conclut Bak non sans agacement. Surtout quand la raison des témoins est faussée par la peur. »

— Tiens, Mahou est encore là ! constata Ramosé, posté à la proue de son navire pour diriger les rameurs et le timonier tandis qu'ils se faufilaient contre le quai nord. J'aurais cru qu'à cette heure il serait en route pour Abou.

— J'avais oublié qu'on l'avait laissé ici.

Bak se rembrunit à la vue du navire de transport, qui n'était plus amarré sur le quai sud, comme la dernière fois, mais contre le quai central. Il leva brièvement la tête vers le soleil et soupira. On approchait déjà du milieu de l'après-midi. Tant pis pour la baignade délassante à laquelle il aspirait.

— Je ferais mieux de l'inspecter sur-le-champ, Imsiba. Les bœufs et les chèvres qu'il transportait sont un tribut destiné à la capitale. Plus vite ils repartiront vers le nord et mieux cela vaudra.

Les marins jetèrent les aussières sur les pieux d'amarrage et s'arc-boutèrent pour coller leur navire contre le quai. Dès que l'écart disparut, Bak sauta sur le débarcadère, Imsiba sur ses talons. Les pierres brûlaient sous leurs sandales et il régnait une chaleur étouffante.

Bak entraîna le Medjai vers le bout du quai, hors du chemin des hommes qui attachaient solidement le vaisseau et installaient la passerelle.

— Avant d'inspecter la barge, je dois me présenter devant le commandant Thouti. J'ai rarement d'aussi bonnes nouvelles à annoncer dans un rapport. J'aimerais être le premier à lui en faire part.

— Alors ne traîne pas, mon ami ! conseilla Imsiba avec un sourire en coin. Je parie que les rumeurs ont déjà pris leur essor.

— N'espère pas déjà te débarrasser de moi, répondit Bak d'un ton malicieux. J'ai plusieurs tâches à te confier.

— Tu me rassures. J'ai craint un instant de disposer du reste de la journée.

Bak éclata de rire, mais retrouva bien vite son sérieux.

— Avant toute chose, trouve Pachenouro, commença-t-il, faisant allusion au sergent medjai qui était le subalterne immédiat d'Imsiba. Dis-lui de chercher un endroit où détenir les naufragés — de préférence, une maison vide dans les faubourgs. Ces hommes ne nous ont pratiquement rien appris. Avec de la chance, quelques jours d'isolement leur rappelleront bien des détails qu'ils prétendent avoir oubliés.

— Lieutenant !

Ramosé avait contourné la cabine et tambourinait des doigts sur le sarcophage.

— Et ça, qu'est-ce que j'en fais ? Si je dois rapporter du village tout ce que nous y avons laissé, j'aurai besoin de la moindre coudée de libre sur le pont.

Indécis, Bak considéra le cercueil blanc. Il n'avait pas sa place dans un entrepôt. Quant à la Maison des Morts, les prêtres se plaignaient sans cesse du manque d'espace. Il n'avait pas remarqué les titres du défunt sur le manifeste, mais doutait que celui-ci ait été suffisamment illustre pour que les prêtres de l'Horus de Bouhen acceptent de conserver le sarcophage dans la demeure du dieu. Il ne put songer qu'à un seul autre endroit, bien que cela ne l'enchantât aucunement.

— Fais-le porter dans le vieux poste de garde, Imsiba. Nous trouverons bien une solution pour l'expédier à Abou d'ici un ou deux jours. Peut-être sur ton navire, capitaine ?

— Marché conclu, dit Ramosé en riant.

Imsiba secoua la tête avec un feint désespoir.

— Comme j'étais loin de me douter, la première fois que j'ai posé les yeux sur toi, mon ami, que tu me confierais la garde d'un cercueil !

Bak croisa les mains sur sa poitrine et imita la voix grave du prophète principal d'Amon.

— La maîtrise de maintes tâches diverses, voilà ce qui distingue le grand homme du vulgaire.

Imsiba tenta de prendre une expression accablée, mais

ne put dissimuler son amusement. Le grand rire retentissant de Ramosé attira l'attention des marins, des pêcheurs et des passeurs, et se communiqua aux portefaix qui travaillaient durement à côté, sans qu'ils en connaissent la cause.

Quand l'hilarité générale s'apaisa, Bak reprit :

— Lorsque tu en auras terminé avec Pachenouro et le sarcophage, tu reviendras ici avec Hori. Toi, tu superviseras le transfert de cargaison jusqu'à l'entrepôt approprié, et lui consignera le transfert. Bref, tu procéderas concernant ce navire comme pour toute nouvelle arrivée à Bouhen, à ceci près que Ramosé ne paiera aucune taxe.

Thouti se renversa contre le dossier de son fauteuil, ajusta l'épais coussin sous son séant, et étendit ses jambes devant lui. La façon particulière dont il parcourait du regard la pièce aux murs blancs, nue et dépouillée, qu'il appelait son bureau, ne laissait aucun doute sur le plaisir que lui procurait son autorité. Bak était debout en face de lui, entre deux des quatre colonnes rouges soutenant le plafond. Excepté le fauteuil, la pièce ne contenait aucun meuble. Thouti la réservait à ses apparitions officielles ; son véritable lieu de travail était sa salle d'audience dans les appartements qu'il occupait avec sa famille, au deuxième étage.

— Tu as obtenu d'excellents résultats, lieutenant, déclara Thouti en se frottant les mains avec le sourire d'un enfant ravi. Vraiment, tu mérites des félicitations pour avoir convaincu le chef du village que mieux valait restituer la contrebande, pour lui et pour les siens. Et tu en as organisé le transport vers Bouhen dans les meilleures conditions possibles, vu les circonstances.

Jusqu'à présent, Thouti n'avait dispensé que des louanges, négligeant les menus objets offerts aux villageois. Peut-être fermerait-il les yeux, eu égard à l'énorme quantité de biens récupérés.

— J'ai eu la chance de pouvoir compter sur Ramosé.

Peu de capitaines auraient été aussi serviables, alors que cela supposait de retarder leur voyage vers le nord.

Thouti déroula le faux manifeste et le lut rapidement tout en parlant :

— Quand le vice-roi saura quel butin de choix tu as retrouvé, il enverra sans doute un message au vizir. Qui sait ? Ce haut fonctionnaire chuchotera peut-être la nouvelle à l'oreille de notre souveraine, Maakarê Hatchepsout.

A cette idée, Bak remua les pieds avec embarras. L'attention de la reine, la seule fois où elle s'était portée sur lui, lui avait valu d'être arraché au corps de la charrerie et exilé à Ouaouat. Heureusement, le châtiment supposé s'était révélé un présent des dieux. Il aimait Bouhen et ne voulait pas compromettre sa vie sur la frontière.

— Je ne sais ce que Pahouro comptait faire de tant d'objets de valeur. Il aurait pu troquer les peaux sans difficulté, et un ou deux lingots de temps en temps, mais pour le reste, toutes ces marchandises rares et coûteuses auraient attiré dans son village une nuée de fonctionnaires. Il aurait été bien en peine de répondre à leurs questions.

— Il aurait inventé une histoire extravagante, prétendant les avoir trouvées disséminées le long de la rive. On peut se demander comment il aurait expliqué que des lingots de cuivre puissent flotter ! Et les animaux ! soupira Thouti, levant les yeux du manifeste. Enfermés dans ces cages, ils auraient constitué la preuve formelle qu'il mentait.

Bak entendit le bruit feutré de sandales sur la pierre. Quelqu'un s'approchait de la porte derrière lui. Quelqu'un, espéra-t-il, qui désirait une entrevue avec Thouti, lui donnant l'occasion de s'éclipser et de retourner au port.

— Ils étaient bien soignés quand nous les avons trouvés, mais j'imagine que, tôt ou tard, les cages auraient été jetées dans le fleuve et les animaux noyés afin d'être dépecés sans danger. Les villageois ne pouvaient les relâcher, et n'avaient pas les moyens de les nourrir longtemps.

Thouti reporta son attention sur le manifeste et suivit du doigt les articles énumérés.

— Je ne vois pas mention de défense d'ivoire.

Un filet de sueur descendit lentement sur le sternum du lieutenant, lui causant une sensation désagréable.

— Non, chef. Quand j'ai vu tous ces objets précieux dans la cache, j'ai prié Amon qu'une défense se trouve parmi eux.

Il avait prié, en effet, mais essentiellement pour que sa vie et celle de Neboua puissent retourner à la normale, sans ces maudites inspections. Si Roï était bien à l'origine du trafic d'ivoire, leur besogne était terminée.

Thouti regarda derrière Bak et leva la main pour intimer à celui qui se tenait sur le seuil l'ordre de patienter au-dehors. Il roula le papyrus, planta ses coudes sur les bras de son fauteuil et, par-dessus ses doigts en pyramide, fixa avec attention le jeune officier, qui se crispa.

— Tu possèdes maintes qualités admirables, lieutenant, mais de temps à autre tu montres un manque de jugement surprenant de la part d'un homme de ta compétence. Comme ce matin.

— Chef...

— Pahouro et ses gens s'étaient appropriés une foule d'objets précieux qui revenaient de droit à la maison royale. Sans ton intervention, ils ne les auraient pas restitués, pourtant tu les as gratifiés d'une part de leur rapine ?

— Oui, chef.

Les traits de Thouti se durcirent.

— Je fais respecter la justice dans ce secteur. Moi, et non toi. Vu, lieutenant ?

— Vu, chef.

Bak sentit le sang affluer à ses joues. Il s'attendait simplement à un blâme officiel. Pas un instant il n'avait eu conscience d'empiéter sur l'autorité du commandant.

Encore blessé par la réprimande de Thouti, Bak se hâta de regagner le port pour inspecter le navire de Mahou. Il trouva le capitaine assis près de la proue, sur un panier d'osier retourné. Il conversait avec le lieutenant Kaï, un petit homme de trente ans aux épaules massives, qui se tenait sur le quai, la hanche appuyée contre un piquet d'amarrage. Kaï était nouveau à Bouhen. Officier d'infanterie, il avait été muté un mois plus tôt de la forteresse de Semneh, située plus au sud.

Bak les salua en levant son bâton de commandement et monta à bord à la tête de ses hommes, qui se déployèrent aussitôt sur le pont. Lui-même grimpa sur le château avant, d'où il pourrait observer une grande partie du navire, et bénéficier de toute la tranquillité dont il avait besoin pour recouvrer son sang-froid.

Il en voulait à Thouti de l'accuser d'empiéter sur ses prérogatives. Eh bien, c'était peut-être vrai, mais de façon minime et sans aucune mauvaise intention. Une chose était sûre : il ne pouvait revenir sur le passé et défaire ce qu'il avait fait. D'ailleurs, il n'était pas certain qu'il s'y serait résolu, même s'il en avait eu la possibilité. Qu'étaient les quelques babioles qu'il avait données aux villageois, comparées aux richesses de la maison royale ? Quant à Thouti...

Refrénant son irritation contre ce qui était une perte de temps au meilleur des cas, il examina la barge sur laquelle il se trouvait. La cabine était dotée d'une armature légère doublée de panneaux bruns en roseaux, susceptibles d'être installés ou ôtés selon le besoin, sa forme et sa taille se modifiant en fonction de la cargaison. Devant cet abri, la moitié de l'espace était surmontée d'une toiture de nattes et ceinte d'un enclos pour enfermer un troupeau de toute beauté, quoique de petite taille. Mais les magnifiques vaches rousses à cornes courtes, tribut d'un chef du Sud à la maison royale de Kemet, avaient été parquées à l'intérieur de la forteresse peu après que le navire eut accosté. Elles y demeureraient jusqu'au moment de reprendre le fleuve.

L'avant du pont, où s'entassaient de hautes bottes de

foin et des sacs de grain pour nourrir les animaux, restait à la merci des éléments. L'arrière de la cabine était aménagé de même afin de transporter un troupeau de chèvres blanches à long poil, qui avaient également été conduites à terre, dans un enclos. Presque aussi précieuses que le bétail, elles composaient un autre tribut pour le Nord. Le pont avait été balayé, et la fraîche odeur du foin couvrait celle pourtant tenace du fumier.

Entre les bottes et les sacs, le pont recelait d'innombrables cachettes. Il en irait de même dans la cabine et la vaste cale. Mais, fût-ce au prix d'un effort effréné de son imagination, Bak ne pouvait concevoir que Mahou ait trempé dans un trafic de contrebande. Les animaux splendides attestaient l'intégrité du capitaine. Aucun chef important n'aurait confié un troupeau si précieux à un homme d'une honnêteté douteuse. Pourtant, l'instinct de Neboua, bien que parfois dans l'erreur, s'avérait le plus souvent digne de foi.

Le regard de Bak se porta vers la silhouette brune du capitaine Mahou, à l'arrière. Jusqu'à quel point Roï lui était-il étranger ? Le policier ignorait combien de navires au juste faisaient la navette entre Abou et Bouhen, mais ils n'étaient sûrement pas nombreux au point que les équipages ne nouent aucun lien. Sautant du gaillard d'avant, il parcourut rapidement toute la longueur du pont jusqu'à la poupe, où il s'excusa d'avoir retenu le navire si longtemps.

Mahou refusa ces excuses d'un signe de main.

— Tu n'es pas responsable de ce retard, lieutenant. Nul n'est à blâmer sinon le vice-roi... ou les dieux, qui ont permis que le vaisseau de Roï s'échoue pendant la tempête. A supposer que ce soit ce qui s'est réellement passé.

— Les rumeurs les plus invraisemblables se sont multipliées depuis qu'on a appris le naufrage à Bouhen, intervint le lieutenant Kaï.

— On a même suggéré une mutinerie, confirma Mahou avec un petit rire.

Kaï pointa son bâton vers le quai nord, où attendait le navire de Ramosé.

— Maintenant, nous voyons de nos yeux que l'équipage de Roï revient sans son capitaine. Celui-ci a-t-il été victime de la fureur du fleuve, ou de ces brutes, comme certains l'insinuent ?

— Ses hommes jurent qu'il a été emporté par une vague, dit Bak, observant un soldat qui démontait un panneau de la cabine. Je suis enclin à les croire. Sans lui pour les guider dans la tempête, ils se sont échoués et maintenant ils ont l'air perdus.

— Rien d'étonnant à cela ! Roï avait amené la plupart d'entre eux avec lui en venant de Kemet. Ils lui obéissaient depuis des années.

Si Mahou était préoccupé par l'inspection, il n'en trahissait rien.

— Le connaissais-tu bien ? interrogea Bak.

— Aussi bien qu'on pouvait y parvenir.

Mahou regarda Psouro, le Medjai massif au visage grêlé par la petite vérole, soulever la trappe du pont arrière et, avec deux de ses compagnons munis d'une petite torche, descendre dans la cale.

— C'était un homme tranquille et solide comme un roc, qui gardait ses idées pour lui. Un marin expérimenté. Il connaissait le fleuve mieux que beaucoup et manœuvrait son bateau aussi facilement qu'une barque du quart de sa taille.

Bak jeta un coup d'œil vers le navire de Ramosé, où une file d'hommes chargés d'animaux descendait la passerelle, puis le quai nord jusqu'à la forteresse. Les cages pendaient au bout de longues perches, afin que les porteurs restent à distance respectueuse des griffes et des dents acérées.

— As-tu jamais entendu dire qu'il convoyait des cargaisons illicites ?

— Oui, on raconte que des monceaux d'objets de contrebande étaient entreposés sur son pont, dit Mahou, sans quitter des yeux les hommes qui sondaient le foin et les sacs de grain. Cependant, pour autant que je sache, il n'était pas différent de la plupart : honnête mais pas incorruptible, et prêt à courir un léger risque, mais trop sérieux pour en faire son habitude.

— Il n'avait pas d'animaux en cage à bord la veille de la tempête, lorsqu'il a quitté Bouhen, intervint Kaï. J'ai vu le bateau partir. As-tu demandé à son équipage où ils les ont chargés et qui les leur a livrés ?

— Chef ! appela Psouro, son visage aussi vide d'expression qu'un masque, en se hissant à demi par la trappe. On a trouvé quelque chose que tu devrais voir.

Bak remarqua l'impassibilité du Medjai, le soin avec lequel il omettait de nommer ce qu'il avait trouvé. De la marchandise frauduleuse ? Mahou, de son côté, semblait intrigué, mais non effrayé comme l'aurait été un homme sur le point d'être convaincu de contrebande. Le regard curieux du lieutenant Kaï allait de l'un à l'autre de ses compagnons.

Bak s'approcha de la trappe d'où Psouro s'effaça, et il se glissa dans la cale. Le carré de lumière dessiné par l'ouverture illuminait des piles parfaites de lingots de cuivre, qui occupaient une grande partie du sol à proximité. Accoutumé à la vive clarté qui inondait le pont, Bak ne voyait rien au-delà, excepté les deux torches apportées par ses hommes et, tout au bout de la soute caverneuse, un second carré de lumière tombant de la trappe ouverte sur le pont avant. Il s'accroupit et ferma les yeux le temps de s'adapter à l'obscurité. Il eut une perception accrue du navire dansant sur l'onde, de l'eau léchant la coque, de l'odeur des torches se consumant. De minuscules pattes griffues trottinèrent près de lui — sans doute un rat.

Quand enfin il put voir, il se leva. Le plafond était très bas. Il avança courbé, attentif à ne pas se cogner la tête contre les poutres transversales. Après les lingots, il contourna plus d'une centaine de hautes jarres rouge brique, empilées et arrimées de manière à résister au roulis. Les deux hommes descendus avec Psouro étaient agenouillés devant un amoncellement de toile blanche : la voile entreposée en bas pendant le trajet dans le sens du courant. Le reste de la cale était rempli de blocs de pierre brute, fournissant le surcroît de lest requis pour faire contrepoids. Leur odeur de poussière se mêlait aux relents de l'eau stagnante, aux effluves des céréales et aux vestiges d'une infinie diversité des précédentes cargaisons.

Psouro s'était accroupi lui aussi près de la voile et Bak le rejoignit. L'épaisse et lourde toile de lin avait été pliée soigneusement afin de pouvoir être réinstallée sur les mâts sans grand effort le moment venu. Les six ou sept premiers plis du dessus étaient rabattus en arrière, révélant, sur le pli suivant, un long cône recourbé d'ivoire brut — une défense d'éléphant, de la taille d'une jambe humaine.

— Je ne savais pas que la défense était là ! affirma Mahou, qui paraissant anéanti et essuyait son front en sueur. Je jure, par Amon et par tous les dieux de l'Ennéade[1], qu'elle ne se trouvait pas à bord quand nous avons déposé la voile en bas.

Bak scrutait le capitaine, pas aussi certain qu'il l'aurait voulu d'avoir mis la main sur le coupable. Mahou était soit un fieffé menteur, soit un innocent injustement accusé.

— Comment et à quel moment y est-elle arrivée, en ce cas ?

Mahou fixa la défense posée à ses pieds comme s'il avait devant lui un serpent venimeux.

— Si je le savais, je te le dirais, ne crois-tu pas ?

Un nombre croissant de curieux s'étaient plantés sur le quai, le long du navire. Ils discutaient entre eux en murmurant, craignant de manquer un seul détail. Des marins

1. Ennéade : réunion de neuf divinités : Atoum, le créateur solitaire, ses enfants, Chou (l'Air) et Tefnout (l'Humidité), ses petits-enfants Geb (la Terre) et Nout (le Ciel), et les deux couples Osiris-Isis et Seth-Nephthys. (*N.d.T.*)

et des pêcheurs, pour l'essentiel, alertés par les éclats de voix portés par le vent. Le lieutenant Kaï n'était pas resté parmi eux ; à l'évidence, il n'appréciait pas le spectacle d'un homme humilié.

— Je me vois contraint de te faire prisonnier, capitaine Mahou, et de confisquer ta barge avec sa cargaison.

Bak s'exprimait à voix basse pour ne pas rabaisser l'officier aux yeux des badauds. Mahou se redressa de toute sa taille et contempla son navire, dont il tirait une fierté manifeste.

— Je n'ai commis aucun mal. En poursuivant la vérité, tu sauras à coup sûr que je suis innocent.

Bak appela Psouro et lui donna de nouvelles consignes. L'inspection devait continuer et le sergent en assumerait la responsabilité. Il fallait poster des sentinelles qui interdiraient tout accès à bord. Quand les policiers auraient terminé leur besogne, seul l'équipage, dont le navire était l'unique foyer, serait autorisé à monter.

Certain que Psouro pourrait se passer de sa présence, Bak désigna un grand Medjai à la musculature imposante parmi l'équipe d'inspection pour escorter le capitaine avec lui. Mahou marchait la tête droite et tâchait sans succès de cacher son désarroi. La petite foule chuchotante s'écarta pour les laisser passer, se reforma derrière eux et les suivit vers la citadelle. Alors qu'ils allaient quitter le chemin en plein soleil pour pénétrer dans l'ombre de la porte à double tourelle, Bak salua la sentinelle de son bâton de commandement. Le vétéran aux cheveux grisonnants lança à Mahou un regard curieux, puis considéra les hommes derrière eux comme s'il n'était pas sûr de l'attitude à adopter à leur égard. Le Medjai résolut le problème pour lui. Il se retourna, leva sa longue lance horizontalement en la tenant à deux mains et se campa, jambes largement écartées, devant les badauds pour les contenir en arrière.

Bak et Mahou entrèrent dans le couloir de l'enceinte, passant si brusquement de la lumière à une quasi-obscurité qu'ils eurent la sensation d'être aveugles.

— On dit que tu cherches inlassablement la vérité, dit Mahou. Le feras-tu pour moi ?

— Et si j'ai la preuve de ta culpabilité ?

— Je n'ai rien fait de mal, je te le jure.

Dans la voix de Mahou, Bak perçut une sincérité qui le convainquit presque.

— Je m'y emploierai de mon mieux.

Côte à côte, ils sortirent du passage. L'orbe enflammé du soleil au-dessus des remparts descendit sur la citadelle et embrasa les murs blancs des bâtiments le long de la rue. Ébloui, Bak ferma les paupières. Il perçut un chuintement, suivi d'un choc sourd et du cri de Mahou faisant un bond en arrière. Bak fit volte-face et vit le capitaine fixer, les yeux écarquillés, une flèche plantée dans son abdomen. Un autre sifflement, un nouveau choc, et une seconde flèche se ficha sous la cage thoracique de Mahou, qui tomba à la renverse sur les pavés. Sa vie s'écoulait sur les pierres en une mare rouge qui grossit rapidement. Il tenta de parler. Une mousse de sang apparut sur ses lèvres et il perdit connaissance.

Hurlant pour alerter la sentinelle, Bak scruta la rue à la recherche de l'assaillant. L'éclat cru des murs et des pavés, décuplé par la lumière aveuglante, lui brûlait les yeux. Trois petits garçons, qui jouaient dans la poussière derrière l'ancien corps de garde, passèrent la tête au coin du mur, attirés par ses cris. Deux vieilles femmes, mues elles aussi par la curiosité, sortirent de l'ombre d'une rue adjacente. Tous restèrent bouche bée, trop saisis pour bouger, trop effrayés pour s'approcher. Aucun d'eux n'avait pu voir la scène à l'instant précis où Mahou avait été abattu.

L'attention de Bak fut soudain attirée par un mouvement en haut sur sa gauche, vers le toit du bâtiment d'en face. Un réservoir dont le rez-de-chaussée servait à engranger du blé, mais dont l'étage endommagé était désaffecté. Bak entrevit une forme sombre, indistincte dans la lumière éclatante. Un moment plus tard, elle avait disparu.

Mahou gémit, battit des cils. Son souffle était saccadé et laborieux.

— Chef ! répondit la sentinelle surgissant du couloir, avant de s'arrêter net à la vue du blessé.

— Reste auprès de cet homme et envoie chercher le médecin. Moi, je m'occupe de celui qui a fait ça, dit Bak d'une voix dure.

Il courut au réservoir, ouvrit la porte à la volée et fonça à l'intérieur. Le garde de faction dormait, recroquevillé dans un coin. Il s'éveilla en sursaut, se releva tout hébété et saisit sa lance, appuyée contre le mur à côté de son bouclier. Au même instant, il reconnut Bak. L'arme lui échappa des doigts et tomba sur le sol de terre battue.

— L'escalier ! cria Bak. Où est l'escalier qui mène au toit ?

Le garde tendit le doigt vers une porte ouverte.

— Par là ! Dans la première pièce à droite.

Bak se précipita le long d'un couloir obscur, adressant une prière hâtive à Amon afin de mettre très vite la main sur celui qu'il cherchait. Il trouva un passage, aperçut un escalier en brique crue montant vers l'étage. Un faisceau de lumière tombait d'en haut et illuminait les marches. Il les gravit quatre à quatre, se retrouva dans une courette intérieure, si petite que la suite de l'escalier l'occupait à moitié. Il poursuivit son ascension précipitée, déboucha sur le toit, s'arrêta. Des ondes de chaleur s'élevaient de la surface de plâtre blanc, tellement aveuglante que ses yeux en larmoyèrent. L'étendue presque carrée était déserte et empestait le poisson. Une âme entreprenante avait nettoyé des douzaines de perches puis les avait étalées pour les faire sécher. Les toitures environnantes étaient aussi brûlantes, aussi peu engageantes, aussi vides. Du linge séchait sur l'une d'elles. Sur une autre, de petits grains sombres — des raisins, sembla-t-il à Bak — constellaient un drap déployé.

Contournant les poissons, il traversa le toit vers le coin de la rue et héla les deux vieilles. Elles n'avaient pas vu d'homme armé. Il courut le long du parapet vers l'angle le plus éloigné, à l'arrière du réservoir. De là, il pouvait voir les deux rues et leur intersection. Excepté deux chiots marron jouant à se battre et un groupe de lanciers entrant dans la forteresse, elles étaient vides. Certes, le meurtrier avait bien choisi son heure. Peu de gens s'aventuraient sous ce soleil de plomb.

Il rebroussa chemin, zigzaguant pour scruter plusieurs courettes qui servaient jadis de source d'air et de lumière au dédale de pièces de l'étage au-dessous. Abandonnées depuis des lustres, elles avaient emprisonné au fil des ans une épaisse couche de sable parsemé d'éclats de poterie, de fragments de bois pourris et de débris de plâtre. Dans l'une d'elles, il surprit trois rats qui mordillaient un objet non identifiable. Dans une autre, des passereaux nichaient dans les trous d'un mur croulant. Nulle part il ne trouva un seul moyen de descendre du toit, ni même la moindre empreinte sur le sable.

Le temps qu'il rejoigne la cour principale, son assurance avait commencé à faiblir. L'avant du bâtiment, au-dessus de l'entrée gardée par la sentinelle, semblait une voie d'évasion improbable. Deux fois plus grande que les autres cours, celle-ci avait subi un plus violent assaut de la part des éléments. Un vaste pan de mur s'était effondré. Tandis qu'il courait vers l'ouverture, il sentit le toit fragile vibrer sous ses pas et remarqua un réseau de minuscules craquelures sur le plâtre, là où la charpente s'était usée. Il ralentit et progressa aussi légèrement que son poids le lui permettait, avec prudence.

Alors qu'il s'agenouillait près du rebord, le sol céda sous ses pieds puis se stabilisa, après une secousse brève mais violente qui lui noua la gorge. Il étouffa un rire nerveux et regarda en bas, dans la cour intérieure. Juste au-dessous de lui, un monceau de briques jonché de sable et de détritus était creusé, comme sous le poids d'un objet lourd. Ou comme si un homme avait sauté d'en haut.

Jurant entre ses dents, Bak se laissa tomber du toit. La chute n'était pas dangereuse, il se reçut en douceur mais dérapa et dévala les briques sur le dos — de même que celui qui l'avait précédé. Il se releva, s'épousseta tout en regardant autour de lui. Une série de pas traversait le sable jusqu'à un passage, sur sa droite. L'ayant franchi, il se retrouva dans un long couloir donnant de chaque côté sur d'autres passages à ciel ouvert. Il courut de l'un à l'autre sans découvrir personne. Il s'élança dans le dernier et, là, il se figea. Une échelle était dressée au milieu, les barreaux supérieurs calés dans une petite ouverture carrée donnant sur le toit. Un arc presque aussi grand que Bak et un simple carquois de cuir garni de flèches étaient cachés dans l'ombre.

Il jura de plus belle. Seul un homme sûr de s'échapper avait pu abandonner son arme. Un homme rusé, aussi, car elle risquait d'attirer l'attention sur lui.

Tout en sachant que ses efforts étaient vains, Bak grimpa sur l'échelle et regarda au-dehors. Comme il s'y attendait, la surface de plâtre blanc s'étendait devant lui, sans personne en vue. Pendant qu'il perdait son temps à courir d'une pièce à l'autre, son gibier avait pris la fuite.

Il lui en coûtait de le reconnaître, mais il avait eu affaire à plus malin que lui. Dépité, il ramassa l'arc et le carquois pour les examiner. C'étaient des armes ordinaires ne différant en rien des centaines d'autres entreposées dans l'arsenal et portées par les archers de Bouhen. Elles n'auraient pu être plus banales.

— Il a expiré dans mes bras, dit la sentinelle, à genoux près de Mahou en fixant ses propres mains ensanglantées. Pourquoi suis-je aussi ému, moi qui ai vu tant de mes compagnons fauchés sur le champ de bataille ?

Bak contempla le capitaine, assassiné sommairement et sans raison apparente. Mahou gisait sur le dos dans la position où la sentinelle l'avait laissé, un bras le long du flanc, l'autre sur sa poitrine, retenu par les flèches qui lui avaient volé sa vie. Son teint semblait de cire, son hâle foncé formant un contraste saisissant avec la blancheur de son ventre, rarement exposé au soleil. Des ruisselets écarlates avaient coulé des blessures pour se figer sur les pierres, sous son corps.

— A-t-il parlé avant de mourir ?

— Il a dit...

Le soldat se releva et mit ses mains derrière son dos, comme s'il ne pouvait plus en supporter la vue.

— Il a essayé à plusieurs reprises, mais le sang étouffait ses paroles. Enfin, dans un dernier souffle, il a trouvé la force de prononcer : « Je n'ai rien fait de mal. »

Bak grimaça, atterré par la mort de Mahou et furieux contre le meurtrier. Quelle espèce de serpent avait pu guetter patiemment cet homme escorté vers la prison pour l'assassiner, alors qu'il était destiné à périr, de toute façon, à moins d'être innocenté ?

— Je m'y emploierai de mon mieux, s'entendit-il murmurer, répétant la promesse formulée à Mahou lorsqu'il vivait encore.

5

— Notre tâche consiste à faciliter le commerce, pas à l'empêcher !

Le commandant Thouti marcha de son fauteuil à la porte, s'arrêta, regarda la cour au-dehors sans la voir. Il frappa le mur du plat de la main et se retourna.

— Très bien, lieutenant. Je donnerai des ordres dès l'aube pour qu'aucun navire, aucune caravane ne quitte Bouhen et Kor tant que la mort de Mahou ne sera pas élucidée.

Avec un grognement de dépit, il se laissa tomber sur son siège.

— J'espère que tu captureras le meurtrier avant que tout le trafic fluvial soit bloqué.

— Je m'y efforcerai, chef, répondit Bak d'un ton neutre, prenant soin d'énoncer une promesse réaliste.

— Tu y as intérêt, maugréa Thouti en lui lançant un long regard pensif. Je ne fermerais pas la frontière si l'échec était une option.

— Oui, chef.

Bak ne savait ce qui était le pire : les réprimandes imméritées du commandant ou son refus d'envisager l'insuccès.

Satisfait de s'être clairement fait comprendre, Thouti se carra contre le dossier de son fauteuil et prit une coupe d'eau fraîche sur la table à côté de lui. De riches et succulents effluves d'agneau rôti flottaient à travers la porte, évoquant pour Bak un dîner qu'il ne partagerait pas.

Après avoir fait transporter la dépouille de Mahou à la Maison des Morts, il s'était rendu en hâte à la résidence du commandant. Il avait trouvé Thouti dans sa salle d'audience privée, plongé dans les dépêches du jour en provenance des autres forteresses du Ventre de Pierres. La pièce, située au deuxième étage où la famille du commandant avait ses quartiers, n'avait de privé que le nom. Même si Thouti y réglait beaucoup plus d'affaires que dans son bureau, toute sa maisonnée — une épouse, une concubine, une demi-douzaine d'enfants et autant de serviteurs — tendait à envahir le moindre espace disponible.

Des arcs, des flèches, des lances et des boucliers d'enfants gisaient contre un mur à côté des armes paternelles. Le tiroir d'un plateau de jeu était tiré, les pièces vertes et blanches disséminées sur le tapis de jonc. Un coffret bourré de rouleaux de papyrus couronnait un panier d'où débordait du linge froissé. Un tabouret renversé était resté par terre, entre deux coffres de bois. Une porte latérale, ouverte à la brise, laissait entrevoir le long escalier qui bordait le mur de la citadelle du sol jusqu'aux remparts. Dans la pénombre, Bak distingua une balle et un pantin articulé sur une marche. Il frémit en imaginant ce qui adviendrait si le fort subissait une attaque, et si les archers montaient en courant pour défendre les murailles.

— Tu es donc convaincu que Mahou ignorait tout de cet ivoire.

Ce commentaire du commandant ramena brusquement les pensées de Bak à l'instant présent, au lieu où il se trouvait.

— Peu avant le meurtre, il m'a supplié de prouver son innocence. J'ai promis de faire mon possible.

— Sans sa complicité, je ne vois pas comment un objet aussi volumineux aurait pu arriver à bord, répliqua Thouti en regardant sévèrement le jeune officier.

Bak s'abstint de rappeler à son supérieur la défense

parvenue dans la lointaine Byblos. Comment avait-elle parcouru une si longue distance sans que nul ne la remarque ?

— En ce moment même, Imsiba interroge l'équipage.

— J'aimais bien Mahou, dit Thouti d'une voix soudain chargée de tristesse. Crois-tu que le capitaine Roï pouvait être impliqué là-dedans ?

— En ce cas, un autre a agi pour lui.

Une odeur aigrelette attira les yeux de Bak vers la porte, où un bébé tout nu rampait par terre. Son visage et son corps potelés étaient maculés de saleté.

— Mahou est entré à Kor il y a six jours. D'après le pilote, ils ont descendu la voile sitôt qu'ils ont appris qu'ils transporteraient du bétail, car il était plus facile de construire les parcs sur un pont dégagé. Ils l'ont pliée et l'ont entreposée dans la cale à la tombée de la nuit. Or ce jour-là, Roï était amarré ici, à Bouhen, et il est reparti pour le Nord avant le retour de Mahou.

Thouti devait bien voir le bébé ramper vers Bak en bavant, cependant il n'eut aucune réaction. Le lieutenant déplaça son siège pour s'éloigner des doigts poisseux.

— Pour l'essentiel, Roï transportait de la contrebande authentifiée par le faux manifeste. Une fois loin de ceux qui pouvaient connaître la véritable cargaison, il aurait abusé l'inspecteur le plus scrupuleux. Quel besoin avait-il d'introduire la défense sur un autre navire ? Il perdait du même coup tout contrôle sur son sort.

Le commandant laissa le silence se prolonger avant d'exprimer l'impensable :

— Sommes-nous confrontés à deux bandes, qui organisent un trafic de grande envergure sur la frontière ?

— Thouti !

Tiya, son épouse, une petite femme épaisse à un stade avancé de sa quatrième grossesse, entra en trombe dans la pièce et aperçut le bébé.

— Ah, te voilà, petit coquin !

Sans quitter son mari des yeux, elle souleva l'enfant et le jucha sur sa hanche.

— Est-il vrai que le capitaine Mahou a été assassiné ?

Thouti lui lança un regard où se mêlaient la tendresse et une patience mise à rude épreuve.

— Comment l'as-tu appris aussi vite ?

— C'est donc vrai ? demanda-t-elle à Bak.

Celui-ci lança un coup d'œil à Thouti, dont le haussement d'épaules résigné l'autorisa à relater brièvement la mort du capitaine. Tiya ne l'interrompit pas une seule fois, mais cette nouvelle la consterna visiblement. Quand il eut fini, elle releva le tabouret renversé, s'y laissa tomber et posa l'enfant par terre.

— L'a-t-on annoncé à Sitamon ? s'enquit-elle.

— Sitamon ? répéta Bak, observant Thouti qui tournait vers sa femme un regard tout aussi interrogateur.

Tiya, les voyant déconcertés, se mordit les lèvres.

— La sœur de Mahou. Elle est arrivée à Bouhen voici moins d'une semaine. Elle a récemment perdu son époux et se retrouve seule avec un enfant. Elle n'éprouvait pas d'affection pour sa belle-famille, et réciproquement... Vous savez ce que c'est, dit-elle en haussant les épaules. Mahou, n'étant pas marié, lui avait proposé de vivre ici avec lui, et de s'occuper de son foyer.

Thouti paraissait mal à l'aise. De toute évidence, il n'avait pas prêté attention au nom de Sitamon dans le registre de la forteresse, où les nouveaux venus étaient inscrits dès leur arrivée.

— Personne ne l'a mise au courant.

— Oh, non ! soupira Tiya, attrapant le bébé qui rampait à nouveau vers Bak et le retournant en direction de la porte. Il ne faudrait pas qu'elle l'apprenne par hasard...

— J'y vais, dit le lieutenant.

— Ou par quelqu'un qu'elle ne connaît pas, poursuivit Tiya, se parlant à elle-même. La pauvre ! Que va-t-elle devenir à présent, seule dans une ville inconnue ?

Si bonne et douce que fût Tiya, elle exigeait souvent de Thouti une patience qui forçait le respect de Bak.

— S'est-elle fait des amis ? demanda-t-il. Y a-t-il

quelqu'un qui pourrait le lui annoncer avec ménagement ?

— J'irai, décida-t-elle en se levant. Nous n'avons pas eu le temps de nous lier, mais nous avons souvent bavardé ces derniers jours. Maintenant, explique-moi exactement ce que je dois lui dire. Je sais qu'elle voudra la vérité.

Bak adressa une prière silencieuse de remerciements à Amon. Il détestait être porteur de mauvaises nouvelles, et aucune ne pouvait être pire que l'annonce d'une mort inattendue.

— Tiya est partie sur-le-champ, de crainte que quelqu'un ne le révèle avant elle à la sœur de Mahou, par mégarde.

Bak déchira un morceau de la miche de pain ovale et le trempa dans son bol de ragoût. Du poisson, pour la cinquième fois en une semaine. Il pouvait presque sentir le fumet d'agneau rôti dans la résidence du commandant.

— Nous n'accroîtrons pas le désarroi de Sitamon ce soir, mais nous devrons la voir sans faute demain à la première heure.

— Tu crois qu'elle est au courant des affaires de son frère ? demanda Imsiba en léchant le jus sur ses doigts.

— Je prie pour qu'il en soit ainsi. Sur quelle autre piste peut-on compter ?

— J'ai comme l'impression qu'on n'en trouvera pas sur son navire.

Bak posa son bol sur le toit où ils étaient assis. Un gros chien blanc aux oreilles tombantes, qui appartenait à Hori, se rapprocha en traînant son ventre sur le plâtre. Bak sauva son ragoût avant qu'il ne disparaisse en une bouchée. Posant son large museau sur ses pattes de devant, le chien fixa le bol de ses yeux sombres et avides.

Des traînées flamboyantes de rouge et d'orange traversaient le ciel à l'occident, Rê s'accrochant au jour mourant tandis que sa barque l'emportait dans le monde souterrain. Dans la citadelle, les édifices étaient plongés dans une ombre profonde. L'unique exception était le mur qui ceignait la demeure de l'Horus de Bouhen. Bâti sur un tertre élevé et dominant le poste de garde qui ne comportait qu'un seul étage, il interceptait la lumière d'or rose du couchant dont l'éclat se réverbérait sur les deux hommes et sur le chien.

— Comment les membres d'équipage se sont-ils justifiés ? demanda Bak, pêchant des morceaux de légume dans son bol.

Imsiba prit la voix monotone d'un courrier répétant un message verbal.

— Quand et comment la défense est arrivée à bord reste pour eux un mystère, du moins à ce qu'ils affirment. Ils ont remonté le fleuve depuis Abou, puis ont déchargé leur cargaison de grain à Ma'am. Là, ils ont embarqué les lingots et les jarres d'huile, ainsi que les pierres servant de lest. Le bétail est monté à Kor, ainsi que le fourrage et la nourriture. Les hommes n'ont rien remarqué d'anormal, pas plus à Ma'am qu'à Kor, ou qu'ici à Bouhen. Aucun inconnu n'est monté à bord, et pas un de ceux qui avaient emprunté la passerelle à Kor ou à Bouhen n'est descendu dans la cale.

— La barge s'est-elle trouvée entièrement déserte à un moment quelconque ?

— Mahou n'omettait jamais de poster un garde.

Ne trouvant plus rien de très consistant dans son bol, Bak le porta à ses lèvres et avala les morceaux spongieux de poisson, de céleri, de pois chiche et d'oignon. Une truffe fraîche et humide pressa sa cuisse, une grande langue le lécha. Avec un demi-sourire, Bak déposa les reliefs de son ragoût sur le sol, gratta l'échine du chien et se leva.

— Ils n'avaient rien de facile à dérober, hormis quelques objets dans la cabine. Je parie que les gardes se sont assoupis.

— Je ne vais pas discuter avec toi, mon ami, néanmoins ils soutiennent le contraire.

Le chien nettoya le bol en quelques coups de langue

sonores. S'arrêtant à peine pour respirer, il pivota sur lui-même et s'aplatit devant Imsiba, indifférent aux miaulements d'un chat, dans la rue au-dessous.

Sa cruche de bière à la main, Bak s'approcha du bord du toit et observa le bâtiment d'en face, par où le meurtrier avait disparu sans laisser de trace. Il ne vit qu'un mur massif, deux étages de briques crues couvertes de plâtre blanc jaloux de leur secret. A l'instar de l'équipage du défunt.

— Interdis-leur de descendre à terre. Un ou deux jours d'ennui devraient leur rafraîchir la mémoire.

— Tu n'es pas très beau joueur, mon ami, remarqua Imsiba en riant.

Un sourire amer effleura les lèvres de Bak.

— As-tu déjà vu mourir un homme alors qu'il marchait auprès de toi ? Un homme que tu avais fait prisonnier ? Je sentais le contact de son bras contre le mien, Imsiba, la chaleur de sa chair. Et puis il est tombé.

Après un dernier regard sur l'entrepôt, il tourna le dos au mur aveugle et à l'intense frustration qu'il avait ressentie en trouvant l'oiseau envolé.

— C'est demain que Ramosé retourne au village de Pahouro ?

— Il espère larguer les amarres aux premières lueurs de l'aube, confirma Imsiba, scrutant son ami comme pour s'assurer qu'il allait bien. Il voudrait partir sitôt son pont dégagé et compte naviguer jusqu'au soir.

Le Medjai posa son bol devant le chien, qui le nettoya en un clin d'œil, puis s'attaqua à une demi-douzaine de dattes enveloppées dans des feuilles.

— Mais Thouti ayant ordonné de renflouer l'épave, la dernière fois que j'ai vu Ramosé, il suivait le chef des scribes comme son ombre en le harcelant pour qu'on lui trouve rapidement les charpentiers qui l'accompagneront vers le nord.

— Il a raison d'éviter tout retard, sinon en arrivant il risque de trouver le navire désossé planche à planche. Je doute que Pahouro soit à ce point téméraire, sachant que l'attention des autorités est fixée sur lui, mais son village n'est pas le seul de la région.

— S'ils prennent le fleuve à l'aube, avec de la chance et l'aide des dieux, ils atteindront le village avant midi, calcula Imsiba en lançant une datte dans sa bouche. Les charpentiers resteront, ainsi que les soldats qui assureront leur sécurité, mais Ramosé reviendra à Bouhen le lendemain, son pont chargé à bloc d'articles de contrebande.

— Et il devra demeurer ici jusqu'à ce que je capture le meurtrier de Mahou, dit Bak d'un ton amer.

— Tu réussiras, mon ami. Comme toujours.

Bak ne put s'empêcher de sourire.

— Quand tu prononces ces mots, je sais qu'ils sont sincères. Venant de Thouti, ils sonnent comme une menace.

Avec bonne humeur, Imsiba rassembla les vestiges de leur repas. Toute trace de couleur s'effaça du ciel, les reflets d'or sur le mur disparurent et le toit resta dans le noir. Le chien sur les talons, les deux hommes se dirigèrent vers le carré de lumière et descendirent l'escalier jusqu'à l'entrée, tout en bas. Une torche fixée au mur près de la porte de la rue éclairait les marches et illuminait la vaste salle dépouillée où les deux Medjai de garde jouaient aux osselets, assis par terre. Ce jeu semblait se poursuivre sans fin d'une garde à l'autre, jour après jour. Bak avait craint au début que les paris ne causent des disputes, mais les mises demeuraient minimes sans rien entamer de l'enthousiasme et de la bonne humeur des policiers.

Imsiba s'en fut désigner les hommes chargés des inspections au port, le lendemain. Bak suivit la partie quelques instants, puis il choisit une brindille sèche dans un panier rempli de petit bois, l'alluma à la torche et l'emporta dans la pièce adjacente, qui lui servait de bureau. Tandis que le feu rampait vers sa main, il alluma ses deux lampes à huile, de petites soucoupes en terre cuite sur des trépieds en joncs hauts jusqu'à la cuisse. Il se hâta de retourner dans l'entrée et, à l'instant où la flamme léchait ses doigts, il lâcha la brindille dans un bac de sable sur le sol, sous la torche.

De retour dans son bureau, il s'assit sur la natte tissée qu'Hori préférait à un tabouret et contempla le désordre autour de lui. Des palettes de scribe, des calames, des encres et autres instruments d'écriture avaient été poussés sur le côté, ménageant de l'espace pour des tiges de papyrus fraîchement cueillies au bord du fleuve, ainsi que pour un couteau, un maillet, un polissoir et de la glu. Vu la multitude d'anciens documents réutilisables au Bureau des scribes, il ne pouvait imaginer pourquoi Hori s'entêtait à fabriquer ses propres rouleaux.

Un panier contenant un monceau de documents scellés et une douzaine de jarres grises, d'où dépassaient d'autres papyrus, se partageaient le banc en brique crue courant sur tout le mur du fond. La haute lance et le bouclier en peau de Bak étaient appuyés avec les armes d'Imsiba contre le mur de gauche. Contre celui de droite, on avait plaqué le sarcophage blanc, si neuf que le bois exhalait encore une odeur de sève. Et près de la porte, c'était deux trépieds superposés qui occupaient tout l'espace. Bientôt, pensa Bak, il ne resterait plus de place pour lui.

Imsiba arriva avec deux cruches de bière fraîche. En apercevant le sol et le banc encombrés, il étouffa un petit rire.

— Dire qu'à notre première rencontre, je t'ai pris pour un homme aux goûts raffinés.

Bak se contenta de sourire.

— J'ai remarqué que tu passais quelque temps avec l'équipage de Roï, avant que nous quittions le village de Pahouro.

Imsiba lui tendit une cruche, posa le tabouret du haut par terre et écarta le second d'une mince volute de fumée montant de la lampe à huile. Dans l'entrée, les osselets roulèrent sur le sol, un homme s'esclaffa, un autre se lamenta.

Imsiba brisa le bouchon de sa cruche, le jeta dans une pile de papyrus mis au rebut et s'assit.

— Crois-moi, ce sont de tristes individus, irascibles et vulgaires. Les deux défauts dont ils semblent dépourvus sont l'indolence et la déloyauté. Ayant travaillé si dur et si longtemps ensemble, ils forment un groupe solide comme le roc, dont le capitaine Roï était le fondement. Sa mort les séparera, avec le temps, mais il est encore trop tôt.

— Il devait être généreux pour inspirer une telle fidélité.

— Ils montrent peu de signes de richesse, en tout cas.

Bak écarta cette objection d'un geste de la main.

— De la malchance aux jeux de hasard, la passion des femmes, une famille nombreuse à entretenir... J'ai rarement vu un marin capable d'économiser ne fût-ce qu'une poignée de grain.

Il s'adossa contre le banc et posa sa bière à côté de lui, sans l'ouvrir. Il n'en avait pas envie.

— Que disent-ils au sujet de leur cargaison ?

— Ils soutiennent que c'est la première fois qu'ils passaient de la contrebande.

Bak leva un sourcil sceptique.

— Je sais, continua Imsiba. Ce genre de pratique n'est pas occasionnel. En l'occurrence, toutefois, une raison vraisemblable explique que leur capitaine ait accepté de courir le risque.

— Je brûle de l'entendre.

— Je me borne à répéter ce qu'ils m'ont dit, indiqua Imsiba en contemplant involontairement le sarcophage, non sans répugnance. Roï avait décidé de quitter Ouaouat pour toujours, de retourner auprès de sa femme et de sa famille à Kemet. Ses hommes partiraient avec lui, jusqu'au dernier. Ce devait être leur dernier voyage au nord du Ventre de Pierres. Les objets précieux qu'ils avaient embarqués auraient permis à Roï d'acquérir un navire plus grand à Abou, et ses hommes auraient pris un nouveau départ, chacun suivant ses goûts.

— Une bonne raison pour enfreindre la loi, admit Bak. Où Pachenouro les a-t-il emprisonnés ?

— En un lieu que je n'apprécierais pas, répondit Imsiba d'un air malicieux. Une maison des faubourgs non loin des enclos à bestiaux, où peu de gens acceptent d'habiter.

— Il n'aurait pu faire un meilleur choix, approuva Bak en riant. Réduits à leur seule compagnie, bien loin des maisons de plaisir de Bouhen et parfumés par l'odeur du fumier, ils préféreront peut-être avouer la vérité.

— C'est aussi le raisonnement qu'a tenu Pachenouro.

Bak se leva, s'étira.

— Ce fut une rude journée, Imsiba, comme j'espère ne jamais en revivre. Quoi qu'il en soit, Hori devra se trouver une autre chambre, ajouta-t-il en considérant avec réprobation le désordre à ses pieds. Je lui parlerai dès ce soir.

Un sifflement aigu attira son attention vers l'entrée. Les deux gardes, dont l'un avait la main encore levée comme s'il avait suspendu son geste au moment de jeter les osselets, échangèrent un coup d'œil entendu avant de regarder furtivement Bak. Quand ils s'aperçurent qu'il les fixait, ils détournèrent hâtivement la tête, d'un air coupable.

— Qu'est-ce qui leur prend ? s'étonna le lieutenant.

— Ils ont fait un pari dont l'issue reposait sur tes épaules.

— Puis-je en connaître les détails ?

— C'est assez simple, résuma le grand Medjai avec bonne humeur. L'un a parié que tu mettrais Hori dehors en moins d'une semaine, l'autre que tu résisterais plus longtemps. Tu viens à l'instant de leur indiquer ta décision.

Bak secoua la tête avec stupéfaction.

— Ils parieraient sur n'importe quoi !

— Tu dis vrai.

Le sourire d'Imsiba s'effaça alors qu'il désignait le sarcophage du menton.

— On ne pourrait pas lui trouver une meilleure place ?

— Dans l'entrée, ce serait impensable, et pas question de l'installer à la caserne, les soldats se rebelleraient. On ne peut pas non plus l'envoyer à la prison alors que Rennefer s'y trouve. Sa langue est suffisamment acérée sans qu'on prête encore le flanc à ses critiques.

— Elle ne s'est pas fait d'amis parmi les gardes, crois-moi, dit Imsiba, finissant sa bière puis posant la cruche par terre. Les hommes attendent le jour où tu la présenteras devant le commandant pour être débarrassés d'elle.

— Je m'en occuperai dès que possible. Je n'ai pas encore eu le temps de mettre en place les éléments de l'accusation.

Bak enjamba le désordre et regarda le cercueil blanc à forme humaine.

— Laissons-le ici. Je n'aimerais pas que ce soit sa place définitive, mais quelques jours de plus ne feront guère de différence.

— Qui repose à l'intérieur ? demanda Imsiba en se levant pour le rejoindre.

Bak approcha une lampe et parcourut des yeux le ruban d'hiéroglyphes qui se déployait le long du sarcophage, du large collier peint jusqu'aux pieds. Il avait déjà déchiffré l'inscription, aussi les symboles mal dessinés furent-ils moins laborieux à lire la seconde fois. Au terme d'une simple formule d'offrande, il repéra le nom, qu'il prononça à haute voix :

— « Amenemopet, prêtre-ouêb [1] devant le seigneur Khnoum ; fils d'Antef, scribe du lieu de vérité ; fils de la maîtresse de maison Hapou. »

— Un homme ordinaire, soupira Imsiba avec soulagement. Loué soit Amon de nous épargner ! Je redoutais qu'il soit de noble naissance, ce qui nous aurait valu des ennuis sans fin.

1. Prêtre chargé des objets du culte et de l'abattage rituel. (*N.d.T.*)

Le lendemain matin, Bak s'éveilla presque à l'aurore et sa première pensée concerna Rennefer. Il tira Hori de sa paillasse ; ils emportèrent du pain, des dattes et le matériel d'écriture sur le toit, et là, dans la fraîcheur matinale, ils entreprirent de consigner le crime commis dans l'oasis. Sous la dictée de Bak, le document fut bientôt achevé et ils passèrent à la suite, un rapport relatif au navire naufragé et aux articles de contrebande qu'il avait contenus. La moitié de la matinée s'écoula et ils arrivaient au bout d'un troisième rapport, relatant la mort de Mahou, quand Imsiba vint demander à quel moment ils iraient voir Sitamon. Bak termina rapidement sa tâche, puis le Medjai et lui se mirent en route pour une entrevue qui ne leur inspirait d'empressement ni à l'un ni à l'autre.

— Je ne sais rien des affaires de Mahou. Si j'étais ici depuis plus longtemps, peut-être se serait-il confié davantage.

Sitamon, assise par terre à côté d'un métier à tisser, formait de minuscules plis dans l'ourlet de sa longue tunique, baissée pudiquement autour de ses jambes.

— Nous étions tels des étrangers, vois-tu. Nous refaisions à peine connaissance après des années de séparation.

— Je comprends, dit Bak avec sincérité.

Il quitta la chaise qu'elle lui avait apportée et fit quelques pas autour de la petite cour. Un siège d'un tel luxe ne lui convenait pas.

Sitamon, préparée à leur visite grâce à Tiya, les avait fait entrer dans une maison de taille modeste, où trois pièces entouraient une cour à ciel ouvert. La demeure était claire et nette, les pièces éclatantes de propreté, les quelques meubles de bonne qualité. Comme il faisait plus frais au-dehors, où soufflait une brise sporadique, elle proposa de s'y asseoir pour parler. Ils découvrirent un garçonnet pâle et frêle d'environ quatre ans, qui jouait à déplacer de petits bateaux le long d'un fleuve imaginaire, près d'un four rond en brique crue. Chaque fois qu'il croyait que personne ne le regardait, il fixait les deux hommes venus voir sa mère — des soldats, pensait-il sans doute, des guerriers.

— Ton frère semblait-il nerveux à la perspective de son prochain voyage ? interrogea Bak. Se montrait-il pressé de partir ? Inquiet des retards et de l'inspection que subirait sa cargaison ?

— Tout cela, et bien plus encore.

Il échangea un coup d'œil avec Imsiba, accroupi près du frêle poteau qui soutenait le toit en feuilles de palmier lâchement tressées, sèches et bruissantes sous la brise.

— Et toi, répliqua Sitamon, n'aurais-tu pas été inquiet si l'essentiel de ta cargaison consistait en du bétail ? Des vaches et des chèvres de la meilleure qualité, destinées à Ouaset et au domaine royal ? Mahou avait maintes fois transporté des tributs, et souvent des animaux, pourtant cela lui causait toujours le même tourment. Que ferait-il si les bêtes dépérissaient et mouraient ? Maakarê Hatchepsout se contenterait-elle de son navire en guise de remboursement ?

— Notre souveraine n'est pas réputée pour sa nature indulgente, convint Imsiba.

Sitamon le remercia d'un bref sourire pour sa compréhension. C'était une femme menue, au corps délicat. Ses cheveux sombres tombaient sur ses épaules, les pointes incurvées vers l'intérieur. Son visage pâli par le choc et le chagrin, les cernes bleutés sous ses paupières témoignaient d'une nuit sans sommeil. Imsiba ne pouvait la quitter des yeux.

— Mahou avait-il déjà fait allusion à de la contrebande ? persévéra Bak.

— Tiya m'a parlé de la défense d'éléphant que vous avez trouvée dans la cale.

Prenant conscience qu'elle jouait avec son ourlet, elle croisa fermement les mains sur ses genoux.

— Je ne le mets pas en doute, puisque vous l'avez vue de vos yeux. Mais s'il est une chose dont je suis certaine, c'est que mon frère ne l'aurait jamais prise à son bord. C'était un honnête homme.

— Il a juré qu'il n'en savait rien et qu'il ne s'expliquait pas sa présence, admit Bak.

— L'aurait-on tué à cause de cette défense, selon toi ?

— Probablement. Mais s'il ne savait rien du tout à ce sujet, pourquoi fallait-il qu'il disparaisse ?

Bak s'arrêta derrière la chaise et s'appuya sur le dossier. Il jugea préférable d'être franc :

— Jusqu'à présent nous n'avons rien. Pas la moindre piste, pas le plus petit indice. Nous espérions que tu pourrais nous mettre sur la voie.

Imsiba se leva comme pour mieux renforcer ses propos.

— Te souviens-tu de quoi que ce soit, dame Sitamon ? D'un élément quelconque susceptible de nous aider ?

De son côté l'enfant, les yeux écarquillés, fixait le grand Medjai avec une terreur respectueuse.

— Peut-être... Il a bien dit quelque chose, mais...

Elle s'interrompit, secoua la tête, les sourcils froncés.

Bak contourna la chaise et s'assit. Un infime espoir se formait dans sa poitrine, n'aspirant qu'à grandir. Imsiba demeurait immobile comme une statue, tout aussi concentré.

— Cette nuit, je n'ai pu trouver le sommeil, confia Sitamon. Mes pensées tournaient sans relâche. Je me remémorais tout ce dont nous avions parlé depuis mon arrivée à Bouhen, il y a sept jours. Ce n'est pas assez longtemps pour savoir si un homme rit parce qu'une plaisanterie est drôle, ou pour se cacher la vérité.

Bak se pencha vers elle, espérant qu'elle lui livrerait au moins un grain d'or dans ce désert stérile.

— Qu'a-t-il dit, dame Sitamon ? Cela nous serait utile de le savoir.

Elle porta son regard vers Imsiba, dont le sourire semblait la rassurer.

— Cela s'est passé la veille de son départ pour Kor. Je n'étais ici que depuis une journée et nous n'étions pas encore habitués à nous tenir compagnie. Mahou avait vécu seul de longues années ; je suppose que deux autres personnes dans cette maison lui faisaient l'effet d'une foule. Comme si cela ne suffisait pas, mon fils Teti était fatigué et grognon. Pleurnicheur, pour dire la vérité. Aussi, après notre repas du soir, Mahou est sorti quelques heures afin de retrouver des amis et de jouer un peu. En réalité, précisa-t-elle avec un pâle sourire, c'était pour s'entourer d'hommes et échapper un moment à la « félicité domestique » qu'il avait acceptée sans bien savoir ce qu'elle impliquait.

Son sourire était forcé, des larmes s'accrochaient à ses cils.

— Tôt le lendemain matin, avant son départ, il m'a raconté qu'un de ses compagnons nocturnes lui avait proposé à l'oreille de transporter une cargaison illicite, en lui promettant de grandes richesses. Il a éclaté de rire, et affirmé que ce n'était qu'une boutade, non une tentative sérieuse pour le détourner du droit chemin. Je l'ai tenu pour acquis tant il parlait avec désinvolture, mais à présent...

Sa voix se brisa. Sitamon s'éclaircit la gorge et poursuivit :

— A présent, je pense qu'il se trompait.

Bak hocha la tête. La défense avait sans doute été dissimulée par celui-là même qui avait tenté de corrompre Mahou. Vivant, le capitaine aurait été à même de le désigner. Quelle meilleure raison y avait-il pour expliquer le meurtre ? Comme s'il lisait dans ses pensées, Imsiba chercha son regard et acquiesça du menton.

— T'a-t-il dit comment s'appelait cet homme ? demanda Bak d'un ton posé, doux et compatissant.

— Non.

— A-t-il précisé où il allait retrouver ses amis et qui ils étaient ?

— Il n'a mentionné aucun nom ; je n'aurais pas su de qui il parlait, d'ailleurs. En tout cas, se reprit-elle en s'essuyant les yeux du revers de la main, je sais qu'il s'est rendu dans un lieu de plaisir dirigé par une femme. Il paraît qu'elle possède un lionceau et un jeune esclave pour en prendre soin.

— Noferi ! s'exclama Bak. Les dieux nous sourient enfin !

En effet, la vieille Noferi était son informatrice, son espionne. Elle connaissait tout le monde à Bouhen et rien ne lui échappait. Un homme chuchotant à l'oreille d'un autre aurait capté son attention aussi sûrement qu'un pot de miel débouché attire les fourmis.

Bak et Imsiba descendirent l'étroite ruelle au pas de course, osant à peine croire à leur chance. Ils dépassèrent deux soldats avançant à une allure plus modérée, et un marchand. Devant eux, ils virent le portail de Noferi grand ouvert, et le lionceau assis sur le seuil. Un mince nuage de poussière tourbillonnait dans la rue, poussé par une forte brise. Le fauve éternua et rentra à l'intérieur.

— Chef !

Le jeune Medjai aux épaules carrées qui assurait la faction au poste de garde les rattrapa en courant.

— Chef, il faut que tu viennes immédiatement ! Un autre homme a été assassiné !

6

— C'est un assassinat, tu en es bien sûr ?

Le doute perçait dans la voix de Bak, non qu'il se défiât du soldat qui lui apportait la nouvelle, mais il ne pouvait concevoir qu'un second crime ait eu lieu si tôt après la disparition de Mahou. Deux homicides, plus la tentative de meurtre de Rennefer, tout cela en cinq jours... Bouhen n'était pas d'habitude un repaire où florissait le crime.

Amonmosé, un jeune lancier mince et musclé âgé d'une vingtaine d'années, appartenait à la patrouille de six hommes qui avait découvert le corps dans le désert. Il ne s'offusqua pas de l'incrédulité du lieutenant.

— Il avait trois flèches dans le dos, chef. Chacune d'elles était mortelle.

Bak et lui se tenaient sur le seuil du corps de garde. Les deux policiers de faction, eux aussi secoués par la nouvelle, avaient provisoirement abandonné les osselets pour écouter et observer.

— Nous l'avons trouvé il y a un peu moins de deux heures, indiqua-t-il, évaluant le temps d'après l'étroite bande d'ombre projetée par le soleil presque à son zénith. C'était avant le milieu de la matinée. Il avait été tué, cela ne faisait aucun doute, aussi je suis parti sur-le-champ pour apporter la nouvelle.

— J'espère que les autres sont restés près de lui ?

— Oui. Il ne sera pas la proie des vautours et des chacals.

Amonmosé changea son bouclier de main, le passant dans celle qui tenait la lance, et s'essuya le front. Sa peau était rougie par le soleil et le vent, et il était couvert de la tête aux pieds d'une fine couche de poussière, où la sueur dessinait des filets.

— Si nous n'étions pas passés par là... En fait, c'est un chacal qui a attiré notre chien près du corps.

Quoique le soldat ait retrouvé son souffle, Bak vit bien qu'il était épuisé par sa longue course précipitée à travers le désert. Il le conduisit dans son bureau, poussa un tabouret vers lui et lui fit signe de s'asseoir. Il constata avec satisfaction que les affaires d'Hori ne jonchaient plus le sol, toutefois leur présence restait trop visible à son goût. Le scribe avait tout fourré dans des paniers, qu'il avait laissés sur le banc, entre les jarres où débordaient des manuscrits.

Sur un lit de papyrus bruts, Bak repéra la cruche de bière qu'il avait négligée la veille. Il brisa le bouchon et la tendit au soldat.

— Mon scribe devrait revenir bientôt avec de la nourriture, et Imsiba avec des hommes et une civière. Dès que tu te seras restauré, nous partirons.

Amonmosé posa son arme et son bouclier par terre, s'adossa au mur et but à longs traits. Un soupir de satisfaction, un rot et un large sourire exprimèrent sa gratitude.

— A quand remonte la mort, à ton avis ?

— Peu avant l'aube, je dirais. Il y avait une de ces nuées de mouches... répondit Amonmosé en s'essuyant la bouche d'un revers de main.

— Et pendant cinq ou six heures, il est resté intact ? objecta Bak, sceptique. Excepté un chacal, les charognards ne l'avaient pas encore trouvé ?

— Il était recouvert de sable. Pas assez pour masquer son odeur, mais suffisamment pour tromper les vautours volant haut dans le ciel, expliqua le soldat, qui s'interrompit pour boire une grande rasade. On voit souvent une bande de chiens sauvages dans cette partie du désert, mais ces deux derniers jours ils sont restés près d'un bras du fleuve, où un jeune hippopotame est bloqué. Des chacals attendent aussi de profiter du festin.

— Je vois.

Bak chercha l'autre tabouret des yeux. Ne parvenant pas à le trouver, il finit par s'asseoir sur le sarcophage, dont la légère odeur de bois vert lui chatouilla les narines.

— A-t-on découvert des empreintes du meurtrier ?

— On a envoyé trois hommes en repérage. Je les ai quittés au moment où ils partaient, aussi je ne sais rien à ce sujet.

Il ne semblait pas plus perturbé par le siège improvisé de l'officier que par son scepticisme. « Un homme de bon sens, pensa Bak, un soldat à avoir près de soi en période de troubles. »

— As-tu identifié le mort ?

— Il gisait sur le ventre, le visage dans le sable. Nous avons hésité à soulever sa tête, pensant que tu voudrais le voir tel qu'il était, mais finalement nous nous y sommes résolus.

Amonmosé roula la cruche entre ses paumes, ému par les souvenirs qui l'assaillaient.

— On le connaissait tous, ou presque. On ne peut pas dire que c'était un ami très proche, mais on l'aimait bien.

Un long soupir résigné échappa aux lèvres de Bak.

— Donc, c'est quelqu'un de Bouhen.

— Intef, le chasseur. Tu le connaissais sûrement, toi aussi, ou du moins tu avais entendu parler de lui. Il traquait la gazelle sauvage, les animaux du désert et du fleuve. Il échangeait la viande à la garnison.

Bak marmonna un juron. Il ne connaissait le défunt que de vue, mais il en avait formé l'impression d'un homme calme et courageux.

— C'est de ce côté, dit Amonmosé en désignant ce qui parut à Bak un paysage de dunes sans fin, brisé çà et là par des formations rocheuses. Une chance que nous l'ayons trouvé ! Il gît dans une dépression creusée par le vent, entre ces deux tertres jumeaux.

Une rafale souleva une poussière impalpable et roula le sable sur la surface ondoyante du désert. Un tapis beige doré prit vie et glissa avec un chuchotement si délicat qu'il aurait pu provenir de la bouche d'une déesse. Une déesse capricieuse, songea sombrement Bak, qui s'était donné un mal infini pour effacer toute trace d'Intef et de l'homme qui l'avait tué.

Il se félicitait de ne pas être seul, et à la façon dont Imsiba observait le mouvement du sable, il se sentait tout aussi mal à l'aise. Les deux Medjai qui les accompagnaient, l'un chargé d'une civière, le second d'un sac en toile rempli de pain frais, de fruits et de bière pour la patrouille, observaient ce monde mouvant avec une profonde méfiance. Le fleuve se trouvait hors de vue, par-delà la longue crête qui s'étendait du nord au sud derrière Bouhen. Au-dessus de leur tête, le soleil dardait des rayons de feu. Sans l'arête rocheuse, qu'ils avaient suivie sur l'arrière pendant bien plus d'une heure, ils auraient été totalement désorientés. Ils avaient dépassé sans les voir le fort de Kor et une tour de garde située au sommet d'une haute colline conique, plus loin au sud. Leur guide avançait sans état d'âme ; il patrouillait assez souvent dans cette solitude pour retrouver ses repères, indistincts pour qui ne connaissait pas les lieux. Les tertres jumeaux en offraient un bon exemple. Jamais Bak n'aurait cru qu'ils se démarquaient en rien des autres.

— C'est donc un de nos chiens qui l'a trouvé ? demanda-t-il.

— Notre meilleure femelle, acquiesça Amonmosé. Elle ne suivait pas sa piste, car il était arrivé par un chemin différent, cependant elle a flairé quelque chose. Le chacal, je suppose.

— Le vent s'était-il déjà levé ? voulut savoir Imsiba.

— Ce n'était guère qu'une brise. Rien de ce genre-là.

Amonmosé obliqua vers la gauche pour traverser une étendue de sable meuble.

— Elle aboyait si fort qu'on l'a détachée pour la laisser filer. Au bout d'un moment, les aboiements ont repris. On l'a appelée, pensant qu'elle avait acculé un serpent ou un lézard. D'ordinaire elle revient, mais pas cette fois. Alors on est allés voir ce qu'elle avait trouvé. C'est ainsi que nous avons découvert le chacal. Et Intef.

— De quelle direction était-il venu ? demanda Bak.

— De l'arête, à l'est.

— Il ne voyageait jamais seul dans le désert, remarqua Imsiba. Il prenait un âne pour porter sa réserve d'eau et de nourriture, plus un ou deux autres pour le gibier qu'il abattrait.

— Nous n'avons pas trouvé d'empreintes d'animaux, seulement celles d'Intef, répondit Amonmosé avec un haussement d'épaules.

La brise tomba, les sables murmurants se turent. Les hommes contournèrent une éminence et virent, avant le tertre suivant, les cinq soldats qu'Amonmosé avait laissés derrière, ainsi que trois chiens vigoureux au poitrail large, une femelle noire et deux mâles tachetés. Les hommes comme les chiens étaient assis autour d'un corps étendu sur le sol, des flèches plantées dans le dos. Pour s'abriter de la tempête de sable, les soldats avaient dressé une barricade de boucliers, face au vent. Si Bak conservait la moindre illusion de trouver des traces du meurtrier, la hauteur du sable qui s'était amoncelé devant la lui ôta définitivement.

Les soldats se relevèrent. Ils étaient zébrés de sueur et de poussière comme Amonmosé, et tout aussi brûlés par les éléments. Le plus âgé d'entre eux, un géant aux cheveux bruns clairsemés, les salua d'un signe de la main.

— Lieutenant Bak ! Ça fait plaisir de te voir. Les circonstances ne sont pas idéales, je te l'accorde, mais si tout était en ordre, je ne t'aurais pas appelé, et je ne serais pas là non plus.

— Heribsen, dit Bak en souriant — il connaissait

l'homme pour l'avoir rencontré chez Noferi, son repaire favori. C'est donc toi qui commandes ces traînards ? Amonmosé ne m'avait pas prévenu.

L'homme imposant donna une claque amicale sur l'épaule d'Imsiba, échangea quelques reparties avec les Medjai et accueillit Amonmosé tel le fils prodigue de retour au bercail. Un des policiers remit la nourriture aux soldats, qui inventorièrent le contenu du sac avec une joie d'enfants, tandis que l'autre étendait la civière par terre et déroulait la toile entre ses barres de transport.

Bak et Imsiba s'agenouillèrent à côté du défunt. De taille moyenne, les épaules larges et la taille étroite, l'homme devait avoir environ trente ans. Il gisait le torse et le visage dans le sable, les bras écartés comme pour amortir sa chute. L'ourlet s'effilochait sur son pagne usé. Une simple dague de bronze pendait à sa ceinture dans une gaine. Sur son dos et ses jambes recouverts d'une couche poudreuse, la peau apparaissait par endroits, montrant que les patrouilleurs avaient tenté de débarrasser le corps du sable.

Aux pieds d'Intef, Bak vit une outre en peau de chèvre, et sur le côté un arc long et lourd, adapté au gros gibier. Des flèches étaient tombées du carquois de cuir qu'il portait en travers de l'épaule gauche. C'était un équipement militaire banal, que le chasseur avait très probablement obtenu à l'arsenal de la garnison en échange de quelques prises. L'outre pleine d'eau indiquait qu'il n'avait pas quitté le fleuve depuis longtemps quand on l'avait abattu.

Trois flèches étaient profondément enfoncées dans le haut du dos, sur un espace pas plus grand que la paume. Comme l'avait dit Amonmosé, chacune d'entre elles aurait été fatale. Seule une petite quantité de sang avait jailli des blessures et coulé le long de la cage thoracique. Les embaumeurs en trouveraient davantage dans les poumons, songea Bak. Les flèches meurtrières étaient identiques à celles du carquois.

Avec douceur, comme si l'homme était seulement assoupi, Bak le fit rouler sur le flanc.

— Intef... confirma-t-il en lançant un coup d'œil à Amonmosé.

Le large torse du chasseur ne révélait rien, pas plus que le sable au-dessous et autour de lui. Il gisait là où il était tombé, sans laisser de message pour désigner son assassin. Bak se redressa et se tourna vers Heribsen.

— Amonmosé m'a dit que tes hommes sont allés examiner les lieux avant la tempête.

— Je marchais à leur tête, précisa le soldat, contemplant le cadavre d'un air sombre. Intef était un brave homme. J'espérais mettre la main sur son meurtrier.

— Qu'as-tu trouvé ? demanda Imsiba, qui se leva et se frotta les mains pour les débarrasser du sable.

— En un mot, rien.

Bak fit signe à ses Medjai d'approcher la civière et d'y placer le corps, puis remarqua :

— Rien ? Le dieu Horus peut fondre du ciel pour saisir sa proie sans même toucher le sol, toutefois j'ignorais qu'un humain fût capable d'accomplir pareil exploit.

Heribsen sourit devant ce cynisme.

— Nous avons tourné à partir de ce point en élargissant progressivement le cercle et, enfin, nous avons trouvé des traces. Là-bas, dans une poche de sable, dit-il en montrant du doigt une lame rocheuse à une centaine de pas. Celui qui les a laissées n'a pas pris la peine de les effacer, et pourquoi s'en serait-il soucié ? Le sable fin coule dans une empreinte dès qu'on soulève le pied, sans laisser aucun contour précis.

Bak contempla l'étendue de sable qui le séparait du mur rocheux et hocha la tête.

— Il avait d'Intef une vue claire et dégagée.

— La distance aurait fait hésiter bien des archers, observa Imsiba.

— Pas celui-ci.

Heribsen montra le corps que les Medjai déposaient sur la civière.

— Regarde comme les flèches sont serrées. Il est bon. Très, très bon.

Le vent poussa le sable devant lui et le souleva en un voile impalpable. Bak se détourna, les yeux clos.

— Avez-vous pu savoir d'où il venait ?

— Si nous avions trouvé les empreintes plus tôt, qui sait où elles nous auraient menés ? répondit Heribsen, désabusé. En fait, nous l'avons pisté jusqu'à la crête, et là nous sommes tombés sur celui de mes hommes qui suivait les traces d'Intef à rebours.

— Le meurtrier pistait sa victime, conclut Bak sans surprise.

— Oui, c'est aussi ce que nous avons pensé. A ce moment-là, poursuivit Heribsen, grattant son occiput dégarni, le vent a fraîchi et le sable a commencé à bouger. Nous avons encore suivi les traces vers le sud, le long de la crête sur... oh, environ deux cents pas. Et puis elles se sont évanouies, effacées par les rafales.

Bak se représenta la crête et les terres de part et d'autre. A l'ouest, une immensité aride menant vers l'inconnu et, à l'est, une vaste étendue brisée par des tertres rocheux, des dunes et des strates de pierre descendant en paliers vers le fleuve. Plus on allait au sud, plus le paysage devenait rocailleux et brisé.

— Et ses ânes, vous les avez cherchés ? s'enquit Imsiba.

— C'est justement pour ça qu'un homme remontait ses traces. J'espérais trouver ses bêtes.

Heribsen scruta les sables dorés et le lointain, perdu dans un halo de poussière.

— S'il les a attachées quelque part, et qu'elles ne peuvent s'abreuver... Eh bien, dit-il en secouant la tête d'un air morne, on reste vigilants, mais je ne garde pas grand espoir.

— Crois-tu possible qu'il ait croisé une tribu errante ? avança Imsiba. Peut-être un indigène a-t-il trouvé la tentation trop forte pour y résister — surtout si les ânes étaient chargés de viande fraîche.

— On patrouille dans ce coin du désert depuis près

d'une semaine, objecta Heribsen. On n'a vu aucun signe d'intrus.

Bak aurait voulu que le meurtre puisse s'expliquer de manière aussi simple : une bande d'hommes et de femmes affamés, désespérément en quête de nourriture.

— Non, réfléchit-il tout haut. Intef a laissé les ânes derrière lui, en un lieu impossible à voir d'ici. Si les animaux et leur fardeau constituaient le butin, on les aurait détachés tranquillement pour les emmener au fin fond du désert. Intef ne se serait douté de rien jusqu'à ce qu'il revienne chercher ses bêtes. On n'aurait pas eu besoin de le tuer. Et si l'on avait visé plus modestement les objets qu'il transportait, sa gourde et ses armes auraient disparu.

— Et tu en déduis que l'unique but du tueur était de lui ôter la vie. Mais pourquoi ? C'était un pauvre homme, un simple chasseur.

— Je crains que les dieux ne nous mettent à l'épreuve, Imsiba, répondit Bak avec un sourire amer. Chaque problème est plus épineux que le précédent. D'abord Penhet est poignardé, et rapidement nous trouvons un mobile et des éléments suffisants pour emprisonner Rennefer. Ensuite Mahou est abattu et bien que nous tenions le mobile — la défense d'ivoire —, nous n'avons aucun indice sur son meurtrier. Et maintenant cet homme est mort, et nous n'avons ni mobile, ni la plus petite piste.

Bak escalada péniblement une dune basse et pesta en se cognant l'orteil contre une pierre ensevelie dans le sable. Il avait la bouche pâteuse, la peau sale et desséchée, depuis longtemps dépouillée de l'huile dont il s'était oint au lever du jour. Faisant halte au sommet, il abrita ses yeux sous sa main en visière et scruta l'est, où il apercevait par instants à travers l'air chargé de poussière un large ruban d'eau brunâtre. Le fleuve, but qu'il aspirait à atteindre. Il contournait des îles sombres, parfois tapissées de verdure, et les rapides isolés ondoyaient avec un éclat argenté. Quel espoir restait-il de retrouver les ânes dans le morne paysage, entre la crête et l'eau ?

La promesse d'Heribsen d'explorer le désert du côté opposé était encore plus illusoire.

Amonmosé, qui suivait un itinéraire parallèle à une cinquantaine de pas sur sa droite, apparaissait et disparaissait au gré des rafales de poussière et des caprices du relief. Imsiba avançait quelque part au-delà, trop au sud pour être visible. Bak ne distinguait pas non plus la chienne noire qu'Heribsen leur avait prêtée, celle-là même qui avait découvert Intef. Amonmosé l'avait laissée courir librement dans l'espoir qu'elle flairerait l'odeur des ânes — ou de chacals attirés par les proies dont ils étaient peut-être chargés. Loin à sa gauche, Bak aperçut un instant les deux policiers medjai transportant la civière, puis ils furent enveloppés par la poussière. En raison de leur fardeau, Bak leur avait attribué le chemin le plus au nord du fleuve, qui était aussi le plus court vers le fortin de Kor, trop éloigné pour qu'on le distingue.

Il ferma son esprit à la soif et avança, s'enfonçant jusqu'aux chevilles dans le sable chaud. Pourquoi vouloir tuer un homme comme Intef ? Bak repoussa une hypothèse, puis une autre et une autre encore. Il se heurtait toujours à la même réalité incontournable : Intef ne possédait rien. C'était un pauvre homme, qui chassait pour subsister et menait une existence précaire au meilleur des cas.

Un chien poussa des aboiements durs, courroucés, qui portaient à travers les dunes. D'autres — ou bien des chacals ? — lui répondirent, grondant, jappant, glapissant. Bak s'immobilisa et tâcha de voir quelque chose à travers les tourbillons de poussière, de repérer la direction d'où provenaient leurs voix. « Du sud ! » pensa-t-il, et il se mit à courir. Il vit Amonmosé escalader rapidement un tertre, s'arrêter au sommet pour écouter, montrer un endroit en avant.

Bak gravit une petite éminence, contourna un groupe de rocs déchiquetés et découvrit au loin un ancien cours d'eau que le sable comblait presque à ras bord. Des braiments terrifiés attirèrent ses yeux plus loin vers l'oued et donnèrent des ailes à ses pieds. La chienne noire s'était campée devant trois ânes bâtés. Les poils hérissés, elle grondait à l'adresse d'une bande de chiens sauvages, dont elle contenait l'attaque de son mieux. Les ânes, leurs pattes avant entravées, dansaient nerveusement autour d'elle. Bak hurla pour détourner l'attention de la meute, espérant qu'Imsiba ne tarderait pas. Il tira sa dague tout en sachant qu'elle serait pratiquement inutile, et ralentit l'allure.

Pendant qu'un bâtard jaune harcelait la chienne afin qu'elle se concentre sur lui, un roquet marron la prenait à revers pour bondir sur une gazelle morte attachée sur le dos d'un baudet. Celui-ci poussait des hi-han affolés et lançait des ruades. Un chien tacheté se glissa entre lui et ses compagnons, happa sa patte attachée, le força à reculer loin de la sécurité du groupe. Un autre assaillant, gris aux longues pattes fines, bondit alors sur son échine pour l'obliger à se coucher. L'âne s'en débarrassa en s'ébrouant, mais au prix de plusieurs longues égratignures sur l'épaule. Entre-temps, un chien efflanqué jaune et blanc rampait vers la femelle noire, l'attaquant sur son flanc.

Bak hurla à nouveau. Un énorme molosse blanc fit volte-face vers lui en grondant, ses babines retroussées. C'est alors qu'Amonmosé accourut à la rescousse et protégea Bak de son bouclier tout en se préparant à frapper. Imsiba apparut de l'autre côté de l'oued, sa lance au poing. Le chien jaune et blanc se ramassait sur lui-même pour sauter sur la chienne quand, avec un rugissement terrifiant, Imsiba projeta son javelot et le transperça presque de part en part. Le sang jaillit. Les bêtes qui n'étaient pas encore engagées dans cette lutte frénétique se figèrent. Amonmosé se fendit en avant et enfonça son fer de lance dans le poitrail du molosse, qui tomba en poussant un jappement étranglé. L'arrière de la meute recula. D'autres suivirent, la queue basse. Imsiba franchit l'oued, dégagea son javelot et piqua le bâtard qui harcelait la chienne noire. Son grondement se mua en un gémissement plaintif et il prit la fuite en traînant la patte. Tandis qu'Amonmosé récupérait son arme, Bak s'élança pour couper la gorge du gris, qui s'écroula avec un hurlement strident. Les autres détalèrent dans le sable voilé de brume.

Les trois hommes se regardèrent, se sourirent, mais ils n'eurent pas l'occasion de se féliciter car la chienne fila à la poursuite de la meute et Amonmosé dut la pourchasser, non sans force jurons sonores. Bak et Imsiba lâchèrent leurs armes tachées de sang et s'occupèrent des ânes effrayés. Deux d'entre eux portaient le gibier abattu par Intef : plusieurs lièvres et deux gazelles adultes. Le troisième était chargé de provisions. Le chasseur avait fait montre de prudence : il s'était muni d'une abondance de nourriture pour ses bêtes et de deux grosses jarres d'eau. Lorsque Amonmosé s'en revint avec la chienne, Bak et Imsiba avaient étanché leur soif, soigné de leur mieux l'âne blessé et abreuvé les trois bêtes dans une profonde marmite rougeâtre, au fond noirci par les flammes.

Imsiba alla replacer la jarre d'eau vide sur l'âne.

— Veux-tu fouiller le bât avant que je la fixe ?

Bak consulta rapidement le soleil, semblable à une boule dorée indistincte se hâtant de traverser un ciel plombé.

— Plus tard. Il faut regagner Kor sans attendre et remettre cette viande au boucher avant qu'elle ne se gâte. Alors nous pourrons nous débarrasser de cette poussière grâce à une bonne baignade dans le fleuve, puis nous nous remplirons le ventre de nourriture et de bière.

Il se tourna vers Amonmosé, qui s'était agenouillé pour nettoyer leurs armes.

— Tu viens avec nous.

— C'est un ordre, chef ?

Bak éclata de rire. Qui n'aurait préféré le confort d'une forteresse à une nuit en plein désert avec Heribsen et ses compagnons ?

— Oui, un ordre formel.

— Quelle espèce de pourriture a pu tuer un homme comme Intef ? Lui qui n'avait jamais fait de mal à personne...

Neboua secoua la tête avec tristesse sans pouvoir y croire.

Bak examina les quelques possessions du chasseur, étalées sur le sable devant lui. Hormis les armes, qu'il avait placées à l'écart, les objets ne différaient en rien de ceux dont on se munissait avant de parcourir une longue distance en ne comptant que sur ses propres moyens. Cependant, une fouille minutieuse révélerait peut-être un élément insolite, voire un indice quant au mobile du meurtre.

— Il a sans doute porté préjudice à quelqu'un. Pourquoi, sinon, lui ôter la vie ?

— Alors, ce devait être sans le vouloir, assura Neboua en posant le pied sur un muret éboulé. Intef était un brave homme.

L'âne chargé des provisions, libéré de son fardeau et repu, pressa doucement sa tête contre la hanche de Bak. Tout en lui grattant le museau, le lieutenant contempla l'extrémité sud du domaine temporaire de Neboua : Kor, un long et étroit fortin de brique crue. Cette partie-là de l'ancienne forteresse était occupée par les caravanes bloquées sur ordre de Thouti. Un mur avait été édifié à la hâte afin de parquer les ânes. Leurs maîtres, entourés des marchandises qu'ils transportaient, campaient à l'extérieur, parmi les ruines de maisons érigées maintes générations plus tôt et désormais inutiles. Les deux officiers se tenaient dans un coin tranquille de l'enclos, loin des regards indiscrets. L'odeur du fumier était forte et, quoique le vent fût tombé, la poussière flottait encore dans l'air étouffant.

— Il devait être sur le chemin du retour quand on l'a assassiné, dit Neboua, observant le sac de grain vide aux trois quarts, posé sur le sable à côté d'une seule gerbe de foin. Il ne reste plus grand-chose à manger pour un homme ou pour un animal.

— Et les deux autres ânes étaient si chargés de gibier qu'ils n'auraient rien pu porter de plus, convint Bak.

— Ça au moins, c'est une agréable surprise, dit Neboua en retrouvant le sourire. Nous ferons un grand festin ce soir, et tous ces malheureux marchands seront si bien gavés de lièvre et de gazelle qu'ils ne viendront pas m'écorcher les oreilles par de nouvelles récriminations.

En riant, Bak souleva la lourde jarre d'eau. La main sur le bec pour filtrer tout objet susceptible d'y être caché, il versa le contenu dans un abreuvoir. Elle ne renfermait aucun secret.

— Intef a laissé ses bêtes derrière lui. Il est parti seul dans le désert, en emportant de l'eau. Il ne cherchait plus de gibier, puisque les patrouilleurs n'ont repéré aucune empreinte d'animal. Donc, il avait un but, qui ne pouvait être loin de l'endroit où ils l'ont trouvé.

— Il n'y a rien, là-bas, que le désert, dit Neboua, pensif, en se grattant la tête. Je parie qu'il se savait suivi. Il s'est dirigé vers le fleuve dans l'espoir de semer son poursuivant parmi les dunes, plus loin à l'ouest.

— Il n'aurait pas laissé ses ânes si vulnérables à la merci des bêtes de proie s'il comptait partir longtemps, objecta Bak, qui posa la seconde jarre par terre près de sa jumelle vide, puis ramassa l'outre et la retourna au-dessus de l'abreuvoir. Pour toi qui le connaissais, était-il homme à passer clandestinement de la marchandise sur la frontière ?

— Intef ? répondit Neboua avec un rire amer. Il était dur à la tâche, pas du genre à bafouer l'autorité.

Bak fouilla un panier contenant de quoi allumer du feu : une petite mèche, un fagot de brindilles et de la paille sèche. Ne trouvant rien d'intéressant, il les posa sur le côté. Il écrasa deux miches de pain aussi dures et sèches que de la pierre, dont il lança les miettes aux pigeons qui semblaient constamment dans leurs jambes. Il jeta ensuite un bouquet ramolli d'oignons verts devant l'âne, ainsi que deux melons trop mûrs qu'il fendit, au cas où l'on aurait dissimulé quelque chose parmi les graines. Des paquets de feuilles contenant un peu de poisson séché et une poignée de dattes rejoignirent le nécessaire à faire le feu dans le panier, ainsi qu'une petite jarre où il ne restait qu'un mélange de lentilles et de haricots, et enfin une autre, contenant de l'huile bon marché pour le corps.

Imsiba surgit d'un étroit passage entre deux pans de murs effondrés, à la tête des ânes débâtés.

— Neboua ! s'écria-t-il. Je me doutais bien que tu serais là, pour ne rien rater de ce qu'il y a à voir.

— Observer les bouchers aurait été plus distrayant.

Bak ramassa le sac de blé presque vide, sachant pertinemment que les collecteurs de taxes découvraient souvent des objets cachés parmi les grains. Il approcha le récipient rouge, plein d'espoir malgré lui, et y versa lentement les céréales. Hormis les cailloux et l'ivraie habituels, il ne trouva rien. Neboua marmonna un juron, aussi déçu que lui. Imsiba laissa échapper un rire dépité.

Bak s'attaqua au foin. De sa dague, il trancha la ficelle qui retenait la gerbe et l'écarta vivement. Au centre, tel un gros œuf allongé, une jarre en albâtre de la taille de sa paume révélait sa surface blanc crème veinée de brun doré. Bak reprit courage. Ce récipient élégant était totalement déplacé parmi les humbles possessions d'Intef. Osant à peine respirer, il le secoua. Plusieurs objets durs tintèrent à l'intérieur. Le policier échangea un coup d'œil avec Neboua et Imsiba. Les yeux du Medjai brillaient d'impatience. Neboua semblait en train de prier.

Formulant lui-même une prière silencieuse, Bak tourna le couvercle pour briser le mince cachet de terre séchée, et retourna la jarre. Un bracelet tomba dans sa main au milieu d'une cascade de perles d'or. Il en compta sept. Un petit paquet enveloppé de papyrus suivit, puis un second bracelet. Trop surpris pour parler, Bak se leva et ses amis s'approchèrent, penchant la tête au-dessus du trésor. Car c'en était bien un. Les deux bracelets, composés d'une multitude de perles d'or, de cornaline et de turquoise, dont plus d'une douzaine avaient la forme de coquillages, étaient d'une facture très originale. Ils pouvaient provenir du tombeau d'un noble, mort depuis longtemps.

Le lieutenant tendit les bijoux à Neboua et dénoua le paquet. Le fragment de papyrus était raide mais cassant, ce qui indiquait une fabrication relativement récente. A l'intérieur, il trouva un morceau d'ivoire à peine assez gros pour ciseler une amulette ou le chaton d'une bague. D'après les quelques mots tracés sur le papyrus, il s'agissait du manifeste d'un navire. La cargaison décrite se composait de céréales, la denrée la plus courante transportée vers le sud, et la date de la livraison remontait à deux mois.

Bak resta longtemps allongé dans la nuit, tentant de se reposer sur une natte étalée sur le toit du quartier des officiers de Kor. Les étoiles formaient des points de lumière vive dans le ciel dégagé. Les nombreux animaux abrités dans l'enceinte émettaient les petits bruits propres aux bêtes inquiètes de se sentir en un lieu étranger : brefs reniflements, braiments sourds, frottements de sabots étouffés.

L'excitation qu'il avait ressentie en découvrant les bijoux anciens s'était depuis longtemps dissipée. Ce petit trésor caché, loin de répondre à ses questions, le dirigeait vers une nouvelle piste, qui pouvait le mener au meurtrier d'Intef ou n'aboutir à rien.

Il essayait de ne pas se décourager, mais le sentiment persistait. Il dressa le bilan. Deux meurtres en deux jours. Deux morts dont les chemins avaient fort peu de chances de s'être croisés. Des indices bien minces : une défense brute sur le navire de Mahou, qui, certainement, avait causé sa perte. Quelques bijoux qui, peut-être, avaient provoqué la mort d'Intef. Et un minuscule morceau d'ivoire qui, peut-être, mais pas forcément, constituait un lien entre les deux hommes.

7

— Désolé, lieutenant, mais je ne peux pas t'aider, déclara le jeune Amonaya, qui ne paraissait pas désolé le moins du monde. Noferi, ma maîtresse, m'a ordonné de ne jamais la réveiller à une heure aussi matinale.

Bak foudroya des yeux le garçon mince, âgé de onze ou douze ans, dont la peau sombre et lisse, soigneusement ointe d'huile, luisait d'un éclat parfait. Ses grands yeux noirs ne se dérobaient pas, son expression demeurait indéchiffrable. Ou, plutôt, suffisante.

— Tu sais aussi bien que moi que je suis un ami spécial. Je viens ici assez souvent pour cela.

— Elle ne tolère aucun homme dans son lit, à moins de l'y inviter elle-même. Je peux réveiller une autre jeune dame, si ton besoin est grand.

Las du malentendu dans lequel le jeune garçon se complaisait d'un ton mielleux, Bak franchit le seuil sans hésiter et l'empoigna vigoureusement par la nuque. Après une nuit blanche, il n'était pas d'humeur à jouer, surtout avec un gamin qui se croyait supérieur parce qu'il avait été le serviteur d'un roi. Il prit une voix menaçante :

— De deux choses l'une, Amonaya : soit tu me conduis à ta maîtresse, soit tu me l'amènes ici.

Un feulement bas et profond monta d'un recoin sombre de la pièce, où somnolait le lionceau que le garçon avait accompagné à Bouhen. Bak l'avait déjà caressé, mais si le félin avait à choisir entre un ami occasionnel et celui qui le nourrissait, sa préférence ne laissait aucun doute. Bak accepta le risque et resserra son étreinte sur la nuque d'Amonaya.

— Maintenant, fais ce que je dis. File !

La chambre de Noferi était obscure, car des nattes masquaient les hautes fenêtres étroites. Les draps blancs et l'immense robe de lin drapée sur un panier de rangement accrochaient la lumière provenant de la porte ouverte. Sur une couche d'ébène, la vieille obèse se reposait telle une reine. Un monceau de coussins colorés surélevait sa tête, de sorte qu'elle voyait Bak malgré sa corpulence. Les lits étaient rares à Bouhen. Où Noferi avait-elle trouvé le sien ? Il n'en avait aucune idée et préférait ne pas le savoir.

— Ne montres-tu donc jamais d'égard envers quiconque ? protesta-t-elle en redescendant de toute sa masse vers la tête du lit, qu'Amonaya s'empressa de garnir de coussins supplémentaires, tandis que la couche grinçait sous son poids. Tu ne pouvais pas attendre une heure plus décente ? Laisse au moins au soleil le temps de se lever.

— Kheprê s'est élevé au-dessus de l'horizon oriental alors que je me trouvais sur le quai à Kor. J'ai accompli ce voyage jusqu'à Bouhen à seule fin de te voir, dit-il, tendant la main pour pincer une joue grasse.

Elle le repoussa d'une tape.

— Quoi que tu désires, il te faudra patienter jusqu'à une heure raisonnable.

— Allons, la vieille. Extrais-toi de tes draps et recouvre toute ta lucidité, car j'ai absolument besoin d'informations.

Elle plissa les yeux avec une expression rusée.

— Tu as un meurtre sur les bras, paraît-il. Celui du capitaine Mahou.

Ce regard-là, Bak le connaissait bien, ainsi que l'âpre cupidité qu'il cachait.

— N'espère pas une faveur en échange, la vieille. Pas cette fois. J'ai plaidé ta cause devant le commandant

Thouti, et il t'a permis de transférer ton affaire dans cette maison. Tu promettais une gratitude éternelle...

— Je suis une pauvre femme, pleurnicha-t-elle. Je trime jour et nuit...

— Assez !

Il leva la paume pour endiguer ce flux verbal et lança l'appât qui, espérait-il, délierait la langue de Noferi.

— J'ai non pas un, mais deux meurtres à élucider. Et je n'ai pas l'intention de débattre d'un prix quelconque pour ce que tu sais, comme pour une oie dodue au marché.

— Un second meurtre ?

Les yeux brillants, elle serra le drap contre ses seins tombants et balança les jambes hors du lit.

Bak réussit à ne pas sourire. La curiosité de Noferi ne connaissait pas de limite, ce qui accroissait considérablement sa valeur d'informatrice.

— Le chasseur Intef. La nouvelle de sa mort ne t'a sûrement pas échappé !

— Je pensais qu'il s'agissait d'un accident, admit-elle avec une candeur peu caractéristique. Amonaya, va nous chercher à boire et à manger ! lança-t-elle au jeune garçon qui s'attardait, hésitant, près de son lit. Je serai prête dans un instant.

Bak n'avait nul désir de contempler cette montagne de chair flasque, aussi quitta-t-il la chambre derrière le serviteur, qui traversa bien vite la cour intérieure pour disparaître par une porte de derrière. Le nouveau lieu de plaisir de Noferi était un palais, comparé à l'ancien : quatre pièces, une cour et même une cuisine, au lieu d'un bouge sombre et sordide composé de deux pièces. Cette demeure-ci était immaculée. Le plâtre sur les murs n'était ni éraflé, ni craquelé, ni noirci par la fumée, et les nattes, sur le sol de terre battue, n'étaient pas encore incrustées de crasse.

Bak avait entendu des soldats et des matelots se plaindre que l'endroit était trop grandiose pour s'y amuser vraiment, cependant ils continuaient à venir. Sans doute parce que seul le cadre avait changé. On y servait la même bière épaisse et âpre, on y pratiquait toujours des jeux où la tricherie n'était pas exclue. La musique dont on les régalait en de rares occasions restait aussi dissonante que par le passé, et les filles aussi prodigues de leurs faveurs.

Préférant ne pas ébruiter l'affaire qui l'amenait, Bak scruta la pièce principale, qui donnait sur l'entrée par où il était arrivé. Un homme décharné aux cheveux blancs, affligé d'une claudication prononcée, maniait un balai en roseaux en soulevant un nuage de poussière assez dense pour piquer les yeux. Quelques tabourets, des tables basses et un coffre ouvert, à moitié rempli de bols, étaient repoussés contre le mur pour dégager le passage. Des ronflements sonores attirèrent le regard de Bak vers une alcôve en retrait, sans porte de séparation. Deux soldats y dormaient, vautrés par terre. L'odeur âcre du vomi et de la sueur évoquait une nuit par trop consacrée à la bière et au plaisir.

Bak revint sur ses pas et traversa la cour vers une autre porte, où il écarta un rideau de lin pour découvrir trois jeunes femmes couchées sur une natte chiffonnée. Une beauté, dont l'épaisse natte sombre tombait sur son épaule, ouvrit des yeux gris-bleu et lui adressa un sourire aguichant. Les autres continuèrent à dormir. Il se sentit très attiré, mais il n'avait pas de temps à consacrer au badinage. Il envoya un baiser à la tentatrice et laissa retomber le rideau.

Certain que nulle oreille indiscrète n'entendrait ce qu'il avait à dire, il s'assit sur un banc dans un coin ombragé, devant la porte de Noferi, et il observa le lionceau qui s'étirait au soleil. Il rongeait ce qu'il restait d'une sandale de jonc tressé. Six ou huit trépieds étaient serrés contre deux tables basses où les bols s'empilaient. Des jarres de bière, hautes jusqu'à la cuisse, étaient appuyées contre un autre mur, abrité par l'auvent même qui lui procurait de l'ombre.

— On m'a dit que Mahou jouait aux osselets ici, la veille de son départ pour Kor. T'en souviens-tu ?

— Mmmmm.

Le bruissement du tissu, un souffle lourd, un juron.

— Ce fut la dernière fois que je l'ai vu.

Des pas traînants, un autre chuchotement d'étoffe, un ou deux grognements.

— Il s'amusait bien, je pense. Il gagnait, mais il jouait pour le plaisir, non pour le profit.

— Je dois découvrir qui a parlé avec lui.

— Tu sais comment était Mahou. Toujours jovial. Je doute qu'un client ait franchi la porte sans qu'il lui adresse quelques mots.

— Un homme unanimement apprécié, marmonna Bak avec lassitude. Te rappelles-tu qui jouait avec lui ?

— J'ai perdu une sandale. Tu en vois une par là-bas ?

Le lionceau levait un regard fasciné vers des passereaux volant çà et là au-dessus de la cour, qui se gorgeaient d'une nuée d'insectes imperceptibles non sans force pépiements. La grosse patte du fauve reposait avec fermeté sur ce qui commençait à évoquer un bout de natte déchirée. Les fibres effilochées se hérissaient sur les deux extrémités.

Bak refusa de se laisser entraîner dans la prévisible litanie de lamentations.

— Les joueurs sont-ils restés les mêmes toute la soirée ? Ou y avait-il du mouvement à cette table ?

— Ils n'ont pas changé une seule fois.

Noferi s'avança d'un pas traînant, le souffle court, congestionnée par l'effort. Le fourreau blanc couvrait son corps charnu. Elle avait chaussé une sandale, l'autre pied était nu.

— C'étaient tous des gens honorables, d'éminents résidants de Bouhen.

Si sommaire qu'elle fût, cette description donna à Bak une idée de la partie. Des hommes fortunés, misant des sommes assez fortes pour décourager le simple soldat ou le marin qui aurait souhaité se joindre à eux.

— Leurs noms, vieille femme ?

— Le marchand Nebamon, chiche comme j'en ai rarement connu, trop austère pour savourer les plaisirs de l'existence.

Regardant à peine le lion, elle traversa la cour et prit un tabouret.

— Et un autre marchand, Hapouseneb. Ah ! Voilà un homme selon mon cœur ! Pas d'une grande beauté, mais avec cette lueur dans les yeux qui met le sang en ébullition... Et il dépense avec largesse.

— Voilà donc pourquoi Amonaya a insinué que je n'étais pas assez bien pour partager ta couche, dit Bak, feignant le désespoir. Ton cœur appartient à un autre, un nanti avec lequel je ne pourrai jamais rivaliser.

— Amonaya a fait quoi ?

Elle pinça les lèvres, mais avant qu'il ait pu s'expliquer, elle lui coupa la parole :

— N'en dis pas plus. Je sais que ce garçon a besoin d'une bonne leçon.

Elle posa le tabouret dans l'ombre où lui-même était assis et s'y laissa choir. Sa contrariété s'envola et ses yeux se posèrent brusquement sur Bak, avides de savoir.

— Le capitaine Ramosé jouait aussi avec eux cette nuit-là. On dit qu'il t'a guidé vers une épave, et que tu y as trouvé un trésor fabuleux.

Se penchant vers elle, Bak tapota son genou adipeux.

— Plus tard, la vieille. Quand, toi, tu m'auras appris ce que je veux.

Elle considéra le policier d'un œil noir, puis tourna la tête vers le lion qui fouettait l'air de sa queue en fixant les oiseaux. A l'évidence, elle ne reconnut pas sa sandale déchiquetée.

— Ouserhet, le contôleur des entrepôts, se trouvait également à leur table. Celui-là est beau comme un dieu, mais je doute d'avoir rencontré un homme plus imbu de lui-même.

— C'est aussi ce que dit Imsiba.

— Enfin, il y avait Kaï, le nouveau lieutenant venu de

Semneh. Je le connais bien peu encore, toutefois il semble agir avec pondération. Il n'a pas de trop grandes exigences envers les filles et les traite avec gentillesse.

Des gens honorables tous autant qu'ils étaient, ainsi qu'elle l'avait annoncé.

— Aurais-tu entendu leur conversation, par hasard ?

Noferi se composa un air indigné.

— Tu crois que j'espionne tout ce qui se dit ? Eh bien, tu te trompes ! J'admets que je tends l'oreille de temps en temps. C'est humain. Mais je n'entends pas tout. D'ailleurs, ajouta-t-elle avec regret, ils jouaient dans l'alcôve qui donne sur la pièce principale. Impossible de s'en approcher sans être remarqué.

Bak se représenta l'alcôve où il venait de voir les soldats cuver leur bière, après une nuit de débauche. Six joueurs pouvaient s'y installer confortablement. Plus nombreux, ils s'y seraient sentis à l'étroit.

— Tu disais que Mahou bavardait avec chaque client qui entrait. A-t-il parlé plus longuement à l'un d'entre eux ?

— Non, dit-elle d'un ton pensif. Il était adossé au mur, sur le côté. De là, il pouvait voir tous ceux qui arrivaient dans la pièce. Il saluait chacun en élevant la voix pour être entendu. Seuls quelques clients se sont approchés pour suivre la partie. Des lanciers, des archers, trois hommes qui sentaient le cuivre, un potier. Des gens qu'il ne connaissait sans doute que de vue.

« Et qui n'avaient probablement guère l'opportunité de pratiquer la contrebande à grande échelle, songea Bak. Ni même assez d'imagination pour concevoir un acte aussi téméraire. »

— A-t-il quitté l'alcôve à un moment quelconque ?

Elle fixa le lionceau, qui s'était remis à ronger sa sandale, mais ses pensées se concentraient sur la soirée en question.

— Il est resté deux heures. Ses compagnons allaient parfois se dégourdir les jambes ou soulager leur vessie quand la chance les quittait. Mais pas Mahou. Il n'a pas bougé de là.

— Parmi ceux qui se sont approchés quelques instants, avec qui a-t-il parlé ?

— Seulement avec moi. Il a demandé Benbou les deux fois, et elle était déjà en main.

Bak se carra contre le dossier du banc, satisfait de ce qu'il avait appris mais pour le moins intrigué. Si Mahou avait dit à Sitamon l'absolue vérité, l'individu qui lui avait proposé un trafic illicite se trouvait forcément dans cette alcôve. Cela rétrécissait le champ des suspects de tout Bouhen à cinq hommes. Toutefois, chacun d'eux jouissait d'une situation confortable et de la notoriété publique. Il ne pouvait imaginer aucun de ces joueurs faisant passer quoi que ce soit de plus précieux que du vin de palme en fraude. Ils avaient trop à perdre.

— Tu ne crois tout de même pas... commença Noferi, les yeux brillants.

Le lion tourna la tête vers la porte de derrière. Bak imposa silence à la vieille femme d'un regard. Amonaya entra, chargé d'une corbeille de pain, de deux cruches de bière et d'un plat creux d'où émanaient de lourds effluves d'oie rôtie. Il inclina la tête, murmura :

— J'apporte un festin digne d'une reine, maîtresse.

La poitrine de Noferi se gonfla de plaisir.

Bak se retint pour ne pas éclater de rire.

Pendant qu'ils se sustentaient, Bak parla à Noferi de la défense d'éléphant découverte dans la cale de Mahou, dont il relata la mort. Il avait compris depuis longtemps que pour qu'elle l'aide au mieux de ses possibilités, il devait se montrer franc. Et bien qu'il n'ait jamais voulu l'admettre devant elle, ni elle devant lui, chacun voyait en l'autre son ami.

Au terme de son récit, il demanda :

— Et maintenant, vieille femme, que peux-tu me dire du capitaine Roï ?

— Pas grand-chose, répondit-elle, lançant un os de

cuisse au lion, qui se jeta dessus avec un grondement sourd. C'était un homme taciturne. Il menait une vie aussi étriquée que le pont de son navire et sa conversation manquait de profondeur.

Bak la considéra au-dessus des reliefs d'une poitrine d'oie bien grasse.

— Tout de même, il a dû lui arriver d'émettre des propos intéressants.

— Il parlait toujours de son bateau, railla-t-elle, comme d'une femme réclamant éternellement son attention. Il racontait les transferts de marchandises quelconques dans des ports sans attraits. Je n'ai jamais vu un homme plus assommant.

— Et les membres de son équipage ?

— Je ne les trouvais pas plus distrayants. Comme leur maître, ils parlaient de leurs corvées incessantes pour maintenir leur rafiot à flot. Parfois j'avais l'impression qu'il leur avait fait la leçon, conclut-elle en lançant un morceau d'aile au félin.

« C'est fort vraisemblable », pensa Bak.

— As-tu entendu des rumeurs selon lesquelles Roï aurait transporté des marchandises illégales ?

— Il ne se liait guère et ne livrait jamais ses pensées. Tous ceux qui vivent repliés sur eux-mêmes paraissent suspects, tu le sais bien, dit-elle en posant sur lui son regard pénétrant.

Le capitaine Roï commençait à intriguer sérieusement Bak. Pour un marin qui sillonnait les eaux de Ouaouat depuis tant d'années, ce qu'on savait de lui était bien maigre. Il semblait une ombre, comme le navire que son équipage avait entrevu la nuit où il avait chargé la cargaison en fraude.

— A notre connaissance, il n'a pas d'antécédents, admit-il. Trouver de la contrebande que son navire avait transportée a été une complète surprise.

Noferi cessa de mastiquer et perdit presque tout intérêt pour son repas.

— On raconte que tu as découvert de magnifiques objets exotiques.

Bak jeta ses os au lionceau et s'essuya les doigts dans un linge humide apporté par Amonaya. Il ne put s'empêcher de sourire. Tandis que Noferi enseignait à l'enfant l'organisation pratique d'un lieu de plaisir, lui-même semblait décidé à lui inculquer quelques-uns des raffinements en vigueur dans un palais royal.

Le soleil montait dans un ciel matinal dont le bleu intense rivalisait avec le lapis-lazuli. Bientôt Bak devrait traquer pour de bon le meurtrier de Mahou et celui d'Intef, mais cet investissement de temps pouvait lui épargner par la suite bien des tâtonnements. Aussi acheva-t-il d'apaiser la curiosité de Noferi. Ensuite, il demanda :

— Que sais-tu du chasseur Intef ?

Noferi jeta un autre morceau d'aile au lion. Alors qu'il bondissait pour l'attraper au vol, la sandale mâchonnée apparut clairement. La vieille femme jaillit de son siège, repoussa le lion stupéfait et s'empara de ce qui restait du soulier pour l'agiter sous son mufle.

— Ma paire de sandales toute neuve ! Fils de Seth ! Comment as-tu osé ?

— Noferi !

Bak traversa la cour en cinq longues enjambées, l'attrapa par le bras et la tira vers son tabouret.

— Oublie cette maudite sandale, la vieille, et dis-moi ce que tu sais d'Intef.

— Tu voyais bien qu'il la rongeait, hein ? Et tu n'as pas bronché.

— Intef, répéta Bak, la dominant de toute sa taille. Un homme pisté dans le désert comme un animal sauvage et abattu par-derrière, sans avertissement.

Il ne savait pas si le tableau qu'il dépeignait était exact à tous égards, néanmoins il le soupçonnait. Noferi poussa un long soupir malheureux en se laissant tomber sur le banc et posa la sandale à côté d'elle.

— C'était un brave homme, qui peinait jour et nuit sans se plaindre.

— Ça, je l'ai déjà entendu.

— Il ne venait pas souvent dans mon établissement. Il avait une épouse, des enfants aux besoins insatiables, et il se permettait rarement de se priver d'un lièvre contre un bol de bière ou un jeu de hasard.

Bak dissimula sa consternation. Intef avait une épouse ! Une autre malheureuse à qui il faudrait apprendre qu'elle avait perdu celui dont dépendait sa subsistance.

— Où vivait-il ?

— Dans l'oasis, de l'autre côté du fleuve. Il m'a parlé un jour de son lopin de terre. Pendant qu'il chassait, sa femme travaillait aux champs.

Assis sur le tabouret abandonné par Noferi, Bak décrivit la jarre d'albâtre qu'il avait découverte, puis les bijoux à l'intérieur avec un tel luxe de détails qu'elle en oublia la nourriture dans sa main.

— Les bracelets datent de plus d'un siècle. D'après leur facture et leurs motifs, ils ont été apportés à Ouaouat il y a bien longtemps, par un fonctionnaire au service du grand souverain Kheperkarê Senousret [1] ou l'un de ses successeurs.

— A l'époque où Bouhen était nouvelle, ajouta-t-elle rêveusement, ses murailles encore épargnées par le temps.

Bak savoura une gorgée de bière.

— A-t-il jamais fait mention d'une ancienne tombe qu'il aurait découverte ? Ou as-tu entendu dire qu'Intef tentait de vendre des bijoux antiques sur le marché ?

— S'il avait trouvé des objets de valeur, il les aurait gardés pour lui. Quant au marché, il faudrait être bien sot pour penser vendre à Bouhen des biens pillés dans une tombe. Le gain serait dérisoire, même si la police n'intervenait pas avant que l'affaire soit conclue.

— La cupidité fausse parfois le jugement.

Elle glissa son pied hors de la sandale intacte et la

1. Sésostris Ier. (*N.d.T.*)

lança au lion, qui happa son nouveau jouet avant qu'il ait touché terre.

— Depuis douze ans que je vis à Bouhen, jamais, à ma connaissance, des bijoux anciens ne sont réapparus à la lumière du jour. Je croyais que les tombeaux d'antan étaient dépouillés depuis longtemps de leurs trésors. Et maintenant, déclara-t-elle en le prenant par le bras pour l'entraîner vers la porte, avec un sourire faussement modeste révélant sa dentition, escorte-moi donc au marché. J'ai besoin d'une nouvelle paire de sandales, et c'est toi qui me les offriras. Ensuite emmène-moi là où tu conserves les bracelets. Je souhaite les voir par moi-même.

— Sonnez l'assaut ! ordonna le lieutenant Kaï.

Le héraut porta la trompette à ses lèvres ; le cuivre rutila au soleil et l'appel sec jaillit de sa gorge. Les cinquante lanciers, divisés en deux unités placées face à face, s'élancèrent à travers les dunes, rompant les rangs dans leur course. Les boucliers en peau de vache roussâtre ne laissaient voir que des têtes casquées de cuir et des pieds en sandales, derrière une multitude de lances aux pointes de bronze éblouissantes. Les deux unités se heurtèrent violemment pour l'exercice le plus dangereux du champ de manœuvres, le combat rapproché. Les soldats s'époumonaient, les lances s'entrechoquaient, les masses s'abattaient sur les protections de cuir. Le frottement des pieds soulevait la poussière en voiles impalpables et l'air autour des combattants prenait une teinte blafarde.

Au sommet d'une petite éminence, Bak observait, aux côtés de Kaï, du héraut et du sergent de la compagnie les hommes s'entraîner à l'art de la guerre. Chaque fois qu'il voyait une unité d'infanterie s'efforcer de s'améliorer, il remerciait Amon d'avoir eu le bon sens de s'engager dans la charrerie.

Il avait d'abord conduit Noferi au corps de garde. Tandis qu'elle examinait les bijoux d'un œil luisant de convoitise, il avait dépêché un Medjai dans l'oasis par-delà le fleuve afin d'apprendre à l'épouse d'Intef la mort du chasseur. Prétextant d'une journée chargée, il avait envoyé Hori au marché avec Noferi, lui donnant pour instruction d'acheter une nouvelle paire de sandales.

— Repos ! ordonna Kaï.

Le héraut éleva sa trompette pour déchirer l'air d'une seule note prolongée. La masse grouillante s'immobilisa. Le sergent dévala le tertre pour passer l'inspection. Le héraut lança un coup d'œil à Kaï, qui lui donna congé, après quoi il emboîta le pas au sergent.

— Maintenant, on peut parler, dit Kaï, les yeux rivés sur les hommes couverts de poussière, en contrebas. Je ne sais si ce que j'ai à te dire te sera utile. Je connaissais Mahou, certes, mais un marchand s'en vient puis repart. Avec eux, les amitiés sont faciles à nouer, mais superficielles.

Bak avait mûrement réfléchi sur ce qu'il pouvait divulguer : il s'en tiendrait aux faits, laissant ceux qu'il interrogeait tirer leurs propres conclusions.

— Jusqu'à il y a environ un an, Mahou sillonnait les eaux au-dessus de Semneh. L'as-tu connu là-bas ?

— Oui. Je collectais les taxes de passage et je dirigeais les inspections. Une tâche ingrate, crois-moi sur parole ! confia-t-il avec un sourire amer, en détournant son attention de ses hommes.

— Je ne m'étonne pas que tu aies demandé ta mutation à Bouhen !

— Cette garnison me convient, dit Kaï avec un haussement d'épaules indifférent, mais j'aurais préféré une assignation chez moi, à Kemet.

Bak pouvait le comprendre, sinon compatir. Si désolée que fût Bouhen, il y avait trouvé un lieu amical, pourvu d'un confort raisonnable.

— En tant qu'officier d'inspection à Semneh, où l'on distingue depuis les remparts le pays de Kouch, tu as sûrement eu affaire tous les jours à des contrebandiers.

— Chacun de ceux qui traversent la frontière cache au

moins un objet dans un endroit secret, croyant échapper à la taxe. Et qui les en blâmerait ? Les garnisons du Ventre de Pierres comptent de faibles contingents. Les patrouilles du désert sont petites, la région immense. Ces difficultés, nous les devons uniquement à notre souveraine, dont l'indifférence même est un affront, déclara-t-il en durcissant le ton.

Sa colère soudaine et son attaque ouverte contre la reine étaient motivées par les frustrations d'une corvée qu'il n'oublierait pas de sitôt. Mesurant la portée de ses paroles, il s'empourpra.

— Il serait plus facile de contenir les eaux de la crue que d'endiguer le trafic illicite. D'ailleurs, qu'est-ce que ça changerait ? dit-il avec une feinte nonchalance. On ne trouve que de menus objets sans grande valeur. Certainement rien qui égale la taille ou le prix d'une défense d'ivoire.

Bak, pas encore prêt à aborder ce sujet, ignora la perche qu'on semblait lui tendre.

— Tes hommes ont-ils déjà trouvé de la contrebande sur la barge de Mahou ?

— Jamais.

Kaï tourna les yeux vers le port, dont une grande partie était cachée par la haute muraille coiffée d'une tour.

— C'était un homme honnête, lieutenant. Malgré ce que j'ai dit, quelques rares marchands passent la frontière sans chercher à tromper les autorités. Mahou était du nombre.

— Quand mes hommes et moi sommes venus fouiller son navire, tu bavardais avec lui, sur le quai. Te rappelles-tu votre conversation ?

L'attention de Kaï s'était reportée sur le terrain d'exercices. Les cinq chefs des unités de dix hommes s'étaient écartés pour se présenter devant le sergent, auquel ils rendaient leur rapport sur la manœuvre. Pendant ce temps, les lanciers se relevaient et massaient leurs membres endoloris.

— Nous parlions de l'abondance des marchandises

provenant du Sud profond. Je plaisantais avec lui, je m'en souviens, en disant qu'il serait bientôt richissime. Pas un mot relatif à un quelconque trafic n'a été proféré, assura-t-il d'un ton ironique.

Le lieutenant laissa passer la pique comme si de rien n'était.

— J'ai cru comprendre que vous partagiez, avec d'autres, la même table de jeu chez Noferi, la veille de son départ pour Kor.

— Tu ne crois tout de même pas qu'une innocente soirée de plaisir pousserait un homme à l'assassinat ! répondit Kaï en posant sur lui un long regard dubitatif.

— On ne sait jamais quel détail insignifiant peut s'avérer lourd de sens, décréta Bak comme s'il répétait une leçon par cœur.

L'ombre d'un sourire effleura les lèvres de Kaï.

— Nous avons joué, en effet. Comment pourrais-je l'oublier ? Je n'avais pratiquement pas bu de bière et j'ai misé avec prudence, pourtant j'ai perdu, et de loin.

— Qui a gagné le plus ? s'enquit Bak par simple curiosité.

— Un de mes hommes est blessé ! s'exclama Kaï, qui s'était raidi alors qu'il parcourait des yeux le terrain d'entraînement.

Le sergent et un lancier étaient agenouillés à côté d'un homme assis sur le sable, les bras croisés sur la poitrine comme pour se protéger. Les chefs des différentes unités attendaient à proximité, tandis que les soldats se tenaient à l'écart, par petits groupes, les yeux fixés sur leur camarade. Le lancier prit le blessé sous le bras et l'aida à se relever. Celui-ci fit quelques pas chancelants, puis ils marchèrent ensemble vers le portail de la forteresse.

Visiblement soulagé, Kaï fit signe au sergent de reformer les rangs pour un autre exercice.

— Mahou était un parieur avisé. Il évitait toute extravagance, mais il gagnait régulièrement. Cependant ses gains étaient modestes, trop pour causer sa mort. Alors, pourquoi ?...

— On l'aurait abordé cette nuit-là pour lui proposer de passer une cargaison illicite, contre la promesse de grandes richesses.

Bak parlait d'un ton décidé et observait l'officier en guettant un signe de culpabilité ou de peur. Mais les traits de Kaï exprimèrent seulement la surprise, la préoccupation, l'incrédulité.

— Mahou se serait laissé convaincre de frauder ? Je n'y crois pas ! Il était trop droit, trop intègre.

Bak commençait à se lasser de tant de témoignages élogieux sur l'honnêteté de Mahou.

— Il m'a juré qu'il n'était pas au courant et je l'ai cru sincère. Néanmoins, quelqu'un l'a abordé au cours de cette partie.

— Qui ?

— Je n'en sais rien.

Prétendre le contraire aurait été futile. Si Bak avait connu le nom du meurtrier, celui-ci aurait déjà rejoint Rennefer au corps de garde.

— Quels souvenirs conserves-tu de cette nuit-là ?

Kaï relata la soirée d'une manière qui concordait avec la version de Noferi, cependant il ajouta :

— Plusieurs de ceux qui arrivaient se sont arrêtés à côté de notre table pour suivre la partie, quoique jamais très longtemps. N'importe lequel d'entre eux a pu chuchoter à Mahou une proposition malhonnête, mais en ce cas il s'est montré discret.

Kaï n'avait pas remarqué que Mahou eût quitté sa place, ou préférait l'ignorer.

Bak comprit qu'il n'obtiendrait rien de plus, aussi remercia-t-il le lieutenant pour son aide, puis il rebroussa chemin vers la porte nord, soupesant ce qu'il venait d'apprendre. Kaï avait été officier d'inspection dans la forteresse la plus au sud de Ouaouat, poste qui offrait maintes opportunités pour organiser une opération de contrebande. Il savait manier l'arc — cela faisait partie de l'entraînement de tout soldat —, mais possédait-il la sûreté de celui qui avait frappé Mahou ? Ou Intef ? Cela soulevait plusieurs questions cruciales : les deux meurtres étaient-ils liés, ou ne s'agissait-il que de faits isolés ? Vu la similitude de l'arme du crime et le bout d'ivoire dissimulé parmi les bijoux anciens, Bak penchait pour la première hypothèse. Mais, sa vie dût-elle en dépendre, il ne discernait aucun rapport plus substantiel entre les deux victimes.

Quant aux bijoux, Intef était-il tombé par hasard sur un ancien tombeau, et s'était-il emparé de ce trésor inespéré ? Ou bien, comme la défense trouvée sur le navire de Mahou, les bracelets devaient-ils être acheminés vers le nord ?

Le policier ne disposait d'aucune réponse, mais pria pour en obtenir bien vite.

Bak trouva Ouserhet dans l'entrée d'un grenier à grain, en face d'une rue perpendiculaire à l'entrepôt où le meurtrier de Mahou avait disparu. La longue pièce étroite, éclairée par la porte ouverte et les hautes fenêtres percées dans un des murs, était aussi nue que les salles derrière elle. Des rais de lumière éclatants révélaient la poussière et les fragments de balle flottant dans l'air. La lourde odeur du grain le prit à la gorge, lui picota les yeux et les narines. Deux scribes, assis en tailleur par terre, paraissaient indifférents à cette atmosphère étouffante. La force de l'habitude.

Le contrôleur des entrepôts discutait vivement avec l'intendant militaire au sujet de la distribution des rations aux troupes de la garnison. Ce dernier, comprit Bak, accusait Ouserhet de fermer les yeux quand certains de ses scribes dérobaient de petites quantités de blé avant d'envoyer les sacs à la boulangerie.

Ouserhet était livide.

— Le lieutenant Bak est là, dit-il d'un ton sec. Si tu tiens à faire une montagne d'une taupinière, adresse-toi à lui. Nous verrons vite si le commandant pense qu'une poignée de grain mérite qu'on abuse de son temps.

— Je parlerai au capitaine Neboua. Il se soucie de ses soldats et ne tolérera pas qu'on les lèse.

L'intendant tourna les talons et marcha vers la porte d'un pas résolu.

— Vas-y donc ! marmonna Ouserhet, puis il reporta son attention vers Bak. En quoi puis-je t'aider, lieutenant ?

En temps ordinaire, Bak aurait proposé d'intercéder pour lui, mais la voix irritée du contrôleur l'en dissuada.

— Je tombe au mauvais moment ?

— Nous n'avons rien à faire, répondit Ouserhet avec un petit rire bref, si ce n'est remettre les rations du mois et collecter auprès des cultivateurs quelques paniers de leurs produits. Si Thouti ne rétablit pas bientôt le trafic sur la frontière, nous n'aurons plus qu'à plier bagage et rentrer à Kemet.

— Je doute que l'interdiction dure longtemps.

— Tu en es la cause, paraît-il, ainsi que cette maudite défense que tu as trouvée sur le navire de Mahou, répliqua le fonctionnaire en lui lançant un regard noir.

Bak conserva une voix égale malgré son énervement, et persista dans sa résolution de s'en tenir aux faits.

— Tu étais son voisin et son ami. Lui arrivait-il de se confier à toi ?

— Se vantait-il de violer la loi, veux-tu dire ? Non.

Ouserhet s'approcha d'une série de niches pratiquées dans le mur, s'arrêta devant la première sur la gauche et lut les mentions inscrites sur plusieurs jarres au large col, cachetées avec soin, avant d'en extraire une.

— Ni de la moindre infraction, légère ou grave. Probablement parce qu'il n'en commettait jamais. C'était un homme bon et digne, un homme honnête.

— La nuit précédant son départ pour Kor, s'obstina Bak, il a joué aux osselets avec toi et d'autres chez Noferi. A un moment de la partie, quelqu'un l'a abordé, dans l'espoir qu'il accepterait de la contrebande sur sa barge.

Comme avec Kaï, il observa attentivement le contrôleur, mais celui-ci se borna à répliquer en levant un sourcil :

— « Quelqu'un » ?

— Je n'ai pas de nom, admit le policier. Je pensais que, peut-être, tu aurais remarqué un client chuchotant à son oreille, ou la réaction indignée de Mahou, ou n'importe quel autre événement singulier.

— J'aurais voulu t'aider, lieutenant, dit Ouserhet, dont l'expression et la voix exprimaient un regret sincère.

Il ramassa un caillou et assena sur le cachet un coup énergique. Des débris de terre séchée tombèrent du col de la jarre.

— Ce qui se passe autour de moi m'échappe rarement d'ordinaire, mais quand je joue, la pluie tomberait sur ce pays aride que je ne m'en apercevrais même pas.

Bak considérait l'homme devant lui, plus semblable à un soldat qu'à un scribe avec ses épaules larges et ses muscles saillants. Son torse et ses membres hâlés montraient qu'il passait beaucoup de temps au grand air.

— A ta connaissance, a-t-on déjà fait passer une défense brute sur le fleuve ?

— Il y a deux ans, avant ton arrivée à Bouhen, un inspecteur a découvert dans une caravane une défense morcelée afin d'être transportée plus aisément.

Ouserhet sortit un rouleau de papyrus de la jarre, prit connaissance de son contenu et le remit à sa place, puis il tira un autre manuscrit, qu'il rangea à son tour après un coup d'œil. Alors seulement, il reprit :

— Les défenses entières sont bien trop difficiles à dissimuler, comme tu l'as constaté par toi-même.

De nouveau, il sortit un papyrus dont il consulta l'intitulé.

— Penses-tu que Mahou ait été tué par celui qui l'a entrepris à ce sujet ?

— Connaissais-tu bien le capitaine Mahou ? éluda Bak.

Ouserhet replaça le rouleau d'un geste un peu trop sec qui en écrasa le bord.

— Il ne cessait de me surprendre, non parce que je voyais en lui un modèle de vertu — il n'était pas meilleur que la plupart —, mais parce qu'il était prêt à risquer son navire, son équipage et sa cargaison dans une tempête. Il donnait toujours une impression d'indifférence, quand en réalité il était d'une extrême prudence.

— Un homme prudent ne transporte pas de contrebande.

Ouserhet sortit encore un papyrus, lut rapidement l'inscription et glissa son doigt sous le sceau pour le briser. Il déroula une partie du document et fixa Bak.

— J'ai vu tout ce que Ramosé a ramené de l'épave. Je ne peux imaginer où Roï a ramassé tant de merveilles. Comment ont-elles échappé aux inspecteurs de Kor et de Bouhen ? Par quel stratagème espérait-il les passer à l'insu des inspecteurs d'Abou ? Il faut des pièces justificatives pour cela.

Sous son apparente désinvolture perçait une intense curiosité. Bak sourit en son for intérieur. Le contrôleur, semblait-il, avait au moins une faiblesse humaine.

— Connaissais-tu Intef, le chasseur ?

— Ce sont mes scribes qui s'occupent de la population locale. Mais, demanda Ouserhet, qui leva les yeux du manuscrit, les sourcils froncés, tu ne suggères pas que sa mort serait liée en quelque façon à celle de Mahou ?

— J'en sais trop peu sur lui pour suggérer quoi que ce soit.

Une fois hors de l'entrepôt, Bak fit le point sur les éléments nouveaux qu'il avait acquis. Ouserhet paraissait robuste et ingénieux, toutefois quel talent montrait-il, un arc à la main ? Sa tâche de contrôleur limitait son champ d'action à Bouhen et à Kor, mais lui fournissait l'occasion de lier connaissance avec des gens libres de voyager dans le Sud profond, où l'on pouvait se procurer divers objets exotiques, y compris des défenses d'ivoire.

Bak bifurqua dans la rue parallèle au corps de garde.

En premier lieu, décida-t-il, il lui fallait parler à Hori. Le scribe, par son attitude franche et ouverte, serait la personne idéale pour aller d'un suspect à l'autre, et découvrir dans quelle mesure les cinq hommes qui avaient joué aux osselets avec Mahou s'entendaient à manier un arc.

8

Réfléchissant à ce qu'il avait appris — ou, plutôt, à ce qu'il n'avait pas appris — de Kaï et d'Ouserhet, Bak franchit rapidement le seuil de l'ancien corps de garde. Dans l'obscurité qui régnait à l'intérieur, il ne vit pas qu'un autre homme venait vers lui : Nebamon, l'un des compagnons de jeu de Mahou. Le pied de Bak heurta durement la cheville du marchand, pendant que la tête baissée de Nebamon lui écrasait le nez.

Bak fit un bond en arrière en grommelant un juron. Reconnaissant le marchand hébété, il tempéra ses paroles par le meilleur sourire dont il était capable malgré sa douleur.

— Nebamon ! Juste celui que je voulais voir !

Appuyé au montant de la porte, le marchand aux cheveux blancs massait sa cheville endolorie.

— J'ai ouï-dire que ton enthousiasme pour ton métier ne connaît pas de limite, lieutenant, mais fallait-il que tu m'estropies pour atteindre ton but ?

— Tu n'as pas été en reste, répliqua Bak, refoulant ses larmes. Quelle que soit la raison de ta hâte, je doute qu'elle vaille un nez cassé.

Nebamon eut la bonne grâce de rougir. Il était légèrement plus grand et plus mince que Bak. Son visage fin, son nez aquilin et ses yeux bleu pâle indiquaient qu'un de ses ancêtres était venu d'une contrée lointaine, située au nord de Kemet. Il portait un simple pagne blanc et des bracelets de perles multicolores, des anneaux de cheville et un collier large de belle qualité. Cependant, sa noble apparence était trompeuse. Il n'était qu'un simple négociant, qui naviguait au-dessus du Ventre de Pierres et embauchait des haleurs pour tirer sa marchandise dans les rapides précédant Kor et, plus au nord, ceux d'Abou. Comme il s'enfonçait rarement dans Kouch où se trouvaient les denrées exotiques les plus précieuses, il jouissait d'un succès limité.

Cinq marins firent irruption par la porte de la forteresse, proférant jurons et malédictions. Ils étaient talonnés par deux chiens noirs au museau large qui leur mordillaient les mollets et par deux Medjai qui, eux, les persuadaient de remonter rapidement la rue en les aiguillonnant de la pointe de leur lance. Les marins étaient sales et en sueur. L'un saignait du nez, un autre boitait, un troisième avait les lèvres tuméfiées. Lorsqu'ils furent plus proches, Bak distingua les phalanges en sang et les dents cassées. L'ombre mince à ses pieds indiquait que le milieu du jour n'était pas passé depuis longtemps. « Bien tôt pour une rixe », pensa-t-il, mais quand tant d'hommes se trouvaient désœuvrés, les bagarres étaient inévitables.

Faisant signe à Nebamon de le suivre, il s'écarta pour laisser ses hommes conduire leurs prisonniers dans le corps de garde. Quand le dernier des cinq disparut par la porte, Bak sourit aux Medjai pour les féliciter de leur travail. Sachant que l'entrée serait bruyante et puerait la sueur, il préféra attendre le retour au calme pour les suivre à l'intérieur.

— Qu'est-ce qui t'amène, Nebamon ?

— Le bruit court que tu as trouvé un mort dans le désert, dit le marchand du ton d'un homme rond en affaires. Un chasseur, abattu avec ses propres armes.

— La patrouille du désert a en effet trouvé un corps, répondit Bak sans s'étonner de la distorsion des faits. Un chasseur nommé Intef. Le connaissais-tu ?

— Non, mais je le voyais assez souvent : il marchait

devant deux ou trois ânes chargés de gibier. C'est le second meurtre en moins de... quoi ? deux jours ? Franchement, je me sens préoccupé.

— Pas tant que moi.

— D'après ce que j'entends dans les rues de cette ville, tu n'as aucune idée de l'identité du coupable. Personne à interroger, pas de piste à suivre, pas d'indice concret qui t'indique la voie. Pour parler sans détour, tu es dans l'impasse.

Bak retint une réplique acerbe. L'accusation était injuste — son enquête commençait à peine —, néanmoins il s'en sentit ulcéré. Peut-être était-ce précisément l'intention de Nebamon : le piquer au vif jusqu'à ce que la colère lui délie la langue. Mieux valait songer cela qu'imaginer la rumeur courant sur toutes les lèvres.

— Je ne progresse pas aussi vite que je l'aimerais, admit-il. Cependant, la situation n'est pas si sombre que tu le dis.

Des bruits de sabots résonnèrent dans une ruelle adjacente et un homme bedonnant apparut au coin. Il avançait en toute hâte à la tête d'un train d'ânes, chacun chargé de quatre énormes jarres de bière.

— Faites place ! cria-t-il.

Pour dégager la voie, Bak attira Nebamon sur le terrain sablonneux situé derrière le vieux corps de garde, qui était l'un des rares grands espaces découverts de Bouhen. On y avait rassemblé des dalles de pierre inachevées, du bois et quelques piles de briques crues. Ces matériaux serviraient un jour à réparer l'extrémité du bâtiment, composée de plusieurs grandes pièces dont la destination restait à définir.

— Comment un honnête marchand peut-il se consacrer à ses affaires alors que la mort rôde de toutes parts ? s'indigna Nebamon. Même si nous pouvions faire transporter nos cargaisons, ce qui, grâce au capitaine Neboua, n'est pas le cas, nous n'oserions les confier à une caravane. Tous ceux qui empruntent les pistes du désert craignent pour leur vie. Nous ne sommes même pas en sécurité entre les murs de cette garnison !

Bak refoula sa colère. Il aurait bien dû s'attendre à ce genre de réaction : des hommes au cœur pusillanime transformaient un murmure en un hurlement.

— Ces deux meurtres très rapprochés semblent alarmants, je te l'accorde, mais ce n'est qu'un caprice des divinités, raisonna-t-il, espérant paraître plus convaincu qu'il ne l'était vraiment.

— Néanmoins...

— Intef a été abattu dans un but précis, et Mahou pour une raison totalement autre, ajouta-t-il avec insistance.

— Liée à la défense d'éléphant ?

— C'est ce qu'il semblerait.

Bak regarda le dernier âne passer, suivi d'un gamin muni d'un bâton, fermant la marche.

— Un homme aurait abordé Mahou la veille de son départ, pour lui proposer de convoyer des marchandises en fraude. L'incident s'est produit chez Noferi.

— Nous jouions aux osselets, cette nuit-là. Nous étions dans l'alcôve. Lui, moi et... Prétends-tu qu'un de nous a caché cette défense à bord de son bateau ? Qu'un de nous l'a tué ? Tu n'es pas sérieux ! se récria-t-il, les yeux écarquillés.

Bak fut surpris de la finesse de Nebamon. Parmi les cinq suspects, le marchand était le dernier qu'il aurait cru capable d'une déduction aussi rapide.

— Aurais-tu, par hasard, entendu quelqu'un parler de contrebande, ce soir-là ?

— C'est possible, répondit Nebamon, qui fouilla sa mémoire, les sourcils froncés, avant de conclure avec un haussement d'épaules : Ici, nous sommes sur la frontière, lieutenant. On parle de contrebande comme on respire.

— Tu n'as vu personne chuchoter à l'oreille de Mahou ?

— A part lui, nous étions cinq à disputer cette partie. Pas un d'entre nous ne manque d'audace — il suffit de nous voir parier pour s'en rendre compte —, toutefois je doute qu'un seul lui aurait adressé une telle proposition devant tant de témoins, dans un si petit espace...

— Et surtout à un homme aussi droit et intègre que Mahou.

Bak ne mesura le cynisme de sa réponse que lorsque Nebamon éclata de rire.

— Loin de moi l'idée de le déprécier, mais je commence à me lasser d'entendre ces paroles.

— Sa probité pouvait être fatigante, convint le marchand, retrouvant son sérieux. Chaque fois que je me plaignais du pourcentage exorbitant qu'il réclamait pour transporter mes marchandises, il me rappelait d'un ton ferme que ces objets étaient en parfaite sécurité entre ses mains, et qu'il aurait grand soin d'en livrer la totalité à mon agent, à Abou.

Bak plissa les yeux.

— Il exigeait plus que son dû ?

— Jamais. Sa réputation avait trop de valeur à ses yeux.

Nebamon traversa la chaussée, fit quelques pas dans la rue, puis s'arrêta pour se retourner vers Bak.

— Il ne m'a pas grugé une seule fois. En contrepartie, il ne manquait jamais d'exiger les prix les plus hauts pratiqués sur le marché.

Lorsque le marchand s'éloigna, Bak le considérait sous un nouveau jour. Certains le décrivaient comme un mou, un négociant sans envergure, et il avait pris leurs témoignages pour argent comptant. Désormais il doutait de l'authenticité de ce portrait. Nebamon possédait une vive intelligence et se montrait prompt à voir au-delà des apparences. Un homme à ne pas sous-estimer.

Bak avait l'impression que son enquête tournait en rond. Il se hissa sur le mur de l'esplanade, au-dessus du fleuve. Le port était calme. Il n'y avait pas de marchandises à décharger, pas de cargaison ou de tribut à inspecter, pas de taxe à collecter. Les marins s'étaient étendus sur les pontons pour piquer un petit somme au soleil. Les gardes arpentaient les quais à une allure d'escargot. A mi-fleuve, deux bateaux de pêche réduisaient lentement la distance qui les séparait. Dans les filets que l'on remontait, l'éclat argenté des poissons sautant et frétillant pour s'échapper attirait des dizaines d'oiseaux, telle la promesse d'un festin.

Ce spectacle familier, l'odeur de poisson et de vase, les éclaboussures jaillissant sur la berge allégèrent le tourment qui pesait sur Bak. Mais bientôt il tourna ses pensées vers Intef. Les dieux avaient conspiré pour effacer tout vestige de son passage dans le désert stérile, toute trace de son meurtrier. A moins de savoir faire parler des bijoux anciens...

Intef avait sans doute trouvé le précieux butin au cours de sa dernière chasse, peut-être dans un tombeau depuis longtemps oublié. Sinon, il l'aurait dissimulée chez lui au lieu de l'emporter dans le désert. Était-ce pour cela qu'on l'avait tué ? Parce qu'il connaissait l'emplacement d'un tombeau renfermant encore un trésor ? Ridicule ! Comme Noferi l'avait souligné, il y avait beau temps que les anciennes sépultures avaient été pillées.

Pillées, mais pas nécessairement vidées de tout ce qu'elles contenaient.

Autour de Bouhen, les tombeaux se comptaient à foison. Plus ils étaient proches du cimetière, plus ils étaient connus et risquaient donc d'avoir été mis à sac. Même s'il soupçonnait qu'Intef avait trouvé son petit trésor dans un coin isolé non loin de là où il gisait, le lieutenant décida d'éliminer d'abord le premier endroit qui venait à l'esprit, lorsqu'on cherchait la source de cette inexplicable richesse : le très vieux cimetière sis dans l'enceinte de Bouhen.

Un plateau rocheux peu élevé marquait le site du cimetière en ruine. Des murs en brique crue et des monceaux de pierres, coiffant de petites constructions érigées maintes générations plus tôt, saillaient du sable amassé par le vent contre le flanc du plateau. Des trous béants et des marches ensablées menaient à des cavités noires dans le sol. La haute muraille extérieure de Bouhen dominait l'étendue désertique, offrant à la sentinelle postée sur les remparts un horizon à perte de vue. La ville au-dehors semblait lointaine, indifférente aux femmes et aux hommes ensevelis à quelques pas, et depuis longtemps oubliés.

Bak avait découvert, jouant parmi les tombes, six garçons proches par l'âge d'Amonaya, le serviteur de Noferi. C'étaient les fils de soldats et de scribes, désormais nombreux à juger Ouaouat assez sûr pour leur famille. Contrairement au frêle serviteur, qui avait rarement l'occasion de jouer à l'extérieur, ces enfants étaient robustes et musclés. Leur corps bruni par le soleil se couvrait d'une fine poussière de sable, leur pagne court était taché par la sueur et la crasse.

— J'ai besoin d'aide.

Bak sourit dans l'espoir de les mettre à l'aise. A voir leur regard d'appréhension, c'était raté. Il ne s'étonna pas de leur méfiance. Ses Medjai les avaient chassés du cimetière à plusieurs reprises, et les sentinelles de la garnison les houspillaient souvent.

Il se concentra sur le plus grand des six, qu'il obligea à s'exprimer à leur place.

— Je t'ai vu ici des dizaines de fois, et je doute qu'à Bouhen quelqu'un connaisse ces tombeaux mieux que toi. Veux-tu me dire ce que tu sais à leur sujet ?

— Ben, on...

Le garçon s'interrompit et regarda ses compagnons, recherchant leur aide.

— Je ne suis pas ici pour te punir ni pour te réprimander, assura Bak. C'est d'informations dont j'ai besoin, des informations que tu es le seul à détenir.

Le garçon se dandina sur place, peu convaincu.

Bak décida de tenter une autre approche, qui les inciterait peut-être à surmonter leur méfiance.

— L'un d'entre vous connaissait-il le chasseur Intef ?

Un garçon grassouillet, allant sur ses dix ans, dit d'une voix flûtée :

— Il y a longtemps, quand j'étais petit, il me laissait mener ses ânes chaque fois qu'il venait à Bouhen.

Le plus petit, encore potelé comme un bébé, fixait Bak les yeux écarquillés.

— On dit qu'une patrouille l'a trouvé, loin dans le désert. C'est vrai qu'on l'a tué par-derrière ?

L'aîné leur imposa silence d'un froncement de sourcils.

— Qu'est-ce qu'on a à voir avec la mort d'Intef ?

Bak ignora son ton de défi. Il préféra considérer cette question comme une invite, s'assit sur un pan de mur effondré et se mit à parler. Le grand garçon hésita, mais finalement il appuya sa hanche contre la pierre, les bras croisés sur sa poitrine. Un par un, ses compagnons s'installèrent à leurs pieds sur des poteries retournées et des tas de briques effondrées. Bak s'acquit dès le début leur attention entière en leur faisant jurer le secret, puis il obtint leur loyauté et leur respect en relatant ce qu'il savait sur la mort du chasseur, sans rien dissimuler.

— Pauvre Intef ! soupira le garçon grassouillet en déglutissant avec peine. Je l'aimais beaucoup.

— Maintenant vous comprenez pourquoi je suis venu vous trouver, continua Bak. Je ne connais rien à ces anciens tombeaux, alors que vous passez parmi eux une grande partie de votre temps.

L'aîné du groupe consulta les autres en silence et ceux-ci s'entre-regardèrent, se sondant, cherchant une réponse que chacun trouverait dans son cœur. Un message secret passa entre eux, une décision fut arrêtée sans qu'un mot soit proféré. L'aîné se leva, redressa les épaules et dit d'une voix qu'il tentait de rendre plus virile :

— Mon nom est Meri. Nous serons heureux de t'aider, avec mes amis.

Il les lui présenta, et tous les cinq hochèrent la tête et approuvèrent en chœur. En son for intérieur, Bak poussa un soupir de soulagement.

Meri parcourut des yeux le banc rocheux, aux murs brisés et aux voûtes effondrées.

— Intef n'a rien trouvé ici. Les grands tombeaux ont été vidés il y a longtemps, les petits ne contiennent aucune richesse.

Bak avisa un escalier taillé dans le roc et encadré par ce qui ressemblait à un muret de brique crue. A une extrémité, un pilier arrondi le mit sur la voie : le mur était en fait un vestige d'une voûte. Au pied des marches, un trou d'obscurité lui adressait comme un appel.

— Je dois voir par moi-même à quoi ils ressemblent.

Une autre consultation hâtive.

— On va t'emmener dans notre préféré, un des plus sûrs, déclara Meri. Il est creusé dans le roc et n'a pas de toit en brique.

Se traçant un chemin parmi les éboulis, les fossés et les crevasses, ils longèrent la paroi rocheuse jusqu'à une volée de marches entre des murs semblables aux autres. Deux grosses poteries d'argile, qui avaient dû contenir de minuscules corps d'enfants, flanquaient une dalle de pierre où l'inscription estompée par les intempéries était devenue illisible. Meri s'enfonça dans les profondeurs de l'escalier. Bak le suivit, aboutit à une entrée tout au fond, se courba sous le linteau bas et se retrouva dans une salle obscure. Trois marches supplémentaires le conduisirent à la chambre souterraine dont il dégagea la porte. Le soleil perçait faiblement, mais assez pour qu'on pût y voir.

La chambre était petite, guère plus large que ses bras étendus et deux fois plus longue, avec un pilier rudimentaire au centre. Ses cheveux frôlaient le plafond de pierre. Deux salles s'ouvraient sur la droite, formant un espace aussi vaste que l'entrée, et chacune contenait une niche vide. L'air chaud et sec sentait la poussière. Tous les murs, nus et grossièrement taillés, conservaient l'empreinte des ciseaux du maçon. Les corps inhumés là pour l'éternité avaient depuis longtemps disparu.

Cela ne ressemblait en rien aux lieux funéraires proches de Ouaset tels qu'on les avait décrits à Bak, ces grandioses excavations aux sculptures somptueuses préparées pour les personnages de haut rang à la cour royale. Mais à quoi fallait-il s'attendre sur la frontière, bien loin de la capitale de la riche et puissante Kemet ?

— Ce tombeau est-il typique ? demanda-t-il en veillant à ne pas montrer sa déception.

— C'est l'un des plus beaux, annonça Meri avec fierté. La plupart sont petits, à peine mieux que des trous dans la terre, et les rares toits qui tiennent encore ont l'air sur le point de crouler.

— Est-ce ainsi dans les cimetières situés hors de l'enceinte, à l'ouest de cette forteresse ?

— Oui.

Bak prit la tête pour remonter les marches, s'arrêta au sommet et examina les superstructures en ruine qui bordaient la paroi du surplomb rocheux.

— Avez-vous déjà trouvé un tombeau intact ?

Les plus grands se livrèrent à une autre de leurs conférences silencieuses. Le plus jeune, n'y tenant plus, demanda de sa petite voix :

— Tu le diras à personne ?

Meri lui lança un regard écœuré.

— Je le dirai à un seul homme, répondit Bak, mon sergent Imsiba, qui est pour moi aussi proche qu'un frère. Cela n'ira pas plus loin, je vous le promets.

Il craignait que cet aveu ne les décide au silence ; bien au contraire, il les rassura. Après avoir recueilli un accord unanime, Meri s'assura d'un coup d'œil circulaire qu'aucun intrus ne pouvait les entendre, et prit une voix basse de conspirateur.

— Nous avons découvert quatre tombeaux qui ont l'air de ne jamais avoir été ouverts. Quand on a trouvé le premier, on a eu l'idée de s'y forcer un passage, mais on était petits, à l'époque. On a eu peur. Maintenant on aime veiller sur eux, s'assurer qu'ils sont respectés.

— Tout comme les gardes qui veillaient sur les tombeaux des anciens souverains de Kemet, répondit Bak avec le même sérieux.

Cinq têtes brunes acquiescèrent vigoureusement, la mine grave, les yeux sombres et solennels.

— Nous avons regardé dans dix ou douze tombeaux, relata Bak. De tristes endroits, pleins d'ossements éparpillés, de planches de sarcophage brisées, de tessons de poterie, sans nulle mention de ceux qui reposaient jadis à l'intérieur.

Il sauta par-dessus une flaque en train de sécher, écrasant la terre fragile sur le côté.

— Intef a trouvé les bracelets ailleurs, j'en suis convaincu, toutefois j'ai recommandé aux gamins d'ouvrir l'œil, de guetter des signes d'intrusion dans les cimetières à l'intérieur et hors des murailles. S'ils savent quoi que ce soit, ils ont promis de nous avertir.

— Mon ami, tu as le don de transformer en alliés les êtres les plus improbables.

Accordant au Medjai un bref sourire, Bak contempla la terre qu'ils traversaient au nord de l'oasis, sur la rive opposée à celle de Bouhen. Ils n'étaient qu'à une courte distance des champs prospères de Penhet, Netermosé et leurs voisins, mais le contraste était saisissant. Des habitations misérables côtoyaient le désert, dont le sable envahissait et mouchetait les lopins sur sa périphérie. Sur ces terres, toujours les dernières à recevoir les eaux régénératrices de la crue et toujours les premières desséchées, les arbres, les vignes et les buissons étaient plus chétifs, leurs fruits n'étaient plus aussi abondants ni aussi sucrés.

— Ce doit être la maison d'Intef, dit Imsiba, indiquant du menton une bâtisse en brique crue, non peinte, brisant l'horizon entre l'oasis et le désert.

La demeure était petite — deux pièces tout au plus — et flanquée d'un appentis. Une vigne d'âge vénérable déployait ses vrilles en travers de l'abri et du toit plat. A l'ombre, une vache rousse efflanquée allaitait un veau vacillant, en compagnie de deux ânons. Un troupeau d'oies grattait et picorait de la paille fraîche répandue sous les sabots des animaux, l'éparpillant plus encore.

Des aromates et de l'ail accrochés au toit de l'appentis embaumaient l'atmosphère.

Une fillette d'environ huit ans sortit, la hanche déjetée pour supporter le poids du bébé qu'elle portait. Un petit garçon nu, à peine en âge de marcher, les regarda à la dérobée de l'autre côté de la porte et pouffa avec espièglerie.

La fillette les considéra d'un air méfiant.

— Ma mère est là-bas.

Elle tendit le doigt vers un champ peu éloigné, où une femme était agenouillée entre des rangées de petites plantes vertes aux feuilles abondantes, espacées avec soin pour leur laisser toute la place de pousser. Des melons, devina Bak. Deux enfants, eux aussi à genoux, s'occupaient du champ. Consterné, Bak ravala un juron. Il s'attendait à de la pauvreté, mais cette surabondance de bouches à nourrir lui causait un choc. Les fausses couches étaient fréquentes dans ces familles démunies, et la mortalité élevée parmi les nourrissons.

— Une femme seule avec cinq enfants, la plupart trop jeunes pour gagner leur pain... dit Imsiba en secouant la tête d'un air lugubre. Peu survivront jusqu'à la prochaine crue.

— Mon père fulmine parfois contre les grands domaines de Kemet, où tant d'ouvriers peinent pour si peu, cependant il admet qu'on n'y laisse pas mourir de faim une veuve et des orphelins.

La femme les aperçut, se leva et s'avança vers la maison en longeant un sillon peu profond. Son ventre était arrondi par une nouvelle grossesse. Les enfants restés dans le champ se tournèrent pour les fixer avec curiosité, mais un mot de leur mère les renvoya à leur besogne. La grande fille chassa le petit dans la maison, mais resta près de la porte pour observer et écouter.

La femme les salua d'un signe de la main. Remarquant la terre logée dans les lignes de ses paumes et sous ses ongles, elle adressa à ses visiteurs un sourire embarrassé.

— Les insectes nous affameraient si on les laissait faire.

Elle était petite et fine, proche de Bak par l'âge, mais vieillie prématurément par la fatigue et le travail.

— Nous ne serons pas longs, promit le policier en se présentant, ainsi qu'Imsiba.

— Je m'appelle Nehi.

Elle leur offrit le banc devant la maison et poussa près d'eux un gros pot renversé pour s'en faire un siège. Les mains serrées sur ses genoux, elle jouait avec l'anneau qui entourait son majeur droit. Ses yeux, tels de profonds bassins de tristesse et d'anxiété, se posaient tour à tour sur chacun des deux visiteurs.

— Les ânes de mon époux... Que sont-ils devenus ?

— On s'en occupe avec soin, assura Imsiba. Je les ai installés moi-même dans un enclos à Bouhen. Nous pouvons te les amener ici, si tu veux, ou les laisser où ils sont et les vendre en ton nom. C'est à toi d'en disposer comme bon te semble.

Elle poussa un soupir saccadé et murmura :

— Je craignais qu'ils soient perdus.

Imsiba lui parla alors du gibier que transportaient les bêtes de somme. Le prix qu'il en avait tiré provoqua un faible sourire. Mais le plaisir de la femme était superficiel, et lourd son fardeau. Elle courba la tête, pleine d'une souffrance muette, et fit tourner sur son doigt l'anneau, orné d'une pierre verte. La fillette sur le seuil posa le bébé par terre et courut vers sa mère. Elle l'enveloppa de ses bras, la serra contre elle et lui chuchota des paroles de réconfort. Bak et Imsiba se tinrent cois, les yeux rivés sur leurs mains, et attendirent.

Nehi souleva son visage de la mince poitrine de sa fille et caressa les cheveux courts et raides.

— Va t'occuper du bébé, petite.

Pendant que la fillette rentrait dans la maison avec son petit frère, la femme se tourna à nouveau vers les deux hommes.

— Pardonnez ma faiblesse. Je dois m'accoutumer à l'absence de mon époux.

Bak résista à l'envie de s'éclaircir la gorge.

— Pour ma propre satisfaction et pour la tienne, Nehi, je voudrais arrêter son meurtrier. Peux-tu me dire si quelqu'un souhaitait la mort d'Intef ?

— Personne.

Elle leva la main pour s'essuyer les yeux, la trouva noire de terre, et la reposa sur ses genoux.

— C'était un homme tranquille, qui ne se mêlait pas des affaires des autres.

— Il s'arrêtait parfois pour prendre une bière dans une maison de plaisir de Bouhen, rectifia Bak avec douceur. C'est un lieu chaleureux, souvent bruyant, pas du genre que fréquente un solitaire.

— Oui, chez Noferi... Un homme peut être silencieux, et pourtant apprécier la compagnie des autres, répondit-elle avec un pauvre sourire.

« Surtout celui qui sait trouver à son retour une maison pleine de bébés », songea Bak.

— Évoquait-il quelquefois des gens qu'il rencontrait là-bas ?

— Il parlait souvent de Noferi. Il l'aimait bien. Il... Il me parlait du lion, et de la manière dont elle l'avait eu.

Le regard de Nehi tomba sur ses mains entrelacées. Soudain elle se figea, le corps et la voix crispés. Bak remarqua ce changement d'attitude, cette tension. Il n'avait pas la moindre idée de ce qui les avait provoqués. Pas leur conversation sur Noferi, il en était sûr.

— Sais-tu s'il y est allé, il y a environ une semaine ?

Elle plissa le front, réfléchissant.

— Je ne...

— Il était à la maison, maman, pas à Bouhen, intervint la fillette, qui était revenue sur le seuil, laissant le bébé à l'intérieur. C'est quand on a planté les haricots, tu te rappelles ?

Sur un hochement de tête de sa mère, l'enfant expliqua à Bak :

— Ça a pris plusieurs jours. Nous n'avons pas de bœuf, alors papa devait tirer lui-même le soc. Mais nous avons emprunté un âne chez Kamosé.

Ses grands yeux sombres se tournèrent vers l'appentis et une ombre voila son visage.

— On avait trois ânes, alors. Papa a dit que c'était trop, et nous en avons échangé un contre de l'huile et des chèvres.

— On dirait que nous n'avons jamais assez de lait, soupira Nehi en posant la main sur son ventre renflé.

Sa bague était bien visible. Un large anneau d'or, au scarabée vert poli par le temps dans un chaton ovale. Un autre exemplaire des bijoux anciens, Bak en eut la conviction. Intef avait bel et bien découvert un tombeau, non durant son ultime voyage dans le désert, mais plus tôt.

Conservant un ton égal pour dissimuler son brusque intérêt, il remarqua :

— Ta bague est magnifique, Nehi. Puis-je la voir ?

Elle se raidit, parut au bord de la panique. Au prix d'un effort manifeste, elle composa un sourire et tendit une main tremblante de nervosité.

— Elle est jolie, n'est-ce pas ? Intef l'a trouvée sur la berge quand les eaux se sont retirées. Elle est de peu de prix, à ce qu'il m'a dit. Rien que du bronze et de la faïence, qui ne valent pas la peine qu'on les vende. C'est pourquoi il me l'a donnée.

Nehi parlait trop vite, d'une voix soudain stridente. Elle n'avait pas l'habitude de mentir.

— Nous avons découvert deux bracelets très anciens et de très grande valeur cachés sur un de ses ânes, ainsi que des perles d'or. Cette bague aussi est ancienne, et non en bronze et en faïence, mais en or et en jaspe.

— Tu te trompes ! s'écria-t-elle en dégageant sa main pour la serrer contre son sein. Cette bague n'a aucune valeur !

Elle se mit à sangloter, la voix brisée.

— Tu nous crois donc riches au point de pouvoir garder pour nous un bijou précieux ? D'en contempler la beauté, au lieu de l'échanger contre de la nourriture ?

Elle se couvrit le visage de ses mains et gémit, épanchant la profonde souffrance de son cœur. Sa fille courut l'enlacer et foudroya du regard Bak et Imsiba.

— Laissez-nous. Mon papa est parti et vous faites de la peine à ma maman. Comment pouvez-vous être aussi méchants ?

Mesurant sa propre témérité, elle plaqua la main contre sa bouche, mais toisa les deux hommes d'un air de bravade. Cette attitude était stupide et n'avait pour but que de dissimuler sa peur, qu'ils lisaient dans ses yeux. Bak aurait été en droit de l'arracher à son foyer pour la conduire à Bouhen et la punir sévèrement de son impudence.

Il préféra tourner le dos.

— Viens, Imsiba. Nous n'obtiendrons rien de plus ici.

— Elle sait qu'Intef a découvert un tombeau, fit observer Imsiba.

— Elle nous en apprendra peut-être davantage dans quelque temps, mais pour l'instant elle est trop effrayée, trop inquiète pour ses enfants.

— Tu penses qu'elle ne dispose vraiment d'aucune ressource ?

La voix de Bak refléta la préoccupation d'Imsiba.

— Tout dépend de la quantité d'objets qu'Intef a dissimulés. Mais en connaît-elle seulement la cachette ? Et sait-elle comment les écouler à son meilleur avantage ?

— Tu crois que oui ?

— Je prie pour qu'il en soit ainsi.

Ils longeaient un champ de haricots en pente, où pointait le vert tendre des jeunes pousses. Un ruisselet s'écoulait d'un canal d'irrigation peu profond, jalonné de brèches afin que l'humidité vivifiante se répande à travers la terre. Le temps où les plantes pouvaient s'en gorger était compté, car sous peu le canal s'assécherait et chaque goutte devrait être apportée de loin.

— C'est tellement important, d'après toi, de découvrir le tombeau d'où proviennent les bijoux ? interrogea Imsiba.

— J'aimerais le savoir, répliqua Bak avec un petit rire sans joie.

Ils s'arrêtèrent au coin du champ et contemplèrent l'oasis. Moins d'une semaine avait passé depuis que Rennefer avait tenté de tuer son mari, toutefois, en ce bref laps de temps, de nombreux champs s'étaient parés du vert éclatant du renouveau. Dans les zones plus basses, les dernières quittées par les eaux, hommes, femmes, enfants et bœufs se déployaient pour labourer le sol noir fertile et semer la prochaine culture. Derrière eux, les oiseaux picoraient la terre retournée, en quête de vers et de glanes restées à la surface.

Bak crut distinguer au loin la ferme de Penhet. Que de péripéties, depuis qu'il s'y était rendu !

— Un jour prochain, Rennefer comparaîtra devant le commandant Thouti. Il repousse le moment de rendre son verdict, mais quand il se décidera à la convoquer, il exigera un exposé complet des faits. Allons nous enquérir de la santé de Penhet, et voyons comment il se porte sans sa compagne.

— Une compagne ? maugréa Imsiba. Dis plutôt une vipère.

— Je me doutais bien qu'elle serait furieuse, expliqua Penhet. C'est pourquoi je répugnais à lui révéler l'arrangement. Mais ça, jamais je ne m'y serais attendu.

Il montra d'un geste vague son dos et les bandages qui l'emmaillotaient du cou jusqu'à la taille.

— C'est ma femme qui panse ses blessures, dit Netermosé, assis sur un tabouret près de la paillasse où le blessé restait couché sur le ventre, le chat roux pelotonné contre sa cuisse. Elle a compté onze plaies. La plupart sont superficielles et sans gravité, mais deux auraient pu lui coûter la vie s'il avait continué à saigner.

— Je rends grâce à Amon que tu sois arrivé, renchérit

Penhet en tapotant le pied de son voisin. Sans toi, elle aurait eu le temps de continuer...

Il secoua la tête, incapable d'exprimer cette idée abominable.

Bak observa la cour, aussi propre que lorsqu'il l'avait vue pour la première fois. Rennefer en aurait conçu de l'amertume.

— Tes serviteurs ont l'air consciencieux.

— L'épouse de Netermosé les mène à la baguette.

— Vous avez donc signé votre accord ? demanda Imsiba.

Les deux cultivateurs échangèrent un regard de mutuelle satisfaction.

— Nous avons conclu un nouvel arrangement, répondit Penhet.

— Il gardera la terre, poursuivit Netermosé, même le lopin qui a provoqué la colère de Rennefer. Moi, je m'occuperai de ses champs, je l'aiderai à soigner son bétail...

— Et nous partagerons les bénéfices, acheva Penhet en souriant.

L'accord paraissait honnête et assurait aux deux hommes ce dont ils avaient besoin : plus de terres pour Netermosé et un moyen de subsistance pour Penhet.

— Meret n'est pas encore installée chez toi ? demanda Bak.

— Non, déclara Penhet, jouant avec les oreilles veloutées du chat sans pouvoir affronter le regard du policier. Je n'ai plus de goût pour elle.

Bak n'en fut pas surpris. La jeune fille avait marqué la fin d'une époque ; comment pouvait-elle représenter un nouveau départ ?

— Je m'évertue à lui répéter qu'il a besoin d'une femme pour s'occuper de lui, et avec qui les serviteurs auront intérêt à marcher droit, dit Netermosé. J'ai une grande maison et mon épouse est absorbée par de multiples occupations. Elle ne peut venir ici éternellement.

— Je suis encore sous le choc. Même mes serviteurs

sont bouleversés, argua Penhet. Peut-être plus tard. Une fois que Rennefer sera...

Il secoua la tête, refusant d'envisager le sort qui attendait la compagne de toute une vie.

— En tout cas, pas Meret. Une autre, je ne dis pas...

Bak pensa à celle qu'Imsiba et lui venaient de quitter, à la maison minuscule, aux nombreuses bouches à nourrir.

— Je connais une femme, veuve depuis peu, que l'on pourrait persuader de vivre ici. Toutefois, je dois t'avertir qu'elle a plusieurs enfants.

Il s'abstint néanmoins d'en divulguer le nombre exact.

— Des enfants ? répéta Penhet, dont le regard s'éclaira. Je ne sais depuis combien de temps je n'ai pas entendu un rire d'enfant chez moi. Même mes servantes sont stériles.

Bak jeta un regard furtif à Imsiba, qui le fixait d'un air soupçonneux comme s'il croyait à un plan préparé à l'avance. Peut-être était-ce vrai, songea Bak. Pas par lui, mais par les dieux. Et si tel était le cas, ni la vérité ni un mensonge n'ébranlerait Penhet. Son destin était scellé. Aussi, il relata la mort d'Intef et parla de la famille misérable, à l'extrémité de l'oasis.

— Cinq enfants, murmura Penhet d'un air pensif, ni satisfait ni rebuté.

— Tu aurais toute une famille, remarqua Netermosé sur un ton de prudente réserve.

Bak demeura muet. Il appartenait au fermier de prendre sa propre décision. Imsiba alla attendre sous l'appentis sans mot dire, dissimulant dans l'ombre son rire silencieux.

Penhet rompit le long silence.

— Netermosé a raison. Je ne peux continuer à dépendre de son épouse jour après jour. Pourtant, il me faut quelqu'un. Mes blessures nécessitent des soins et mes serviteurs ont besoin d'une main ferme pour les diriger.

Il se tut, sourit comme pour lui-même.

— Et... Oui, avoir des enfants dans cette maison me changera agréablement.

Bak remercia Amon dans son cœur, et pria afin qu'une union en résulte, qui durerait pour toute l'éternité.

9

De minces rubans jaunes s'étiraient dans un ciel bleu pâle, hérauts du soleil levant. Dans l'air clair d'une agréable tiédeur, des volutes de fumée s'élevaient en spirales fragiles au-dessus des maisons de la ville basse, portant l'arôme appétissant du pain chaud et des odeurs moins plaisantes de friture. Une nombreuse population se bousculait dans les rues étroites. Une douzaine de vaches noires aux pis renflés de lait se forçaient un passage à travers cette foule, indifférentes aux malédictions qu'elles s'attiraient.

Bak arriva devant la dernière maison et scruta la nappe rocheuse abritant l'ancien cimetière, à la recherche de Meri et de ses amis. Hormis trois chiens jaunes furetant parmi les ruines, il ne vit pas signe de vie. « L'heure est trop matinale pour les gamins », se dit-il. Tournant à gauche, Bak suivit un sentier sablonneux qui longeait la suite ininterrompue de façades serrées les unes contre les autres. Tout au bout, là où le sentier se perdait dans le sable, il dépassa le bâtiment dans lequel l'équipage de Roï était maintenu en détention. Il eut l'idée de s'y arrêter, mais se ravisa. Plus les hommes se morfondraient, convaincus qu'on les avait oubliés, plus ils s'empresseraient d'ouvrir leur cœur et se montreraient loquaces.

Les enclos s'étendaient au-delà de la bande de sable. Le policier se repéra au fin nuage de poussière jaunâtre qui montait de l'angle le plus éloigné. Le chemin passait entre des murets hauts jusqu'à mi-cuisse, enfermant plus d'animaux qu'il n'en avait jamais vu parqués à Bouhen. Des bœufs, des chèvres, des moutons et des ânes, au milieu desquels des hommes s'affairaient à dégager le fumier, à répandre de la paille fraîche et à remplir auges et abreuvoirs. La plupart des bêtes demeuraient placides : elles mangeaient, buvaient, contemplaient le monde autour d'elles en remuant les oreilles, balayant les mouches d'un coup de queue. Quelques animaux plus jeunes tournaient à l'intérieur de cet espace limité ; ils s'interrompaient brusquement pour ruer et pousser des cris perçants. L'odeur lourde du foin et du grain donna à Bak l'envie d'éternuer.

Il trouva Hapouseneb devant l'enclos des ânes. Le riche marchand, paré comme d'habitude de lin et de bijoux somptueux, semblait parfaitement à son aise au milieu de cette poussière, chargée de puanteur animale et d'odeur de sueur humaine. Il bavardait au-dessus du muret avec un gros adolescent, qui alimentait un feu de charbon dans un cercle de pierres. Tous deux observaient un ouvrier qui s'efforçait de maîtriser un jeune âne gris trop folâtre. Chaque fois qu'il s'approchait et lançait sa corde, l'âne courbait la tête pour l'éviter et détalait. Les autres bêtes de l'enclos étaient craintives. Elles trottinaient çà et là, les oreilles dressées, les yeux égarés. L'homme était rouge de fureur, ayant une conscience aiguë de la présence de son maître. Hapouseneb remarqua l'approche de l'officier et lui sourit.

— Lieutenant Bak ! Te voilà enfin !

Le policier fut d'abord surpris, puis il comprit que l'inévitable s'était produit.

— Je vois qu'on t'a informé de ma mission.

— Oui. Nebamon. Et aussi Ouserhet. Ils ont dit...

Des sabots martelant le sol détournèrent l'attention du marchand. L'ouvrier dans l'enclos lança sa corde dont la boucle se resserra autour du cou du grison. Tremblant, secouant la tête et renâclant, celui-ci s'arc-boutait sur ses pattes et refusait de bouger. Un homme plus âgé accourut. Unissant leurs forces, ils couchèrent la bête sur le flanc et ligotèrent ses pattes qui battaient en tous sens. L'adolescent retira un fer des charbons rougeoyants et se précipita sur l'animal entravé. Un grésillement, une odeur de chair et de poils roussis, un braiment terrifié, puis, d'une secousse, les cordes se défirent. L'âne se débattit pour se remettre debout, après quoi il fonça dans le troupeau et se perdit parmi ses congénères.

Hapouseneb regarda l'ouvrier muni d'une corde retourner vers les baudets, en quête d'une nouvelle victime.

— Je déteste savoir mes navires et mes caravanes immobilisés. Ce n'est pas bon pour les affaires. Néanmoins, ce repos forcé offre un avantage : je dispose de tout mon temps pour faire marquer et soigner mes bêtes, et pour faire réparer mes vaisseaux.

Il exploitait trois navires au-dessus de Semneh, outre deux barges de transport qui faisaient la navette entre Bouhen et Abou. Ses caravanes circulaient presque continuellement dans tout le Ventre de Pierres ; elles créaient un pont entre les villes, que séparaient des eaux tumultueuses. Un homme fortuné, qui travaillait jour et nuit pour amasser encore plus de richesses.

« Il est facile de se prendre d'amitié pour lui, pensa Bak, mais ce doit être un redoutable ennemi. »

— Il y a deux nuits, je suis resté à Kor et j'ai vu que d'autres mettaient également ce temps à profit.

Hapouseneb détourna son attention de l'enclos, les sourcils froncés.

— C'est toi qui es responsable du retard, m'a-t-on dit.

— Deux hommes ont été assassinés. L'un avait une défense d'éléphant à son bord. Et tu as sans doute entendu parler de la contrebande que nous avons saisie, provenant du navire de Roï.

— Si ce bateau transportait la moitié de ce qu'on raconte, il aurait coulé sous le poids, répliqua Hapouseneb en riant.

Sous l'ironie, Bak sentit l'irritation d'un homme qui ne parvient pas à s'extraire une épine du pied.

— Tu parles avec amertume, Hapouseneb. Cela ne te ressemble pas.

— Je n'aime pas les contrebandiers, dit le marchand, les mâchoires crispées. Je dois régler des taxes qui représentent souvent plus, sur une année, que la valeur entière des denrées que certains convoient jusqu'à Kemet dans le même laps de temps. L'essentiel de ma marchandise est durement acquis. Des hommes perdent la vie en la transportant à travers des contrées sauvages et dangereuses, sur un fleuve plein de traîtrise. Si je paye un droit de passage dans ce pays de Ouaouat, abandonnant à notre souveraine bien plus que ma juste part, je ne vois pas pourquoi d'autres y couperaient.

Bak observa le marchand avec intérêt. Ces propos ne démentaient pas sa réputation de prudence en affaires. Jusqu'où était-il prêt à aller pour accroître sa fortune ?

— T'a-t-on déjà proposé de transporter une cargaison illicite ?

— Mes employés sont souvent sollicités.

Hapouseneb croisa le regard de Bak et éclata de rire.

— Ne t'inquiète pas ! Je punis tous ceux qui cèdent à la tentation, par un nombre de coups de fouet proportionnel à la valeur des articles frauduleux.

— La manière forte, commenta Bak, qui n'avait pu retenir un sifflement.

— Et des plus dissuasives.

Pour sa part, Bak ne se fiait pas à l'usage de la trique pour tirer la vérité des hommes qu'il interrogeait. Le fouet était-il aussi peu fiable pour éradiquer la tentation ?

— Connaissais-tu Roï ?

— Assez peu. Il se montrait taciturne, et ses amis n'étaient pas les miens.

Hapouseneb sortit un carré de lin de sa ceinture et essuya la poussière de son visage et de son cou.

— Excepté son équipage et, de temps en temps, un autre commandant, je lui ai rarement vu des compagnons.

Bak se colla contre le mur pour éviter une douzaine de vaches à longues cornes aiguillonnées par un bouvier à la peau sombre, qui n'avait pas plus de huit ans.

— As-tu déjà vu Roï avec Intef le chasseur ?

— Celui qu'on a retrouvé mort dans le désert ? Je ne sais pas, répondit Hapouseneb avec un haussement d'épaules. Je ne l'aurais pas reconnu, sans ses ânes chargés de gibier qui trottaient derrière lui.

— Je sais, en revanche, que tu connaissais bien Mahou, dit Bak d'un ton acide.

— Nous n'étions pas en termes très cordiaux, mais je le connaissais depuis des années, en effet, convint Hapouseneb, qui enfonça le linge dans sa ceinture et posa sur Bak un long regard pensif. A ce que m'a rapporté Nebamon — ou était-ce Ouserhet ? —, quelqu'un aurait abordé Mahou pour lui proposer un transport de contrebande, la nuit où nous jouions chez Noferi.

— C'est ce qu'on m'a dit.

Au ton impassible de Bak, nul n'aurait deviné combien il était agacé que ses suspects échangent ainsi leurs impressions.

— Il paraît aussi que tu soupçonnes l'un d'entre nous cinq, qui jouions aux osselets cette nuit-là. Je suis convaincu que tu te trompes. L'accusation ne tient pas dès lors que l'on considère le lieu, les gens et les circonstances.

Bak préféra ne pas débattre de cette question.

— Te rappelles-tu si quelqu'un a lancé une remarque à propos de contrebande, cette nuit-là ? S'il y a eu le moindre comportement suspect ?

Hapouseneb se tourna vers l'enclos, où un âne noir campé sur ses jambes écartées montrait les dents, défiant l'homme de le renverser.

— Depuis que j'ai discuté avec Ouserhet et Nebamon, j'ai eu tout le loisir de repenser à cette soirée. Je ne me souviens de rien de particulier, je t'assure. Peut-être parce que rien ne s'est passé. Qui aborderait ce sujet dans un lieu de plaisir bondé ? Pourquoi se risquer à soumettre une telle proposition à un homme aussi honnête ? La frontière grouille d'individus tout disposés à braver la loi de notre souveraine.

— Et pourquoi cacher une défense à bord du navire de Mahou au moment où l'on fouille tous les vaisseaux de Bouhen et de Kor ?

— Je vois que tu as une longueur d'avance sur moi, lieutenant ! constata Hapouseneb, riant à gorge déployée.

« Tant que ça ? » se demanda Bak.

— On a assassiné Mahou alors qu'il était sous ma garde. Je ne connaîtrai pas le repos avant d'avoir capturé son meurtrier.

Les mots avaient jailli malgré lui, et il n'y avait plus à revenir dessus. Bak se sentit déchiré entre la satisfaction et le regret. Puisque ses suspects comparaient ses déclarations, la menace, toute fanfaronne qu'elle fût, parviendrait bientôt aux oreilles du coupable. S'il croyait Bak capable de retrouver sa piste, il se sentirait peut-être forcé d'agir. Une perspective dangereuse, puisqu'il connaissait son adversaire, alors que Bak, lui, ne savait rien de l'homme qu'il cherchait.

— J'ai toujours jugé Hapouseneb aimable... et redoutablement intelligent.

Le soleil de midi tapait sur le quai, chauffant les pierres sous les sandales de Bak. Une brise légère desséchait la sueur sur son front.

— Il a assurément conforté mon opinion. J'ai senti, tout le temps où nous parlions, qu'il devinait d'avance ma question suivante, tenait la réponse prête, et mûrissait celle d'après.

Imsiba parcourut des yeux la longue file d'hommes chargés de balles de peaux qui descendait du navire de Ramosé et parcourait le quai en direction de la forteresse.

— Vu le grand nombre de ses navires qui transitent par le Ventre de Pierres, il aurait eu amplement l'occasion de passer de la contrebande.

— Un homme possédant sa propre flotte déposerait-il

une défense d'ivoire sur un autre bateau, perdant ainsi tout moyen de contrôle ?

— Cela serait insensé, admit Imsiba.

Bak observa le navire de Ramosé, aux lignes simples et vigoureuses. Il remarqua les gréements entretenus avec soin, la peinture vive sur le château avant, celle, défraîchie, de la cabine. Son regard s'arrêta sur la proue où des planches neuves formaient une pâle cicatrice sur le riche bois sombre de la coque, entre la ligne de flottaison et la rambarde. Hormis certains contours extérieurs, il ne restait rien des caractères fanés qui annonçaient le nom du vaisseau — comme si ce nom lui-même avait été voué à la destruction.

— Ces planches ont-elles été rajoutées depuis peu ? Je n'en ai pas souvenir.

— Tu te trouvais sans doute chaque fois du mauvais côté du navire, dit Imsiba. Je les ai remarquées il y a plusieurs jours, avant que Ramosé ne parte de Bouhen à destination d'Abou.

A ce moment-là, Psouro arriva derrière le dernier des portefaix.

— C'est tout, chef ! Il ne reste plus rien, à part les lingots dans la cale. Il nous faudra une grande partie de l'après-midi pour les décharger, et demain nous réinstallerons à bord la cargaison que le capitaine Ramosé transportait à l'origine.

— Inutile de presser ton équipe, indiqua Bak. Le navire n'ira pas plus loin.

— Les pêcheurs sont à bout, chef, fit valoir Psouro, qui ajouta avec un sourire en coin : Ce matin, quand je suis monté sur un bateau, j'ai craint un moment d'être balancé par-dessus bord.

— Pas étonnant, dit Imsiba. Ces inspections quotidiennes éprouveraient le plus patient des hommes.

— Allez voir le vieux Setou, recommanda Bak. Il réclamera d'innombrables faveurs, mais s'il le veut bien, il saura juguler la hargne des plus jeunes.

Tandis que tous deux s'éloignaient, Bak se hâta de gravir la passerelle pour rejoindre Ramosé, qui, à l'avant, regardait une demi-douzaine de ses matelots briquer le pont dégagé. Bak remercia le capitaine d'avoir ramené l'équipage et la cargaison de Roï à Bouhen, malgré le temps et la peine que cela lui avait coûtés. Il lui transmit également une invitation du commandant Thouti à dîner chez lui ce soir-là, et lui rappela qu'il ne pouvait encore repartir.

— Pourquoi me retenir ? demanda Ramosé, exigeant une réponse. Mon navire a été inspecté de la poupe à la proue avant mon départ pour Abou. Tes hommes ont assisté au déchargement de ma cargaison il y a trois jours, ils ont comparé jusqu'au plus petit objet avec le manifeste, et demain ils seront là lors du chargement.

— Nous ne te retiendrons plus très longtemps, assura Bak, songeant qu'un bon repas et beaucoup de bière en compagnie de Thouti aplaniraient les angles. Ton étrave a été réparée, je vois. Que s'est-il passé ?

— Nous avons heurté un écueil.

Bak décela de la nervosité dans la voix du capitaine, il remarqua ses mâchoires saillantes sous l'effet de la colère. Il avait touché un point sensible. Une blessure d'amour-propre, peut-être. Ou bien...

— Tu as joué aux osselets avec Mahou... continua-t-il, et il répéta l'histoire de Sitamon.

— Je n'ai pas entendu parler de contrebande, ou d'une affaire quelconque qui aurait pu aboutir au meurtre de Mahou.

Ramosé s'interrompit le temps de gratter sa bedaine volumineuse, le front plissé.

— Tu sais bien que, par ici, pour une vérité dix rumeurs circulent. On n'a rien de mieux à faire que la même routine monotone jour après jour, alors on embellit ce qu'on entend. Et tous ceux qui répètent l'histoire de Mahou l'enjolivent un peu plus chaque fois.

Lorsqu'il considérait les événements de cette dernière semaine, l'idée d'une routine monotone exerçait un certain attrait sur Bak.

— Tu n'as vu personne parler secrètement à Mahou ?

— Absolument personne. J'avais bu plus que de raison, je dois l'admettre, mais deux hommes chuchotant ensemble auraient retenu mon attention aussi sûrement qu'un lotus attire l'abeille.

« Jusqu'au moment où la stupeur de l'alcool rend aveugle », songea Bak.

— Quelqu'un t'a-t-il déjà proposé de frauder ?

La bouche de Ramosé se pinça : une lueur de colère brûla dans ses prunelles. Il parut sur le point de répliquer, jeta un bref regard sur les hommes à quatre pattes à l'autre bout du pont, puis eut un geste de dénégation.

— Je vois que oui, l'encouragea Bak.

Ramosé hésita longuement. Quand enfin il se décida, il cracha cet aveu comme s'il souillait sa langue.

— C'était il y a un mois. Un homme à demi nu, d'une tribu du désert, s'est approché de moi sur le quai de Kor. Il était insinuant et ses chuchotements ressemblaient au sifflement d'une vipère. Il m'a fait miroiter de grandes richesses si je transportais une cargaison interdite. Sais-tu ce que j'ai fait ?

Bak secoua la tête, répugnant à parler de crainte d'endiguer ce flot.

— Je l'ai jeté dans le fleuve ! Voilà comment je lui ai répondu !

Le capitaine respira un bon coup pour tenter de se calmer et grogna :

— Je ne l'ai pas revu depuis.

L'image de l'étrave réparée surgit dans l'esprit de Bak, qui devina ce qui s'était passé.

— Mais après son bain forcé, il est revenu en cachette, c'est bien cela ? Il a fracassé ta coque et a détruit le nom de ton navire, pour que tu comprennes qu'il le coulerait si tu te montrais trop bavard.

Ramosé grinça des dents, le regard noir.

— Non ! Je ne me laisse intimider par personne !

Il ne révélerait rien de plus. Il avait trop à perdre — son vaisseau, son équipage, sa cargaison...

— As-tu été surpris qu'on ait trouvé de la contrebande sur le bateau du capitaine Roï ?

Ramosé se détendit. Il se sentait visiblement en terrain plus sûr.

— En toute honnêteté, je ne le prétendrais pas. J'ai navigué sur ces eaux pendant des années et, que je sache, il n'a jamais offensé Maât. Mais les hommes parlent, tu sais ce que c'est. « Où a-t-il jeté l'ancre, cette nuit ? Il a quitté Bouhen avant moi, pourtant je suis arrivé à Ma'am en premier. » Ce genre de chose.

Bak se pencha pour chasser une fourmi de son pied.

— Tu n'as rien remarqué d'anormal en le voyant charger sa cargaison, de ton point d'amarrage ?

— Comment aurais-je pu savoir ce qu'il avait ou non le droit de transporter ? Ce n'était pas à moi d'inspecter son navire, une liste à la main.

Bak répondit par un sourire dénué de chaleur. Il avait l'impression d'être un pêcheur qui pose une ligne dans une douzaine d'étangs différents, sans savoir lequel abrite un poisson — ni même s'il y en a un seul.

— Tu as sûrement appris, à l'heure qu'il est, qu'un autre cadavre a été découvert en ton absence.

— Intef, le chasseur. Un homme rude, mais qui inspirait l'amitié.

Ramosé se rembrunit et détourna la tête vers les matelots qui astiquaient le pont.

— Tu le connaissais donc ? s'étonna Bak.

— Je le prenais parfois à bord entre Kor et Bouhen. Ça ne représente pas une longue marche, mais quand un homme et ses ânes sont harassés, le trajet paraît interminable. En échange, il me donnait un ou deux lièvres. Il me manquera, conclut-il avec un sourire peiné.

La simplicité de ces paroles ébranla Bak. Il s'en voulut d'être si soupçonneux, si méfiant envers ses semblables.

— Lui arrivait-il de te raconter ses voyages dans le désert ?

— Il parlait rarement et préférait écouter le récit de nos aventures, répondit Ramosé, qui fixait ses mains, les traits assombris par la tristesse. Il avait atteint l'âge d'homme dans cette oasis, de l'autre côté du fleuve, et aspirait à voir du pays, à mener une vie de marin. Je lui ai offert un poste plus d'une fois, mais lui, il répétait qu'il avait une famille, une terre qu'il ne pouvait abandonner longtemps.

Il se détourna, la voix soudain rauque.

— Je regrette... J'aurais dû insister davantage, le convaincre de naviguer avec nous jusqu'à Abou. Au moins une fois dans sa vie.

— Le lieutenant Kaï sait tirer à l'arc, annonça Hori, mais d'après son sergent il n'est pas spécialement doué.

Le jeune scribe souleva un lourd panier, froissant les rouleaux de papyrus qui dépassaient des jarres serrées à l'intérieur, et le tint dans ses bras tel un berceau. Une dernière jarre, renfermant les dépêches les plus récentes, était restée sur le banc, mais il avait transporté le reste du désordre dans une alcôve derrière l'entrée.

— Quant aux autres, poursuivit-il, jusqu'à présent je n'ai rien trouvé de particulier dans leur dossier personnel. Durant leur adolescence, ils ont appris à se défendre, mais si l'un est devenu expert au maniement de l'arc, il n'en est fait aucune mention. Et je n'ai trouvé personne qui se rappelle les avoir vus utiliser cette arme.

— Encore une impasse, dit Bak d'une voix morne et désenchantée.

— Le capitaine Ramosé ne t'a rien appris de neuf, chef ?

— Un indigène l'a abordé voici à peu près un mois, lui a demandé de transporter de la contrebande, sur quoi le capitaine l'a jeté à l'eau. Maintenant l'étrave de son navire arbore une réparation flambant neuve. Il s'est échoué, à ce qu'il prétend, termina Bak avec un petit rire cynique.

Une lueur malicieuse éclaira le regard d'Hori.

— Cela nous avancerait, à ton avis, si j'allais bavarder de temps en temps avec ses membres d'équipage ?

— Ils savent qui tu es et Ramosé les a sans doute avertis de tenir leur langue, néanmoins...

Bak pensa aux manières engageantes du jeune homme, au sens de la persuasion qu'il savait déployer.

— Nous n'avons rien à perdre.

— Non, chef, approuva Hori avec un grand sourire.

Bak traversa la pièce pour ramasser un arc, un carquois et plusieurs flèches posés dans un coin et les plaça au sommet du fardeau du scribe.

— Quand tu auras les mains libres, porte ces armes à l'armurerie. Vois si elles présentent la moindre marque distinctive. Quant à moi, je n'en discerne aucune, mais je ne suis pas un spécialiste. Ensuite, ajouta-t-il, l'accompagnant à la porte, tâche de te rendre compte s'il est facile de se procurer de telles armes. Je crains que ce ne le soit un peu trop.

— Bien, chef.

Le silence soudain attira l'attention de Bak vers les hommes de faction. Les osselets, oubliés, gisaient sur le sol entre eux, pendant qu'un soldat ôtait une simple chaîne de bronze de son cou, en faisait glisser une amulette en faïence verte représentant un œil d'Horus et la remettait à son compagnon. Bak devina que ce dernier avait gagné un pari, probablement lié au temps que mettrait Hori à dégager le bureau. Alors que le scribe passait devant eux pour franchir une porte à l'arrière, l'un adressa un regard goguenard à l'autre, confirmant la supposition du lieutenant.

Bak sourit en son for intérieur et, se demandant sur quoi ils trouveraient à parier la prochaine fois, il regagna son bureau et s'assit sur le sarcophage blanc pour réfléchir à sa conversation avec Ramosé. Le capitaine n'avait jamais remonté le fleuve au-delà de Kor, mais il avait passé de longues années à Ouaouat et pouvait bénéficier de complicités dans le Sud. Il lui aurait été facile de proposer à Mahou un trafic de contrebande, et son navire était ancré à Bouhen au moment du meurtre.

Quant à Intef, il était impossible de définir avec précision quand le *ka*[1] du chasseur avait échappé à son corps, mais c'était peu après l'aube, à plus d'une heure de route au sud de Bouhen. Or, ce même matin, Ramosé avait quitté Bouhen en direction du nord. Perpétrer le meurtre puis regagner son navire pour partir relevait de l'impossible. Donc s'il existait un lien entre les deux meurtres, Ramosé était à coup sûr lavé de toute accusation. Le trou dans la coque de son bateau, la peur au fond de ses yeux semblaient témoigner de son innocence.

— On ne joue pas souvent près des tombes, dit Meri. Ce cimetière est trop récent.

— On fait des courses pour les ouvriers, intervint son ami grassouillet. Leurs femmes leur envoient à boire et à manger, ou bien il leur faut de nouveaux outils, ou alors quelqu'un se blesse et on va chercher de l'aide.

Bak observa l'entrée béante d'une tombe toute proche, enclose dans un tertre naturel de grès, rendu conique sous l'effet de l'érosion. La formation s'élevait dans une splendeur solitaire à quelque distance derrière Bouhen. Plus loin s'étendait l'arête rocheuse qu'ils avaient longée vers le sud pour examiner le corps d'Intef.

Par-delà l'entrée du tombeau, une lumière vacillante luttait contre les ténèbres et des voix brisaient le silence. A l'intérieur, des hommes excavaient la pierre afin qu'un dignitaire de la région pût être inhumé selon les usages de Kemet. Des briques de terre crue, empilées à proximité, attendaient le jour où, une fois le défunt enseveli, la porte serait scellée, une voûte érigée au-dessus de l'entrée ainsi qu'une avant-cour entourée de murs. D'autres tombeaux neufs jalonnaient le flanc de la colline, leur toit et leur cour encore intacts, l'autel éclatant encore épargné par le soleil, le sable et le vent.

Bak lança un coup d'œil à Imsiba, dont le frisson

1. *Ka* : le double spirituel. Né avec l'homme, il grandit avec lui et le protège. Après la mort, il aspire à poursuivre dans la tombe la vie qu'il a menée sur terre. (*N.d.T.*)

presque imperceptible révélait son sentiment quant au travail dans les profondeurs de la terre.

— Quatre ou cinq des tombeaux ont été bâtis il y a longtemps, quand Bouhen était toute nouvelle. On le voit aux briques qu'on employait alors, bien plus grosses que les nôtres.

L'expression grave de Meri, sa voix un brin pompeuse rappelaient beaucoup le commandant Thouti lorsqu'il faisait faire le tour de Bouhen au vice-roi.

— Mais ils ont tous été réutilisés et scellés à nouveau. Personne ne pourrait y pénétrer sans que tout le monde le sache.

— Connais-tu d'autres cimetières plus loin dans le désert ?

— On a entendu des histoires là-dessus et on a cherché dans les sables tout autour de Bouhen. Mais, une fois, on est partis si loin qu'on a perdu la forteresse de vue, et mon père a été tellement furieux que je n'ai pas pu m'asseoir pendant une semaine.

— Moi non plus ! pépia le plus jeune des garçons.

Les quatre autres firent écho à sa plainte.

Réprimant un sourire, Bak se détourna du tombeau. Imsiba s'était déjà éloigné tant était grande son impatience de partir. Et en vérité, ils avaient vu plus qu'assez de demeures d'éternité pour la journée.

Ils avancèrent dans un sable lourd et meuble, descendirent les larges nappes rocheuses contenant les hypogées disséminés qu'ils avaient déjà explorés à l'aller. Les garçons traînaient derrière, jouant à chat avec leurs ombres qui s'allongeaient sous le soleil en ce milieu d'après-midi. Comme le tumulus, ce cimetière et celui situé plus à l'est étaient d'origine récente. Il n'y avait pas d'autre lieu funéraire près de la forteresse. Bak en tira la confirmation qu'Intef avait trouvé les bijoux anciens dans un coin isolé.

Cette idée en fit resurgir une autre dans sa mémoire et il claqua des doigts.

— Nehi ! Nous devons retourner la voir. Oui, nous

avons encore le temps avant le crépuscule, décida-t-il après avoir observé le ciel. Avec de la chance, Penhet se sera fait connaître d'elle.

— Peut-être obtiendrons-nous à présent ce qu'elle refusait de nous dire auparavant, ajouta Imsiba.

Bak pria pour qu'elle parle. Il n'avait nul désir d'entrer chez elle de force et de dévaster la maison en cherchant les objets que son époux y avait cachés.

Ils quittèrent le sable vierge pour cheminer le long d'une piste et atteignirent la porte ouest qui perçait l'enceinte à l'intérieur d'une tour massive. Une chaussée leur permit de franchir le fossé sec au pied de la fortification. De leurs nids dans les remparts, les hirondelles fondaient sur une nuée de mouches attirées par un tas de fumier verdâtre, non loin de la porte. Les moineaux gazouillaient, attendant leur tour.

Le regard de Bak se posa sur les oiseaux, sur la porte laissée sans surveillance, puis sur la chaussée déserte entre le fossé et la base de la tour fortifiée.

— Où est donc la sentinelle ?

Imsiba suivit son regard, fronça les sourcils.

— L'homme de garde n'oserait jamais s'éloigner. L'officier du guet le lui ferait regretter chèrement.

Ils contournèrent le fumier, provoquant l'envol des oiseaux, et traversèrent la cour. Dans le couloir, au-delà du rai de lumière projeté par le soleil, il faisait noir comme dans un four. Bak hésita. Il songeait à Mahou. Dans la tour est, beaucoup plus petite, le tueur avait tiré parti de la cécité temporaire causée par le brusque passage de l'ombre à la lumière. Il lut une inquiétude semblable sur le visage du grand Medjai.

— Je regrette de ne pas emporter plus souvent ma lance et mon bouclier, dit Imsiba d'un ton léger, pour faire fi de son pressentiment.

— La sentinelle sera allée soulager sa vessie, voilà tout.

Bak se retourna vers les garçons qui chahutaient en riant sur le chemin menant au coin de la tour.

— On continue pendant qu'ils sont distraits par leur jeu ?

Les deux hommes avancèrent d'un pas déterminé le long des murs encore baignés par le soleil. En pénétrant dans la pénombre, ils s'arrêtèrent, les yeux rivés sur le rectangle de lumière tout au bout. Là se trouvait la première de deux cours décalées, conçues pour piéger l'ennemi et protéger les défenseurs.

Bak avait servi dans l'armée pendant plus de huit ans comme officier de la charrerie, protégé du contact rapproché avec l'ennemi par la vitesse de ses chevaux et la hauteur de son char. Pour la première fois, il eut une idée de ce que l'on ressentait en attaquant un fort, pris dans un cul-de-sac en haut duquel des soldats pouvaient attendre, armés d'arcs, de flèches, de lance-pierres et d'huile bouillante. Le ver de la peur rampa le long de son échine.

Ils continuèrent, enveloppés par l'obscurité. Quatre, cinq, six pas. A la fin du couloir, encore dissimulés dans l'ombre, ils s'arrêtèrent pour examiner la cour devant eux. Elle était à ciel ouvert, flanquée de part et d'autre par une tour en saillie et des murs qui s'élevaient jusqu'aux remparts. Un gémissement sourd attira leur regard vers la droite, où la sentinelle était recroquevillée sur le pavage en brique, juste à la sortie du passage. Bak et Imsiba se figèrent, l'œil et l'oreille à l'affût. Ne voyant rien, n'entendant pas un son, Bak s'élança sur le côté et planta un genou en terre près de l'homme inconscient. Quelque chose se ficha dans la brique tout près de l'endroit où il se trouvait un instant plus tôt : une flèche, enfoncée jusqu'au bois, dont les pennes frémissaient sous la violence de l'impact. Il entrevit un vague mouvement de l'autre côté, dans le couloir enténébré aboutissant à la seconde cour. Une main apparut au soleil, un arc fut bandé avec force, une flèche ajustée pour l'envolée.

Bak se protégea sous le bouclier de la sentinelle terrassée et chercha la lance à tâtons. La flèche fendit l'air, le bouclier lui échappa des doigts. Imsiba poussa un petit cri de surprise. Bak se retourna et vit le Medjai tenir son avant-bras. Le sang coulait entre ses doigts d'une longue et vilaine entaille dans sa chair.

Soudain le passage s'emplit d'éclats de rire et les garçons débouchèrent dans la cour.

— Reculez ! hurla Bak.

Les gamins restèrent interloqués.

— Retournez dans le passage ! gronda le lieutenant.

Meri remarqua le bras ensanglanté d'Imsiba et la sentinelle à terre. Les yeux écarquillés, il demanda avec stupeur :

— Qu'est-ce qui s'est passé ?

La silhouette tapie dans l'ombre disparut. L'archer avait préféré prendre la fuite devant le nombre de jeunes témoins, de bouches à faire taire si on le voyait. D'un air sombre, Bak dégagea la lance coincée sous la sentinelle et ramassa le bouclier éraflé par la flèche qui avait ricoché sur son bord avant de frapper Imsiba. La blessure était certes douloureuse, mais ne menaçait pas sa vie.

Imsiba l'encouragea avec un sourire crispé :

— Va, mon ami ! Mets-le à genoux !

Bak pressa l'épaule valide du Medjai et ordonna aux garçons :

— Restez ici ! J'enverrai de l'aide dès que je le pourrai.

Il s'aperçut que Meri n'était plus parmi eux. Des pas rapides résonnèrent à l'extrémité de la cour, où l'adolescent, filant comme le vent, disparaissait dans le passage obscur. Furieux, Bak courut après lui. Il doutait que l'archer soit resté à l'intérieur pour décocher une nouvelle flèche, toutefois le risque demeurait. Le gamin pouvait être capturé, ou même tué. Le lieutenant s'engouffra dans le couloir. Bien qu'à moitié aveuglé par l'obscurité, il distingua la silhouette de Meri dans le rectangle de lumière, tout au bout, et, en revanche, il ne vit aucun signe de l'homme à l'arc. Il rattrapa le jeune garçon, l'empoigna par le bras et lui administra une réprimande hâtive à voix basse. Alors ils continuèrent, Meri ne le lâchant pas d'une semelle. Ils parvinrent dans la deuxième cour, plus large, où ils foncèrent dans une tour, puis dans la suivante. Ils se glissèrent dans le troisième et dernier passage et avancèrent avec précaution dans le noir jusqu'à la dernière porte.

La route menant à la citadelle, habituellement très fréquentée, était déserte dans la lumière crue. Des pigeons s'étaient perchés sur les murs brisés et les voûtes en ruine de l'ancien cimetière, où ils lissaient leurs plumes au soleil. Des boucles de fumée montaient de la ville basse. Derrière les murailles aveugles faisant face au cimetière, des enfants riaient, un homme vociférait, des femmes bavardaient. Une douce voix juvénile fredonnait une vieille chanson d'amour, accompagnée avec une habileté surprenante par un luth. Ils ne virent pas d'homme chargé d'un arc et d'un carquois.

— Il est parti ! grogna Meri.

Bak étouffa un juron. La ville basse n'était pas très étendue, cependant il n'imaginait aucun lieu où disparaître plus facilement que dans son dédale de ruelles.

— Nous devons exposer les faits à la sentinelle qui garde la porte de la citadelle, et envoyer des secours aux deux blessés. Ensuite, mon jeune ami, nous irons de maison en maison pour interroger tous ceux que nous trouverons.

Le jour approchant de son terme, les rues se remirent à grouiller de vie. Les hommes posèrent leurs outils et leurs instruments pour rentrer chez eux, ils emplirent les ruelles de leurs rires et de leur joyeuse camaraderie. Les femmes et les enfants quittèrent les pièces sombres et étouffantes pour monter sur les toits, dans la lumière et la brise. Cela, expliqua Bak à Meri, faciliterait leur enquête, et leur permettrait peut-être d'aboutir.

Passant rapidement d'un toit à un autre, inspectant les escaliers, les puits d'aération et les courettes, interrogeant ceux qu'ils voyaient, ils explorèrent successivement tous les bâtiments. Le temps qu'ils ratissent la moitié de la ville basse, Bak avait acquis la certitude que leur gibier s'était échappé depuis longtemps. Il persévéra néanmoins, dans l'éventualité où un témoin aurait aperçu un homme pressé armé d'un arc.

Bak repéra encore une entrée, plongea dans l'escalier, le garçon sur les talons, jusqu'à une pièce chichement meublée. Thouéris, la déesse-hippopotame de la grossesse, le contemplait d'une niche poussiéreuse.

Une femme au visage hâve et à l'âge indéfinissable surgit par une porte du fond. Elle le fixa d'un air dur, la bouche serrée de colère.

— Sors de ma maison, espèce de... de...

— Je suis le lieutenant Bak, chef de la police medjai. Je recherche un homme...

— Alors toi, lieutenant je ne sais plus quoi, j'ai deux mots à te dire ! grogna-t-elle.

Meri ouvrit la bouche pour protester. Bak, se contrôlant lui-même avec effort, lui fit signe de se taire. Il s'inquiétait pour Imsiba, se sentait découragé par cette enquête qui ne menait à rien, mais il savait aussi qu'une aide survenait parfois alors qu'on s'y attendait le moins.

Il fit un pas en direction de la femme, qui recula vers la porte. Avait-elle peur de lui, ou voulait-elle lui montrer quelque chose ? Il la suivit dans sa cuisine, qui empestait l'oignon brûlé et le poisson.

Elle se saisit d'un objet qu'il ne pouvait voir, derrière le four. Puis elle fit volte-face, sa poitrine plate en avant, ses yeux lançant des éclairs, et lui tendit un grand arc.

— Là ! bougonna-t-elle en le lui agitant sous le nez. Prends ça avant que j'étrangle quelqu'un avec.

Dans l'autre main, elle tenait un carquois contenant une douzaine de flèches.

Bak prit l'arc, craignant qu'elle ne l'éborgne dans sa rage. Elle lui remit le carquois à contrecœur, comme si elle répugnait à ne plus avoir d'autre motif de récrimination. C'étaient des armes militaires des plus ordinaires, qui ne différaient en rien de celles qu'il avait découvertes après le meurtre de Mahou et d'Intef.

— Où as-tu trouvé ces armes ?

Les lèvres de la femme se serrèrent en un pli mince et

furibond. Elle leva le doigt vers le plafond en feuilles de palme noircies par la fumée, répandues sur une fragile armature de piquets.

— Là ! Quelqu'un les a lâchées sur ma cuisine pendant que je préparais notre repas du soir. Elles sont tombées sur le brasero, continua-t-elle d'une voix stridente. Ma marmite s'est brisée, mon ragoût s'est renversé. Nous n'avons plus rien à manger, à part du pain et de la bière !

10

— Mon bras me brûle comme du feu, admit Imsiba, mais je peux m'en servir en cas de besoin.

Du seuil de son bureau, Bak remarqua ses traits tirés et le pansement volumineux autour de son avant-bras, fixé par un gros nœud maladroit. Un onguent vert huileux, exhalant l'odeur piquante de l'érigéron, suintait sous les bords de la gaze. L'expérience avait doté le médecin de la garnison d'une habileté incomparable pour soigner les blessures, toutefois sa technique du bandage laissait beaucoup à désirer.

— Reste au calme aujourd'hui, comme le médecin l'a ordonné. Maintenant qu'Hori a déménagé et que le banc est utilisable, je ne vois pas de meilleur endroit qu'ici.

— Dix ! clama un des gardes, et les osselets roulèrent avec fracas dans l'entrée.

L'autre se pencha pour regarder, tapa du poing par terre et proféra un juron. Son compagnon gloussa de rire.

— Tu parlais de calme ? dit Imsiba en souriant.

— Pendant que tu restes ici, en sécurité, je vais passer le fleuve pour voir Nehi, répliqua Bak avec un sourire aussi malicieux que celui du sergent. Hier, si tu te souviens bien, tu m'as détourné de mon but en recevant une flèche dans le bras.

— Chef ! appela Hori, entrant à toute allure.

Bak se crispa dans l'attente d'il ne savait quoi. Depuis une semaine, chaque fois que le jeune scribe l'avait hélé ainsi, c'était pour apporter des nouvelles de mort ou de destruction.

— Je suis allé sur le quai.

Hori appuya une canne à pêche contre le mur et lâcha par terre un panier malodorant à moitié plein de petits poissons argentés. L'eau ruisselait entre les fibres tressées.

— Un serviteur de Penhet vient d'arriver de l'autre rive. Il apporte un message pour toi, chef, de la part de dame Nehi. Elle souhaite te voir chez elle pour s'entretenir avec toi.

Imsiba jeta à Bak un sourire de félicitations.

— On dirait que ta suggestion a porté des fruits.

— Es-tu sûr que cet homme est bien ce qu'il prétend, Hori ?

Après l'embuscade de la veille, Bak préférait se montrer prudent. Imsiba se leva, l'inquiétude effaçant son sourire.

— Je t'accompagne sur le quai, mon ami. J'ai passé un certain temps avec les serviteurs de Penhet le jour où Rennefer a tenté de l'assassiner. Je les connais tous.

— Quand Penhet m'a priée de venir, je n'ai su que penser, expliqua Nehi en adressant à Bak un sourire timide. Je le connaissais, car j'ai emprunté bien souvent le sentier à travers ses champs — chaque fois que je me rendais au village.

Elle sourit encore, pour elle-même, cette fois.

— Je lui enviais ses riches cultures, son abondance... Jamais je n'aurais rêvé qu'il m'inviterait à vivre là-bas.

Bak essayait de ne pas la dévisager. Soulagée en grande part de son lourd fardeau d'inquiétude, Nehi paraissait tout autre. Elle ne passerait jamais pour jolie, mais à sa manière fragile elle était attirante, voire séduisante.

— Est-ce que tu l'apprécies ?

— C'est un brave homme. Doux et chaleureux. Et tellement joyeux ! Comment peut-il rire, alors que sa vie est bouleversée ?

Pour avoir subi Rennefer dans le corps de garde pendant une semaine, Bak imaginait bien la sensation de liberté que Penhet devait ressentir. Jamais il n'avait rencontré de femme plus austère.

— Appelle-t-il souvent tes enfants ?

— Ils passent tout leur temps auprès de lui, réponditelle d'un air radieux. Il leur a offert des jouets, il leur apprend des jeux. Sans ses blessures, il se mettrait à quatre pattes et s'amuserait avec eux.

Bak posa les yeux sur ses seins et son ventre gonflés, puis remarqua avec douceur :

— Quand il sera guéri, il voudra une femme dans son lit, et un enfant qui soit vraiment le sien.

Elle contempla la maison aux murs bruts, les champs arrachés au désert, les rangées bien nettes de braves petits melons.

— Comparé à ce bout de terre aride, son domaine ressemble aux Champs des Joncs, répondit-elle, faisant allusion au pays idéal habité, après la mort, par ceux dont le mérite était avéré. Je lui donnerai tout ce qu'il voudra avec joie.

Ils se tenaient sous l'appentis, à l'ombre de la vigne vierge. La volaille et les ânes étaient installés dans l'étable et le poulailler de Penhet. Deux aides agricoles de Netermosé travaillaient à l'extrémité du champ de melons. L'un d'eux occuperait bientôt la maison, supposa Bak. Nehi avait hérité la propriété de son époux. Plutôt que de la vendre ou de l'abandonner au désert, elle avait convenu d'un arrangement avec Netermosé, similaire à celui qu'il avait conclu avec Penhet : il s'occuperait de la terre et partagerait avec elle les maigres profits.

— Tu m'as appelé dans une intention précise, lui rappela-t-il.

Le plaisir disparut du visage de Nehi ; elle tourna entre ses doigts l'anneau orné d'une pierre verte.

— Je... Je ne suis pas sûre...

A court de mots, elle fixait le sol à ses pieds. Il serra les dents. Que devait-il encore faire pour gagner sa confiance ?

— Si tu as quelque chose à me dire, n'importe quoi qui puisse m'aider à retrouver le meurtrier de ton époux, je te supplie de me le révéler.

— Non, je...

Elle étendit sa main sur son ventre comme pour protéger l'enfant à naître.

— Je n'aurais pas dû te demander de venir.

— Dame Nehi ! insista Bak, s'efforçant d'être patient, de convaincre et non de brusquer. Si j'envisageais de te châtier pour les fautes de ton mari, aurais-je suggéré à Penhet de te prendre sous son toit ?

Son visage et sa voix exprimèrent un tourment déchirant.

— Je t'en remercie de tout mon cœur, mais comment puis-je rompre une promesse faite à un homme qui n'est plus ?

— Comment peux-tu te taire quand celui qui l'a tué marche impudemment dans les rues de Bouhen ? Hier encore, il nous a tendu un guet-apens et il a blessé mon sergent en tentant de me supprimer. C'est par la grâce d'Amon que nous ne gisons pas tous deux dans la Maison des Morts, partageant les prières aux défunts avec ton mari.

Ces paroles spontanées, inspirées par l'instinct plus que par une preuve formelle, suggéraient que le meurtrier d'Intef les avait pris en embuscade Imsiba et lui de la même manière que pour Mahou, et donc que la mort d'Intef et celle du capitaine étaient liées d'une façon ou d'une autre.

— Pourquoi voudrait-il te tuer ? demanda-t-elle, stupéfaite.

— Pourquoi a-t-il tué ton époux ? riposta-t-il. Pour les quelques babioles que j'ai trouvées sur son âne ?

Elle resta muette, tournant la bague sur son doigt, pesant le pour et le contre. Enfin, elle se décida :

— Mes enfants ignoraient ce que c'est que jouer. Maintenant, ils le savent. Rien que pour cette raison, je te dois la vérité. Viens.

Bak éleva une prière de remerciement à Amon et enchaîna en implorant une preuve solide qui le mettrait enfin sur le chemin vrai et juste.

Nehi le conduisit à l'intérieur de la maison, composée d'une seule pièce tout en longueur, nue et dépouillée. La cuisine se réduisait à un espace à l'arrière, couvert de maigres troncs de palmier et de paille à travers lesquels la fumée pouvait s'échapper. Des rectangles de lumière vive tombaient de hautes fenêtres étroites. Pas de nattes pour dormir, pas de statuettes de divinités dans la niche, pas de bois dans le four de brique rond, aux parois froides sous les doigts. Une échelle branlante se dressait contre une ouverture du toit, et deux trous béants dans le sol révélaient la présence d'amphores à provision, désormais vides.

Nehi s'agenouilla au bout de la partie surélevée qui aurait dû accueillir les nattes. Elle souleva une trappe et engagea ses pieds sur les marches mal taillées.

— C'est ici, indiqua-t-elle en s'enfonçant dans le noir. Ne me suis pas. La cave est trop exiguë.

Bak s'accroupit pour scruter l'obscurité. Ce genre de cellier fournissait souvent une cachette pour les objets de valeur. Avec de la chance — et si Amon choisissait de se montrer propice —, celui-ci ne ferait pas exception.

A mesure que ses yeux s'accoutumaient à la pénombre, il distingua deux grosses amphores gris-brun destinées à conserver les céréales, cachetées afin de les protéger des souris et des insectes, et deux petites jarres arrondies, toutes deux bouchées, de celles qu'on utilisait habituellement pour le poisson séché. Il ne pouvait deviner le contenu des quatre jarres rougeâtres, de bonne taille, également scellées pour en préserver le contenu. Nehi, pliée en deux sous le plafond bas, occupait l'espace restant.

— J'ai menti la première fois que tu es venu. Cette

bague, dit-elle en levant la main pour qu'il la voie, oui, elle est ancienne, comme tu l'avais deviné, peut-être autant que Bouhen elle-même. Intef l'a trouvée au fin fond du désert, dans un tombeau vidé il y a longtemps mais où subsiste néanmoins une mine d'or.

Les mots s'échappaient de la bouche de Nehi avec tant de facilité que Bak n'en discerna pas tout de suite la promesse. Il ne s'étonnait pas que des pillards aient dépouillé une sépulture en négligeant quelques menus objets. Mais de là à évoquer une mine d'or ! Existait-il une seconde chambre funéraire, laissée intacte par les voleurs ? Ou bien s'agissait-il d'autre chose encore ?

— Où ce tombeau est-il situé ? demanda-t-il d'un ton calme, repoussant l'espoir à bout de bras.

— Au sud de Kor, d'après ce que disait Intef, mais je ne connais pas l'emplacement exact.

Non sans effort, elle écarta une des amphores à céréales et tira une pierre du mur du fond, révélant un trou gros comme la tête d'un homme.

— Il affirmait que, même s'il m'indiquait des repères, je me perdrais. Tu comprends, je ne suis jamais allée dans le désert, et pour un œil non exercé, tout y est semblable.

Se remémorant le lieu solitaire où Intef avait été abattu et l'immensité autour de lui, Bak réprima une grimace. Le tombeau pouvait être n'importe où ; sa découverte relevait du hasard.

— Outre les bijoux, ton mari conservait un morceau d'ivoire dans un fragment de papyrus datant d'une époque récente. Où pourrait-il avoir mis la main dessus ?

— De temps en temps, il trouvait des objets perdus par des caravanes. Et, parfois, un âne égaré ou mort, chargé de marchandises.

Elle posa la pierre, enfonça sa main dans le trou et en tira une bourse en lin poussiéreuse.

— Il gardait ce qu'il trouvait ? interrogea Bak.

— Comme tout homme ignorant qui en était le propriétaire légitime, répondit-elle, sur la défensive. Mon époux n'était pas un voleur.

— Je n'ai rien entendu à son discrédit, assura Bak. Tous ceux qui le connaissaient l'aimaient et le respectaient, et je n'ai nul désir de salir son nom. Mais il me faut la vérité.

Il voulut l'aider à remonter mais elle fourra le sac de lin dans la main qu'il lui tendait et se détourna, le dos droit et raide. Bak eut l'impression qu'elle pleurait.

Il brisa la cordelette fermant la bourse et versa le contenu par terre. Des perles, de petites amulettes d'or, de lapis-lazuli, de turquoise et de cornaline cascadèrent telles des gouttes d'eau colorées. Au milieu scintillaient six larges bracelets en or, tous identiques, et un collier formé de quatre rangs de disques d'or serrés, disposés de sorte à reposer à plat sur la poitrine.

Bak poussa un sifflement d'admiration.

— Magnifique !

Il regarda Nehi et s'efforça d'ignorer le tremblement de ses épaules.

— Comment ton mari, qui n'avait aucune expérience pratique, espérait-il tirer profit de ces objets sans attirer l'attention des autorités ?

— Il connaissait un capitaine qui naviguait vers Abou et il songeait parfois à partir avec lui, répondit-elle d'une voix voilée par les larmes. Là-bas, il espérait se fondre dans la foule, être un homme parmi tant d'autres troquant des objets précieux venus du Sud.

Ramosé ! Le capitaine avait-il connaissance de ce petit trésor, ou n'était-il aux yeux d'Intef qu'un moyen de parvenir à ses fins ?

— Tout cela provient donc d'un tombeau. Et après le passage des caravanes, qu'a-t-il glané ?

Elle se retourna brusquement, les yeux brillant de larmes et de colère.

— M'enlèveras-tu tout ce qu'il m'a laissé, jusqu'à mes souvenirs de lui ?

Sans lui laisser le temps de répondre, elle ramassa la pierre et la projeta contre une des grosses amphores. La terre cuite vola en éclats et son contenu tomba sur le sol, libérant les senteurs innombrables d'aromates, d'épices et de parfums exotiques répartis dans des paquets individuels de tailles variées, chacun se distinguant des autres par un dessin du buisson ou de l'arbre d'où il était extrait.

Elle tomba à genoux et sanglota violemment, terrifiée à l'idée du destin qu'elle redoutait. Comme Pahouro, le chef du village, elle s'attendait à subir le courroux des dieux et l'ire de Kemet. Une crainte irrationnelle, songea Bak, vu sa promesse de ne pas la punir, et cependant compréhensible. Redouter de lointaines puissances était souvent plus facile qu'affronter le monde environnant, aux pièges bien trop visibles. Elle avait été invitée à partager l'abondance de Penhet, mais ne croyait pas à son bonheur.

A nouveau, il lui tendit la main pour la tirer du cellier. Elle remonta sans un mot, toute résistance brisée. Il se glissa à sa place et inspecta le contenu des jarres. Une de celles qu'il pensait renfermer du poisson séché confirma sa supposition, la seconde renfermait des plumes aux vives couleurs provenant du Sud profond. Une cruche rouge contenait du sel, une autre de l'huile de cuisine, une troisième des cordes pour l'arc d'Intef. Dans la dernière, il trouva trois œufs d'autruche. Les murs, le sol et le plafond ne recelaient pas d'autres cachettes.

Revenu dans la pièce principale, il ramassa une pleine poignée de perles et d'amulettes. Il hésita, laissa croître dans son cœur la certitude que son intention était juste. Quand il ne conserva aucun doute, il perça une petite fente dans un sac de cannelle grand comme la paume et y inséra plus de dix colifichets rouges et bleus rehaussés d'or.

— Ceci est à toi, dame Nehi, déclara-t-il en lui mettant de force le sac dans les mains. Le reste appartient à notre souveraine, Maakarê Hatchepsout.

— Dois-je convoquer Rennefer et la faire sortir de sa cellule ? s'enquit le commandant Thouti d'une voix sarcastique. Je n'ai pas grand désir de la juger. Peut-être aimerais-tu t'en charger pour moi.

— Non, chef.

Bak résista à l'envie de se dandiner d'un pied sur l'autre, de se racler la gorge. Il avait rendu son rapport concernant son entrevue avec Nehi, comme il convenait, mais au lieu de marquer de la satisfaction pour les informations qu'il avait obtenues et les biens qu'il avait recouvrés, Thouti se concentrait sur ce qui aurait dû être, selon Bak, un geste insignifiant.

— Si tu avais vu cette misère, ces tout-petits obligés de travailler, et la peur dans le cœur de Nehi... Lui permettre de garder quelques babioles semblait l'unique décision juste et appropriée.

La voix dure et tranchante de Thouti résonna :

— Dis-moi, lieutenant, comptes-tu me remplacer ou as-tu fixé tes vues plus haut ? Est-ce le dieu Amon que tu espères évincer ?

Le cœur de Bak se glaça. Thouti croyait-il réellement qu'il convoitait à ce point le pouvoir ? Sans l'ombre d'un doute, à moins que ce regard noir et ces lèvres serrées ne soient qu'une façade. Bak traversa la salle d'audience privée en trois enjambées et, ôtant vivement son bâton de commandement de sous son bras, le présenta sur ses deux paumes à l'officier siégeant dans son fauteuil.

— Si tu doutes de mes motifs, je me vois contraint de présenter ma démission.

Thouti recula devant l'objet ainsi tendu, et scruta longuement Bak.

— Tu regagnerais Kemet dans la disgrâce plutôt que d'admettre ton erreur ?

— Tu as une nombreuse famille. Comment aurais-tu agi, à ma place ?

Thouti resta immobile, à le fixer. Bak craignit d'être allé trop loin. Le commandant était parfois sujet à des sautes d'humeur, mais n'avait pas l'habitude de revenir sur une décision. Pourtant son expression s'adoucit. Il aboya un rire bref qui n'était pas inamical.

— Jeune blanc-bec impertinent !
— Oui, chef !
Bak se sentit les jambes en coton tant était grand son soulagement.
— Un conseil, lieutenant !
Thouti se leva, forçant Bak à reculer, et tapota le bâton dans ses mains.
— Considère ton bâton de commandement comme un emblème durement gagné, qu'on ne sacrifie pas à la légère sur l'autel des bons sentiments.
— Oui, chef.
Thouti s'éloigna dignement vers la porte de la cour, enjambant des balles, des pantins et des morceaux de jouets éparpillés par terre, puis il regarda dehors. Un calme inhabituel régnait dans ses quartiers, à cette heure où ses enfants étaient couchés pour la sieste et les femmes occupées à tisser, à cuisiner, à moudre le grain ou à vaquer aux multiples occupations nécessaires dans cette maisonnée active. L'odeur du pain sortant du four flotta sur une brise légère qui atténuait la chaleur torride. Un doux rire féminin s'élevait de temps à autre au-dessus du va-et-vient rythmé d'un métier à tisser.
Bak était arrivé chez le commandant pour apprendre qu'il était justement convoqué et qu'on attendait Neboua d'un instant à l'autre. Il ne pensait pas trouver Thouti si prompt à s'emporter, l'humeur orageuse et instable.
— Où est donc Neboua ? grommela Thouti. Je l'ai convoqué en milieu de matinée. Il avait largement le temps d'arriver.
— J'imagine qu'il a été retardé à Kor, chef.
Thouti lança au jeune officier un regard glacial.
— Il est entré dans le port de Bouhen il y a une heure, et s'en est allé directement rejoindre son épouse. Maintenant, je suppose qu'il n'arrive pas à s'arracher à son étreinte.
Il fit les cent pas, s'arrêta près de sa table de travail et considéra d'un air renfrogné un papyrus en partie déroulé.

— Tous deux, vous avez bien des points communs, maugréa-t-il. De bons officiers, dont la compétence ne fait aucun doute, mais chacun doté d'une forte tête et d'une nature indépendante qui me donneront un jour des cheveux blancs.

— Tout au contraire !

Neboua fit irruption dans la salle et tapa Bak sur l'épaule avant d'adresser un bref sourire à son commandant.

— Je ne conçois pas de qualité plus louable que l'esprit d'indépendance. Il est l'apanage de l'homme intelligent et lui confère la grandeur véritable dans toutes ses entreprises.

Réprimant son hilarité, Bak poussa son ami du coude dans l'espoir de le faire taire.

Le commandant lança à Neboua un long regard exaspéré, mais refoula sa colère. Il contourna la table pour s'asseoir dans son fauteuil et désigna d'un geste vague deux tabourets disposés dans la salle. Quand ses officiers furent assis devant lui, il se saisit du papyrus que des pierres maintenaient ouvert sur sa table. Le haut s'enroula étroitement sur lui-même dans sa position première. Bak supposait que la teneur du message avait provoqué l'irascibilité de son chef.

— J'ai reçu ce matin une missive du vice-roi, annonça Thouti d'une voix pondérée, comme si la nouvelle était d'une immense conséquence, un fardeau aussi lourd que difficile à porter. Le vizir des terres du Sud vogue vers l'amont, en vue d'une inspection-surprise des garnisons de Ouaouat. Une flottille de guerre, constituée de cinq nefs en tout, arrivera dans quatre jours si la brise ne tombe pas.

— Le vizir, ici ? balbutia Bak. Si loin des couloirs du pouvoir ?

Comment s'étonner que Thouti fût irritable ?

— Et avec cinq navires ! remarqua Neboua en plissant les yeux. A-t-il privé notre souveraine de tous les scribes et les courtisans qui baisent le sol à ses pieds ?

— Je ne puis croire qu'il se soit pris d'un intérêt soudain pour Ouaouat, ni pour le bien-être de nos troupes. A moins... réfléchit Bak, qui se redressa brusquement. Maakarê Hatchepsout a-t-elle décidé d'agir une fois pour toutes contre son neveu ? Est-ce sa manière de lui arracher l'armée et de le déloger du trône pour de bon, lui qui n'a plus de roi que le nom ?

— Inutile de nous inquiéter à cet égard, Amon soit loué. Pas de décisions impossibles à prendre, pas d'hommes de valeur à envoyer mourir sur une terre divisée, pas de batailles sanglantes...

Thouti secoua la tête, écartant ce sujet pénible pour tous ceux qui portaient des armes.

— Non, s'il en était ainsi, le vice-roi m'en aurait averti.

— C'est l'homme de la reine, lui rappela Neboua.

— Il est, d'abord et avant tout, un habitant de Kemet, grommela Thouti. Et un ami en qui j'ai confiance.

— Si ce n'est l'armée qui amène le vizir à Ouaouat, sans doute est-ce le commerce, intervint Bak, coupant court à la discussion.

Acquiesçant d'un simple grognement, Thouti posa les coudes sur les bras de son fauteuil et expliqua en scandant ses paroles avec le rouleau :

— Vous savez et je sais, de même que tout soldat cantonné dans les garnisons au sud d'Abou, que l'intérêt de notre souveraine pour Ouaouat se borne aux richesses que nous faisons parvenir à Kemet. Ses programmes de construction se sont révélés très onéreux, aussi elle nous dépêche le vizir pour nous rappeler à nos devoirs. Je ne doute pas qu'il insistera sur la nécessité d'envoyer en hâte vers le nord le produit des mines du désert et les objets exotiques arrivés de l'extrême Sud. Et, bien sûr, il nous exhortera à des inspections scrupuleuses, doublées d'une collecte zélée des taxes de passage.

— En d'autres termes, ironisa Neboua, il nous dira de faire ce que nous avons toujours fait : veiller à ce que les coffres de la maison royale ne désemplissent pas.

Bak n'était pas moins cynique :

— Il s'agit d'une visite secrète, disais-tu ? D'une inspection-surprise ? Et il voyage avec une escorte de cinq nefs de guerre ?

— Je ne vois là aucun mystère, raisonna Neboua en riant. Tous les politiciens croient marcher avec les dieux. Comment saurions-nous, pauvres mortels que nous sommes, que nous devons nous incliner bien bas, si l'on ne nous disait à l'avance qui se tiendra bientôt devant nous ?

Thouti se rembrunit, ennuyé comme toujours par l'irrespect de Neboua envers les impératifs diplomatiques.

— Considérez-le comme un fait essentiel : le vice-roi m'a appris la venue du vizir sous le sceau du secret. A présent je vous mets dans la confidence et d'ici une heure j'enverrai un émissaire vers le sud, pour aviser les chefs de garnison du Ventre de Pierres.

Il pointa le rouleau vers Neboua, son second :

— Tu préviendras les autres officiers. Dis-leur de se préparer, eux et leurs troupes. Comme le vizir n'a jamais été un foudre de guerre, une formation impeccable d'hommes aux pagnes immaculés et aux lances bien fourbies le satisfera beaucoup plus qu'une démonstration des arts du combat. Nous tenons par-dessus tout à produire une bonne impression.

Sans attendre l'assentiment de Neboua, le commandant dirigea le rouleau de papyrus vers Bak.

— Je n'ai certes pas besoin de te rappeler, lieutenant, ce que tu dois accomplir avant l'arrivée du vizir.

Bak aurait voulu disparaître sous terre. Combien de temps lui restait-il donc ? Quatre jours à peine ?

— Non, chef. Je dois faire comparaître Rennefer devant toi, pour tentative de meurtre sur son époux. Je dois capturer le ou les criminels qui ont tué Mahou, Intef, et blessé Imsiba, afin de rétablir la sécurité sur les pistes du désert et dans les rues de cette ville. Avec l'aide de Neboua, je dois identifier le pourvoyeur de Roï en contrebande, et la manière dont des défenses d'éléphant peuvent passer en fraude sans être détectées.

— Résumé ainsi, je crains pour notre avenir, lui souffla Neboua. Tu crois qu'Amon-Psaro nous engagerait ?

Amon-Psaro était un puissant roi tribal qui vivait loin au sud, dans le pays de Kouch [1].

— Si tu as une suggestion, capitaine, je serai heureux de l'écouter ! aboya Thouti.

— Non, chef.

Thouti lui lança un regard dévastateur, mais n'insista pas.

— Je n'ai autorisé aucun trafic depuis... Combien de jours, lieutenant ? Quatre ? Cinq ? Et jusqu'à présent, tu n'es arrivé à rien. Cela ne peut continuer ainsi, surtout alors que le vice-roi s'intéresse de près au commerce. Je projette de libérer chaque caravane, chaque navire retenu à Bouhen et à Kor dès qu'il sera à un jour de marche au nord. Pendant son séjour, il faudra que les affaires se fassent comme d'habitude. Pas question d'attirer l'attention sur quelques incidents mineurs.

Bak retint une protestation. Quelques incidents mineurs, en vérité !

— Ce n'est peut-être pas une mauvaise idée, dit pensivement Neboua. On ne peut coincer les contrebandiers sans leur laisser l'occasion d'opérer, ce qui leur est impossible quand tout le trafic est interrompu sur le fleuve.

Bak marqua son assentiment, mais formula cependant une réserve :

— J'ai demandé cet arrêt du trafic afin que le meurtrier de Mahou n'ait aucune chance de se sauver. Cela vaut encore à présent.

Neboua adressa à Thouti un sourire candide.

— Qu'est-ce que tu proposes, chef ? On se concentre sur les contrebandiers ou on lutte pour capturer le tueur ?

Il ne semblait jamais las d'agacer son supérieur.

1. Voir *La Main droite d'Amon*, 10/18, n° 3386.

— Nous devons œuvrer en vue de ce double objectif, dit Bak, qui se leva et fit quelques pas jusqu'à la porte pour mieux réfléchir.

Dans la cour silencieuse, les seuls êtres vivants étaient une chatte grise et sa portée, quatre minuscules boules de poil blotties contre son ventre ou trébuchant sur ses pattes.

— Le trafic doit reprendre avant l'arrivée du vizir, sur ce point je suis d'accord. Pas question que les caravaniers ou les capitaines de navire se présentent devant lui pour lui exprimer leurs doléances. Mais nous devons aussi retenir mes cinq suspects à Bouhen.

Il se retourna et demanda à Thouti :

— Ne pourrait-on leur apprendre sa venue et leur offrir une bonne raison de rester ?

— Excellente idée ! approuva Neboua, dont le visage s'éclaira d'un sourire. Que pourrions-nous leur donner ?

Thouti croisa les doigts derrière sa nuque et se laissa aller à la renverse, inclinant son fauteuil en arrière. Il médita cette suggestion, les yeux dans le vague.

— Pourquoi pas un festin ?...

Il réfléchit plus longuement, hocha la tête avec satisfaction.

— Oui. Mon épouse est une hôtesse accomplie, et regrette les grandes réceptions d'autrefois, à Kemet. Un banquet devrait contenter le vizir, la réjouir pour les mois à venir, et attirer tous les notables du Ventre de Pierres. Y compris tes cinq suspects, lieutenant.

— En ce qui concerne Ramosé, je ne sais pas, en tout cas Hapouseneb et Nebamon ne rateraient jamais une fête si grandiose, pas plus qu'Ouserhet, dit Imsiba en riant. Je pense que le lieutenant Roï aimerait également y assister, quoique je ne le connaisse pas aussi bien.

Bak, assis sur le sarcophage, considéra l'homme installé sur le banc de terre crue. Des lances et des dagues aiguisées de près lui apprirent quel genre de repos le Medjai s'était accordé.

— Neboua prônait la reprise de tout trafic dès aujourd'hui, mais le commandant a insisté pour attendre.

— A quoi nous serviraient un ou deux jours de plus ? répliqua Imsiba, nullement impressionné.

— Il espère que les dieux nous souriront en nous gratifiant d'innombrables miracles, ironisa Bak non sans amertume.

Imsiba maugréa quelques mots dans sa propre langue, très probablement peu châtiés.

— On ne sait même pas vers quelle direction se tourner.

Un marmonnement grincheux, d'âcres relents de bière rance et de vomi attirèrent le regard de Bak vers la porte. Un policier à la carrure massive tenait un adolescent maigrelet par la nuque pour lui faire traverser l'entrée jusqu'à la porte des cellules. Les hommes de garde levèrent la tête de leur jeu pour lancer des quolibets au garçon, qu'ils hébergeaient souvent.

— Tu dis vrai, néanmoins quelqu'un nous redoute, reprit Bak. J'ai le sentiment que ce sont toutes nos questions sur Mahou qui ont provoqué l'attaque d'hier. A moins que ce ne soit nos recherches dans les tombeaux ? Ou tout cet ensemble de choses, si Intef et Mahou ont été abattus par le même homme.

— A part la similitude dans l'arme du crime, aucun lien n'apparaît entre les deux meurtres.

— Aucun lien évident.

Le Medjai se pencha en avant avec intérêt.

— Tu en as perçu un qui m'aurait échappé ?

A cet instant, Hori arriva de la rue, si chargé que la sueur ruisselait sur son front. D'une main, il portait un panier rempli de cruches de bière et de pain, dans l'autre une profonde marmite de ragoût — du poisson à l'oignon, à en juger par le fumet qui en émanait. Deux carquois contenant quelques flèches pendaient sur une de ses épaules, et deux longs arcs accrochés sur l'autre égratignaient sa cheville à chaque pas.

Les policiers de faction s'animèrent à la vue des victuailles et accueillirent chaleureusement le jeune scribe. L'un d'eux se leva et alla à sa rencontre pour le soulager du panier et de la marmite, qu'il apporta à son coéquipier. Il posa la nourriture entre eux et ils se rapprochèrent pour manger. L'arôme du pain frais et du ragoût couvrit les derniers relents de bière.

Bak descendit du sarcophage et se hâta d'aller prendre les armes. Libéré de son fardeau, le petit scribe se baissa pour se frictionner la cheville.

— Je viens de l'arsenal, chef. Je sais que j'ai tardé, mais j'ai dû y retourner pour montrer les armes de celui qui vous a tendu cette embuscade.

— Bien joué, Hori !

Bak fit entrer le jeune homme dans son bureau, posa les armes dans un coin et retourna s'asseoir sur le cercueil.

— Maintenant, dis-nous ce que tu as appris.

— Les flèches sont toutes semblables, de fabrication ordinaire sans marque distinctive. Les arcs et les carquois ne sont pas différents de ceux que l'arsenal remet à nos archers.

Bak se sentit déçu, mais non surpris.

— Peut-on se procurer ces armes aussi facilement que je le crains ?

— Non, chef, répondit Hori, chassant une goutte de transpiration du bout de son nez. Le scribe responsable de l'équipement des archers est remarquablement scrupuleux. Il considère tout arc brisé ou perdu comme une offense envers les dieux. Quand je lui ai exposé dans quelles circonstances tu as trouvé ces armes, il est devenu tout rouge et s'est mis à suffoquer tel un homme qui se noie. Ce n'est que lorsqu'il a repris son souffle qu'il a pu chercher dans ses archives la liste des articles manquants.

Hori marqua une pause pour attiser leur curiosité. Bak lança un regard amusé vers Imsiba, qui leva les yeux au ciel.

— Des arcs disparaissent quelquefois, brisés ou égarés dans le désert, mais un carquois ne se perd pas comme ça, expliqua le jeune scribe. Selon le dernier inventaire, qui date à peine du mois dernier, il n'en manque aucun depuis plus d'un an.

— Mais alors, d'où proviennent ces deux-là ?

— D'une autre garnison, à son avis, ou d'un arsenal dans la lointaine Kemet.

Bak laissa échapper un long soupir désenchanté.

— Tous nos suspects étant plus ou moins engagés dans le commerce, chacun aurait eu les moyens de se les procurer.

Sur la pièce pesa alors un lourd silence, qu'Imsiba finit par briser.

— Mon ami, tu t'apprêtais à me dire pourquoi, selon toi, Intef et Mahou ont été tués par la même main.

— C'est possible, chef ? interrogea Hori en ouvrant des yeux ronds.

Bak lui indiqua un tabouret. Pendant que le jeune scribe s'installait, il exposa son raisonnement :

— On sait qu'un homme a abordé Mahou pour lui proposer de la contrebande et, d'autre part, qu'Intef avait trouvé un ancien tombeau, pillé depuis longtemps, mais qui s'avérait néanmoins une « mine d'or ». On sait en outre que, d'ordinaire, les objets illicites passent la frontière en petites quantités, car ils échappent difficilement aux inspections lorsqu'ils sont dissimulés dans les caravanes d'ânes qui transitent par le Ventre de Pierres. Pourtant, le pont de Roï était encombré tout entier de marchandises de contrebande.

— Cette cargaison provenait d'un navire, pas d'une caravane, objecta Imsiba. L'équipage l'a vu s'éloigner dans le noir.

— Je parierais la ration d'un mois que ce navire-là a descendu le Ventre de Pierres pendant la crue. Et je parierais mon pagne le plus neuf que la contrebande servait de lest, sous le pont.

Imsiba contempla pensivement son ami.

— Un bateau de taille modeste contiendrait en effet beaucoup de marchandises, si sa cale en était remplie.

— De plus, ajouta Bak, tout aurait paru naturel aux haleurs qui guident les navires le long des rapides, depuis la terre ferme.

— Mais une fois franchi le Ventre de Pierres, il lui fallait affronter nos inspecteurs. Comment ?

L'expression perplexe d'Imsiba disparut et il claqua des doigts.

— Bien sûr ! Il a déchargé en amont de Kor pour tout entreposer dans une cachette bien particulière... Un ancien tombeau, oublié depuis longtemps.

— La mine d'or d'Intef, acquiesça Bak.

— Lieutenant Bak ?

Sitamon se tenait sur le seuil de la porte donnant sur la rue. Son petit garçon, à demi caché derrière sa jambe, s'accrochait à son long fourreau blanc. Elle tenait à deux mains une large marmite rouge, surmontée d'une miche de pain plat posée en travers. La vapeur qui s'en échappait portait des effluves de pigeon aux herbes.

— Je cherche...

Elle s'avançait avec hésitation vers le bureau quand elle remarqua Imsiba tout au fond, et lui sourit.

— Oh, te voilà, sergent ! J'ai appris que tu étais blessé, c'est pourquoi j'ai pensé...

Elle regarda Bak et Hori en rougissant.

— Eh bien, j'ai pensé que tu aimerais peut-être un bouillon épais bien réconfortant, mais je vois que tu es occupé.

Imsiba se leva d'un bond, les traits radieux.

— Non, non, je ne suis pas occupé ! Nous discutions, c'est tout.

Bak remarqua l'agitation de son ami, son plaisir de revoir la jeune femme. Dissimulant un sourire, il descendit du sarcophage et épousseta l'arrière de son pagne. Le jeune scribe, observa-t-il, fixait la marmite sans dissimuler sa gourmandise. Il lui lança un clin d'œil complice.

— Hori et moi n'avons pas encore pris notre repas de midi, qui nous attend à la caserne. Nous nous disposions justement à partir, n'est-ce pas, Hori ?

11

Neboua passa le reste de la journée à Bouhen, où il tint conciliabule avec les officiers de la garnison et leurs sergents, imaginant toutes sortes de dispositions pour éblouir le vizir. Bak parla à ses Medjai, qui firent le tour des scribes et des divers artisans qu'ils en étaient venus à connaître au fil des mois. Quant à lui, il rendit visite à Noferi. Thouti discuta avec son épouse, dont les serviteurs allèrent en toute hâte d'une maison à l'autre pour inviter, emprunter, chercher main-forte, répandre l'annonce du festin par toute la ville. Alors que la barque de Rê s'enfonçait sous l'horizon à l'occident, laissant derrière elle un croissant de lune au milieu d'une profusion d'étoiles, l'inspection surprise du vizir était le secret le plus répandu de Bouhen.

— Je refuse de passer un autre jour dans cette pièce ! J'ai beau m'accoutumer à notre ami, dit Imsiba en tapotant le cercueil, je ne lui tiendrai pas compagnie pour l'éternité.

— Nous en serons bientôt débarrassés, affirma Bak en levant la tête du manuscrit déployé sur ses genoux. Ramosé a promis de l'emmener au nord à son prochain départ.

Imsiba s'approcha du banc et, dans un grand cliquetis de métal et de bois, rassembla plus d'une douzaine de lances en un immense faisceau. Les pointes acérées, aussi luisantes que de l'or, amenèrent un sourire sur les lèvres de Bak. Ce n'était pas les seules que le grand sergent avait polies. Pour un homme censé se reposer — et en vérité il ne paraissait plus ressentir ni faiblesse ni lassitude —, il n'était pas resté oisif.

Les lances nichées au creux de son bras valide, Imsiba passa dans l'entrée où il s'arrêta brièvement pour bavarder avec les Medjai de service. L'un roulait les nattes sur lesquelles ils avaient dormi pendant que l'autre entassait les cruches et les bols vides dans un panier. Puis Imsiba franchit une porte à l'arrière, qui donnait dans l'arsenal de la police. Les lances qu'il portait et d'autres également splendides y seraient entreposées jusqu'à l'inspection officielle du vizir.

Bak se replongea dans son manuscrit, un rapport du commandant de Semneh relatif aux tribus du désert qui transitaient par cet avant-poste du Sud. D'habitude, il appréciait ces toutes premières heures du matin, quand le poste de garde était calme et qu'il pouvait rattraper son retard dans les tâches prosaïques inhérentes à sa fonction, mais pour une fois ses pensées vagabondaient. Il ne désirait rien tant que d'élucider les meurtres et de mettre fin à la contrebande avant que le vizir n'entre dans Bouhen, mais comment y parvenir en un si court laps de temps ? A supposer qu'il ait vu juste, que le même homme ait assassiné Mahou, puis Intef, et blessé Imsiba pour dissimuler un trafic de biens précieux, il n'avait qu'un seul criminel à rechercher. Il avait ainsi ficelé les différents crimes en un petit paquet bien net, mais quelle part sa théorie devait-elle à l'espoir, quelle part à la réalité ?

Hori entra en trombe dans la pièce, Psouro dans son sillage. Les deux hommes portaient des boucliers en peau de vache. De forme rectangulaire et incurvée, ils étaient légèrement plus larges vers le haut et recouvraient celui qu'ils protégeaient du genou jusqu'à l'épaule. Le jeune homme en avait deux, l'un d'un blanc crémeux, l'autre marron clair ; ceux du Medjai étaient roux ou noirs, unis ou mouchetés de blanc, et si flambant neufs qu'ils conservaient le relent un peu âcre du tannage.

Heureux de se changer les idées, Bak roula le rapport, le jeta dans un panier au milieu de plusieurs autres et se leva.

— Voyons ça, dit-il, prenant les boucliers d'Hori pour les appuyer contre le sarcophage.

Psouro y ajouta les siens, formant un mur éclatant devant la silhouette en bois. Il les essaya un à un, présentant le bouclier et la lance au garde-à-vous comme il le ferait lors de l'inspection du vizir. En face de lui, Bak tentait de décider lequel produirait le meilleur effet.

— Tu m'as l'air d'un travailleur acharné, lieutenant !

— Ouserhet ! Qu'est-ce qui t'amène à mon humble bureau ?

Il sourit pour atténuer la désinvolture de ses paroles.

— Je m'attendais à te trouver sur le quai, reprit son visiteur, mais je vois que tu t'absorbes dans une occupation plus calme que la fouille des bateaux de pêche.

Bak conserva son sourire malgré le sarcasme.

— Plus calme, certes, et surtout moins incommodante pour les narines.

Franchissant le seuil, le séduisant contrôleur posa un regard appuyé sur Hori et Psouro.

— Je viens pour une affaire d'une certaine importance, lieutenant.

« La venue du vizir », devina Bak.

— On peut se fier à mes hommes pour tenir leur langue.

— Toutefois...

Bak souleva un bouclier roux, révélant le pied du sarcophage, et le tendit à Psouro.

— Soit tu me parles de cette affaire sur-le-champ, soit tu poursuis tes occupations et tu reviens à un autre moment. Comme tu l'as peut-être ouï-dire, un auguste personnage vogue vers le sud et je tiens à ce que mes Medjai produisent bonne impression.

La bouche d'Ouserhet se crispa sous cette rebuffade,

mais il ne céda pas. A l'évidence, l'allusion voilée au vizir le laissait perplexe : Hori et Psouro étaient-ils au fait de l'identité du visiteur ?

— En effet, l'épouse du commandant a envoyé un serviteur chez moi pour me convier à son festin. Recevoir un si haut fonctionnaire à Bouhen s'annonce comme un événement mémorable, cependant cela pourrait aisément tourner au désastre.

— En quoi donc ? demanda Bak tout en prenant un bouclier marron clair des mains de Psouro pour le remplacer par un noir, exposant le cercueil jusqu'au niveau des genoux.

— Tu es un homme intelligent, lieutenant. Tu sais aussi bien que moi que les garnisons de Ouaouat doivent leur existence au commerce, or ni les barges de transport ni les caravanes n'ont été autorisées à bouger ces cinq derniers jours.

— Celui-ci est de loin le plus beau, dit Bak à Psouro. Rapporte tous les autres à l'arsenal et reviens avec des noirs pour l'inspection.

— Bien, chef.

Bak recula, laissant à Hori et à Psouro la place d'exécuter cet ordre. Il vit qu'Imsiba était revenu dans l'entrée où il s'était de nouveau arrêté pour bavarder avec les gardes. Bak lui fit signe, mais le grand Medjai grimaça et secoua la tête, refusant d'approcher tant que l'homme qu'il détestait s'attardait. Hori allait et venait le long de la rangée de boucliers, en prenant un, puis un autre pour les empiler sur les bras tendus de Psouro.

— Tu n'es pas le premier à exprimer de la préoccupation, reprit Bak. Je crois qu'en ce moment même, le commandant reconsidère sa position concernant le trafic.

— Amon soit loué ! s'exclama Ouserhet. Comme tu le conçois, je nourris dans mon cœur un profond attachement pour Bouhen, mais je dois admettre que j'ai également un second intérêt.

— Ah ?

Soudain, les yeux d'Ouserhet se posèrent sur les deux

hommes qui rassemblaient les boucliers, et s'écarquillèrent.

— Par la barbe d'Osiris ! Un sarcophage !

Hori et Psouro faillirent éclater de rire. Les gardes de l'entrée se couvrirent la bouche pour contenir leur hilarité. Imsiba masqua sa goguenardise sous une moue réprobatrice. Bak les regarda tour à tour sans comprendre, puis tout s'éclaira : les hommes avaient trouvé le moyen de faire du cercueil un nouveau thème de paris, probablement sur la réaction de chaque témoin. Il n'avait rien contre le jeu, mais avec mesure. Il décida que le temps était venu de restreindre les paris aux osselets.

— Nous n'avons pu lui trouver de meilleure place, c'est pourquoi il reste ici.

Ouserhet s'approcha pour déchiffrer le nom du défunt.

— Hum ! Un homme sans grande valeur particulière, à ce que je vois. Un scribe, probablement.

Hori et Psouro, secoués par un fou rire silencieux, se hâtèrent de sortir dans la rue avec leur fardeau. Dans l'entrée, quelqu'un ricana. Bak lança un regard d'avertissement vers les gardes. Ouserhet n'était pas du genre à prendre la plaisanterie à la légère lorsqu'elle s'exerçait à ses dépens.

— Tu évoquais une seconde raison qui t'incite à désirer la reprise du trafic, lança Bak.

— Je dois savoir combien de temps encore le navire de Mahou sera retenu à Bouhen.

Ouserhet tourna le dos au cercueil et adressa à Bak un sourire suffisant. « Fat », aurait dit Imsiba.

— Dame Sitamon m'a consulté au sujet des affaires de son frère. L'immobilisation d'un navire de cette taille représente un manque à gagner.

Bak regarda Imsiba à la dérobée, se rappelant le plaisir de son ami lorsque la jolie veuve était venue lui apporter du bouillon. Il espéra qu'il n'avait pas entendu mais, hélas, Imsiba fixait le contrôleur d'un air blessé.

— Elle devait se contenter de lui demander conseil, dit Imsiba en allant et venant, troublé. Il n'était pas question qu'elle lui confie la gestion de ses affaires !

— Je doute qu'il s'agisse de cela, répondit Bak pour le calmer. Tu l'as entendu toi-même, elle l'a simplement consulté.

— Aujourd'hui peut-être, mais demain ? Tu connais son sens de la persuasion.

— Moi ? Non.

Bak s'assit sur le sarcophage et observa Imsiba avec une compassion mêlée d'impatience avant de poursuivre :

— On dirait que tu le connais beaucoup mieux que moi. Toi qui ne supportes pas de te trouver dans la même pièce que lui, comment as-tu acquis une telle familiarité ?

Le Medjai s'approcha de la porte et regarda distraitement dans l'entrée, où deux hommes, des potiers à en juger par l'argile séchée sur leurs bras, étaient venus signaler un vol de charbon, réduisant les osselets au silence. Il se retourna tout à coup, l'air sombre.

— Ouserhet figure au nombre de nos suspects, mon ami. S'il est le tueur, la vie de Sitamon pourrait être menacée.

— Un suspect parmi cinq, et qui a de fortes chances d'être innocent...

— Toujours en train de t'acharner sur le même poisson, lieutenant ? coupa Hapouseneb en entrant dans le bureau avec l'assurance que seule la richesse pouvait conférer. Je te suggère de jeter plus loin tes filets. Il est vrai que nous tous, qui avons eu l'infortune de jouer avec Ouserhet cette nuit-là, menons les uns et les autres des activités liées au commerce, mais bien d'autres le long du fleuve possèdent à la fois les moyens et l'astuce nécessaires pour organiser une opération de contrebande.

— Tu trouveras mon scribe Hori dans une pièce à l'arrière de ce bâtiment, répliqua Bak d'une voix sèche. Si tu as des noms à communiquer, nous chercherons les coupables et nous les châtierons.

Hapouseneb éclata de rire. Il regarda autour de lui, aperçut un tabouret contre le mur, l'avança et s'y installa. Les potiers partirent vite, guère plus avancés qu'à leur arrivée. L'entrée devint silencieuse, les osselets cédant la place à un jeu plus divertissant.

— Je viens à la pêche aux nouvelles, admit Hapouseneb. J'ai entendu des rumeurs concernant une visite du vizir et j'ai été convié à un banquet digne de lui. Il vient, n'est-ce pas ?

— Moi aussi j'ai entendu des rumeurs, parmi lesquelles l'annonce d'une inspection-surprise, répondit Bak avec un sourire doucereux. Comme je crois peu judicieux de les prendre à la légère, quand elles sont si déterminantes pour notre bien-être, j'ai ordonné à mes hommes de préparer leurs uniformes et leurs équipements.

— Une inspection, ma fesse droite ! C'est au commerce que s'intéresse le vizir, pas à l'armée. C'est pourquoi je viens à toi.

Hapouseneb se leva brusquement et son regard ulcéré alla d'Imsiba à Bak.

— Thouti ne peut continuer ainsi à bloquer tout trafic à Bouhen et à Kor. Dans son propre intérêt, il doit laisser passer les navires et les caravanes, faute de quoi le vizir le condamnera à la dégradation publique puis le fera jeter aux chacals.

— Il en accepte le risque en toute connaissance de cause, et moi aussi, affirma le policier d'un air soucieux, comme s'il ne savait pas déjà que Thouti avait décidé la reprise du trafic. Mais tu comprends sûrement que, dès qu'ils le pourront, mes suspects largueront les amarres et que mon enquête avortera.

— Pas du tout !

Hapouseneb se dressa devant lui et frappa le sarcophage du plat de la main. Puis il rit avec un sens de la dérision dont lui-même était la cible.

— Jusqu'à ce que le vizir quitte Bouhen, sois sûr que pas un d'entre nous ne s'éloignera. Le banquet offert par l'épouse de Thouti est une trop belle occasion d'attirer l'attention sur soi, de solliciter un titre ou le pouvoir. Si je me trompe et si quiconque ayant tout à gagner en restant lève les voiles, je me lancerai moi-même à sa poursuite pour le contraindre à revenir.

Surpris, Bak se leva. Cette proposition impudente signifiait-elle qu'Hapouseneb n'éprouvait aucune culpabilité dans son cœur ? Ou n'était-ce que de la poudre aux yeux, supposée endormir les soupçons ? Imsiba paraissait également stupéfait et déconcerté.

Hapouseneb fit un pas en direction de la porte, se ravisa et revint vers le cercueil. Ses yeux parcoururent la bande jaune allant du cou aux pieds et il lut à voix haute : « Amenemopet, prêtre-ouêb devant le seigneur Khnoum. » Il redressa la tête en souriant.

— Un parent à toi, lieutenant ?

Bak n'osa regarder les hommes dans l'entrée, dont, à défaut de l'entendre, il imaginait bien l'hilarité.

Hapouseneb leva la main en un geste d'adieu et sortit du bureau. Alors qu'il se tournait vers la porte de la rue, Nebamon entra. Le vieux marchand tapa sur l'épaule de son cadet.

— Hapouseneb ! Je vois que tu m'as pris de vitesse.

— Es-tu allé chez le commandant, comme promis ?

— Il a refusé de me recevoir, sous prétexte d'obligations pressantes. Je ne sais rien de ses intentions, pas plus que je n'ai pu le convaincre que nos activités doivent revenir à la normale.

Hapouseneb tourna la tête vers le bureau de Bak avec une bonne humeur malicieuse.

— Je repars également les mains vides. Bak est aussi muet qu'une carpe. Si Thouti envisage une reprise du trafic, le lieutenant n'en lâchera pas un mot avant l'annonce officielle.

Bak apparut sur le seuil, les bras croisés sur sa poitrine, et contempla les deux hommes avec un sourire sardonique. Toute cette conversation lui était destinée, il n'en doutait pas.

— A qui d'autre avez-vous demandé de plaider votre

cause ? Ouserhet était ici avant vous. Ramosé sera-t-il le prochain ? Ou sera-ce Kaï ?

— Tu manques singulièrement de nuance, lieutenant ! remarqua Hapouseneb en riant de bon cœur.

— Tu prends nos soucis à la légère, lui reprocha Nebamon. Si tu étais un homme d'affaires et non de la police militaire, tu saurais que chaque jour perdu nous rapproche de la misère.

Bak ne put retenir un regard sceptique vers Hapouseneb, l'un des marchands les plus prospères de Ouaouat et de Kouch. Le grand homme mince haussa les épaules, déclinant toute responsabilité pour les propos inconséquents de son confrère.

— Entendons-nous bien, reprit Nebamon, passant inconsciemment les doigts dans sa courte chevelure blanche. Je préfère vivre en sécurité que d'être retrouvé un jour le dos percé d'une flèche. Mais, jusqu'à présent, rien n'indique que l'arrêt du trafic facilite la capture du meurtrier de Mahou. Franchement, je me sentirais plus en sûreté à Ma'am ou dans la lointaine Abou.

Hapouseneb tourna la tête vers Bak afin que lui seul pût voir sa mimique excédée.

— Je dois partir. J'ai un navire amarré à Kor, solide et fiable, mais dont l'aspect laisse à désirer. Avec de la chance et l'aide des dieux, je le ferai repeindre avant que Thouti nous autorise à reprendre les flots.

Il quitta le poste de garde et Imsiba le suivit d'un air morose. Bak espérait que son ami irait voir Sitamon. Au mieux, il apprendrait qu'elle n'avait pas encore confié la gestion de ses affaires à Ouserhet. Dans le cas contraire, il devrait trouver le moyen de supplanter son rival en mettant en valeur ses propres qualités.

Les osselets roulèrent sur le sol, mais plus brièvement que d'habitude, avec un son assourdi. Les gardes feignaient de jouer en attendant que Nebamon remarque le sarcophage. Bak fut terriblement tenté d'emmener son visiteur ailleurs, mais, se rappelant avec quelle finesse il savait voir au-delà des apparences, le lieutenant préféra l'intimité de son bureau.

— Je ne puis te dire ce qui réside dans le cœur du commandant Thouti, commença-t-il en faisant entrer le marchand à l'intérieur, puis en lui indiquant le tabouret. Je sais qu'il considère ce problème et qu'il ne tardera pas à annoncer sa décision. Avant la nuit, à mon avis.

— Il doit nous restituer nos biens, dit Nebamon d'un ton presque aussi fervent qu'une prière.

Appuyant son épaule contre l'embrasure de la porte, Bak l'observa d'un air méditatif.

— Es-tu à ce point dans le besoin ?

Nebamon se laissa choir sur le tabouret, rougit et débita après une hésitation :

— Non, du moins... pas exactement dans le besoin, mais je ne puis prendre beaucoup plus de retard. Vois-tu, confia-t-il, les joues écarlates, en jouant avec le bracelet qui ornait son poignet, je me suis trop engagé financièrement, à Kerma. J'ai négocié chaque article que j'apportais de Kemet, sans me ménager la moindre réserve en cas d'impondérable. Maintenant tout ce que j'ai acheté à Ouaouat est entreposé ici dans l'attente d'un chargement pour Abou, et j'ai les règlements à effectuer en sus des taxes...

A nouveau il hésita et finit par admettre :

— Pour être tout à fait franc, lieutenant, mes bénéfices diminuent de jour en jour.

Bak voyait combien cet aveu blessait Nebamon dans sa fierté. Sous l'opulence de façade se cachaient de maigres revenus. A moins d'être un menteur hors pair et de masquer sa richesse sous une feinte pauvreté, il n'aurait pu passer des marchandises en fraude sinon en quantité infime. Et certainement rien d'aussi précieux qu'une défense d'éléphant.

— Que sais-tu du trafic d'ivoire ?

— Pas grand-chose, répondit Nebamon, à l'évidence soulagé par ce changement de sujet. Je voyage rarement assez loin dans le Sud pour choisir les meilleures pièces.

— Tu te rends à Kerma.

— Cette ville est un trou perdu, l'ombre de ce qu'elle était avant que les armées d'Aakheperkarê Touthmosis anéantissent ses rois une fois pour toutes et conquièrent cette terre pour la puissante Kemet.

Bak entendit derrière lui un léger sifflement et tourna la tête. Cinq Medjai massés autour des osselets l'observaient d'un air fasciné. L'un d'eux lui fit signe de s'écarter. Ils voulaient qu'il s'asseye, afin que Nebamon réagisse à la vue du cercueil.

D'un regard menaçant, il leur intima l'ordre de ne pas dépasser les bornes et rentra dans son bureau. Il s'assit à sa place habituelle près de la tête peinte et demanda :

— J'ai omis de te poser une question la dernière fois : connaissais-tu le capitaine Roï ?

Nebamon hocha le menton.

— Autrefois, j'amarrais de temps en temps mon bateau près du sien quand il naviguait encore en amont du Ventre de Pierres. Il nous arrivait de causer, mais rarement plus de quelques instants. Il était du genre renfermé.

— T'est-il arrivé de le voir en compagnie de contrebandiers notoires ?

— Oui, il y en avait un en particulier, répondit Nebamon, serrant les mains entre ses genoux tout en gardant les yeux fixés sur le sarcophage. Je les ai vus ensemble à plusieurs reprises dans une maison de plaisir, à Kerma. Un Kouchite à la réputation équivoque.

— La rumeur associait-elle Roï à un trafic illégal ?

— Si c'est le cas, je ne m'en souviens pas.

Remarquant le sourcil sceptique de Bak, il se mit à rire.

— Les rumeurs circulent vite, au sud du Ventre de Pierres. Plus encore qu'ici. La plupart sont tellement invraisemblables qu'elles relèvent du mythe.

— As-tu entendu un conte où les dieux ne jouent aucun rôle ? remarqua Bak avec un léger sourire.

Nebamon dévisagea l'officier d'un air indécis.

— On m'en a rapporté un la nuit derrière, seulement... il concerne un homme sans tête.

D'ordinaire, Bak ne perdait pas son temps à écouter des fariboles, mais le marchand ne manquait pas de bon sens. Il n'aurait pas mentionné le fait s'il le jugeait sans fondement.

— J'ai grand besoin de me changer les idées.

— Mon serviteur kouchite, qui aspire à s'élever en aidant son maître, m'a répété cette histoire, que lui-même a entendue dans la maison de plaisir d'un ancien lancier nommé Tati.

Nebamon scruta Bak pour s'assurer qu'il comprenait bien l'origine de la rumeur.

— C'est un petit établissement rempli de travailleurs des champs abrutis par la bière, poursuivit-il. Il tient l'histoire d'un vieil homme venu du sud pour vendre ses chèvres.

« Celui-ci a parlé d'un homme sans tête, qui rencontre un navire au plus noir de la nuit en un lieu secret, situé au sud de Kor. De mystérieux objets passent de main en main, certains quittent le navire, d'autres sont chargés à bord.

— Un homme sans tête... répéta Bak, incrédule. Plus vraisemblablement, quelqu'un qui se serait enveloppé la tête dans une étoffe, ou qui aurait noirci son visage.

— C'est aussi mon avis, mais tu connais l'extrême superstition de ces gens-là.

Bak se représenta un vaisseau descendant le Ventre de Pierres chargé de contrebande. Il avait entendu parler de caches au-dessous des rapides les plus tumultueux, invisibles depuis les tours de garde. Et il se rappelait une allusion de Ramosé au sujet du capitaine Roï, qui mettait parfois plus longtemps que nécessaire pour naviguer d'un port à un autre. Il s'accouda sur ses genoux sans dissimuler son intérêt :

— Et des navires comme celui-là, il y en a eu beaucoup ?

Nebamon sourit.

— J'ai posé la même question à mon serviteur, et il paraît que tout le monde, là-bas, a réagi ainsi. Le vieux ne pouvait ou ne voulait pas répondre. Il jura seulement que l'homme sans tête venait par les nuits les plus noires.

Bak chercha à obtenir des détails, mais en vain.

— As-tu rapporté cette histoire à quelqu'un d'autre, Nebamon ?

— Non. Je n'avais guère envie de passer pour un naïf. Ni d'ailleurs, ajouta le marchand avec un rire embarrassé, qu'un homme, sans tête ou non, vienne chez moi au cœur de la nuit dans l'idée de me faire taire pour l'éternité.

— Sage précaution.

Dans sa surexcitation, Bak se leva et fit les cent pas. Était-ce donc l'indice qu'il cherchait depuis si longtemps ?

— N'en parle plus à personne, et recommande à ton serviteur de tenir sa langue. Moins les gens le sauront, et mieux cela vaudra pour nous deux. Toi, tu seras en sécurité, et moi, j'aurai les coudées franches pour traquer l'homme sans tête.

Nebamon se leva comme s'il se sentait plus léger. Bak le raccompagna jusqu'à la porte et le regarda s'éloigner dans la rue, presque certain de son innocence. A moins que cet homme ne lui ait tendu un piège subtil pour le mener à la mort ?

Le lieutenant se retourna vers l'entrée silencieuse et les cinq Medjai qui le fixaient, mi-désappointés, mi-perplexes. Nebamon était resté de marbre à la vue du sarcophage. Un instant, Bak se sentit aussi intrigué qu'eux, puis il se rappela sa collision avec le marchand, quelques jours plus tôt. Nebamon sortait du corps de garde au moment où lui-même y entrait. Il avait donc sûrement vu le sarcophage à cette occasion.

— L'épouse d'Intef t'a parlé d'un ancien tombeau au sud de Kor, et voilà qu'à son tour Nebamon mentionne une cachette, elle aussi au sud de Kor, résuma pensivement Imsiba. Nous devrions explorer le fleuve en amont.

— Nous partirons demain à l'aube, décida Bak.

Il contempla le port, plus calme que jamais. Les

navires grands et petits étaient serrés contre les quais, les marins bavardaient, pêchaient ou somnolaient dans des coins d'ombre épargnés par le soleil de midi.

— Va trouver le pêcheur Setou et explique-lui qu'il nous faut un bateau petit et fin, facile à manœuvrer entre les nombreux îlots et les hauts-fonds envahis de joncs. Et veille à réunir des armes en suffisance, car nous n'irons pas les mains vides et sans protection.

— Tu redoutes un piège ? interrogea Imsiba en le scrutant.

— Je préfère ne pas courir de risque.

Assis sur le muret de l'esplanade, Bak contemplait trois petites filles accroupies au bord de l'eau, qui façonnaient des miches de pain et des gâteaux avec des poignées de boue.

— Pendant que tu prépares notre voyage, je vais m'entretenir à nouveau avec Ramosé et les compagnons du capitaine Roï. Peut-être se décideront-ils à parler, maintenant !

— D'après leurs gardiens, ils commencent à croire qu'on va les laisser se morfondre là-bas indéfiniment.

En temps normal, le Medjai aurait souri de l'épreuve imposée aux marins, mais il demeurait maussade. Bak en devinait aisément la raison.

— Après avoir terminé, tu te rendras chez dame Sitamon. Elle a eu le temps de réfléchir depuis notre première conversation et se souvient peut-être d'un élément important pour nous, même s'il paraît insignifiant à ses yeux.

Imsiba lui jeta un coup d'œil soupçonneux, mais ne chercha pas à aller plus loin. A croire que cette dernière mission lui convenait parfaitement.

— Intef projetait de se joindre à mon équipage ? s'étonna le capitaine Ramosé. Il ne m'en avait pas parlé.

— Jamais ? s'enquit Bak.

— Certes, il aurait aimé mieux connaître le fleuve, s'aventurer au loin. Il n'en faisait pas mystère. Cependant il devait veiller sur sa famille, s'occuper de ses cultures. Non, ce n'était sans doute que des paroles en l'air.

« Ainsi, songea Bak, Intef ne jugeait pas encore le moment opportun pour voguer vers le nord avec son petit trésor. Espérait-il davantage ? »

Ramosé se tenait à la proue de son bateau dans sa position coutumière : jambes écartées et mains sur les hanches.

— Je suis resté dans ces eaux beaucoup plus longtemps que nécessaire, lieutenant. A présent, j'aimerais reprendre le fleuve. Je me suis donné du mal pour apporter de l'aide. J'ai signalé le naufrage, accompli deux voyages quand un aurait suffi. Le moins que tu puisses faire est de plaider ma cause auprès du commandant Thouti.

Un vol caquetant de canards passa au-dessus d'eux, en quête de fourrés de joncs où trouver leur pitance. Un chien jaune remontait le quai, la truffe au ras du sol sur une piste invisible. Un poisson jaillit de la surface lisse tel un miroir, réveillant en sursaut un marin nu adossé contre un piquet d'amarrage, une canne à pêche sur ses genoux relevés. Une odeur d'oignons brûlés montait d'un brasero sur un autre vaisseau à l'autre bout du port.

— Le commandant ne tardera plus à prendre sa décision. Je n'ai pour ma part aucune influence sur lui.

Bak était las de promettre, de nier, de simuler un secret quand il n'en existait aucun.

— Tu n'attends donc pas le banquet en l'honneur du vizir ?

Projetant en avant sa bedaine couverte de sueur, Ramosé grogna :

— J'ai l'air du genre à frayer avec la noblesse ?

— J'ai passé ma jeunesse dans la capitale, où les gens de noble extraction sont plus nombreux que les mauvaises herbes. Crois-moi, dit Bak en riant, tu ne vaux pas moins qu'eux.

Ramosé sourit, flatté et malgré tout inébranlable.

— Je ferai signe au vizir en croisant sa flottille,

quelque part entre Bouhen et Ma'am. Et pendant que tu côtoieras les grands, sirotant du vin clairet et grignotant des gâteaux rances, je serai allongé sur mon pont avec mes hommes, à boire la meilleure bière que l'on brasse à Ouaouat.

Le capitaine ne plaisantait pas. Bak comprit qu'il quitterait Bouhen à l'instant où Thouti en donnerait l'autorisation, à moins qu'on ne parvienne à l'en dissuader.

— Tu laisserais un indigène à demi nu t'effrayer au point de manquer le festin le plus somptueux jamais donné sur cette terre de Ouaouat ?

La bonne humeur de Ramosé céda la place à l'agressivité.

— Je te l'ai déjà dit, non ? Mon navire n'a pas été attaqué, il s'est échoué.

Bak le toisa avec dédain. Il comprenait la répugnance des gens de la région à se fier à l'autorité, mais un respectable marin du pays de Kemet aurait dû montrer plus de confiance.

— Comment puis-je espérer vous protéger, toi et les tiens, si tu refuses de m'aider à capturer celui qui te menace ?

— Je suis parfaitement capable de prendre soin de moi.

— Capitaine Ramosé ! Deux hommes ont été assassinés afin que d'immenses quantités de marchandises puissent être passées en aval. Si tu t'enfuis pour sauver ta peau, d'autres mourront à coup sûr.

— Non !

Secouant la tête comme un taureau furieux, Ramosé recula, jura en se heurtant contre le château avant et foudroya des yeux son tourmenteur. Les mots débordèrent, comme arrachés à sa gorge, tandis qu'il s'avançait vers Bak, plein de rage.

— Puisque tu y tiens, la nuit après que j'ai refusé de charger de la contrebande, la proue a été fracassée à la hache. L'avertissement était on ne peut plus clair. Alors j'ai gardé bouche cousue, de peur de perdre non seulement mon navire, mais la vie et celle de mes matelots. Maintenant, je nous ai tous mis en péril. Tu es content ? termina-t-il, les traits durs, la voix vibrante de fureur.

— Je vais envoyer des gardes à bord pour vous protéger. Tu seras en sûreté tant que tu resteras à Bouhen.

— Le même genre de sûreté dont a bénéficié Mahou ? ironisa Ramosé.

Bak ne laissa pas transparaître l'humiliation que lui infligeait cette réflexion.

— Parle-moi de l'homme qui t'a menacé.

— Je ne sais presque rien, pas même son nom. C'est une ombre parmi les hommes.

A contrecœur, Ramosé s'assit sur une balle de peaux. Un nuage de poussière monta autour de lui, faisant éternuer Bak.

— Il venait de Kouch, de ça je suis sûr, et d'après son apparence sauvage et insoumise, je suppose qu'il est né dans le désert. Il a abandonné ces régions de solitude pour vivre au bord du fleuve, qui lui convient bien.

Bak se rappela Neboua, évoquant un pêcheur originaire du Sud à qui il n'aurait pas confié sa plus mauvaise paire de sandales — celui-là même qu'il avait vu, à Kor, chuchoter à l'oreille de Mahou.

— Il possède son propre bateau ?

— Un petit navire de plaisance, fin et élancé, du genre qu'un fils de noble emprunterait pour se rendre d'un domaine à l'autre au pays de Kemet. Comment un sauvage de Kouch est-il entré en possession d'un navire si gracieux ? C'est une énigme souvent débattue parmi les marins, et jamais élucidée.

Bak essaya en vain de se représenter ce personnage mystérieux.

— Comment se fait-il que je ne l'aie jamais vu ?

— C'est une ombre, je te l'ai dit. Certains prétendent qu'il descend de loin au sud et que, durant la crue, il affronte les rapides entre Semneh et Kor, davantage par plaisir que par goût du lucre. D'autres affirment qu'il vogue dans les eaux plus calmes du Ventre de Pierres, et qu'il transporte des cargaisons d'un village à l'autre, d'une garnison à la suivante. Quand le niveau du fleuve baisse au point qu'aucun navire n'y est en sûreté, il se réfugie dans un havre secret parmi les îles, et disparaît totalement.

Bak avait peine à dominer son excitation. Les éléments du casse-tête se mettaient enfin en place. Là où il n'avait auparavant qu'une théorie, celle d'un navire convoyant de la contrebande à travers le Ventre de Pierres, apparaissait désormais une ombre aux contours flous et dépourvue de nom, mais néanmoins un homme qu'il pouvait traquer et prendre au collet.

— Son navire n'est jamais entré dans Bouhen ?

— Dans ce cas-là, tu t'en souviendrais ! C'est une pure beauté, répondit Ramosé, au bord d'un sourire malgré son ton dur. Pas le genre de jouet avec lequel on brave les rapides.

— Alors pourquoi redoutes-tu qu'il vienne ?

— Son vaisseau n'était pas ancré à Kor la nuit où ma proue a été fracassée. Il s'est infiltré par d'autres moyens, dans un esquif plus modeste ou bien à pied, à l'insu de tous ceux qui se trouvaient sur le quai.

Ramosé toisa Bak d'un air de défi.

— Alors, te sens-tu capable de nous protéger, moi et les miens, d'une ombre insaisissable ?

12

Le lieutenant descendit hâtivement la passerelle et parcourut le quai, ses réflexions se concentrant sur Ramosé et le Kouchite. La peur du capitaine était réelle — et légitime, à coup sûr. Trop de questions demeuraient sans réponse pour aboutir à une conclusion solide, mais, au fond de lui, Bak était convaincu de l'innocence de Ramosé. Le Kouchite avait dû l'aborder dès qu'il avait appris que Roï retournait définitivement à Kemet, dans l'idée d'éviter toute interruption dans le transport de la contrebande. Après le refus de Ramosé, un complice — l'un des quatre suspects restants — avait tenté sa chance auprès de Mahou. Mais alors que le Kouchite restait une ombre capable de menacer puis de disparaître, l'autre était connu et avait trop à perdre pour que Mahou reste vivant.

Trouvant son raisonnement d'une logique imparable et satisfait de ses conclusions, Bak revint à la réalité du monde qui l'entourait. Devant lui, Tjanouni le rameur flânait sur le quai avec plusieurs de ses compagnons. La vue de sa mince silhouette réveilla dans la mémoire du policier une réflexion railleuse à propos d'un homme sans tête.

Il allongea le pas et appela le marin.

Celui-ci se retourna, reconnut l'officier et se figea sur place, à la fois craintif et interrogateur. Ses compagnons s'écartèrent, préférant n'avoir aucune part dans le destin qui allait lui échoir.

— Du calme, Tjanouni ! le rassura Bak en souriant. Je ne veux de toi que des informations.

Mais la méfiance ne quittait pas les yeux du rameur.

— Je travaille sur le bateau du capitaine Ramosé de l'aube au crépuscule. Que puis-je savoir qui soit de valeur pour la police ?

Bak posa la main sur l'épaule de Tjanouni et l'entraîna plus loin.

— Après avoir quitté l'épave, nous nous sommes arrêtés à l'endroit où le capitaine Roï avait chargé sa contrebande. T'en souviens-tu ?

— Une vaste plaine à ciel ouvert, acquiesça Tjanouni. L'équipage croyait les sables hantés par les ombres des morts.

— Pendant qu'ils en parlaient, tu as lancé une boutade.

— Qui ça ? Moi ? dit Tjanouni, qui ralentit alors et se gratta la tête. Je me rappelle une histoire de bateau fantôme passant dans le noir, mais si j'ai plaisanté, cela m'échappe.

Bien qu'il eût préféré ne pas influencer le marin, Bak dut lui rafraîchir la mémoire.

— Tu prenais leurs craintes à la légère et tu as évoqué un homme auquel manquerait une partie de son corps.

— Bien sûr ! s'exclama Tjanouni en claquant des doigts avec un large sourire. L'homme sans tête !

— C'est bien ça ! approuva Bak, qui lui donna une claque amicale sur l'épaule. Où en as-tu entendu parler pour la première fois, et dans quelles circonstances ?

— Dans le Ventre de Pierres.

Tjanouni se détendit, ses dernières traces de méfiance dissipées pour de bon, et il reprit sa marche vers la porte de la forteresse.

— Je viens d'une terre située dans l'extrême Sud, comme tu le sais. J'ai travaillé pour payer mon passage à bord de différents navires jusqu'à Semneh. Le fleuve était haut et le Ventre de Pierres passait pour navigable. Cependant, je suis un homme prudent. J'observai deux bateaux descendre des rapides. Ils réussirent, les hommes d'équipage s'en sortirent sains et saufs, à défaut de rester secs, mais le spectacle n'était vraiment pas rassurant. Après mûre réflexion, je ne voulus pas me hasarder dans un voyage si périlleux. Aussi, je marchai de Semneh à Kor, faisant en chemin de nombreuses rencontres. J'entendis souvent des rumeurs au sujet d'un homme sans tête.

Tjanouni adressa à Bak un sourire embarrassé.

— Au début, je crus à une simple fable, un conte que l'on évoquait à la veillée pour se donner le frisson. Et à ce jour encore, je ne sais s'il existe, ne l'ayant jamais vu de mes yeux.

— Que t'a-t-on raconté exactement ? demanda Bak, brûlant de curiosité.

— On dit qu'il vient et repart au plus noir de la nuit. On l'a aperçu loin sur le fleuve, dans un esquif, et aussi dans les sables du désert. Il rejoint parfois un bateau dans un coin tranquille du rivage. Certains assurent que le navire est peuplé de spectres, d'autres auraient entendu des voix d'hommes, des rires qui ne diffèrent en rien du tien ou du mien.

Tjanouni s'interrompit, resta pensif puis haussa les épaules.

— Voilà, c'est tout ce que j'ai entendu.

— Tu m'as vraiment apporté une aide précieuse, Tjanouni.

Le rameur méritait une récompense digne du service qu'il lui avait rendu. Mais laquelle ? La réponse s'imposa, comme soufflée par les dieux.

— Es-tu déjà allé dans la maison de plaisir de Noferi ?

Ayant confié Tjanouni aux mains expertes de Noferi, Bak se précipita à la résidence du commandant. Là, il désigna des gardes pour protéger la barge de Ramosé, non des Medjai, facilement identifiables, mais des soldats qui se fondraient parmi l'équipage. Alors qu'il sortait dans la ville basse, le soleil déclinait et une brise fraîche l'incita à presser l'allure dans les ruelles sinueuses. La poussière tourbillonnait, poudrait ses épaules moites, chatouillait ses narines. Une chienne blanc et noir, aux mamelles lourdes de lait, trottait devant lui avec dans sa gueule un rat inerte.

Des hommes et des femmes riaient ensemble, des enfants joyeux poussaient des cris stridents, un bébé vagissait. Des militaires en permission et des marchands réduits à l'oisiveté se baladaient sur les sentiers sablonneux en quête de distraction. Un chien jappa au loin, déclenchant un concert d'aboiements à travers la ville. Le braiment rauque d'un baudet s'élevait au-dessus du faible bêlement des moutons. L'arôme d'oignons en train de cuire, l'odeur forte du poisson séché et les relents de métal fondu ne pouvaient couvrir l'exhalaison douceâtre du fumier qui montait des enclos tout proches. Ceux qui vivaient là s'aplatiraient pour baiser les pieds de Thouti lorsqu'il autoriserait enfin les caravanes à circuler.

Une rue adjacente le conduisit à la petite maison où l'équipage du capitaine Roï était confiné. Il s'arrêta devant une porte rudimentaire, faite de joncs solides entrecroisés de manière à laisser filtrer la lumière. A travers le grillage, il entendit :

— C'était un trésor à contempler, je te le dis. Une beauté de déesse. Des yeux sombres, profonds comme le ciel de minuit, un teint aussi pâle et lisse que la crème, des lèvres douces, rouges telle une grenade. Et ce qu'elle savait faire de sa bouche...

L'homme s'interrompit et poussa un soupir lourd de nostalgie.

— La volupté, voilà ce que j'ai vécu. Un amour si intense et si fort que j'ai longtemps cru ne jamais m'en remettre.

Bak rit tout bas. Celui qui parlait était Dadou, l'un des Medjai assignés à la garde des marins. L'histoire, et ses multiples variations, était souvent entendue dans les baraquements. Une pure invention, parfois utilisée pour briser des prisonniers, exacerber leur soif de liberté, des plaisirs qui, imaginaient-ils, les attendaient à l'extérieur, afin de leur extorquer la vérité.

Bak héla les gardes, révélant sa présence. Dadou, grand, sec et nerveux, les cheveux commençant à grisonner, le fit aussitôt entrer. Le lieutenant lui adressa un clin d'œil complice avant d'embrasser la pièce d'un regard. Des nattes minces, pliées pour économiser la place, entassées contre le mur. Un brasero et une pile d'assiettes en terre cuite repoussés dans un coin. Quatre gargoulettes, appuyées contre un autre mur. Des lampes d'argile, à la mèche neuve, partageant la niche à prière avec le buste de l'ancêtre oublié de quelque ancien occupant. La seconde pièce, dépourvue de fenêtre, contenait encore des nattes et un monceau de paniers, de sacs et de jarres remplis de rations. Les deux chambres donnaient sur une cour ceinte de murs, où se trouvaient un silo à grains conique et un four rond. Des particules de poussière dansaient dans les rais de lumière ; la puanteur du fumier envahissait tout.

La douzaine d'hommes assis ou couchés par terre, qui écoutaient Dadou, subjugués, se remirent debout. Cinq autres débouchèrent de la cour. Bak interrogea le Medjai du regard. Dadou acquiesça légèrement ; les marins, à bout, ne supportaient plus leur réclusion.

Bak scruta les visages devant lui. Il repéra parmi eux le marin au nez busqué et l'adolescent, qui avait supplié en vain pour garder son petit singe gris. Les hommes redressaient les épaules, s'efforçaient d'arborer un air de défi, mais ils finissaient par contempler leurs pieds, par regarder furtivement leurs compagnons pour s'encourager ou par plisser les yeux d'un air calculateur. Bak pouvait sentir leur peur, une peur justifiée, car ils avaient été pris en possession d'objets qui appartenaient de droit à leur souveraine. Or cette peur-là, il pouvait la tourner à son avantage.

Il se posta sur le seuil de la cour, le visage dans

l'ombre, le dos réchauffé par Rê qui formait autour de lui un halo de lumière.

— Lequel d'entre vous s'exprimera au nom de tous ?

Ils s'entre-regardèrent, déconcertés par la nécessité d'un choix.

Bak vit qu'Imsiba les avait jaugés à leur juste valeur. Des hommes accoutumés à suivre, non à penser par eux-mêmes. Comment s'étonner, dès lors, que leur navire se soit échoué ?

— Dois-je décider à votre place ?

— Min ! jeta quelqu'un.

— Oui, il fera l'affaire, approuva un autre en désignant le marin au nez busqué. Il t'a parlé l'autre fois, qu'il s'en charge à nouveau.

« L'homme est hargneux, se rappela Bak, mais on peut lui délier la langue. »

— Avance, ordonna-t-il. Assieds-toi ici, que je puisse te voir.

Il pointa son bâton vers son ombre, qui s'étirait sur le sol. Non sans montrer sa rancune, Min se fraya un chemin à coups d'épaule entre ses compagnons jusqu'à l'endroit indiqué. Il resta debout un moment, rebelle, mais le regard impérieux de Bak eut vite fait de le dompter.

Campé sur ses jambes, le lieutenant tint son bâton au niveau de sa taille, une main à chaque extrémité. Une autorité imposante émanait de toute sa personne.

— Bientôt je devrai vous conduire devant le commandant, pour avoir convoyé plus de contrebande que je n'en avais encore jamais vu réunie. Votre capitaine a disparu, englouti par le fleuve furieux. Ce fardeau repose désormais sur vos seules épaules.

L'un des hommes gémit comme un chiot apeuré. Des protestations fusèrent, stridentes, geignardes ou pleines de rancœur. Posté devant la porte de la rue pour décourager toute tentative de fuite, Dadou gardait les yeux fixés dans le vague au-dessus de leur tête, sans s'émouvoir.

Bak haussa le ton pour leur imposer le calme :

— Ce qui joue en votre faveur, c'est que non seulement nous avons récupéré toute la contrebande, mais que votre navire peut, une fois réparé, intégrer la flotte de notre souveraine. Avec de la chance, vous encourez au pire les travaux forcés dans les mines du désert.

Bien qu'à l'entendre la servitude ressemblât à une promenade roborative sur les rives du fleuve, cette prédiction les frappa de mutisme. Le malaise était palpable dans la petite pièce. Tous avaient eu l'occasion de voir les longues files de criminels envoyés au sud de Kemet. Ils débarquaient à Bouhen et dans les autres forts de Ouaouat, d'où ils entamaient leur marche interminable dans le désert. Maints d'entre eux ne revenaient jamais. Ceux qui s'en retournaient étaient brisés.

— Je peux solliciter l'indulgence du commandant, afin qu'il abrège votre peine ou qu'il ne vous expédie pas dans le désert. En contrepartie, il faut me parler avec franchise.

Les hommes se regardèrent, craignant et espérant à la fois, avides d'y croire sans être sûrs de le pouvoir.

— A mon retour, je serais un vieillard ! gémit l'adolescent en frissonnant. Que veux-tu savoir ?

Tous les yeux se braquèrent sur lui ; des visages aux lèvres pincées l'accusaient de trahison. Mais Bak perçut également des émotions plus profondes, mieux dissimulées : le soulagement qu'aucun d'eux n'ait été le premier à plier, et l'espoir infime que le jeune garçon leur ouvrirait la porte du salut.

— Tu m'as raconté des sornettes lors de notre dernière rencontre ! lança-t-il à Min. Tu prétendais que votre capitaine vous avait conduits en un lieu isolé au bord du fleuve, où vous aviez chargé la cargaison en secret.

— Ce n'était pas des histoires, répondit le marin en relevant la tête, les yeux blessés par le soleil dans son effort pour distinguer le visage de Bak à contre-jour. Tu as vu les traces par toi-même.

— Pourquoi avez-vous effectué le chargement là-bas, alors que vous le faites d'habitude au sud de Kor ? répliqua sèchement Bak, ayant déjà son idée en tête.

Un marin étouffa un cri, d'autres réprimèrent des jurons. Quelques-uns, parmi lesquels Min, restèrent bouche bée.

— La cargaison était trop importante ! s'écria l'adolescent. Vas-y, Min. Raconte-lui !

— Le gamin dit la vérité, confirma Min à contrecœur, aiguillonné par l'insistance du petit matelot. On n'avait encore jamais été si téméraires, à charger autant d'un seul coup. Mais notre capitaine...

Il eut un rire doux-amer.

— Il disait qu'on serait à l'abri loin de la frontière, où personne ne saurait la vérité, et qu'on irait au nord avec de faux papiers.

— En d'autres termes, dit Bak, orientant ses questions dans la direction qu'il souhaitait reprendre, cet endroit situé au sud de Kor n'offrait pas une capacité suffisante pour une telle profusion de marchandises. En outre, ce n'était pas une bonne cachette s'il fallait abandonner le butin pour une raison ou une autre.

— C'est vrai, marmonna Min d'un ton morne.

— Et sans clair de lune, il y fait aussi noir qu'à l'intérieur d'un tombeau scellé, ajouta l'adolescent. Si on avait chargé là-bas, on chercherait encore notre chemin, sans oser allumer une torche de peur d'être vus.

Bak n'eut pas besoin de demander qui aurait risqué de les voir. Le fleuve au-dessus de Kor était parsemé d'îlots rocailleux mais herbus ; des cuvettes et des anses protégées offraient un sol fertile, le long des berges. De petits hameaux s'accrochaient à chaque bout de verdure. Les gens y subsistaient pauvrement et se méfiaient des étrangers.

— Décris-moi cet endroit, exigea Bak.

Les hommes échangèrent des murmures, quelqu'un jura entre ses dents. Le gamin s'apprêtait à parler, mais un sifflement lui fit ravaler ses paroles.

Min regardait droit devant lui, refusant de croiser le regard de ses compagnons — ou celui de Bak.

— Nous nous sommes amarrés contre un banc

rocheux près d'une petite oasis, sur la rive ouest. C'est au-dessus de Kor, mais la distance, je ne peux pas te l'indiquer avec précision. On partait toujours par des nuits sans lune, et notre capitaine ne suivait jamais un chemin direct.

Bak doutait que ces hommes, dont toute l'existence s'était écoulée sur le fleuve, aient été si aisément désorientés. Ils taisaient cette information pour une raison précise.

— Pourriez-vous le retrouver s'il le fallait ?

— Un python est un python, et rien ne ressemble à une oasis comme une autre oasis.

Bak était prêt à parier qu'ils avaient laissé des pieux d'amarrage derrière eux, et que la paroi rocheuse était éraflée par le frottement de la coque.

— Avez-vous déjà croisé un autre navire, là-bas ?

— Jamais.

— Mais, parfois, des traces montraient qu'un bateau était venu et reparti, intervint le gamin de sa voix flûtée.

Un nouveau sifflet plus aigu empourpra ses joues. Au fond de la pièce, plusieurs marins échangeaient des regards réprobateurs, les mâchoires crispées. Le petit parlait trop à leur guise. Il méritait une punition.

Leur capitaine étant mort, Bak ne voyait qu'une seule raison à leur dissimulation : ils cherchaient à couvrir quelqu'un.

— On raconte qu'un homme sans tête retrouve un navire au cœur de la nuit, en un lieu secret situé au sud de Kor.

Un mot grossier, lâché du fond du cœur, confirma sa supposition.

— Comme le navire était le vôtre et que ce lieu secret vous servait de point d'ancrage, je suis stupéfait que vous ne vous en souveniez pas. En outre, un homme à l'aspect physique si singulier me paraît pour le moins difficile à oublier.

La surprise première des marins fut vite remplacée par

des coups d'œil accusateurs, comme s'ils se reprochaient mutuellement d'avoir trahi.

— Il y était, confirma le gamin, esquivant un coup de coude. Nous l'avons vu chaque fois que nous nous arrêtions pour embarquer de la marchandise.

La voix de Min prit une intonation conciliante :

— Il restait toujours à distance, pareil à un fantôme sans tête dans le noir. Quand le moment venait de discuter, en général après le chargement, le capitaine allait le voir. Pendant qu'il revenait avec un nouveau manifeste, l'homme sans tête disparaissait dans les ténèbres.

Se rappelant la terreur des marins à la seule évocation du lieu et du navire qu'ils avaient vu passer au nord de Bouhen, Bak posa sur Min un regard curieux.

— Tu ne montres guère la peur que devrait inspirer un être fantomatique et dépourvu de tête.

— C'est un homme, voilà tout, répliqua Min en reniflant.

— Un homme ? Voilà tout ?

Un jeune marin aux muscles durs vint se planter devant lui, le dominant de toute sa taille.

— Eh bien, laisse-moi te dire une bonne chose, Min. Cet homme-là avait le pouvoir de faire notre fortune, si seulement ce gamin et toi aviez eu le bon sens de la fermer.

Min se leva, le menton en avant.

— On n'a jamais vu son visage et on ne connaît pas son nom. Dis-moi un peu comment on va le retrouver et lui proposer nos services ! Si on n'a plus de bateau, plus de capitaine pour nous montrer le chemin, qu'est-ce qu'on a à lui vendre ?

— Assis, vous deux ! ordonna Bak.

Min se laissa tomber là où il était. Le plus jeune voulut se fondre parmi ses camarades. Comme si l'accusation qu'il venait de proférer avait à elle seule annihilé leurs espérances, ils refusèrent de l'abriter. Il fut forcé de s'asseoir à l'avant, sous l'œil scrutateur de Bak, qui attendit le retour au calme pour reprendre ses questions :

— Connaissez-vous un Kouchite issu d'une tribu du désert, qui pilote un petit navire dans le Ventre de Pierres ?

Les marins se consultèrent des yeux, cherchant une raison de persister dans leur mutisme. Mais leur projet de reprendre le trafic s'avérant sans espoir, ils ne voyaient plus aucun motif de garder le secret. Ils acquiescèrent donc comme un seul homme.

— Ouensou, c'est ainsi qu'on l'appelle, répondit un vieux marin. Nous halons souvent les marchandises qu'il transporte de loin en amont. Tu as vu toi-même les tronçons d'ébène que nous avions sur le pont. Il s'est amarré à côté de nous la veille de notre départ de Kor pour le Nord, et nous les avons transférés de son pont au nôtre.

— Lui et l'homme sans tête pourraient-ils ne faire qu'un ?

— Non ! répondirent les marins en chœur.

— Impossible.

— Jamais.

— L'homme sans tête est originaire du Nord, expliqua Min. Il a la peau claire, alors que le Kouchite, lui, est noir de corps et de visage.

Le timonier du capitaine Mahou, un vieillard rabougri aux cheveux blancs, plissa le nez avec un léger dédain.

— Ouensou ? Le Kouchite, tu veux dire ? C'est celui qui a transformé son navire de plaisance en barge de transport.

— Oui, c'est ce qu'on m'a dit, confirma Bak.

— Bien sûr que je me souviens de l'avoir vu là-bas.

Se tenant à l'étançon de l'immense rame-gouvernail, le timonier leva un pied pour se gratter la cheville.

— Comme tu le sais, le quai est étroit, à Kor. Vu l'abondance de marchandises arrivées par le Ventre de Pierres pendant la crue, les navires étaient amarrés sur deux rangs, parfois sur trois, en attendant leur tour d'être déchargés. Pendant un certain temps, celui de Ouensou est resté accroché au nôtre, et ses marins devaient traverser notre pont pour descendre sur la rive.

— Pourtant, tu as déclaré à mon sergent que personne n'était monté à bord sans en avoir le droit ! remarqua Bak, exaspéré.

— Ils en avaient parfaitement le droit. Comment auraient-ils pu quitter leur bateau, sinon ?

Implorant silencieusement Amon de lui accorder la patience, Bak s'appuya contre la rambarde qui courait autour du château arrière. De là où il se trouvait, il voyait le vaisseau sur toute sa longueur. Les enclos avaient été enlevés et le pont briqué jusqu'à faire reluire le bois brun-rouge. De nouvelles nattes vert sombre, exhalant encore un parfum de sève fraîche, tapissaient les murs de la cabine. Les sacs de céréales et les bottes de foin étaient placés à l'ombre, sous l'abri de jonc. Déployés un peu partout, les marins réparaient les lignes et les cordages, ou travaillaient en haut du mât et dans les vergues. Bak se demanda s'ils avaient pris l'initiative de ces tâches, las de l'inactivité, ou si Ouserhet avait fondu sur eux, les pressant de redoubler d'efforts pour leur nouvelle maîtresse.

— Combien d'hommes d'équipage Ouensou compte-t-il à bord ?

— Seulement six. Des gens du Sud profond.

— Tes compagnons et toi avez-vous lié connaissance avec eux ?

— Non, répondit le timonier. Aucun ne parle notre langue.

Bak hocha la tête. Quel meilleur moyen de préserver un secret que de s'entourer d'hommes incapables de s'exprimer dans la langue du pays où ils travaillent ?

— Tu as dit à mon sergent que Mahou postait toujours des gardes quand il y avait une cargaison à bord...

— C'est vrai, dit le timonier, le regard soudain fuyant. Pour l'essentiel, ce qu'on transportait ne nous appartenait pas, et sa réputation dépendait de son sérieux. Il ne voulait pas risquer que quelqu'un monte pour chaparder ou détruire.

Le ton de Bak devint dur et mordant.

— Mais, à son insu, les gardes abandonnaient quelquefois leur poste la nuit. Ils se glissaient dans la cabine pour piquer un somme, voire sur un autre bateau pour jouer aux osselets.

Le pilote releva le menton et répliqua d'un air outré :

— Oh non, lieutenant ! Nous obéissions toujours au capitaine Mahou ! Jamais, au grand jamais nous n'avons failli à notre devoir.

Le vieux regardait de tous côtés, cherchant une échappatoire. Désormais convaincu que les gardes avaient abandonné leur poste la nuit où l'ivoire avait été dissimulé sous le pont, Bak écarta le timonier d'une bourrade et quitta le navire.

Le lieutenant s'éloigna rapidement du quai, impatient de partager ses découvertes avec Imsiba. Il avait deux suspects : le Kouchite Ouensou, dont le rôle consistait à descendre le Ventre de Pierres avec la contrebande, et un habitant de Kemet, dont on savait seulement qu'il avait tué Mahou, et qu'il était capable de rédiger de faux manifestes. Bref, qu'il était l'homme sans tête. Si les dieux se montraient bienveillants, le voyage vers le sud le lendemain résoudrait les dernières questions des policiers et les mettrait sur la piste de leur gibier. Mieux encore, ils trouveraient Ouensou à Kor, le captureraient avant qu'il puisse s'enfuir et sauraient lui délier la langue.

Bak passa d'abord au corps de garde, mais on n'avait pas vu Imsiba depuis la mi-journée. Au casernement de la police, il apprit que le sergent était venu en milieu d'après-midi, avait enfilé un pagne propre avant de retourner à ses occupations. Espérant que ce changement vestimentaire indiquait une visite à Sitamon, Bak traversa la ville pour se rendre chez elle. Les ruelles étaient congestionnées, les soldats regagnant vite les baraquements ou leur foyer après leur journée de service. Il craignait de déranger le couple, mais il s'était fait du souci en vain, car la demeure était vide. D'après un voisin, le grand Medjai était reparti depuis un bon moment en compagnie de Sitamon et de son fils.

Bak s'éloigna, tout à la fois heureux pour son ami et mal à l'aise. Imsiba avait promis de ne pas avertir la jeune femme qu'Ouserhet, à qui elle accordait sa confiance, était suspect d'avoir assassiné son frère, or il tenait toujours ses promesses. Mais si le contrôleur était réellement un meurtrier, s'il avait tué deux hommes afin de les empêcher de parler, hésiterait-il à tuer à nouveau pour ne pas perdre une femme qu'il convoitait ?

Bak tourna dans la rue qui bordait l'enceinte et chassa cette idée, la jugeant fantasque. D'après ce qu'il avait pu voir, Ouserhet n'éprouvait de passion qu'envers lui-même.

Il progressa à contre-courant dans un flot de soldats qui puaient la bière ; des traînées de sueur maculaient leurs corps poussiéreux. On étouffait dans cette ruelle encaissée, où la brise ne pénétrait pas. La chaleur et les odeurs le poussèrent à sortir par la porte nord, donnant sur une des esplanades dominant le port.

Sur le niveau supérieur, encore ombragé par la muraille malgré l'heure tardive, une brise forte, apaisante, apportait l'odeur du fleuve. Le ciel bleu pâle se teintait d'un rose qui s'approfondirait et s'étendrait à mesure que le soleil descendrait sur l'horizon occidental.

La sentinelle debout à la porte sourit à Bak.

— On dirait que le sergent Imsiba s'est trouvé une belle, chef.

— Tu l'as vu, aujourd'hui ?

L'homme montra du menton le fleuve, si lisse en aval du port.

— Là-bas, chef. Dans l'esquif à voile rouge.

Bak regarda au-delà des minuscules ondulations brisant la surface, qui emprisonnaient le rose du ciel pour le reperdre sans cesse. En effet, dans le bateau, il distingua la grande forme sombre d'Imsiba, à côté de la frêle silhouette d'une femme vêtue d'un fourreau blanc. Le petit enfant pâle, penché au-dessus de la coque, agitait un rameau de tamaris dans les flots.

Bak continua à marcher sur l'esplanade, souriant tout seul. Il oublia pour un temps que deux hommes avaient été assassinés et que le vizir arriverait bientôt, afin de lui poser des questions auxquelles il ne pouvait encore répondre.

13

Bak et Imsiba levèrent la voile pour Kor aux premières lueurs de l'aube. Le Medjai était de bonne humeur, et sa soirée avec Sitamon lui avait rendu son amour-propre. Il parlait peu d'elle, mais quand Bak le complimenta sur le nouveau bandage bien net sur son bras, il admit d'une voix vibrante de fierté qu'elle avait soigné la plaie.

Le fleuve était placide et une belle brise les poussait vers l'amont à vive allure. En moins de la moitié du temps qu'il eût fallu pour couvrir cette distance à pied, ils purent descendre leur voile et tirer l'embarcation non loin du port encombré, sur un bout de berge encore saturé d'humidité après le retrait des eaux. Imsiba se dirigea vers des barques de pêche alignées au bord de la rive, où des hommes rassemblaient les filets mis à sécher durant la nuit.

Bak marcha vers le port. Des vaisseaux de toutes tailles étaient attachés parfois sur trois rangées le long d'un quai que surplombaient des remparts en brique à moitié délabrés. La reprise du trafic, annoncée la veille, mais à une heure trop tardive pour naviguer, allégeait le pas des travailleurs du fleuve et égayait leur voix. Cette joie communicative créait une atmosphère allègre qui, priait Bak avec ferveur, se révélerait justifiée.

Les gros navires oscillaient sur l'onde comme depuis près d'une semaine, leur pont chargé de hautes piles de marchandises, les équipages passant leurs dernières heures dans l'oisiveté. Les capitaines, en petits groupes sur le rivage, bavardaient avec animation. D'après quelques bribes surprises par Bak, ils causaient principalement du banquet de Thouti et, comme il l'avait espéré, ils ne manifestaient aucun désir de partir.

Sur le pont des bateaux plus modestes, des matelots presque nus s'affairaient en vue de hisser la voile. Leurs patrons, de petits marchands impatients de reprendre leurs affaires, dansaient presque de bonheur en lançant des ordres. Telles des bêtes de somme nautiques, ces barques faisaient la navette chargées de la production locale, s'arrêtaient aux villages pour prendre à bord ou pour livrer les denrées nécessaires à la vie. Pas de banquet pour leurs capitaines ; eux ne coudoieraient pas les grands accoutumés au luxe, bien loin de leur labeur sans fin.

Bak repéra un homme chauve aux jambes fluettes qu'il connaissait, et dont le robuste vaisseau circulait entre Bouhen et Ma'am.

— Je cherche Ouensou, le Kouchite qui possède un petit navire marchand dans lequel il descend le Ventre de Pierres. Le connais-tu ?

— Oui, mais hélas tu manques de chance, lieutenant, répondit l'homme en se grattant le crâne, les sourcils froncés. Il est parti voici près d'une semaine. Je ne l'ai pas revu depuis.

La bonne humeur de Bak s'envola, toutefois il ravala sa déception. Depuis le temps, il aurait dû apprendre qu'on ne s'en remettait pas aveuglément à la faveur des dieux.

— Sais-tu où il allait ?

— Un soir il était là, le lendemain au point du jour il avait disparu. C'est tout ce que je peux te dire.

— Ouensou, le fou de Kouch, dit Neboua, crachant sur un pan de rempart en ruine pour souligner son mépris.

Bak se trouvait au sommet du fortin avec l'officier aux traits rudes, et contemplait la rive. Au-delà coulait un fleuve d'or bruni, pareil à un miroir ondoyant réfléchissant le ciel qu'illuminait Kheprê, le soleil levant.

— Nous espérions le trouver ici, à Kor, immobilisé au même titre que les autres, mais j'apprends qu'il est parti depuis près d'une semaine.

Bak ne voulait en aucun cas blesser son ami, cependant, malgré ses efforts, il ne pouvait bannir toute accusation et tout reproche de sa voix.

— Si tu réfléchis bien, lieutenant, répliqua Neboua non sans agacement, tu te rappelleras que nous avons commencé à fouiller tous les bateaux et les caravanes plusieurs jours avant la mort de Mahou et la décision de Thouti d'arrêter le trafic. J'ai remarqué Ouensou en train de parler avec Mahou le jour de mon arrivée à Kor, et je ne l'ai pas revu depuis. Cela ne me surprend pas. En fine mouche qu'il est, il a filé dès qu'il a constaté la minutie de nos inspections. Je parierais une jarre du meilleur vin qui se trouve à Kemet qu'en ce moment même il navigue au sud de Semneh, libre comme l'air.

Le sarcasme de Neboua peina Bak autant que la justesse de ses propos. Le policier lui adressa son sourire le plus chaleureux.

— La déception, et non la méchanceté, mon frère, m'a poussé à m'exprimer ainsi.

Le terme d'affection radoucit Neboua, qui admit :

— Et moi, c'est la frustration. J'ai hâte de retourner à Bouhen, auprès de ma femme et de mon enfant, vers des visages aimables, et non de côtoyer des hommes qui se détournent, de crainte que j'invente une raison supplémentaire de les retenir dans cet endroit misérable.

— Agenouille-toi dans tous les sanctuaires de Kor et implore la faveur des divinités, conseilla Bak, sérieux malgré son ton enjoué. Si Imsiba et moi parvenons à localiser le mystérieux tombeau d'Intef, avec de la chance il sera encore rempli de contrebande, et nous y tendrons un guet-apens à l'homme sans tête. Seule sa capture signifiera la fin de cette besogne ingrate.

— Je vais faire plus que prier, affirma Neboua en

lui donnant une claque sur l'épaule. J'enverrai des patrouilles sur la piste qui traverse le Ventre de Pierres, avec pour consigne de chercher Ouensou. S'il est aussi malin que je le crois, il est hors d'atteinte, au pays de Kouch, mais on ne peut se permettre de baisser les bras. Il serait possible de dissimuler un léger problème au vizir, pas une affaire dont tout le monde connaît la gravité.

Bak préféra ne pas songer aux conséquences d'un échec.

— A quoi ressemble ce Ouensou ?

— Comme marin, il n'a pas son égal. Il a grandi dans le désert, mais il se sent plus à l'aise sur l'eau que sur la terre ferme. Je sais, ajouta Neboua avec un sourire en remarquant l'air harassé de Bak, tout cela ne t'apprend rien.

Il frotta son menton piquant, bleui par la barbe de la veille, et tenta d'affiner sa description :

— Imagine une version plus petite et plus brune du capitaine Roï. Il a pour seuls amis ses hommes d'équipage et ne se fie à personne.

— Je présume que l'homme sans tête se cache parmi mes suspects, et que Ouensou est son instrument. Pourtant, par deux fois tu as fait allusion à son intelligence.

— « Ruse » serait un terme plus approprié. Sa pensée n'est ni complexe ni subtile.

— Pourrait-il avoir tué Mahou et Intef ? Les Kouchites ont la réputation de manier l'arc avec une grande dextérité.

— Pas plus que les hommes de Kemet ! protesta Neboua, qui sourit aussitôt de sa propre véhémence. Et Ouensou encore moins. Son bras gauche est faible et atrophié, sa main tordue et déformée n'est que l'ombre pathétique de sa droite, à la suite d'un accident survenu dans son enfance.

— Ce bras devrait le rendre aisément identifiable, dit Imsiba en esquivant un porteur d'eau, deux grosses jarres suspendues à un joug en travers de ses épaules. Et, si j'en crois les pêcheurs, son navire est tout aussi facile à repérer.

Bak s'écarta pour céder le passage à un homme qui serrait un agneau bêlant dans ses bras.

— Ils sont bien sûrs que Ouensou n'est pas parti vers le sud ?

Imsiba secoua la tête, non parce qu'il ne savait que répondre, mais parce que toute conversation était impossible. Ils continuèrent sans mot dire sur le chemin parallèle au port, bousculés par des gens sifflant, chantant, criant, animés à la perspective de tourner le dos à Kor. Bientôt ils quittèrent le quai, laissant derrière eux l'effervescence, échangeant les odeurs de sueur, d'animaux et d'épices exotiques contre celles du fleuve et de la riche terre noire gorgée d'eau.

— A l'arrêt du trafic, reprit Imsiba, ceux qui halent les navires à contre-courant dans les rapides ont déposé leurs cordages pour se remettre aux cultures. Ils craignent le courroux de la puissante Kemet.

— Tu sais aussi bien que moi qu'ils fermeraient leur cœur à Amon lui-même si on leur offrait une récompense assez généreuse et une chance correcte de s'en sortir.

Imsiba éclata de rire.

— Les pêcheurs jurent qu'il n'est pas parti vers le sud. Je ne vois pas pour quelle raison ils mentiraient.

— Neboua en jugera.

Deux petits garçons munis de cannes à pêche marchaient côte à côte le long du chemin, pouffant chaque fois qu'ils se cognaient les épaules. Bak leur fit signe. Il énonça un message, leur demanda de le répéter jusqu'à ce qu'il soit sûr qu'ils avaient bien compris, puis les renvoya sur leur chemin.

— L'un des pêcheurs connaissait-il l'endroit où le capitaine Roï retrouvait l'homme sans tête ?

— Si c'est le cas, ils se gardent bien de l'admettre. Mais il y a quelque temps, deux frères, forcés de rester sur le fleuve après la nuit tombée, ont failli être renversés par un navire qui évoluait dans une obscurité complète, avec un équipage silencieux et furtif. Au matin, ils ont trouvé un trou dans la proue de leur esquif. Il a fallu près d'une semaine pour réparer, pendant laquelle leurs enfants et leurs femmes ont souffert de la faim.

— On dirait l'œuvre de Ouensou, plutôt que celle de Roï.

Bak pinça les lèvres. Le Kouchite devait être arrêté au plus tôt, avant qu'il ne provoque un naufrage où périraient tous les témoins.

— S'ils sont aussi terrorisés que Ramosé, je suis surpris qu'ils en aient parlé.

— C'est un autre qui m'a chuchoté l'histoire à l'oreille, dans l'espoir que je repartirais. Il craignait que ma présence prolongée attire la colère de Ouensou sur tous les pêcheurs de Kor.

— Ils ont eu vite fait de voir le lien entre lui et cette menace !

— Probable qu'ils ont reconnu son navire, même en pleine nuit. Il n'y en a pas un parmi eux qui n'échangerait femme et enfants contre la chance de posséder un tel bateau.

Bak regarda le fleuve en aval, où une douzaine de barques de pêche s'éloignaient de la berge, leurs voiles rouges, jaunes ou multicolores s'enflant sous la brise.

— Ils partent. On dirait que tes questions les ont mis en fuite.

— Si les dieux ne nous sourient pas, mon ami, nous aurons accompli ce voyage en vain, grommela Imsiba.

Le lieutenant se représenta le paysage au-dessus de Kor, rocailleux, désolé et ingrat, mais néanmoins habité. Là-bas, une cachette ne pouvait demeurer secrète. En y regardant d'assez près, on trouvait toujours une cabane, un petit jardin, un bout de pâturage. A l'instar des pêcheurs, leurs propriétaires pouvaient feindre d'être aveugles et sourds, mais il se trouverait bien quelqu'un qui avait des yeux pour voir et une langue pour parler.

Bak, debout à l'avant, propulsait l'embarcation à travers les joncs dans les eaux peu profondes.

— On m'a décrit le navire de Ouensou à maintes reprises. Si souvent, en fait, que la répétition a émoussé mon jugement et chassé la question que j'aurais dû poser depuis le début. Y a-t-il fait figurer un quelconque signe de propriété ?

— Comme nombre de Kouchites, il vénère les vaches à longues cornes, répondit Imsiba, repoussant un tronc de palmier pourri à l'aide de sa rame. La tête de son animal d'élection est peinte en rouge sur sa proue, avec des cornes torsadées, conformément à ses croyances.

L'esquif glissa à travers les derniers joncs. Les rapides s'en emparèrent pour l'entraîner vers un groupe de rochers déchiquetés. Bak faillit perdre l'équilibre, s'accroupit et plongea sa rame du côté opposé afin de maintenir l'embarcation à distance, évitant une collision certaine. Le gouvernail bloqué sous le coude, Imsiba borda la voile de manière à gagner des eaux plus profondes.

Depuis des heures, ils s'enfonçaient vers le sud dans le Ventre de Pierres. Les flots étaient turbulents, encaissés dans cette passe étroite et obstruée par des îles, certaines vastes, la plupart petites, beaucoup guère plus grandes que de gros rochers. De temps à autre, des bouillonnements perturbaient le cours du fleuve ou des rides indiquaient d'invisibles écueils.

Bak regrettait de tout son cœur de ne pas avoir amené un pêcheur de Kor. Un guide, même réticent, aurait mieux valu que pas de guide du tout. Des eaux encore très hautes le plus souvent recouvraient les berges naturelles du fleuve. Ni Imsiba ni lui ne connaissaient bien cette région, et à voir les nombreux îlots rocheux, ils n'avaient aucune idée de ceux qui pouvaient abriter un navire de la taille de celui du capitaine Roï. Ils ne savaient pas davantage quelle voie était la plus sûre.

Par ailleurs, ils n'avaient rencontré aucun succès dans les quelques hameaux minuscules qu'ils avaient découverts, nichés parmi les rochers. Les habitants — isolés, pauvres, méfiants — se dérobaient et attendaient du chef ou de l'ancien qu'il parle en leur nom. Avec un bel ensemble, ils prétendaient ignorer si un navire chargeait ou déchargeait pendant la nuit. Nul ne regardait Bak dans les yeux, mais mentaient-ils par peur des contrebandiers, ou redoutaient-ils simplement l'autorité qu'il représentait ? Il ne savait plus que penser.

A l'ouest, une épine de granit noir se dressait, solitaire, au-dessus d'une interminable pente de sable doré descendant de la longue arête où le corps d'Intef avait été retrouvé. Devant, l'extrémité inférieure de l'épine, baignée par le fleuve enflé, s'était effondrée depuis longtemps. Elle formait un chaos minéral érodé par le vent, le soleil et les flots. Une écume blanche signalait des rochers à fleur d'eau et avertissait le batelier prudent de passer à l'écart.

Imsiba contemplait ces bouillonnements avec répugnance.

— Un navire comme celui de Roï ne pourrait pénétrer si loin dans le Ventre de Pierres, sauf quelques mois par an.

— Je n'ai pas demandé à l'équipage quelle était la fréquence de leurs venues, admit Bak. Sans doute uniquement pendant la crue, quand Ouensou pouvait descendre le Ventre de Pierres pour apporter un chargement à l'homme sans tête. Roï se rendait ici, chargeait autant qu'il osait transporter en une fois, et regagnait Abou muni d'un faux manifeste. Mais j'imagine que c'était rare.

— Oui, d'autant plus que les rendez-vous avec Ouensou étaient difficiles à respecter en raison de la longueur du trajet et des impondérables.

Bak hocha la tête.

— Ce qui justifie l'emploi d'un dépôt temporaire, en d'autres termes le tombeau découvert par Intef.

Les rapides s'éloignèrent derrière eux et leur voile déployée les poussa autour des récifs, révélant une petite crique. La brise du nord se heurta contre une paroi de granit, dernier vestige de l'arête qui résistait encore aux intempéries. La voile tomba, et le navire fut emporté sur sa lancée dans des eaux paisibles. En amont, un surplomb abrupt aussi gros qu'une immense nef de guerre détournait le courant, tandis que le replat de l'escarpement formait une sorte de quai en aval. Des tamaris croissaient à profusion au fond de la crique et derrière le bloc rocheux. Le paysage ne pouvait certes pas masquer entièrement un navire et des hommes chargeant de la marchandise, mais aurait certainement abusé les soldats des tours de garde lointaines qui dominaient les pistes du désert, surtout par une nuit sans lune.

Bak adressa à Imsiba un sourire hésitant. Il avait été trop souvent déçu dans la matinée pour s'abandonner à l'espoir.

— Cela paraît un coin idéal pour jeter les amarres.

— Où est l'oasis toute proche ? demanda le Medjai, également prudent. Ce n'est sûrement pas ce bosquet de tamaris.

Il prit les avirons pendant que Bak baissait la vergue et fixait la voile. Osant à peine respirer, ils ramèrent sur toute la longueur du replat, cherchant des traces d'usure sur le roc. Ils trouvèrent plusieurs endroits où la pierre était blanche et cendreuse, comme bosselée. Avec une confiance croissante, ils tirèrent l'esquif sous les arbres et se hâtèrent d'examiner les lieux. Ils découvrirent sans peine les piquets d'amarrage que Roï et Ouensou avaient laissés derrière eux. Après une matinée si décourageante, ils croyaient à peine à leur chance. C'était enfin l'endroit qu'ils cherchaient.

D'en haut de l'escarpement, ils distinguèrent des palmiers en direction du sud. De lourdes grappes de dattes rougeâtres pendaient à leurs cimes. Là-bas, devina Bak, ils trouveraient l'oasis. Et, comme un fruit ne se développait pas à moins d'être fertilisé par l'homme, celui qui les cultivait ne serait pas loin.

Un sentier battu à travers les tamaris les conduisit à un triangle irrégulier de terre noire fertile déposée dans le lit d'un cours d'eau, asséché depuis longtemps à la suite d'un glissement de terrain. Le centre de l'oasis, creusé de rigoles délimitant les différents coins de jardin, était ouvert au soleil. Des plants minuscules perçaient le sol encore humide — oignons, melons, haricots et lentilles —, tandis que le trèfle explosait en un riche tapis de verdure. Sur la périphérie, des palmiers et quelques acacias procuraient un ombrage à des chèvres, des moutons, quatre ânes et un bœuf brun-gris. Une maisonnette en brique crue se blottissait au pied de l'ancien glissement de terrain. Bak supposa qu'elle se composait d'une pièce au niveau du sol et d'une ou deux autres, souterraines, à l'arrière. De la fumée montait d'un four extérieur. L'arôme du pain en train de cuire lui rappela le repas de midi qu'ils avaient laissé intact dans leur esquif.

Les animaux étaient gras, leur poil luisant. Une remise au toit en nattes de joncs abritait plus d'une douzaine de bottes de foin. Des canards, des oies et des oiseaux sauvages grattaient la terre autour d'autant de jarres rouges ventrues, sans doute utilisées pour conserver le grain.

Imsiba résuma tout haut la conclusion de Bak :

— Ces gens semblent jouir d'une étonnante prospérité.

— Penses-tu que les dieux leur dispensent des présents dans la nuit ? demanda Bak avec un sourire.

— Les dieux ? Plus vraisemblablement un homme sans tête.

Le propriétaire aux épaules carrées, âgé comme Bak d'environ vingt-cinq ans, était installé au bord du fleuve sur une barque retournée, où il nettoyait du poisson. Dès qu'il aperçut les deux policiers qui approchaient, il se leva, son couteau à étriper à la main, et les observa sans un geste de bienvenue.

Une jeune femme potelée était assise devant la maison à l'ombre d'un acacia, ses jambes repliées sous elle. Elle façonnait un récipient dans de l'argile, sans tour, à la mode d'autrefois. Un bébé dormait près d'elle sur une paillasse, pendant qu'une fillette de trois ou quatre ans malaxait de la terre noire dans un bol. La petite remarqua les inconnus et les montra du doigt. La femme se releva, prit le bébé dans ses bras puis attrapa la fillette par le bras pour l'entraîner à l'intérieur de la maison. Un garçon d'environ six ans, debout dans l'ombre mouchetée des palmiers-dattiers, fixait les deux hommes en suçant son pouce.

— Que de hâte à lier connaissance ! ironisa Imsiba.

Bak resta sombre. Son sens de l'humour lui faisait pour une fois défaut.

— Comme tous ceux à qui nous avons parlé aujourd'hui. Mais je crois que ces gens en ont une raison plus sérieuse.

Il leva son bâton de commandement et fit signe à l'homme. Sans se presser, celui-ci reposa le poisson et le couteau dans un panier avant de s'avancer vers eux. Bak ne bougea pas d'un pouce, obligeant l'autre à parcourir toute la distance. Les habitants de la région ne se fiaient certes pas aux autorités, mais respectaient le pouvoir dont elles étaient investies.

— Je suis le lieutenant Bak, officier en charge de la police medjai de Bouhen, et voici mon sergent, Imsiba, dit-il d'une voix sèche, mais assez agréable. Nous venons pour un motif important.

— Je m'appelle Kefia. On voit peu d'étrangers, par ici, et on sait peu de chose sur le monde au-dehors de notre petite oasis.

Son visage, aussi carré que son corps, demeura impassible et fermé sous le regard inquisiteur de Bak, qui répliqua :

— La baie offre un havre si agréable que j'aurais cru qu'elle attirait beaucoup de gens. Des pêcheurs. Des cultivateurs venus troquer leur surplus de production. Des haleurs du Ventre de Pierres, durant la crue.

Il s'arrêta, laissant Kefia penser ce qu'il voulait, puis il termina d'une voix dure :

— Et des contrebandiers qui se croient assez malins pour échapper à la loi.

L'homme battit des paupières mais ne parut pas autrement ému.

— Ceux qui veulent échanger du poisson, du gibier ou d'autres produits viennent chez nous. Quant à des malfaiteurs... On ne cherche pas les ennuis et eux non plus, dit-il en haussant les épaules. Ils se tiennent à l'écart, et je leur souhaite bon vent.

Imsiba le fixa sans aménité.

— Laisser des contrebandiers se livrer à leur fraude constitue une offense contre Maât et contre notre reine, Maakarê Hatchepsout.

Un groupe de pigeons s'envola dans un grand froissement d'ailes sur une île en aval, fournissant une excuse à Kefia pour éviter le regard scrutateur du Medjai.

— Moi, je me mêle de mes affaires.

Bak ressentit une terrible envie de le secouer pour lui arracher la vérité, au lieu de quoi il se borna à sourire.

— C'est une belle terre que tu as là, toutefois je l'aurais cru bien petite pour nécessiter un bœuf comme bête de somme.

Kefia lança un coup d'œil au bovin et sa voix devint bourrue.

— Comme tu peux le voir par toi-même, je suis le seul homme ici. Je n'ai pas de fils en âge de travailler dans les champs. Le bœuf m'aide à labourer.

— Mais ces petits champs ne produisent sans doute pas assez de fourrage pour nourrir un bœuf que tu utilises seulement une fois l'an. Sans compter quatre ânes voraces.

— C'est pour les dattes, répondit Kefia un peu trop vite et avec un peu trop de véhémence. Les miennes sont les plus belles de tout le Ventre de Pierres. Je les vends sur le marché de Bouhen et j'ai besoin des ânes pour les transporter.

Bak répliqua d'un air incrédule :

— Tu traînes des dattes à dos de baudet pendant plus

d'un jour de marche, le long d'une piste poussiéreuse, quand un bateau serait plus propre et plus rapide ?

L'homme tenta de soutenir le regard de Bak, mais s'en montra incapable.

— Deux innocents ont été tués, Kefia. Ils ont perdu la vie à cause de ceux que tu protèges. Qui te dit qu'ils ne se retourneront pas contre toi ? Si je reviens demain, et que je vous trouve assassinés, ta famille et toi, nul ne pourra me reprocher de ne pas t'avoir prévenu.

Kefia poussa un gémissement sourd et enfouit son visage dans ses mains. Il dit d'une voix tremblante :

— Entendu ! Je vais parler ! Mais c'est déjà comme si j'étais mort.

Bak échangea avec Imsiba un bref regard de soulagement, mais il n'oublia pas pour autant la peur qu'il avait ressentie tout au long de leur voyage en amont.

— Tu dois quitter cet endroit immédiatement, dit-il d'un ton radouci. Tu possèdes une barque, à ce que je vois. Emmène ta famille à Kor. Dis au capitaine d'infanterie Neboua que je t'envoie. Il assurera ta protection jusqu'à ce que j'aie mis la main sur les hommes que tu redoutes.

— Et mes bêtes ? Mes tendres pousses ? Je ne peux pas les abandonner, elles se dessécheront et mourront !

— Il enverra des soldats veiller sur tes biens. Maintenant dis-moi ce que tu sais sans rien omettre, et commence par une description de tes visiteurs nocturnes.

— Je n'ai jamais vu personne !

Imsiba eut un rire narquois.

— Tu n'es jamais allé dans la crique ? Tu ne t'es jamais caché dans le noir, pour observer les hommes qui chargent ou déchargent leur cargaison ?

— Jamais ! Je le jure ! Pour dire la vérité, j'avais peur, dit Kefia, courbant la tête avec honte.

— Et ces bêtes de somme, reprit Bak, sont-elle apparues un jour comme par magie ?

Kefia eut un geste de dénégation et gémit :

— Une nuit que j'étais couché, une voix m'a réveillé.

Une voix d'homme, qui m'a ordonné de rester dans la maison et de ne pas chercher à le voir. Il a dit qu'il avait amené un bœuf et quatre ânes, du grain et du fourrage pour les bêtes, ainsi que des jarres d'huile et des pièces de lin pour ma famille. Je devais m'occuper des animaux comme si c'étaient les miens. Si d'aventure j'entendais ses pas la nuit, je ne devais pas chercher à le voir ou à le suivre. Et je ne devais jamais m'approcher de la crique une fois la nuit tombée.

Kefia s'éclaircit la gorge et déglutit péniblement.

— Tant que j'obéirais, me dit-il, je serais grassement récompensé, mais si je le trahissais... les miens et moi péririons, acheva-t-il en un murmure, d'une voix brisée.

— Tu as donc fait ce qu'on te disait, affirma Imsiba pour mieux le sonder.

— Oui. Parfois, quelqu'un emmène puis ramène les bêtes dans la nuit, et au matin je découvre des présents sur le seuil. Quand ensuite je vais dans la baie, je vois les signes du passage d'un bateau, d'une présence humaine. C'est tout ce que je peux vous dire ! Je le jure ! geignit-il d'une voix suraiguë et chevrotante.

Pas plus qu'Imsiba, Bak ne pouvait croire que Kefia avait résisté à l'envie d'espionner son bienfaiteur. Le pousser à l'admettre serait difficile, voire impossible. Il jugea préférable d'aller voir plus loin. Un autre aurait peut-être moins à perdre en parlant.

— Les pigeons provenaient du nord de l'île, dit Bak. Il y en avait au moins cent. Nous allons sûrement trouver celui qui les élève.

Assis à la proue de l'esquif, il scrutait la surface bouillonnante à sa droite, où des rochers se cachaient sous une écume délicate. Imsiba leva les yeux vers l'à-pic de roche noire dont le sommet était couronné par un acacia au feuillage ombreux.

— La vue d'en haut doit être impressionnante. Je me demande si l'on distingue la crique, par les nuits sans lune...

— Regarde ! indiqua Bak. Des chèvres !

Devant eux, la falaise s'affaissait brusquement et les éboulis formaient une pente plus douce. Des acacias et des herbes dures s'accrochaient près du sommet, alors que des tamaris frangeaient la partie inférieure. Une demi-douzaine de chèvres au pied sûr les observaient sans crainte.

— Le vieillard dont parlait le serviteur de Nebamon ne venait-il pas à Bouhen pour y vendre des chèvres ?

— En effet, et vu la proximité de la crique...

Bak laissa la pensée et l'espoir en suspens.

Ayant contourné un épaulement luisant, ils tombèrent sur une nacelle de papyrus ramenée sur les mauvaises herbes, au-dessus du bord de l'eau. Un petit homme sec aux cheveux gris était assis sur un surplomb rocheux, un bâton de pêche à la main. A l'instant où ils furent en vue, il planta son bâton dans la terre, s'arc-bouta pour se mettre debout et dévala la pente vers eux. Il tira la proue de leur bateau afin de les aider à débarquer.

— Tu en as mis du temps à arriver, lieutenant ! dit-il avec un large sourire.

Bak éclata de rire. La nouvelle de leur mission les avait devancés.

— Si tu sais qui nous sommes, tu sais assurément pourquoi nous venons.

— A cause de l'homme sans tête.

Tout en aidant Imsiba à hisser l'embarcation sur la berge, le vieillard contempla avec convoitise les armes couchées dans la coque et le panier de provisions qu'ils n'avaient toujours pas entamées.

— Je l'ai vu. Pas seulement de là-haut, dit-il, agitant la main vers le point culminant de l'île, mais aussi de l'eau. Je n'ai pas pu trop m'approcher, remarquez, mais assez pour distinguer l'étoffe noire drapée autour de sa tête et pour l'entendre parler aux capitaines des navires qui mouillaient dans la baie. J'ai vu les objets magnifiques qu'ils avaient fait passer en fraude.

Comme maints de ceux qui vivaient loin de leurs semblables, il était loquace à l'excès. Bak l'observait avec attention.

— Puisque tu as tout vu, pour quelle raison n'es-tu pas venu nous avertir plus tôt ?

— Par peur, tout simplement.

— Pourquoi ce revirement ? voulut savoir le Medjai.

Le vieillard eut un haussement d'épaules exagéré :

— Je trouve qu'il est temps d'équilibrer les plateaux de la balance.

« Et maintenant que nous talonnons les contrebandiers, pensa Bak, tu trouves plus sûr de rechercher une récompense. D'où ton voyage à Bouhen. »

— Vieil homme, nous avons du pain, de la bière et de l'oie. Pouvons-nous trouver un endroit confortable où s'asseoir ? Nous bavarderons tout en partageant cette nourriture.

Les yeux brillants de gourmandise, le vieux indiqua un étroit chemin sinueux grimpant vers les hauteurs.

— On m'appelle Ahmosé. Bienvenue sur mon île.

Cette île était une gigantesque masse de rocs craquelés et brisés dont les moindres renfoncements s'étaient emplis, au fil des siècles, de sable et de limon. Les lopins plus étendus étaient plantés de fruits et de légumes, les plus modestes fournissaient les herbages, les buissons et les arbres sauvages dont s'alimentaient les chèvres. Un lieu presque idyllique, à l'abri des maraudeurs du désert et des intrus, et cependant précaire. Porter de l'eau jusqu'aux terres les plus hautes nécessitait un labeur exténuant, perpétuellement recommencé.

Non loin du sommet, une minuscule maison en brique crue derrière une cour entourée d'un mur était en partie ombragée par les acacias. Un colombier se dressait à côté et quatre ruches en terre cuite occupaient une anfractuosité rocheuse dominant la maison. A leur approche, une vieille toute ratatinée disparut à l'intérieur, laissant un tas de farine grossière près d'une meule.

— Ma belle-mère, précisa Ahmosé. Il ne reste plus que nous deux, à présent. Mon épouse, mes fils et mes filles, mes petits-enfants... La plupart sont morts, les autres sont partis.

Bak en comprenait bien la raison. Peu de gens se seraient accommodés d'une telle solitude. Même si l'île offrait une rare liberté, il fallait supporter de vivre pratiquement seul avec ses propres pensées.

Imsiba s'assit en tailleur à l'ombre et découpa l'oie en quatre portions. Il en remballa une dans des feuilles tendres et la posa près de la meule. Ahmosé parut surpris, mais n'émit pas de commentaire pendant que le Medjai distribuait les autres parts.

— Maintenant, vieil homme, dis-moi, commença Bak en prenant place auprès de son ami. Depuis combien de temps observes-tu ces rencontres secrètes pendant la nuit ?

— Depuis plus d'une année, répondit Ahmosé, cherchant une position confortable pour son derrière osseux. Rudement distrayant, ça. Et il y a de quoi ouvrir les yeux.

— Raconte-nous.

Bak lui tendit une petite miche de pain rond, mais garda la cruche de bière comme s'il était trop captivé par la réponse pour songer à la faire passer. Il avait la certitude que le vieillard était à l'origine de l'histoire rapportée par Nebamon, qu'il l'avait racontée sciemment afin d'attirer une patrouille du désert ou la police, et qu'il désirait quelque chose en échange de l'information qu'il comptait fournir.

Le vieux déchira un morceau de la miche croustillante, le fourra dans sa bouche et se mit à mastiquer, prolongeant leur attente. Les pigeons revinrent dans un grand bruissement d'ailes se poser sur le mur de la cour, sur le toit, le colombier ou par terre. Imsiba recouvrit le grain fraîchement moulu d'une natte de roseaux qui se trouvait sur le mur.

— J'ai besoin d'un serviteur, déclara Ahmosé. Un gaillard jeune et vigoureux pour m'aider à m'occuper de mes légumes et de mes oiseaux. Pour porter l'eau quand les plantes ont soif et pour nourrir les animaux quand ils ont faim. Pour cuisiner et nettoyer à la place de la vieille, car elle n'arrive plus à rien faire correctement. Et aussi pour nous soigner quand nous n'aurons plus de forces.

Bak réprima un sourire. La requête était raisonnable, le besoin probablement plus pressant que le vieil homme ne le laissait paraître, mais le policier avait trop d'expérience pour accepter tout de suite.

— Jusqu'à ce que je sache ce que tu as à m'offrir, je ne peux que réfléchir à ta requête.

— Deux navires, voilà ce que j'ai vu.

Ahmosé s'interrompit, feignit de mettre de l'ordre dans ses pensées. Ses yeux se tournèrent vers la cruche de bière que Bak tenait toujours, puis tombèrent sur la portion d'oie qu'Imsiba lui avait servie.

— L'un des deux est petit, maniable et sûr au milieu des rochers. Son maître est un homme du Sud, capable de voir dans le noir et de dire rien qu'au seul murmure de l'eau ce qui se cache sous la surface. Le second est un gros bateau de commerce, le capitaine, un homme de Kemet qui porte le nom de Roï. Lui aussi connaît bien ces eaux, mais il est gêné par la taille de son vaisseau.

— Tu ne m'as rien dit que je ne sache déjà, répliqua Bak, fixant soudain la cruche comme surpris de la voir dans sa main, avant de la lancer au vieux, qui l'attrapa avec la prestesse d'un adolescent. Pour mériter une récompense, tu dois me donner des informations beaucoup plus intéressantes que ça.

La bouche d'Ahmosé se crispa en une mince ligne obstinée.

— Je ne suis plus jeune, lieutenant, plus capable de me protéger et de préserver mes biens. Si je te révèle ce que tu veux entendre, qu'est-ce qui m'assure que l'homme sans tête ne viendra pas nous égorger, la vieille et moi ? Comment saurai-je qu'il ne volera pas mes bêtes pour les laisser crever de faim ?

Bak échangea un regard las avec Imsiba. La question, quoique légitime, poussait leur patience à bout. Après avoir pris grand soin de les attirer sur l'île, Ahmosé marchandait comme pour du bétail.

— Des soldats viendront demain s'occuper des bêtes et des champs de Kefia. Je veillerai à ce qu'ils prennent également soin de toi, de ta belle-mère et de tes biens.

Ahmosé rongea sa cuisse de volaille et mastiqua lentement, attendant sans doute une réponse au sujet du serviteur dont il avait besoin. Voyant que Bak ne disait mot et ne pliait pas, il poussa un long soupir résigné.

— J'ai vu l'homme sans tête prendre le bœuf chez Kefia et s'enfoncer avec lui au cœur de la nuit. Quelquefois il rejoint un bateau, celui du Kouchite, et il charge un lourd coffre de bois sur un traîneau, que le bœuf tire ensuite. Parfois le fardeau est si énorme qu'il charge aussi les ânes de Kefia. Ils forment une caravane et ils s'éloignent tous ensemble.

— Et les autres fois ? interrogea Bak.

— Mmmmm ! Voilà les gâteaux et le miel ! s'exclama Imsiba en tirant un paquet enveloppé de feuilles et une petite cruche.

Les yeux d'Ahmosé brillèrent et il fixa le paquet, l'eau à la bouche. Il semblait avoir un faible pour les douceurs, que sans doute la vieille femme ne pouvait plus lui préparer.

— Il s'en va avec le bœuf et ramène un traîneau plein de marchandise. Tout ce qui s'y trouve est embarqué sur le navire du capitaine Roï.

— Où s'en va-t-il, quand il s'éloigne avec le bœuf ? Dans le désert ?

Ahmosé regarda Imsiba écarter largement les feuilles, qui révélèrent des gâteaux à la croûte brune enrobée de miel, et il se lécha inconsciemment les lèvres.

— Il marche vers l'ouest, ça oui, mais je n'ai pas été voir quelle distance il parcourt. La vie m'a depuis longtemps appris la valeur de la prudence.

Bak le comprenait. Un homme âgé, dont la force l'avait quitté, n'avait pas envie d'attirer l'attention en laissant dans le sable des traces que l'homme sans tête aurait suivies à coup sûr.

— Sa nuit de travail finie, il ramène le bœuf et les ânes chez Kefia. Où s'en va-t-il après ?

Ahmosé hésita. A en juger par son expression, il avait bien conscience de la valeur de l'information qu'il avait livrée jusqu'alors et répugnait à dévoiler le reste avant d'avoir l'assurance d'être récompensé. Tandis qu'Imsiba faisait couler un filet de miel sur un gâteau, le vieux fixait le ruisselet doré, l'envie et l'indécision alternant sur son visage.

Il détourna son regard non sans effort.

— Lieutenant, j'ai entendu dire que tu es un homme juste et au cœur généreux. Comment peux-tu me prendre quelque chose sans rien m'offrir en retour, quand tu récompenses royalement d'autres moins coopératifs ?

« La nouvelle des objets que j'ai laissés à Pahouro s'est-elle répandue aussi loin ? » se demanda Bak.

— Ne crois pas tout ce que tu entends, vieil homme. Les histoires tendent à être amplifiées en proportion directe avec les désirs de celui qui écoute.

Les traits d'Ahmosé se défirent, reflétant la résignation d'un homme persuadé qu'il devrait se contenter de sucreries au lieu du serviteur requis.

Bak lui effleura le bras en lui adressant un sourire rassurant.

— Tu auras ta récompense, n'aie crainte. Non pas un serviteur, mais deux : un jeune homme qui allégera ton fardeau, et une femme qui le rendra heureux en ce lieu solitaire.

Ahmosé le fixa, bouche bée. Puis il baissa la tête, dissimulant son visage, et parla d'une voix rauque à cause de ses larmes de joie.

— L'homme sans tête remonte le fleuve. A une demi-heure de marche de la terre de Kefia, il trouve un bras secondaire où un petit esquif est caché parmi les roseaux. Il grimpe à bord, le pousse dans le courant, et se laisse emporter au fil de l'eau à travers les ténèbres.

14

— Tu n'aurais pas dû promettre autant. Thouti ne sera pas content, raisonna Imsiba, enfoncé jusqu'aux chevilles dans le sable épais, en scrutant l'île qu'ils venaient de quitter par-delà les eaux tumultueuses.

— Que voulais-tu que je fasse ? répondit Bak. Ne rien donner à ce vieillard ?

— Où trouveras-tu les serviteurs ? Thouti se plaint déjà que tu cherches à usurper ses pouvoirs, alors tu te doutes bien qu'il n'ordonnera pas à l'intendant en chef de satisfaire ta demande.

Imsiba était animé de bonnes intentions, Bak le savait, néanmoins il ne reviendrait pas sur sa décision.

— Cette terre ne peut prospérer que grâce à un dur labeur. Si Ahmosé se casse la jambe ou tombe malade, elle retournera à l'état sauvage en l'espace d'une saison. Lui et la vieille femme mourront de faim.

Fermant son cœur à toute critique, il grimpa au sommet de la longue crête étroite et battue par le vent, dont l'extrémité inférieure formait le replat où Ouensou et Roï s'étaient amarrés. Il aperçut Ahmosé qui regardait dans leur direction au sommet de l'île, trop curieux pour vaquer à ses occupations. Une tache blanche parmi les fourrés, plus bas, pouvait être sa belle-mère les observant aussi.

Le grand Medjai escalada la pente pour le rejoindre.

— Cette vie-là nous paraît bien isolée, mais, en définitive, Ahmosé et Kefia sont de tout proches voisins.

— Proches, certes, et pourtant séparés par un travail de chaque instant. Je doute qu'ils se voient en une semaine entière.

Frappé par une nouvelle idée, Bak rit tout bas et ajouta :

— A moins d'avoir quelque ragot à échanger...

Imsiba ne put s'empêcher de sourire. Comme le vieil Ahmosé le leur avait rappelé, les rumeurs circulaient plus vite le long du fleuve que les messages portés par les émissaires officiels.

En silence, ils cheminaient côte à côte vers le sommet. La surface craquelée recelait des aspérités aiguës à moitié ensevelies sous le sable. Une brise légère portait à leurs oreilles les pépiements de centaines de passereaux massés dans les tamaris, près de la crique. Devant eux, le soleil accroché au bord de l'occident teintait le ciel d'or.

En haut, la pente balayée par le sable se terminait brusquement, à mi-chemin de l'arête nord-sud. De part et d'autre, les dunes révélaient quelques traces d'animaux — des chiens ou des chacals en quête de proies, et d'autres, délicates, d'oiseaux. Aucune empreinte humaine ne marquait la surface.

Imsiba poussa un juron dans sa langue maternelle.

— Pourquoi faut-il toujours que les dieux nous fassent miroiter une promesse qu'ils ne tiennent pas ?

Bak aussi était déçu de voir la piste s'achever si brusquement.

— Prions afin qu'ils n'accordent pas à l'homme sans tête et à Ouensou une journée supplémentaire pour s'enfuir.

— Cette simple idée me révulse.

Les ombres du soir s'allongeaient sur le paysage ondoyant. Une multitude de couleurs, de l'or le plus pâle à l'ambre le plus profond, dessinaient en dégradé des reliefs invisibles sous la lumière impitoyable du jour. L'arête rocheuse qui bornait l'horizon était l'unique barrière naturelle, hormis quelques tertres isolés. Si l'on désirait rester caché en paix pour toute l'éternité, Bak ne pouvait penser à un endroit plus isolé. Mais la raison pour laquelle un homme aurait voulu passer l'éternité sur cette terre misérable, il ne pouvait l'imaginer.

— Nous reviendrons demain et nous irons dans le désert, décida-t-il en contemplant le soleil couchant.

Le Medjai considéra la vaste étendue de sable avec répugnance.

— Mon ami, on emploierait mieux notre temps en soumettant nos suspects un à un aux coups d'un solide gourdin.

— Ai-je besoin de te rappeler que ce sont tous des notables de renom ?

— Chercher un tombeau dans le désert où aucune trace ne subsiste, c'est comme chercher une barque en pleine nuit sur la grande mer verte. Nous risquons de passer tout près, sans même nous en rendre compte.

— Combien de temps s'écoulerait, à ton avis, avant qu'ils ne courent chez le vizir pour se plaindre de sévices injustifiables, et de policiers qui ne valent guère mieux que ceux qu'ils traquent ? Je crains que nous ne passions bien des mois à garder des forçats dans les mines du désert, conclut-il avec un rire dur.

Un sourire cynique perça sous l'expression maussade d'Imsiba.

— J'y passerais volontiers un an ou deux, si je pouvais voir Ouserhet plier sous les coups de bâton.

— Dame Sitamon t'inspire un attachement sincère, dit Bak, observant son ami intensément.

— Qu'ai-je à offrir à une femme comme elle ? maugréa Imsiba, qui ramassa un caillou pour le jeter au loin de toutes ses forces.

— Peu d'hommes t'égalent en stature, mon frère, à tous les sens du terme.

Avec un rire morne, le Medjai s'épousseta les mains pour les débarrasser du sable, et mit fermement un terme au sujet.

— Si nous devons fouiller cette immensité, autant définir des limites.

Bak lui pressa l'épaule pour lui montrer qu'il comprenait.

— Regarde cette arête, Imsiba, et dis-moi ce que tu vois.

Lentement, l'expression du Medjai s'éclaira et il hocha la tête.

— Je vois un mur de roc, différent de celui qui contient l'ancien cimetière de Bouhen, et en même temps similaire.

— Exactement.

Bak élabora son plan à mesure qu'il parlait.

— On sait où Intef a été assassiné — de l'autre côté de l'arête, à environ une demi-heure de route vers le nord. On sait aussi que l'homme sans tête conduit le bœuf dans le désert, en partant de la baie derrière nous. Je pense qu'on peut sans trop d'erreur commencer nos recherches ici, en prenant pour limite au sud cette arête rocheuse. Nous nous dirigerons vers le nord, dépassant s'il le faut le lieu du crime, et nous irons jusqu'à l'endroit où Intef avait laissé ses ânes.

— Cette tâche sera épuisante, mon frère.

— Mais pas impossible.

— Et si nous ne trouvons rien ?

Bak refusa d'envisager l'échec.

— Je me demande comment Intef a découvert le tombeau. Était-il venu si loin au sud pour chasser ? Avait-il suivi l'homme sans tête ? Par quel concours de circonstances a-t-il trouvé le trésor ?

Ahmosé regarda d'abord Bak, puis Imsiba, les rides barrant son front creusées par la perplexité.

— Le chasseur Intef ? Bien sûr que je le connaissais. Il venait à peu près chaque mois. Il s'installait en aval dans un coin d'herbes folles, où ses ânes pouvaient brouter sans déranger personne.

— T'arrivait-il de discuter avec lui ? demanda Bak.

— De temps en temps. Pourquoi ? voulut savoir Ahmosé. Qu'as-tu trouvé dans le désert, pour que tu viennes ici une deuxième fois ?

Mû par la curiosité, le vieux avait dévalé le chemin à leur rencontre. Il s'était accroupi sur la rive, près de sa nacelle, dominant les deux hommes dans leur bateau. Des hirondelles trissaient dans un acacia tout proche. Une cane grise guidait sa progéniture ébouriffée et pépiante à travers les joncs, nageant par à-coups et gobant des insectes.

— Puisque tu nous observais du sommet de l'île, tu sais bien que nous revenons les mains vides ! rétorqua Imsiba d'une voix goguenarde.

Ahmosé releva le menton avec indignation.

— La vie ici est solitaire, sergent, et jamais le travail ne cesse. N'ai-je pas le droit de goûter un peu de repos ?

— Le sergent ne voulait pas t'offenser, dit Bak, contenant un sourire, pour ménager la susceptibilité du vieillard. Tu as parfaitement droit à un peu de répit. T'aurais-je promis de te procurer un serviteur, si je ne t'en croyais pas digne ?

Ahmosé ouvrit et referma la bouche, ce rappel effaçant son ressentiment.

Un souffle d'air frôla la joue de Bak, non la chaude caresse du jour mais le baiser frais de la nuit. Ils ne pouvaient plus s'attarder. Tenter d'atteindre Kor dans le noir sur ces eaux périlleuses eût été téméraire.

— Avais-tu parlé à Intef de l'homme sans tête ? demanda-t-il à Ahmosé.

— Je lui ai recommandé d'éviter la baie, de fermer les yeux et les oreilles si un navire s'y trouvait.

— Et de fermer sa bouche, comme tous ceux qui vivent et peinent sur cette partie du fleuve, dit Imsiba d'un ton impassible, mais toute son attitude exprimait le reproche.

Ahmosé lança au Medjai un regard dédaigneux.

— Nous ne cultivons pas cette terre par bravoure, sergent. Nous restons parce qu'elle était la terre de nos pères, et de leurs pères avant eux. Nous n'avons pas d'autre foyer, pas d'autre moyen de gagner notre pain.

D'un coup d'œil, Bak ordonna au Medjai de se taire.

— Intef a-t-il écouté tes conseils de prudence ?

— Je ne l'ai jamais vu sur la crique en même temps que l'homme sans tête, mais je l'ai aperçu, une fois, au lendemain d'une nuit de chargement. Il avait dû entendre un vaisseau venir puis repartir, et des voix dans la nuit, remarqua Ahmosé en chassant une mouche. Il a sûrement décidé de voir ce qu'il en restait. J'ai grimpé dans ma barque et j'ai ramé jusqu'à la baie, où je l'ai mis en garde une seconde fois.

— A-t-il suivi l'homme sans tête dans le désert ?

— C'était un chasseur, répliqua Ahmosé en reniflant. Un tel homme aurait-il suivi une piste, quand ses propres traces pouvaient être suivies ?

Bak sourit. Ce vieillard à l'horizon si limité ne manquait pas de sagacité.

— L'as-tu déjà vu loin dans le désert ? Peut-être menait-il ses ânes le long de l'arête qui sépare cette vallée de l'immense désert de l'ouest ?

— Il arrivait toujours du désert, dit Ahmosé en plissant les yeux. L'arête, tu dis ?

— Je sais que tu as beaucoup à faire et que tes moments d'oisiveté sont rares, dit Bak en souriant, mais s'il s'était trouvé que tu avais besoin de repos, et si, par le plus grand des hasards, ton regard s'était posé sur le désert occidental, se pourrait-il que tu aies vu Intef explorer l'arête avec plus de soin que tu n'aurais cru nécessaire ?

Ahmosé cligna des yeux le temps d'assimiler cette tournure subtile, puis éclata de rire en se tapant sur la cuisse.

— Tu as la langue bien pendue, lieutenant ! Une façon de parler que j'apprécie véritablement.

Imsiba baissa la tête comme s'il priait. Bak accorda à l'homme un sourire fugitif, mais attendit en silence.

Ahmosé se contenait avec difficulté.

— La fois où j'ai parlé avec Intef, dans la crique, il a continué vers le nord. Il suivait le fleuve jusqu'à Kor, pour livrer le gibier chargé sur ses ânes. Quelque temps plus tard — un mois, peut-être plus —, il est revenu. Je l'ai vu près du fleuve, un soir, et le lendemain sur l'arête. Il prenait son temps, et je me suis dit qu'il cherchait une piste, se souvint le vieil homme, sa bonne humeur disparue. Je suis bien vite rentré chez moi, je me suis agenouillé devant l'autel. Et alors j'ai prié qu'il ne soit pas en train de traquer l'homme sans tête.

— J'ai envoyé deux navires dans le Ventre de Pierres et deux patrouilles le long des berges, expliqua Neboua, passant ses doigts dans ses cheveux indisciplinés et fixant sans le voir le port de Kor. Tous sont rentrés bredouilles. Si Ouensou est là-dedans, il se cache dans un coin difficile à trouver, et nul n'est prêt à vendre la mèche.

— Les gens ont peur, soupira Bak, la lassitude s'insinuant dans sa voix. Peur de l'autorité que toi et moi représentons. De Ouensou — ce en quoi ils ont raison. Pas du capitaine Roï, car ils savent désormais qu'il s'est noyé durant la tempête. Mais, surtout, ils redoutent l'homme sans tête.

Neboua s'adossa contre un piquet d'amarrage.

— Tu as vu par toi-même combien ils sont vulnérables. Peux-tu les blâmer de trembler pour leur vie ?

— Absolument pas.

Les deux hommes remâchèrent en silence les infimes succès et les énormes échecs de cette journée. Rê s'enfonçait sur l'horizon lointain tel un globe rouge orangé, aplati contre la porte du monde souterrain. Il n'y avait pas un souffle d'air.

Mis à part un passant sifflotant un air joyeux, le port était silencieux. Nombre de petits bateaux étaient partis. Les plus gros demeuraient, la place manquant à Bouhen où la flotte du vizir était attendue. Avec les cinq grandes nefs de guerre et les vaisseaux déjà présents, le port serait bondé. A quoi bon faire le trajet de Kor à Bouhen, s'il fallait ensuite rebrousser chemin ?

— Pourras-tu envoyer des soldats en amont, afin de tenir la promesse que j'ai faite à Kefia et au vieil Ahmosé ? demanda Bak.

— Pour combien de temps ?

Bak eut un rire sans joie.

— Je me suis juré de mettre fin à ce cauchemar avant l'arrivée du vizir. Cela me laisse un jour, deux tout au plus.

— Aujourd'hui, j'ai ployé les genoux devant tous les autels de Kor, confia Neboua avec un sourire résigné. J'ai comme l'idée que je ferais mieux de recommencer.

Bak s'éveilla longtemps avant le point du jour. Il resta couché sur sa natte à écouter le souffle léger d'Hori dans la pièce voisine, et les gémissements occasionnels du gros chien affectueux que l'adolescent avait fait entrer dans leur vie alors qu'il n'était qu'un chiot. Les draps emmêlés de Bak embaumaient, souvenirs de la jolie jeune femme qui était venue à lui dans la nuit, envoyée par Noferi pour qu'il lui soit redevable. La vieille, dont la curiosité ne connaissait pas de bornes, tenait à s'assurer qu'il lui relaterait tout : sa quête du meurtrier de Mahou et d'Intef, et, ce qui revêtait sans doute plus d'intérêt à ses yeux, l'histoire de l'ancien tombeau regorgeant de trésors.

Calme et immobile, il passa en revue sa liste de suspects. Lequel des cinq avait le plus de chances d'être l'homme qu'il cherchait ? Ramosé et Nebamon lui semblaient des coupables beaucoup moins probables qu'Hapouseneb, Ouserhet ou Kaï, mais la certitude lui échappait encore. Il avait cependant une idée sur la manière dont il pourrait rendre un visage à l'homme sans tête.

Dès que la haute fenêtre étroite laissa passer suffisamment de lumière pour qu'on y voie, il se leva et se vêtit, tira Hori de son sommeil et lui donna ses ordres. Laissant le jeune garçon abasourdi, il sortit précipitamment et descendit la rue jusqu'aux baraquements medjai, où il trouverait Imsiba. Il pria afin que le jour soit assez long pour tout ce qu'il espérait accomplir.

— Et voilà, chef !

Hori posa quatre leviers, deux maillets, une hache, plusieurs coins et des burins, ainsi qu'une demi-douzaine de rouleaux sur le sol, dans le bureau de Bak. Ses yeux sombres étaient tout animés, sa voix vibrait de fierté.

— Comme tu l'as recommandé, j'ai également demandé à voir les traîneaux, et je suis ressorti les mains vides, en prétendant que ton bateau est trop petit pour les roues et les traverses. J'ai ajouté que je devais d'abord évaluer l'importance de la charge que tu auras à transporter.

— Tu t'es entretenu avec Ouserhet lui-même ? s'enquit Bak.

— Pas au début, mais il était présent et n'a pas fait mystère de son intérêt.

Bak sourit avec satisfaction à Imsiba, assis sur un tabouret près de la porte.

— Quelle a été sa réaction ?

— J'y ai porté une extrême attention, comme tu me l'avais signalé.

Soudain sérieux, Hori adopta l'attitude du policier qu'il aspirait à être, et exposa les faits à son supérieur.

— Si Ouserhet est l'homme sans tête, il ne s'est trahi en rien. Il a posé nombre de questions, mais pas plus que le scribe qui allait de panier en panier pour rassembler les outils que je réclamais. De mon côté, je me suis montré peu disert, me bornant à indiquer que tu avais navigué vers le sud hier et projetais d'y retourner aujourd'hui. Il se pouvait que ces outils soient destinés à Neboua, ou que tu veuilles les utiliser pour quelque besogne dont je n'avais pas connaissance.

— Je ne peux imaginer une réponse plus intrigante, approuva Bak avec un large sourire, en s'asseyant sur le cercueil. Bon travail, Hori ! Tu as planté une graine ; voyons maintenant si elle va germer.

Savourant cette louange, l'adolescent éprouva quelque peine à conserver la gravité qu'il croyait de mise.

— A présent, je m'en vais voir le capitaine Ramosé.

— N'oublie pas, il nous faut une corde assez solide pour supporter le poids d'un homme, et en même temps pas trop épaisse afin qu'on puisse aisément la manier.

Hori hocha la tête et partit rapidement. Le corps de garde était silencieux. Les hommes, dans l'entrée, oubliaient les osselets le temps d'avaler leur repas du matin. Des soldats passaient devant la porte de la rue dans un cliquetis d'armes, leurs sandales résonnant sur le pavé tandis qu'ils se hâtaient de prendre leur service.

Bak, sur son sarcophage, posa la tête et les épaules contre le mur et dit à Imsiba :

— J'espère qu'on ne joue pas à ce petit jeu pour rien.

L'expression du Medjai lui renvoya une égale mesure d'affection et de scepticisme.

— C'est gaspiller une grande partie de la journée, qui serait mieux employée, à mon avis, dans le désert au sud de Kor.

— Ah ? s'étonna Bak, une lueur espiègle au fond des yeux. Ne t'ai-je pas entendu dire hier que ces recherches dans le désert seraient une besogne harassante et sans espoir ?

Mais Imsiba considérait, les sourcils froncés, le tas d'objets laissés par le scribe.

— Certes, tu voulais qu'Hori impressionne Ouserhet, mais fallait-il vraiment qu'il apporte tant d'outils de l'entrepôt ?

— Si nous trouvons le tombeau, ceux-ci pourraient se révéler utiles.

— Nous trouverons une entrée à ciel ouvert, quelques marches, une ou deux salles et voilà tout.

— J'ai passé ma jeunesse à Ouaset, lui rappela Bak. Là-bas, les tombeaux sont profonds, les chambres funéraires peu faciles d'accès. Imagine que celui d'Intef soit de ce genre, une demeure d'éternité préparée par un homme qui se languissait de la lointaine Kemet ?

— Combien avons-nous vu de tombeaux ces derniers jours, mon ami ? Tous, jusqu'au dernier, étaient creusés à flanc de coteau, et aucun ne recelait de chambre secrète dans ses entrailles.

— J'arrive à un mauvais moment ?

Sur le seuil, Sitamon ouvrait de grands yeux timides, et paraissait sur le point de prendre la fuite.

— Es-tu trop occupé pour... ?

— Pas du tout !

Imsiba bondit sur ses pieds, se précipita pour la faire entrer et lui offrit son tabouret.

Bak se leva afin de les laisser seuls, et pourtant il hésitait à partir. Il ne pouvait imaginer ce qui la poussait à venir au corps de garde à cette heure matinale. A moins que ce ne fût pour un motif autre que son amitié avec Imsiba. La mort de Mahou, peut-être ?

D'un signe, elle leur demanda de ne pas se mettre en peine pour elle.

— Je ne peux rester. J'ai laissé mon fils chez le commandant, où il joue avec les enfants de Tiya, et je dois ensuite aller au marché.

— Qu'est-ce qui ne va pas ? s'inquiéta Imsiba avec sollicitude.

— Rien, je...

Elle jeta à Bak un regard qui le suppliait de partir et adressa à Imsiba un pauvre sourire.

— Je n'aurais jamais dû venir...

Bak passa à côté d'elle et sortit, accordant au couple le loisir de parler. Il rejoignit les hommes de garde dans l'entrée, prit un petit pain croustillant dans un panier et le coupa en deux. Les dattes qu'il renfermait étaient succulentes, la mie ferme et sucrée. Tandis qu'il le dégustait, il écouta sans vergogne Imsiba et Sitamon ; sa curiosité était exacerbée par son inquiétude pour son ami.

— Tu vas me dire ce qu'il y a, insista Imsiba.

— Rien. C'est seulement que... Eh bien, j'ai pensé...

Elle hésita, se tordant les mains. Imsiba les prit entre les siennes pour l'apaiser et lui sourit.

— Quoi ? Qu'as-tu pensé ?

— Ouserhet m'a demandé de l'épouser, lâcha-t-elle. Je... Je ne lui ai pas donné de réponse. J'ai pensé attendre un peu, jusqu'à... Oh ! Je n'aurais pas dû venir !

Elle libéra ses mains d'un sursaut et sortit dans la rue en courant, si aveuglée par l'émotion qu'elle se cogna contre un soldat qui s'apprêtait à entrer, le faisant tourner sur lui-même.

— Puisque je te dis qu'elle t'aime ! Crois-tu qu'elle serait venue si tôt, dans le cas contraire ?

Imsiba était affalé sur le banc du fond, les bras croisés sur sa poitrine, le visage de marbre.

— C'est un être bon et généreux. Elle a senti que j'étais épris d'elle et a préféré m'apprendre elle-même la nouvelle, avant que je l'entende de quelqu'un d'autre.

Bak se retenait à grand-peine de secouer son ami. Il détestait le voir si malheureux, si peu tenace.

— Elle veut que tu agisses, que tu t'imposes, que tu t'affirmes en tant que prétendant.

— Je suis simple sergent dans la police medjai, mon ami. Je ne possède que le pagne et les armes que je porte. Depuis la mort de Mahou, elle est propriétaire d'une grande barge de commerce. C'est une femme riche, qui a un rang à tenir.

— Voici à peine une semaine, c'était une veuve seule avec son enfant, qui cherchait refuge dans le foyer de son frère.

Imsiba refusait d'entendre raison.

— Ouserhet a beaucoup à offrir, alors que je n'ai rien. Il sait lire et écrire, il s'y connaît en navires, en commerce. Il discerne le profit possible et crée l'occasion de profits supplémentaires. Moi, je ne serais pas capable d'écrire mon nom si tu ne me l'avais enseigné. Je ne sais rien faire hormis mon métier, et je n'en apprécierais aucun autre.

— Chef !

Sur le seuil, Hori les regardait tour à tour, intrigué par leur véhémence. Il portait sur son épaule un lourd rouleau de corde. Bak arracha ses pensées aux souffrances d'Imsiba et un sourire se forma sur ses lèvres.

— Mission réussie, d'après ce que je vois ! Qu'a dit Ramosé ?

— Il m'a laissé parler puis il m'a tendu la corde sans discuter... Son esprit était ailleurs, expliqua le scribe avec contrariété. Je ne suis pas sûr qu'il ait tout écouté.

— C'est impossible, déclara Imsiba. Il a sûrement appris que les hommes de Neboua recherchent Ouensou. N'était-il pas heureux d'être bientôt débarrassé de celui qu'il craint ?

— Oh ! Ça, oui, confirma Hori.

Il se dirigea vers le sarcophage, se pencha en laissant la corde glisser de son épaule, et le rouleau se posa doucement autour de la saillie formée par les pieds.

— Toutefois, ajouta le jeune scribe, le commandant Thouti venait de le quitter, et le capitaine était trop exalté par sa visite pour songer au Kouchite.

Bak considéra les pieds en bois qui dépassaient de la corde. Ce cercueil devenait un objet beaucoup trop familier. Il devrait disparaître au plus tôt.

— Viens-en au fait, Hori. Tu as encore trois suspects à voir.

— Le commandant a rendu visite au capitaine dans le but exprès de l'inviter à son banquet, expliqua Hori, les joues en feu. Il désire le féliciter en public pour les services qu'il a rendus en renflouant l'épave et en convoyant les marchandises. Le capitaine Ramosé ne pense plus qu'à la tenue qu'il arborera quand il se tiendra parmi certains des plus hauts personnages de Kemet.

Bak haussa un sourcil ironique.

— Lui qui, il y a à peine deux jours, n'avait que mépris pour ceux qui assisteraient à ce banquet !

Hori, encore mortifié, se permit toutefois un léger sourire.

— Je lui ai parlé de votre voyage dans le Sud, sans détail précis mais en multipliant les allusions, comme avec Ouserhet. Il m'a pratiquement fourré la corde dans les bras et a exhumé une perruque fripée d'un coffret, pour me demander si je la trouvais trop démodée.

Il lança un coup d'œil à Imsiba comme s'il cherchait un allié, puis s'adressa de nouveau à Bak :

— Il ne plaisantait pas, ne cherchait pas à me donner le change. Je pense qu'il est aussi innocent que toi et moi, chef.

— Je suis d'accord, approuva Bak, qui se leva et se mit à faire les cent pas dans la pièce. Néanmoins, si nous nous trompons et s'il n'est pas l'homme qu'il paraît être, tes allusions devraient le pousser à l'action. Va, maintenant, dit-il en posant la main sur l'épaule du jeune garçon. Trouve Hapouseneb et Nebamon, l'un après l'autre. D'après Neboua, tous deux ont beaucoup d'ânes contraints à l'inactivité dans les enclos de Kor.

— Bien, chef.

Le scribe partit aussitôt et Bak se tourna vers le grand Medjai. Après toute une journée à remonter le fleuve, le bandage qui protégeait son bras était d'une propreté douteuse. Le moment n'aurait pu être mieux choisi pour une baignade.

— Allez, Imsiba, on va nager ! Tu as grand besoin de retrouver le moral.

De longues brasses puissantes entraînèrent Bak vers l'amont du fleuve et loin d'Imsiba, qui flottait à la surface, accroché à un rocher à demi submergé pour ne pas être emporté par le courant. Leurs deux pagnes s'agitaient telles des ailes blanches sur les branches d'un des tamaris, au pied de l'éperon vertigineux qui séparait les esplanades du trafic fluvial. En temps normal, ils auraient été nager plus loin, dans une anse qui avait leur préférence, mais Hori revenant régulièrement faire son rapport, c'était plus commode ainsi.

Ayant dépassé l'éperon, Bak roula sur le dos et se

laissa porter au fil de l'eau. Il aurait voulu de tout son cœur aider Imsiba, mais il ne pouvait rien, sinon le pousser à ravaler sa fierté et à déclarer son amour à Sitamon.

Il tourna ses pensées vers Hori et le plan qu'il avait conçu durant ses longues heures d'insomnie. Perdait-il son temps, comme l'affirmait Imsiba ? Ou l'un des suspects tomberait-il dans le panneau, courrait-il au tombeau secret dans l'espoir de récupérer ce qu'il pouvait avant que Bak ne le découvre ? Le tombeau contiendrait-il une défense d'éléphant brute ? Ou le trafic d'ivoire était-il sans rapport avec Ouensou, Roï et l'homme sans tête ? Bak pensait le contraire. Il éprouvait la conviction que Ouensou avait caché la défense sur le navire de Mahou.

L'eau pénétra dans sa bouche, le ramenant à la réalité. Il tourna la tête vers la forteresse, où il vit Hori accourir sur l'esplanade inférieure. Il nagea jusqu'aux arbres et se hissa sur le revêtement de pierre qui étayait la berge. Les eaux encore hautes recouvraient une grande partie du mur de soutènement. Imsiba abandonna son ancre improvisée et nagea vers lui. Les feuilles chuchotaient sous la brise nonchalante. Un moineau sautillait de branche en branche, piaillant à l'adresse d'un chien noir et blanc qui reniflait la rive à la recherche de rats.

— J'ai vu Hapouseneb et Nebamon ! annonça Hori.

Il s'arrêta au bout de l'esplanade, tout près de l'éperon, et s'accorda un moment pour reprendre son souffle.

— Désolé, chef, mais ils étaient ensemble. Je n'ai trouvé aucun moyen d'en entraîner un à l'écart, puis de m'occuper de l'autre, aussi je leur ai servi ma petite histoire à tous deux en même temps.

Bak commença à s'habiller.

— Tu as agi au mieux. Comment cela s'est-il passé ?

— L'un et l'autre se sont déclarés ravis de prêter leurs ânes si tu en as besoin. Nebamon a posé d'innombrables questions, la plupart vagues et tortueuses. Tout d'abord, je ne comprenais pas où il voulait en venir.

Le garçon fronça le nez, montrant son aversion pour les louvoiements aussi maladroits qu'inutiles.

— Au bout de quelques instants, j'ai discerné qu'il essayait d'apprendre si tu suivais la piste de l'homme sans tête, sans toutefois montrer à Hapouseneb qu'il croyait à son existence.

— C'est Nebamon qui nous a mis sur cette piste, fit observer Imsiba. L'aurait-il fait s'il était coupable ?

— Je ne l'ai jamais placé en haut de ma liste, convint Bak. Il n'est pas du genre à courir des risques, et ne dispose pas des fonds nécessaires pour se procurer une telle quantité de marchandises. En ce moment même, il semble au bord de la faillite.

Bak se pencha pour secouer ses cheveux humides, projetant des gouttelettes d'eau autour de lui.

— Les gens désespérés trouvent souvent un courage étranger à leur nature, cependant je vois mal Nebamon réagir ainsi.

— Qu'as-tu tiré d'Hapouseneb ? demanda Imsiba à Hori.

— Il a très vite compris que Nebamon dissimulait quelque chose. Dès lors, il n'a presque rien dit, mais s'est contenté d'observer et d'écouter. Il fallait voir Nebamon ! se rappela le jeune garçon en souriant. Tellement mal à l'aise sous le regard scrutateur d'Hapouseneb, insinuant, tortueux, protestant qu'il ne croyait pas à l'homme sans tête...

— J'ai toujours apprécié Hapouseneb, dit Imsiba. Il est déterminé, certes, mais pas impitoyable.

Bak leur exposa le raisonnement qu'il avait élaboré dans la nuit.

— Ses navires transportent des articles précieux d'un bout à l'autre du Ventre de Pierres, de même que les grandes caravanes dont il se sert pour éviter les rapides. Il se plaint des taxes, mais retire d'excellents bénéfices. Il possède le sang-froid et les moyens financiers indispensables à un trafic de cette envergure. Reste une question, que je me suis déjà posée : aurait-il utilisé le navire d'un autre pour transporter de la contrebande quand il contrôlait bien mieux la situation sur l'un de ses propres vaisseaux ?

— Ça me paraît improbable, répondit Imsiba.

— Je ferais mieux d'aller voir le lieutenant Kaï, dit Hori.

A l'expression sombre d'Imsiba, Bak comprit que leurs pensées suivaient un chemin similaire. Kaï était un archer capable, alors qu'on ignorait si Ouserhet savait seulement tirer. En revanche, les deux hommes savaient lire et écrire, mais l'officier avait-il les compétences suffisantes pour forger un faux manifeste crédible ?

— Rends-toi d'abord au Bureau des scribes, Hori. Entretiens-toi avec les fonctionnaires qui ont vu les rapports de Kaï. Apprends d'eux s'il est habile calligraphe.

— Oui, chef ! s'exclama le jeune scribe, qui pivota sur ses talons et partit sans perdre de temps.

Hori courait sur l'esplanade, chargé d'un panier qui battait contre sa jambe gauche à chaque pas. Imsiba et Bak se hâtèrent de le rejoindre, à mi-chemin entre l'éperon et la porte sud.

L'adolescent leur tendit le panier, qui contenait une demi-douzaine de masses, des haches de guerre et des lance-pierres.

— Le lieutenant Kaï était heureux de prêter ces armes, chef, mais quand je lui ai appris que tu partais pour le désert, il a dit que tu aurais intérêt à emprunter quelques bons archers.

Bak prit le garçon par les épaules pour le raccompagner sur le chemin d'où il était venu.

— Comment Kaï s'entend-il à manier le calame ?

— Son écriture est épouvantable ! indiqua Hori, moqueur, mais, voyant l'air sérieux de Bak, il se reprit aussitôt. Conformément à tes ordres, je suis d'abord passé au Bureau des scribes. Là, j'ai regardé des rapports qu'il a soumis au commandant Thouti. Il en a rendu deux presque illisibles. Selon le scribe en chef, le commandant a refusé d'en prendre connaissance et maintenant le lieutenant passe chez un scribe chaque matin pour lui dicter son rapport.

— Donc, l'homme sans tête est Ouserhet, conclut Imsiba d'une voix sombre.

Hori fronça les sourcils, peu convaincu.

— Je sais qu'il supervise les entrepôts, mais même cette haute position ne lui donnerait pas accès à l'armement. Le scribe de l'arsenal le conserve avec trop de vigilance.

Bak réfléchit, tentant de se rappeler des actes apparemment anodins désormais susceptibles de confirmer ces soupçons.

— Je l'ai souvent vu sur le quai, devant des barges de transport chargées de ravitaillement pour la garnison, ce qui incluait également des armes. Étant le premier à monter à bord, il a pu se servir dans les paquets destinés à l'armurerie, puis modifier les inventaires. Ensuite, il aura glissé les armes parmi les objets destinés aux entrepôts sans que personne ne s'en aperçoive. Le point dont tout dépend, c'est son habileté à manier l'arc.

— Il me reste à trouver quelqu'un qui l'a vu tirer, conclut Hori.

Imsiba se crispa et réprima un cri.

— Je dois immédiatement aller chez Sitamon !

— Non, répliqua Bak en le retenant par le bras. Elle pourrait commettre une indiscrétion sans le vouloir, or nous ne devons pas en prendre le risque.

— S'il ose toucher à un seul de ses cheveux... menaça le Medjai entre ses dents.

Psouro franchit la porte de la forteresse à toute allure. Il les aperçut et courut sur l'esplanade pour les rejoindre.

— Chef, Ouserhet a disparu ! Il est entré dans l'enceinte sacrée de l'Horus de Bouhen et, peu après, il est sorti par la porte du pylône. On ne l'a plus revu depuis.

— Il a mordu ! jubila Bak, voyant que son plan portait des fruits. Hori, va chercher le petit Meri, et toi, Psouro, charge notre barque d'armes et de vivres, sans oublier la corde et les outils que tu trouveras dans mon bureau. Puis reste près du bateau. Tu pars pour le Sud avec nous.

— Et maintenant, puis-je aller chez Sitamon ? demanda Imsiba.

— Non. Tu vas te rendre chez le médecin. Ta blessure nécessite un nouveau cataplasme et un bandage propre. Calme-toi, Imsiba, recommanda-t-il gaiement, posant sa main sur l'épaule du Medjai. Je dois rendre mon rapport à Thouti, et j'en profiterai pour parler à Tiya. Je suis sûre qu'elle sera heureuse d'héberger Sitamon et son fils, le temps que nous mettions Ouserhet sous les verrous.

15

Pachenouro, le sergent bien bâti qui était le subordonné immédiat d'Imsiba, se tenait au garde-à-vous, embarrassé et chagrin.

— Cette barque, on l'a cherchée partout, chef. On n'aurait jamais eu l'idée qu'il la laisserait sur la berge, bien en évidence parmi celles que les officiers utilisent pour se détendre.

Bak regarda à travers le port dans la direction en question, mais, du quai, il ne pouvait les distinguer. L'eau léchait les pierres blanches et lisses à ses pieds, balançant l'esquif amarré contre la berge. Les provisions, les armes et les outils que Psouro avait apportés à bord étaient entreposés pêle-mêle.

L'exaspération perça dans sa voix :

— Pachenouro, on ne t'a jamais appris que le meilleur endroit pour dissimuler un objet, c'est parmi d'autres du même genre ?

— Si, chef, admit le Medjai en rougissant.

Bak considéra le mur massif de la citadelle en face du port, d'une blancheur aveuglante au soleil de midi. Des ombres minces soulignaient les tours et accentuaient les détails des remparts ; des rectangles noirs marquaient les ouvertures des portes à tourelles. Devant l'entrée du pylône, au bout de longues hampes, quatre bannières rouges ondoyaient sous la brise paresseuse. Le gémissement d'un chien, quelque part dans la cité, agaçait les dents de Bak.

— La dernière fois qu'on a aperçu Ouserhet, il sortait par la porte du pylône. Ne l'a-t-on pas remarqué quand il a mis son embarcation à l'eau ?

— Si, chef, mais comme il portait un arc et un carquois, on l'a pris pour un officier.

— Un arc ?

La surprise céda le pas à la satisfaction. Un fugitif ne s'encombrait pas d'une arme pour laquelle il n'avait aucun don.

— Hormis cela, il a quitté l'enceinte sacrée d'Horus les mains vides ?

— Oui, dit Pachenouro. Nos hommes recherchent une éventuelle cachette hors de nos murailles.

Bak vit Imsiba, Psouro et Meri sortir par la porte du fort, aussi ordonna-t-il laconiquement :

— Dès qu'elle sera localisée, convoque Hori. Je veux un inventaire minutieux de tout ce que tu y trouveras.

— Oui, chef.

Pachenouro se dandina d'un pied sur l'autre et réaffirma sa prise sur sa lance avant d'avouer, piteux et confus :

— Chef, je m'en veux de ne pas avoir pensé à regarder parmi les navires des officiers.

— De toute façon, nous avions dans l'idée de le laisser filer, afin qu'il nous conduise au repaire où il cache sa contrebande.

« Cependant, ajouta Bak en son for intérieur, on ne s'attendait pas à lui laisser une telle avance, ni à le perdre avant même de se mettre en route. »

— Commençons par la crique, décida Bak.

Il esquiva la basse vergue qui passait au-dessus de sa tête, tandis qu'Imsiba bordait la voile pour intercepter la brise. Il distinguait, droit devant eux, l'extrémité effondrée de l'escarpement où Ouensou et Roï avaient eu rendez-vous avec l'homme sans tête. Ce dernier avait désormais un nom.

— Si l'on ne trouve aucune trace partant vers le désert, on poussera jusqu'au bras secondaire dont Ahmosé nous a parlé. C'est là-bas qu'Ouserhet dissimule sa barque.

— Imagine qu'on tombe sur Ouensou ? Il a six hommes et nous ne sommes que trois, observa Psouro d'un ton pratique, en guerrier qui évalue le rapport de forces avec sang-froid.

— Non, quatre !

Meri s'empara d'un lance-pierres parmi les armes amoncelées dans le bateau.

— Mon père m'a appris à m'en servir et je me suis beaucoup entraîné. Vous pouvez compter sur moi.

Réprimant un sourire, Bak répondit à Psouro :

— Je doute que les dieux aient la générosité de jeter Ouensou entre nos mains, mais s'ils y consentent, tant mieux. J'ai promis Ouserhet au commandant Thouti, et rien ne me ferait plus plaisir que de lui livrer le Kouchite en sus.

— Neboua a posté des hommes chez Kefia, indiqua Imsiba sans quitter des yeux les remous, à l'avant. Il a également envoyé un couple sur l'île d'Ahmosé. Nos cris les alerteraient, le cas échéant.

La brise poussait l'esquif à contre-courant et, alliée à un maniement expert de la voile et du gouvernail, elle leur permit de dépasser les rapides. Ils contournèrent le tertre rocheux et la crique s'ouvrit devant eux. Alors, contre la rive, apparut un petit navire de plaisance d'une élégante beauté. La tête de la déesse-vache aux cornes torsadées, selon la mode kouchite, en ornait la proue. Imsiba étouffa une exclamation, Psouro resta bouche bée, Meri écarquilla les yeux.

Bak leur fit signe de rebrousser chemin dans l'espoir de ne pas signaler leur présence. La crique était bien le dernier endroit où il s'attendait à trouver Ouensou ! Alors que la rumeur se répandait tout le long du fleuve que le coin devenait dangereux pour lui, l'homme devait avoir l'esprit dérangé pour revenir.

Imsiba tira sur le bras de la vergue pour faire virer la voile et la lourde toile se mit à frissonner sous la brise. Psouro empoigna les rames, mais trop tard. Leur élan les emportait vers la baie. Un matelot poussa un cri d'alerte, réduisant à néant tout espoir d'attaquer le navire à revers, par surprise.

Les marins accoururent à la rambarde pour les voir. Bak en dénombra six, aussi noirs que la nuit, venus de l'extrême sud du pays de Kouch. Ils portaient d'étroits pagnes, une dague ou une hache à leur ceinture, et arboraient de longs javelots. L'un d'eux projeta son arme, qui fendit l'eau pour disparaître dans les profondeurs. Un deuxième javelot se planta dans la proue en un choc violent. La pointe se dégagea sous le poids de la hampe, qui sombra dans le fleuve. Courbé dans le fond de l'embarcation, Bak distribua hâtivement les armes à ses troupes, qui semblaient soudain des cibles bien vulnérables pour ceux qui les dominaient sur le grand pont.

— Fonçons dans les rochers ! commanda-t-il. Là-bas, on sera plus à couvert et on devrait parvenir à escalader le replat.

Psouro souqua de toutes ses forces pour faire virer l'esquif disgracieux. Imsiba abaissa la vergue volante et rassembla la voile en un tas désordonné afin qu'ils aient les coudées franches. Meri, à genoux, chercha le sac de pierres rondes et lisses que Psouro avait chargées à bord, pour les lance-pierres.

Bak enfila des protections pour le pouce et le poignet, s'empara d'un arc, tira une flèche d'un carquois et l'ajusta. L'instabilité de l'esquif s'ajoutant à sa propre maladresse, il avait peu d'espoir de faire mouche. Il se contenterait de décourager un assaut concentré de javelots. Prenant appui contre le mât, il visa de son mieux et décocha son trait. Les marins s'écartèrent de la rambarde et le projectile siffla dans le vide. Les hommes réapparurent, goguenards. Meri expédia une pierre. L'un des Kouchites recula, hébété, en se tenant la tête. Bak récompensa ce haut fait d'un sourire et décocha une nouvelle flèche, qui frappa un matelot à la cuisse. Il tomba à genoux. Ses compagnons abandonnèrent leur position pour l'entraîner à l'écart.

L'esquif heurta les rochers avec une secousse. Aussitôt, Bak lâcha son arme et s'élança en avant. Le fer d'une lance se ficha dans le mât à l'endroit même qu'il venait de quitter, la hampe vibrant encore sous l'impact. Il eut la gorge nouée d'en avoir réchappé de si peu, et marmonna une rapide prière de gratitude à Amon.

Il enjamba le bord et descendit dans l'eau. Ce fut seulement en se sentant tiré par le courant, en remarquant l'écume à la surface, qu'il se rendit compte que la barque avait dérivé tout près des rapides. Psouro et Imsiba ramaient, les traits crispés, les muscles saillant sous l'effort pour maîtriser le bateau.

Dominant sa panique, Bak tendit le pied afin de tâter le fond. Il sentit un rocher submergé, glissant mais assez plat, et y prit appui pour traîner l'esquif qui se cabrait et sautait comme pour se libérer de son emprise. Il se hissa à demi hors de l'eau et, dans un effort puissant, bloqua la proue entre deux rocs massifs.

Tandis que Psouro et Imsiba arrimaient solidement la barque, le lieutenant se munit de l'arc et du carquois et grimpa sur le tertre, plié en deux. Voyant Meri sur ses talons, il ravala l'envie de le renvoyer vers la sécurité relative de l'esquif. Ce garçon avait prouvé sa valeur et conquis le droit d'être traité en égal.

Du haut des rochers, ils avaient une vue parfaite sur le pont du navire adverse. Bak et son contingent n'étant plus sur l'eau au-dessous d'eux, et donc ni vulnérables ni même visibles, les Kouchites renoncèrent prudemment à l'offensive pour sauvegarder leur vaisseau. Tapis derrière les balles de marchandises empilées à l'arrière de la cabine, armes au poing et prêts à l'action, ils fixaient le tertre, attendant l'attaque. L'homme blessé à la cuisse, assis dans la cabine, endiguait le sang à l'aide d'un chiffon sale. Celui que Meri avait touché à la tête était retourné au combat. Six ennemis au total, dont aucun n'avait le bras ni la main atrophiés. Où était donc Ouensou ? Sur le pont, huit soldats en pagne blanc du pays de Kemet transpiraient au soleil, les mains attachées à la basse vergue au-dessus de leur tête.

Bak ne savait s'il devait rire ou rager.

— Aucune aide à espérer des hommes de Neboua.

Meri se dressa sur la pointe des pieds pour mieux voir.

— Combien de ces misérables avons-nous en face de nous ?

Bak s'agenouilla pour lui permettre d'apercevoir le navire par-dessus son épaule. La question, sans nul doute, était une citation directe du père du gamin, lui-même soldat.

Le bruit d'une course précipitée annonça l'arrivée d'Imsiba et de Psouro. Ils s'installèrent chacun dans une crevasse d'où ils purent, eux aussi, observer le navire. De leur place forte naturelle, les quatre hommes étudièrent l'ennemi, élaborèrent des approches, soupesèrent leurs chances de le prendre à l'abordage.

Imsiba brisa le long silence.

— Je ne vois pas d'infirme, sur ce pont.

— Moi non plus, répondit Bak.

— Peut-être Ouensou est-il parti à la rencontre d'Ouserhet, hasarda Psouro.

Bak se glissa à nouveau à l'abri des rochers et attira son petit groupe autour de lui.

— Sans son chef, une force militaire est désorientée. Il nous faut lancer l'assaut avant le retour de Ouensou.

Imsiba l'approuva d'un bref sourire, Psouro hocha la tête avec satisfaction et les yeux de Meri brillèrent d'excitation.

Bak fit glisser le carquois de son épaule et le tendit, ainsi que l'arc, à Imsiba.

— Tu en as plus l'expérience que moi. C'est pourquoi Meri et toi resterez ici, à les bombarder de flèches et de pierres. Pendant que tu détourneras leur attention et

— avec de la chance et la faveur des dieux — que tu en immobiliseras quelques-uns, Psouro et moi, nous nous faufilerons le long de l'escarpement pour nous introduire sur leur bateau.

Imsiba échangea l'arc contre sa lance et son bouclier, puis empoigna chaleureusement Bak par l'épaule.

— Prends garde à toi, mon ami.

— N'est-ce pas ce que je fais toujours ?

Le policier s'apprêtait à partir quand, mû par une nouvelle inspiration, il se retourna.

— Te rappelles-tu, Imsiba, le jour où nous avons combattu les pillards qui attaquaient le convoi d'or ?

Imsiba plissa le front, intrigué par la question.

— Bien sûr que oui.

— Te souviens-tu de leur cri de guerre ?

— Je ne suis pas près d'oublier ce bruit de malheur.

— Il aurait instillé la terreur dans le cœur des dieux, expliqua Psouro à Meri.

— Au moment où Psouro et moi apparaîtrons sur le replat, pousse ce cri du mieux que tu pourras.

Imsiba eut un bon rire.

— Il y a une part de ténèbres en toi, mon ami.

Bak adressa un sourire à son sergent, pressa l'épaule de Meri et fit signe à Psouro. Ensemble, le Medjai et lui s'insinuèrent entre les rochers, prenant soin de se courber pour ne pas se faire voir de l'équipage. Une corniche fissurée, lavée par les eaux abritées en aval, les conduisit à l'arrière du replat à demi recouvert de sable. Ils coururent le long de la pente, le bruit de leurs sandales étouffé par la poussière.

Ils n'avaient guère fait plus d'une douzaine de pas quand une plainte épouvantable perça l'air. Ils s'arrêtèrent net, se regardèrent, craignant pour la sécurité de l'homme et de l'enfant qu'ils avaient laissés derrière eux. Le silence qui suivit fut brisé par le râle interminable d'un homme à l'agonie. Il provenait du navire, non des rochers où Imsiba et Meri restaient tapis. Bak fut submergé de soulagement et Psouro murmura une prière de remerciement.

Ils continuèrent à courir sur la pente de sable, tête baissée, s'efforçant de ne pas entendre ce cri qui se muait en un geignement à mesure que le blessé s'affaiblissait. Quand ils pensèrent se trouver assez loin, Bak se coucha sur le ventre et rampa vers le haut. Il allongea prudemment le cou pour regarder au-dessus du replat. La proue du navire, abandonnée par l'équipage, s'élevait au-dessus de la formation rocheuse à moins de dix pas. Il adressa un signe de tête à Psouro, qui le rejoignit en rampant.

Ils virent qu'Imsiba et Meri, loin de rester inactifs, avaient admirablement modifié le rapport de forces. Le mourant se recroquevillait sur le pont, une flèche dans l'estomac. Un autre, sans blessure apparente, gisait contre des sacs de grain, abattu, sans nul doute, par un jet de pierre. L'homme atteint à la cuisse s'était réfugié dans la cabine, son javelot à portée de main désormais inutile, puisqu'il ne pouvait se tenir debout. Les trois derniers adversaires demeuraient sur le pont pour se battre.

Fort satisfaits de ce renversement de situation, Bak et Psouro se redressèrent. Un long hurlement, roulé du fond de la gorge, emplit la baie et résonna de toutes parts, imposant silence aux oiseaux. Le cri de guerre des tribus du désert... Bak en eut la chair de poule, Psouro faillit s'enfuir. Riant tout bas d'eux-mêmes et de leurs réactions instinctives, ils traversèrent le replat en direction du navire. Le cri de guerre croissait en volume et en intensité, déclenchant des aboiements tout le long du fleuve. Les deux hommes sautèrent à bord et parcoururent le pont à toute allure. Les yeux agrandis par la terreur, les Kouchites s'accrochaient à leurs armes comme si leur vie en dépendait. Les soldats de Neboua, réduits à l'impuissance, étaient blêmes de peur.

Bak et Psouro s'approchèrent du premier marin par-derrière. Le lieutenant lui enserra le cou et pressa durement le plat de sa lance contre son visage. Alors Psouro assena un coup de masse sur la tête du Kouchite et lui arracha le javelot des mains, puis s'appropria les armes passées dans sa ceinture. En un clin d'œil, Bak le traîna derrière des amphores de vin, où ses compagnons ne pourraient le voir. Psouro et lui se séparèrent alors, chacun courant à pas feutrés vers l'un des deux marins restants. Le Medjai assomma son homme, tandis que Bak tapait son ennemi sur l'épaule pour lui décocher un coup de poing au menton quand il se retourna.

Voyant le dernier marin hors de combat, Imsiba cessa de hurler. Pendant qu'il accourait avec Meri, Bak trancha les liens des soldats prisonniers et leur restitua leurs armes. Ils étaient honteux d'avoir été capturés par de simples marins et redoutaient la seule idée d'expliquer les faits à Neboua. Psouro attacha les Kouchites à leur place. Le mourant supplia qu'on l'achève, ce à quoi le Medjai dut se résoudre. Quant à l'homme blessé à la cuisse, il fut pansé, ligoté et attaché au mât avec son compagnon encore assommé.

— Où est Ouensou ? interrogea Bak, campé devant les captifs.

L'un haussa les épaules, un autre parut déconcerté, le troisième garda son air maussade. Le soleil arrivait au milieu de sa course à l'occident, et Bak n'avait pas de temps à perdre. Il les confia à Psouro, qui parlait une version approximative de leur langage.

Il envoya Imsiba inspecter le bord de l'eau à la recherche de l'esquif d'Ouserhet, ou d'un signe quelconque de la présence du contrôleur. Quant à Meri, il fut chargé de chercher des empreintes de pas en haut de l'arête. Après leur départ, Bak examina le navire de Ouensou et sa cargaison. Au lieu des denrées exotiques, importées du Sud profond, qu'il s'attendait à trouver, il découvrit du lin fin et du vin, des armes, plusieurs statues de pierre et deux sarcophages vides. Des produits du pays de Kemet. Exportés, et non importés, dont aucun ne figurait sur un quelconque manifeste. Cette contrebande destinée au pays de Kouch expliquait pourquoi Ouensou n'avait pas fui dans le Ventre de Pierres lorsqu'il en avait eu l'occasion. Sans doute attendait-il ces marchandises, ne pouvant aller les chercher lui-même tant que le trafic restait bloqué à Bouhen et à Kor.

Meri interrompit Bak dans ses pensées.

— J'ai repéré des empreintes, chef ! Celles d'un seul homme, qui a remonté le replat puis est parti vers le désert.

— Sûrement celles de Ouensou, dit Imsiba, arrivant juste derrière le gamin. Pour ma part, je n'ai trouvé absolument aucune trace. Soit Ouserhet n'est pas encore venu, soit il a laissé sa barque dans sa cachette, sur le bras du fleuve.

Bak fixa l'ouest, en haut de la pente de sable montant doucement vers l'arête.

— Pourquoi Ouensou irait-il rejoindre Ouserhet dans le désert ? La crique ou n'importe quel lieu au bord du fleuve aurait été un point de rencontre plus commode. Et d'où, assurément, il serait plus aisé de s'enfuir en cas de besoin.

La piste était facile à suivre, trop peut-être. Leur avait-on tendu un piège ? Avec la prudence née de l'expérience, Bak suivit des yeux les traces qui longeaient le pied de l'arête, une paroi noire et basse de roc usé par les tempêtes de sable. Dans la surface douce et meuble, les empreintes étaient de profondes indentations sans forme bien distincte. Peut-être un seul homme les avait-il laissées, peut-être un second l'avait-il suivi en marchant avec soin dans les pas du premier.

— Psouro est compétent et avisé, dit Imsiba, plaçant plus confortablement le rouleau de corde sur son épaule. Il ne laissera pas les soldats tomber dans une autre embuscade. Mais, une fois de plus, nous sommes en nombre réduit pour traquer notre gibier.

— Il fallait bien que quelqu'un reste en arrière...

Bak se retourna vers l'âne noir qui avançait bravement

derrière eux, chargé des outils, des armes, des réserves d'eau et de nourriture provenant de leur embarcation.

— Si Ouensou et Ouserhet nous entraînent en ayant dans l'idée de tourner en rond pour regagner la baie, nous risquons de les perdre, eux et le navire.

— Dommage qu'on n'ait pas pu le mettre à l'abri du côté de l'île, intervint Meri d'une profonde voix de basse, essayant de paraître aussi viril que ses compagnons.

— Qui parmi nous sait piloter un navire de cette taille ? répondit Bak. Je frissonne en nous imaginant impuissants sur le pont, pendant que les rapides entraînent le bateau vers la mort, et nous-mêmes vers une destruction certaine, nos corps perdus à jamais, nos ka privés de subsistance pendant l'éternité.

Imsiba se frictionna les bras, glacé à cette seule évocation.

— Il devrait être en lieu sûr, là où il est. Avec Ahmosé qui monte la garde du haut de son île, Psouro sera averti de toute intrusion.

— D'ailleurs, il n'irait pas bien loin sans gouvernail, ajouta Meri, posant sur Bak un regard admiratif. Comment as-tu pensé à ça, chef ?

Bak préférait ne pas s'appesantir sur sa remarquable présence d'esprit, inspirée par de récents souvenirs : il se revit dans sa barque privée de gouvernail, entraînée dans les rapides les plus dangereux du Ventre de Pierres, qu'il avait franchis à la nage au péril de sa vie [1]. La proximité des eaux tumultueuses réveillait des images qu'il avait espéré oublier pour toujours.

D'un mouvement du menton, il désigna l'arête sur laquelle ils avançaient.

— Ne te laisse pas distraire, Meri. Ouensou pourrait avoir rendez-vous avec Ouserhet n'importe où, mais je parierais ma paire de sandales la plus neuve que nous les trouverons près du tombeau que nous cherchons.

1. Voir *La Main droite d'Amon*, *op. cit.*

Les joues du jeune garçon se colorèrent légèrement de rose.

— Sois tranquille, chef. Si cet ancien tombeau existe, je t'y conduirai.

— On ne t'aurait pas amené si on n'en avait pas la conviction.

Rassuré, le gamin redevint expansif.

— Certains des gens de la région, ceux dont la famille vit près de Bouhen depuis de longues générations, racontent l'histoire de seigneurs puissants qui gouvernaient cette terre pour des maîtres du Sud, mais avaient conservé les coutumes du pays de Kemet. Si c'est le cas, notre tombeau pourrait bien se trouver dans les profondeurs d'une arête comme celle-ci. Mais si le défunt était fidèle aux usages du Sud, sa demeure d'éternité sera en terrain découvert, au fond d'un puits surmonté d'un vaste tertre de rochers et de sable.

— Intef a été assassiné près d'ici, et les bracelets cachés sur son âne étaient ceux d'un habitant de Kemet.

— Tu dis que c'était près d'ici ? demanda vivement Meri.

— A une bonne demi-heure de marche vers le nord, sur la face arrière, là où le sable a recouvert une grande part de la formation.

Imsiba acquiesça d'un signe de tête.

— Oui. Bien trop loin, à mon avis, pour qu'Ouserhet ait tiré un lourd traîneau sur toute la distance.

Bak se tourna pour regarder le chemin qu'ils avaient parcouru et tenta d'imaginer un homme conduisant un bœuf en pleine nuit, quand l'or des sables s'était mué en gris argent. Ils n'avaient pas beaucoup marché, cependant leurs repères familiers avaient déjà disparu. La crique se cachait au-delà des dunes et l'arête rocheuse se confondait avec d'autres semblables. Au pied de la longue pente douce descendant vers le fleuve, Bak discerna les eaux en crue entre des îles noires, déchiquetées, presque stériles, qui paraissaient toutes identiques, vues de loin.

Le paysage ondoyant, monde désolé de sable jaune, augmenta son malaise. Comme les quelques lits de cours d'eau asséchés, les rocs étaient lentement dévorés par la progression constante de cette mer de grains avide.

Les empreintes les attirèrent plus loin. Meri s'arrêtait de temps à autre pour examiner une surface plus lisse que la normale, pour grimper sur une arête susceptible de dissimuler l'entrée d'un tombeau, ou pour explorer une crevasse dans la paroi érodée. Il affirma qu'un replat avait été taillé par la main humaine, mais la face rocheuse à l'arrière s'était éboulée, scellant toute cavité éventuelle. Bak, très conscient des heures qui s'écoulaient, refusa de s'attarder.

Pendant que Meri décrivait abondamment les diverses possibilités offertes par le replat, ils gravirent une petite déclivité. Près du sommet, Bak extirpa l'outre en peau de chèvre des vivres portés par l'âne et la fit circuler. Imsiba, le dernier à boire, remit l'outre à sa place pendant que Meri cherchait du raisin dans un panier. Marchant en tête, Bak scrutait au loin la série de pas — qui s'évanouit brusquement. Il se figea, cherchant une explication. Une fissure coupait la face rocheuse à l'endroit où les pas s'arrêtaient. Un défaut dans le roc. De la pierre friable ou écrasée, permettant de percer facilement un tombeau.

— Là ! dit-il, le doigt tendu.

Meri le rejoignit en courant et éclata de rire.

— Nous l'avons trouvé !

Imsiba frappa l'âne sur le flanc et le suivit jusqu'en haut de la pente. Il engloba la scène d'un coup d'œil, étudia le paysage désert et répondit simplement :

— Nous ferions mieux d'être prudents, mon ami.

Sans un mot, ils tirèrent les boucliers et les lances du chargement et s'assurèrent que leurs autres armes étaient à portée de main. Bak tapota sa dague pour se rassurer. Imsiba ajouta à la sienne une massue, qu'il accrocha à sa ceinture. Meri choisit une pierre dans le lourd sac de cuir attaché à sa taille et la plaça dans son lance-pierres. Ils continuèrent, cherchant un signe de vie sans en trouver aucun. Les traces menaient à la fissure, qui formait une entrée de belles dimensions, traversaient une épaisse couche de sable puis disparaissaient dans une salle à l'arrière.

Les trois compagnons fixaient les pas qui s'évanouissaient dans le noir, les invitant à les suivre. Des marques de ciseaux creusaient les murs là où l'œuvre de la nature avait été élargie et aplanie. Le passage du fond, ciselé et peint dans l'ancien style mais trop fané pour être bien visible, ne révélait rien des ténèbres sur lesquelles il débouchait. Un gros rocher en barrait la partie supérieure tel un linteau, renforçant encore l'ombre. Ouensou ou un autre était forcément à l'intérieur. Pourquoi, alors, le tombeau était-il aussi silencieux ?

— Une seule série d'empreintes, probablement celles de Ouensou, et aucune trace d'Ouserhet, résuma Bak, troublé par l'absence d'indices. Il vaut mieux que tu restes au-dehors, Imsiba. Je n'aimerais pas me trouver enfermé là-dedans sans que personne le sache.

— Moi non plus, approuva le Medjai, tout aussi préoccupé.

Meri courut jusqu'à l'âne et en rapporta une torche, un bâtonnet utilisé pour faire du feu et du combustible. S'agenouillant, il fit rapidement tourner le bâton entre ses mains et produisit une étincelle. Bak rapprocha les outils de l'entrée, pendant qu'Imsiba gravissait l'arête en quête de toute indication qu'un autre homme rôdait dans les parages.

L'herbe sèche et les brindilles flambèrent bientôt et Meri alluma la torche.

— As-tu trouvé quelque chose ? lança Bak.

Imsiba, loin au-dessus d'eux, secoua la tête.

— Non, les traces d'un chacal, c'est tout.

Pas entièrement satisfait, mais incapable d'imaginer une précaution supplémentaire, Bak se munit de la torche et pénétra le premier dans le tombeau. Tous ses sens en alerte, il maintenait sa lance en position pour repousser une attaque. Une fois l'entrée franchie, ils se retrouvèrent dans une chambre deux fois plus large que profonde, aux murs noircis par les feux de camp des vagabonds. Les anciennes peintures y étaient indistinctes. Deux colonnes carrées qui soutenaient jadis le plafond gisaient, brisées, sur le sol. La salle était vide, le silence si intense que Bak le ressentait physiquement.

Par un passage tout au fond, il plongea dans une seconde chambre, aussi large que la première et deux fois plus longue. Celle-ci également était vide.

— Où est Ouensou ? murmura Meri, les yeux agrandis par la frayeur.

— Je ne sais pas.

Réprimant son propre malaise, Bak éleva la torche bien haut. La flamme éclaira les murs, les colonnes, le sol et le plafond.

La chambre avait dû être magnifique, autrefois. Dans la lumière vacillante, des silhouettes colorées d'hommes, de femmes et d'enfants, hautes comme la longueur de la main, défilaient, dansaient et luttaient sur les parois, travaillaient ou jouaient comme dans le passé lointain. Elles chassaient et pêchaient, labouraient et récoltaient, tissaient, fabriquaient du vin, du cuir et des poteries. Une imposante représentation du défunt occupait la place d'honneur sur le mur du fond, où il était figuré assis avec sa famille et éventé par ses serviteurs. Trois colonnes octogonales tenaient encore debout, cependant la quatrième gisait en tronçons volumineux à l'arrière de la chambre. Le sol de pierre lisse était couvert de poussière et de sable mais, comme dans l'antichambre, avait été trop souvent foulé pour révéler ses secrets.

Un traîneau de bois, composé de deux patins incurvés à l'avant et d'un plateau horizontal, était appuyé contre la colonne en ruine. Plusieurs rouleaux reposaient à côté. Un gros coffre de bois avait été repoussé dans un coin. Ses dimensions évoquaient à peu près celles d'un sarcophage extérieur, toutefois il n'avait pas de couvercle et le bois, simple, n'était pas peint. Ouensou n'avait tout de même pas tenté de se dissimuler à l'intérieur ! Bak se hâta de regarder — et trouva le coffre vide.

La curiosité de Meri l'emporta sur sa peur. Il se mit à genoux et passa ses mains dans les petits tas de sable qui s'étaient accumulés autour de la colonne brisée.

— Je ne vois aucun vestige de sépulture. Pas une perle, pas un morceau de bois pourri, pas même un tesson de poterie.

— Les tombeaux anciens de Kemet comportent un puits profond qui descend dans une chambre funéraire, expliqua Bak, regardant autour de lui.

Si c'était là le tombeau qu'Intef avait découvert, le puits devait exister. Mais où pouvait-il se trouver ? Ses yeux se posèrent sur le coffre de bois, repoussé dans le coin sans raison apparente. A moins...

Il s'en approcha et déplaça lentement la torche de manière à éclairer la partie inférieure. Meri vint regarder. Le tremblotement de la flamme, les jeux d'ombre et de lumière attirèrent leur regard vers un coin tout proche, où la poussière avait été déplacée. La pierre présentait une éraflure récente. Une mince bande noire révélait un vide au-dessous.

— C'est ça ! souffla Meri. Le puits !

Calant la torche contre la colonne brisée, Bak poussa le coffre de tout son poids. Celui-ci refusa de céder. Le lieutenant essuya son visage en sueur et tenta sa chance du côté opposé, en vain.

— J'apporte les outils, annonça Meri, déjà en chemin, glissant sur le sol sablonneux.

Bak se pencha pour examiner la base du coffre. Une extrémité était calée dans le puits, à une profondeur minime, mais suffisante pour tout bloquer. Le puits avait été recouvert délibérément — et depuis peu —, il en était sûr. Mais pourquoi ? Si l'intention d'Ouserhet et de Ouensou était de fuir, pourquoi ne pas avoir simplement abandonné les lieux ?

Perplexe, il s'assit sur un tronçon de colonne pour attendre Meri et les outils. Ses pensées revinrent aux empreintes qu'ils avaient suivies sans voir d'autre signe de présence humaine ou animale. Sans doute Ouensou arrivait-il de son navire, car la piste était ininterrompue entre la baie et le tombeau. Ouserhet pouvait fort bien avoir suivi — voire précédé — son complice, le second prenant soin de marcher dans les traces du premier. Mais où étaient-ils passés ? Comment avaient-ils pu se volatiliser ainsi dans la nature ? En rebroussant chemin à reculons, sur les mêmes empreintes ? A cet instant précis, se cachaient-ils au-dehors, guettant l'occasion de les prendre au piège, Imsiba, le gamin et lui ?

Un frisson glacé parcourut l'échine de Bak. Il se leva, pressé de quitter le tombeau, tout en se reprochant son imagination débordante.

Meri fit irruption dans la chambre, les bras surchargés d'outils. Il tendit un levier à Bak, lâcha le reste par terre et fit glisser le rouleau de corde le long de son bras pour l'accrocher à l'extrémité retournée du traîneau.

— As-tu vu Imsiba ? voulut savoir Bak.

— Je n'ai pas fait attention. Qu'est-ce qui ne va pas ? s'inquiéta Meri en remarquant le visage tendu du lieutenant.

Un braiment apeuré l'interrompit. Des sabot claquèrent dans l'entrée, puis dans l'antichambre. L'âne voulut franchir la porte à toute vitesse, mais le passage étroit retint les paquets attachés sur son dos, et il tomba à genoux, les yeux écarquillés de frayeur. Il retroussa les lèvres et lança un nouveau hi-han. Soudain les pierres de la porte s'éboulèrent et roulèrent sur le sol. L'air s'emplit de poussière. La flamme de la torche vacilla. L'âne poussa une plainte aiguë, terrifiée. Il se souleva, se secoua et poussa en avant, arrachant le fardeau de son dos. Il fonça dans la pièce et, dans une grande cavalcade, fit le tour des colonnes avant de retourner vers la porte.

Un gémissement se fit entendre au-dehors. L'âne s'arrêta net, les pattes largement campées sur la pierre, et se mit à braire à tue-tête. Bak bondit vers l'animal et agrippa le licou. Au-delà du passage, il entrevit des paniers renversés d'où les miches de pain, les paquets de nourriture, l'outre et les armes se répandaient sur le sol sablonneux, et Imsiba gisant au milieu, les bras en croix. Le reste de l'antichambre était sombre, le pourtour de l'issue jonché de pierres, la voie barrée par des rocs. Ils étaient emmurés à l'intérieur du tombeau.

16

— Là ! cria Bak, attrapant Meri par le bras et lui mettant le licou dans la main. Retiens cet animal ! Calme-le !

— Qu'est-ce qui s'est passé ?

Meri attira la tête de l'âne tremblant contre sa poitrine. A travers le nuage de poussière, il fixa les vivres et les pierres répandues sur le sol autour d'Imsiba sans connaissance, et demanda tout bas :

— Il est mort ?

Craignant un moment d'avoir imaginé le gémissement, Bak se précipita vers son ami, s'agenouilla et, comme son père médecin le lui avait appris, posa la main sur le cou du Medjai pour prendre son pouls. Le battement fort et régulier était plus rapide que le mouvement rythmé de sa poitrine. C'était bon signe, toutefois...

— Imsiba, tu m'entends ? Imsiba ?

Il n'obtint aucune réponse.

Il saisit le Medjai par les épaules, résista à l'envie de le secouer pour le tirer de sa léthargie et répéta sa question. De nouveau, il n'obtint pas de réaction. Il s'assit sur les talons, murmura une rapide mais fervente prière à Amon, et se pencha vers Imsiba pour tâter son crâne à la recherche d'une plaie. La poussière lui chatouilla les narines et brusquement il éternua. Une fois, deux fois, trois fois.

Imsiba battit des paupières et ouvrit les yeux. Il adressa à son ami un faible sourire.

— Ne pourrais-tu m'éveiller par un doux murmure au lieu de ces coups de trompette dans mes oreilles ?

Les jambes coupées de soulagement, Bak rit tout bas.

— Qui t'a assommé ?

— Je n'en sais rien.

Imsiba toucha sa nuque en grimaçant.

— J'ai entendu du bruit dans les rochers au-dessus du tombeau. Quand je suis allé me rendre compte, quelqu'un a dû ramper derrière moi. Ensuite, tout ce que je sais, c'est que j'étais couché en travers de l'âne, mes mains ligotées à mes pieds sous son ventre. Je dénouais le lien mal serré quand quelque chose a frappé le flanc de l'animal. Il a pris peur et a filé dans le tombeau. J'ai percuté... un mur, je crois. Et le monde est redevenu noir.

Il se mordit les lèvres pour étouffer un gémissement et se souleva sur un coude.

— Tu as heurté l'embrasure de la porte et l'âne t'a jeté par terre, expliqua Bak.

Imsiba se redressa davantage, adressa un sourire en coin à Meri, puis regarda les provisions tout autour de lui. Aussitôt qu'il vit les pierres, il tourna la tête vers le passage et jura vigoureusement.

— Ouserhet ?

— Lui, ou bien Ouensou. A moins que ce ne soit les deux, soupira Bak, qui se leva et lui tendit la main. Viens dans la chambre voisine, tu pourras t'y reposer. Il va me falloir de l'espace pour dégager l'issue.

— Ne me traite pas comme un invalide, mon ami. J'ai mal à la tête, c'est tout.

Il accepta néanmoins la main que lui offrait Bak et, avec son aide, se mit lentement debout, conservant le cou et les épaules raides afin de ne pas accentuer la douleur lancinante.

Bak observait le Medjai d'un air grave.

— Mieux vaudrait te reposer pendant que tu le peux. Qui sait combien de rochers nous séparent de la liberté ?

— Nous étions censés mourir ici tous ensemble, dit Imsiba, les yeux fixés sur l'éboulement.

L'estomac noué, Bak examinait, lui aussi, les pierres de toutes formes et de toutes tailles dressant une barrière entre eux et la porte. Parviendraient-ils à ouvrir une brèche avant que la torche ne s'éteigne ? Et le rocher surmontant le passage ne serait-il pas trop lourd pour qu'on le déplace ? Il esquissa un sourire qu'il espérait serein.

— Au moins, j'ai eu le bon sens d'apporter les outils appropriés.

— Je me suis trompé, mon ami, je l'admets de bon cœur, dit Imsiba sur un ton contrit.

— Saleté ! Tu vas bien finir par bouger ! gronda Meri.

Les deux hommes, s'interrogeant d'un coup d'œil, se hâtèrent de pénétrer dans la chambre adjacente. Ils découvrirent l'âne attaché à une colonne encore debout, mâchant une maigre gerbe de blé, et le gamin qui s'acharnait à insinuer un levier sous le coffre en bois. La sueur coulait sur son visage crispé par la détermination et sur son torse. Bak se retint de remarquer qu'il perdait un temps précieux, et que dégager l'issue revêtait un caractère plus urgent. Le jeune garçon avait raison : il importait de savoir ce qui se trouvait au fond du puits — tâche qui, d'ailleurs, serait parfaite pour occuper Imsiba et l'obliger à rester tranquille, le temps que la douleur s'estompe sous son crâne.

Bak ramassa un maillet et un lourd ciseau, puis s'agenouilla près de l'extrémité du coffre reposant sur le sol. Quelques coups énergiques le déplacèrent, et Meri glissa le levier par l'ouverture. Bak changea de place avec lui et décolla le coffre de la largeur d'une main. Meri glissa un rouleau au-dessous. Se rapprochant de l'ouverture, ils installèrent un deuxième rouleau qui souleva la partie enfoncée. Au moyen d'un troisième rouleau, ils dégagèrent facilement l'accès du puits.

Imsiba tint la torche au-dessus de l'orifice afin qu'ils puissent voir le fond. Le puits formait un carré de deux coudées de côté. Si la maigre lumière ne faussait pas leur perception, il était profond d'une vingtaine de pas. Un homme gisait tout en bas, face contre terre. Son bras gauche était atrophié, sa main raide et mal formée. La hampe d'une flèche dépassait de son dos ensanglanté, le penne cassé près de sa main droite. Ouensou, sans l'ombre d'un doute.

Bak pesta entre ses dents.

— Ouserhet a perdu la raison, dit Imsiba. Il a tué un des seuls hommes capables de naviguer dans le Ventre de Pierres et de le conduire au sud, vers la liberté.

Meri fixait le corps avec des yeux ronds. A l'évidence, c'était une chose de jouer parmi les dépouilles desséchées et démembrées des défunts de longue date, et une tout autre de trouver un cadavre récent dans un tombeau.

— Il pense peut-être que, s'il ne reste personne pour l'accuser, il pourra regagner Bouhen et reprendre sa vie de scribe de haut rang, respecté par tous.

— En ce cas, il se trompe lourdement, répliqua Bak d'un ton sombre. Trop de gens savent qu'il est celui que nous cherchions.

Il arracha son regard de la dépouille et secoua la tête.

— Une querelle de voleurs, plus vraisemblablement.

Bak recula, évitant de peu un petit éboulement, mais se trouva pris dans un nuage de poussière. Il s'appuya contre le mur et essuya son front en sueur d'un revers de la main, étalant les filets noirs qui s'y trouvaient déjà. Le tombeau était étouffant, la lampe à huile faiblissait et fumait, l'air se chargeait de l'odeur forte du crottin. Les muscles douloureux, les mains écorchées, la jambe droite contusionnée par une pierre, il n'avait pourtant ouvert la voie que sur moins d'une coudée. Même s'il travaillait deux fois plus vite, Ouserhet serait dans la lointaine Kouch, ou à Kemet, le temps qu'il ouvre le tombeau.

A supposer que l'énorme roc ne soit pas tombé du plafond, les condamnant à demeurer à l'intérieur pour toute l'éternité.

Cette idée le révulsait et emplissait son cœur d'effroi, sapant sa volonté de continuer. Il la repoussa, et entreprit de dégager les pierres grosses et petites qui étaient tombées à ses pieds. Une perte de temps inévitable, alors qu'il aurait fallu se concentrer sur l'entrée.

— Meri ? appela Imsiba.

— La chambre a été pillée !

La voix du jeune garçon, rendue suraiguë par l'excitation, résonna jusqu'en haut du puits.

— Elle est minuscule, à peine assez grande pour deux sarcophages. Ils ont été forcés il y a longtemps, et sont tellement pourris qu'ils s'effritent sous ma main. Plusieurs coffres sont tombés en poussière, comme la plupart des objets à l'intérieur — des nefs miniatures, des statuettes de serviteurs, je crois. Deux squelettes entourés de bandelettes déchirées sont couchés parmi des piles de poteries, tout au fond.

Après un bref silence, il expliqua avec ravissement :

— Je viens de trouver une perle d'or au milieu des ossements. Je parie qu'il y en a beaucoup plus ici.

— Ouensou fait-il partie des vivants ? cria Imsiba d'une voix teintée d'impatience.

Bak jeta un coup d'œil dans la seconde chambre, où le Medjai, agenouillé au bord du puits, scrutait les profondeurs, les méplats de son visage à peine distincts dans le halo de la torche que le gamin avait prise pour descendre. La corde, attachée à l'une des colonnes, semblait glisser tel un serpent.

— Il est mort... Pas depuis longtemps, je pense. Il est encore tiède. Ses bras et ses jambes ne sont pas raides.

— Tu veux qu'on le remonte ? demanda Imsiba à son chef.

Bak laissa échapper un petit rire dur.

— Comment pourrions-nous transporter un cadavre tout en poursuivant Ouserhet dans les sables brûlants ?

Imsiba eut la bonne grâce de garder le silence, et de taire ses doutes quant à leurs chances d'évasion.

Bak se remit à dégager les pierres autour de ses pieds : se courber, en soulever une, la porter, la laisser tomber, provoquant un petit nuage de poussière. Retourner en prendre une autre, puis encore une autre, avec les gestes obstinés d'un homme qui aurait grand besoin d'un répit.

— Vois-tu des objets épargnés par le temps ? demanda Imsiba à Meri. Quelque chose de neuf qu'Ouserhet aurait dissimulé en bas ?

— Non. Cette chambre-ci était certainement trop difficile d'accès.

— Alors remonte.

— Je cherche des perles d'or. Je suis sûr de pouvoir en trouver encore quelques-unes. Et qui peut savoir quoi d'autre ? dit-il joyeusement.

— Tu n'as donc pas envie de sortir de ce maudit tombeau ? s'exaspéra Imsiba. Nous devons aider à déblayer l'entrée, et il nous faut la torche.

— Oh, d'accord, céda Meri avec une déception évidente.

— Très joli.

Assis sur un bout de colonne dans la chambre du fond, Bak faisait tourner la bague entre ses doigts en contemplant le scarabée rouge monté sur un chaton afin de servir de sceau. Le motif de spirales entrelacées ne lui apprenait rien au sujet de l'ancien propriétaire, toutefois la cornaline et l'or de ce bijou précieux, l'exquise qualité du sertissage en faisaient une œuvre d'art.

— Je peux le garder ? sollicita Meri.

Le grondement d'une chute de pierres épargna à Bak le soin de répondre. Un épais nuage de poussière envahit le tombeau. Imsiba recula d'un bond pour s'écarter du passage. L'âne tira de toutes ses forces sur la corde qui le retenait à la colonne, renâclant et brayant, ses sabots battant un rythme effréné sur le sol.

Incapable de respirer, Imsiba abandonna sa tâche et s'assit sur le traîneau pour attendre que la poussière se dépose. La crispation de son front, entre ses sourcils, était le seul signe que sa tête le faisait encore souffrir. Bak glissa la bague sur le doigt de Meri, beaucoup trop frêle pour un tel anneau, et mit ses mains en coupe pour recevoir les perles trouvées par l'enfant. Elles tombèrent telle une cascade dorée, onze sphères parfaites de la taille de pois chiches, creuses et percées pour laisser passer un fil. Elles étaient identiques à celles qu'il avait découvertes dans les possessions d'Intef.

Il les confia à Imsiba et prit à Meri le dernier objet que celui-ci avait sauvé, une statuette dont la base rectangulaire s'adaptait à la paume de sa main. C'était un petit chef-d'œuvre représentant un scribe assis en tailleur, sculpté dans une pierre grise sans inscription pour l'identifier.

Taraudé par le manque de temps, par l'atmosphère de plus en plus oppressante, il remit la figurine à Imsiba et se leva. Meri ôta la bague et s'assit par terre pour imprimer les spirales entrelacées dans la poussière autour de lui. Bak remarqua que son regard retournait vers le puits et que sa bouche se crispait de déception.

Le policier arbora un sourire résolument enjoué et ébouriffa les cheveux du gamin.

— Nous reviendrons, et tu nous accompagneras. Il nous faudra sceller ce tombeau à tout jamais.

L'ironie de ses paroles ne lui échappa pas : le tombeau était déjà scellé.

— Et les objets que nous avons trouvés ? Et ceux qui y sont encore ?

Bak haussa les épaules.

— Moins nous laisserons d'objets de prix, plus les défunts reposeront en paix. Mais cette décision incombe au commandant Thouti.

Ramassant le ciseau et le maillet, il rassembla son courage en vue du dur labeur qui l'attendait et, les pieds lourds comme du plomb, il retourna dans la première chambre. Imsiba le suivit sans plus d'enthousiasme. Après avoir dégagé les pierres qui jonchaient le sol, les deux hommes se pressèrent dans le passage, où l'espace était à peine assez large pour travailler côte à côte, et s'attaquèrent aux rocs bloquant la voie. Meri écartait les pierres qui tombaient à leurs pieds. La sueur ruisselait sur leur front, leur dos et leurs cuisses ; la saleté s'accumulait dans les plis de leur corps. Imsiba grimaçait de temps en temps mais refusait d'admettre sa douleur. En dépit du besoin de s'interrompre à intervalles réguliers pour laisser la poussière retomber, l'épuisement les gagnait.

Bien trop tôt — alors qu'ils estimaient être à mi-chemin de l'extérieur —, la torche commença à crépiter, signe qu'elle n'allait pas tarder à s'éteindre. Meri alla chercher la seconde lampe et la posa sans l'allumer à côté de la première, la tenant prête. Il apporta également une jarre de bière qui fournissait un excellent prétexte pour marquer une pause. Bak fit rouler le liquide tiède à l'intérieur de sa bouche, humidifiant sa langue desséchée et savourant le goût un peu âpre. Combien de jarres leur restait-il ? Combien de nourriture ? Combien de temps survivraient-ils dans le tombeau obscur et chaud s'ils ne parvenaient pas à s'extraire de là ?

Réprimant une nouvelle bouffée de terreur, il but une dernière gorgée et passa la jarre à Imsiba. Il retourna dans le passage, empoigna ses outils et, les dents serrées, recommença à débloquer les pierres. Elles tombaient, une, deux, parfois trois et quatre à la fois, faisant pleuvoir sur lui du sable qui le suffoquait. La sueur se changeait en boue sur ses épaules et sur son dos. On eût dit que ses cheveux étaient englués.

Une masse de pierres se libéra, força Bak à reculer. Dans la pénombre et la poussière, il distingua un bloc intact. Le rocher qu'il avait craint de trouver. Il se sentit pris de nausée.

— Et maintenant, mon ami ? dit Imsiba qui était arrivé derrière lui.

Sa voix était atone, toute sa vivacité naturelle avait disparu. Bak ne sut que répondre.

Refusant de penser, réunissant ses forces avec l'énergie du désespoir, il leva les bras pour déloger les pierres au-dessus du rocher. Sans mot dire, Imsiba déblayait les débris. Attiré dans l'antichambre par le silence, Meri remarqua le mur immense et lui aussi perdit l'usage de la parole. Bak continua jusqu'au moment où il ne put aller plus loin. Enfin, il s'effondra contre le roc, exténué, sale, assoiffé et en nage, les bras endoloris par l'effort.

Imsiba était assis aux pieds de Bak, le front sur les genoux. Meri s'approcha de l'âne, passa ses bras autour de son cou et enfouit son visage dans sa crinière. Bak comprit qu'il pleurait.

Il appuya sa nuque contre le mur et ferma les yeux. Pourquoi les dieux les considéraient-ils avec sévérité ? Pourquoi leur préparaient-ils une mort atroce, interminable, dans un tombeau lugubre quand, en hommes d'action qu'ils étaient, ils auraient dû connaître une fin prompte et honorable sur le champ de bataille ?

Il respira profondément et sentit un air plus frais et plus pur qu'auparavant. Comme si son ka avait déserté son corps pour échapper au tombeau. Il ouvrit brusquement les paupières et s'arracha du mur. Mais non ! De l'air filtrait de l'extérieur ! Il aspira une longue bouffée avec prudence. Sans l'ombre d'un doute, l'air était plus doux, plus sain. Bak avait dû percer un trou ou une fissure minuscule au-dessus du rocher.

Craignant d'annoncer tout haut sa découverte, de peur de causer une fausse joie, Bak s'empara d'un levier et s'attaqua aux rocs que le ciseau trop court n'avait pu atteindre. L'angle était incommode et ses coups ne portaient pas autant qu'il le voulait, néanmoins plusieurs pierres tombèrent, lui permettant d'imaginer l'air se déversant à l'intérieur. Quand il essaya à nouveau, toute la masse s'effondra en un déluge assourdissant de pierraille, de sable et de poussière. Lançant un cri d'avertissement, il sauta en arrière. Imsiba s'écarta, à quatre pattes. Les pierres s'entassèrent ou roulèrent dans l'antichambre. Un nuage dense gagna tout le tombeau. Battant retraite dans la chambre intérieure, ils fermèrent les yeux et bloquèrent leur respiration. L'âne gémissait et se débattait, emmêlant ses pattes antérieures dans la corde. Terrifié par le bruit et par la poussière, Bak pria pour que toute l'arête ne se soit pas écroulée, les ensevelissant à jamais.

Alors que le nuage se dispersait, ils virent que les pierres composaient une pente qui atteignait la porte. Redoutant le pire, ils s'y ruèrent pour regarder dans l'antichambre. La pente abrupte continuait à s'élever en un agglomérat instable, illuminé par la lumière tombant d'un grand trou au-dessus de l'entrée. Le ciel pâle se teintait d'or, héraut du crépuscule.

Bak poussa un cri ravi, prit Imsiba par la taille et Meri par les épaules et les serra fort contre lui. Le Medjai répondit en pressant les deux autres à les étouffer. Meri relâcha son étreinte et recula pour reprendre haleine.

— Sortons d'ici, dit Bak.

Ces mots semblaient plats et quelconques, mais il n'en trouvait aucun qui fût digne d'exprimer sa joie.

Meri escalada les pierres branlantes. Au sommet, il leva les mains très haut et hurla :

— Nous avons réussi ! Nous sommes libres !

Il s'élança vers l'arête et disparut.

Imsiba alla vers l'âne et lui gratta la tête pour le calmer.

— Et cette pauvre bête ? On peut la faire sortir, à ton avis ? Sinon, il faudra l'abattre.

Bak examina la pente aiguë. L'âne risquait de se casser une patte, surtout s'il était pris de panique en sentant les pierres se dérober sous son poids. A moins de lui improviser une route... Devaient-ils en prendre le temps ? Ou valait-il mieux partir à la recherche d'Ouserhet ? Ils étaient restés emprisonnés pendant près de deux heures, durant lesquelles le contrôleur avait eu tout le loisir d'atteindre son esquif et de se mettre en sûreté.

Le regard de Bak tomba sur le coffre en bois.

— Ce coffre, là. On peut le casser en laissant le fond et les côtés intacts, et les poser bout à bout jusqu'en haut de la pente.

— Lieutenant Bak ! lança Meri, accroupi devant l'ouverture au-dessus d'eux. J'ai trouvé des traces. Je parie que ce sont celles d'Ouserhet.

Imsiba se munit du ciseau et du maillet.

— Va, mon ami. Vois ce que le petit a découvert. Je m'occuperai de l'âne.

Bak gravit la pente instable en prenant garde à l'endroit où il posait les pieds, essayant de ne pas déranger les pierres de peur de déclencher un autre glissement de terrain. Une fois en haut, alors qu'une brise légère séchait la sueur sur son corps, il contempla le désert fauve en savourant un monde qu'il avait craint de ne jamais revoir. Un monde stérile et aride, rien que des dunes de sable et des tertres rocheux, et pourtant d'une beauté indicible. En silence, il remercia Amon de lui avoir permis de se tenir une fois encore dans la clarté du soleil.

— Par ici ! indiqua Meri en désignant une piste presque effacée sur le flanc de l'arête.

Bak descendit la déclivité, tantôt glissant, tantôt courant. L'endroit où ils avaient attaché l'âne lors de leur première visite était une masse d'empreintes entrecroisées. Son trajet jusqu'au tombeau était clair, car ses sabots s'enfonçaient sous le poids d'Imsiba, de même que les traces de l'homme qui le dirigeait. Le glissement avait recouvert la fissure et la paroi rocheuse de chaque côté, dissimulant l'hypogée comme s'il n'avait jamais existé. Une bonne brise aurait effacé les traces et déposé du sable sur l'éboulement, ne laissant aucune indication que des hommes étaient emmurés là.

La colère monta en lui. Comme l'avait dit Imsiba, Ouserhet avait voulu qu'ils meurent.

Un long braiment attira le regard de Bak vers le sommet de l'arête, où Imsiba se tenait à côté de l'âne, qu'il laissait s'exprimer à sa guise. Bak sourit, oubliant sa fureur. Non seulement le Medjai avait sauvé l'animal, mais il avait chargé sur son dos leurs armes, le peu de nourriture qu'il leur restait et, sans doute, les bijoux anciens et la statuette. Il n'avait abandonné que les outils.

Ayant partagé une jarre de bière pour célébrer leur libération, et l'âne se voyant récompensé par de l'eau, ils repartirent d'un pas énergique. Deux hommes, un enfant et un âne couverts de poussière et de sueur longèrent le haut de l'arête, qui offrait un plus vaste panorama. De là, ils pourraient surveiller le sentier qu'ils avaient suivi jusqu'au tombeau. Si d'aventure Ouserhet s'égarait, ils seraient sûrs de voir sa piste dès qu'il foulerait un sable vierge de toute empreinte. Un argument supplémentaire était la brise plus forte sur les reliefs, don des dieux après leur séjour souterrain.

Au-delà de la petite butte d'où Bak avait repéré l'entrée de l'hypogée pour la première fois, l'arête s'étrécissait et sa face orientale devenait abrupte. D'en haut, on aurait dit une morsure géante dans le roc. Une corniche la ceignait, formant un étroit plateau parsemé de rochers et de cailloux.

— C'est ça que j'aurais voulu qu'on explore, dit Meri, les yeux brillant d'enthousiasme. Tu vois comme la paroi est lisse ? Je parie qu'il y a un tombeau derrière.

Il se pencha tellement que Bak le saisit par la ceinture pour l'empêcher de tomber. Il observa la corniche, remarqua des traces dans le sable qu'il attribua à Meri lors du trajet en sens inverse. Son regard suivit le sentier en contrebas, et il se crispa. Les nombreuses empreintes brouillées étaient soudain couvertes par une double impression de patins, la marque d'un traîneau. La piste se dirigeait vers le sud en longeant la base de l'arête jusqu'à perte de vue.

— On a descendu un traîneau, conclut Imsiba, en écho aux pensées de Bak. Il se peut que le petit ait raison.

Bak lança en souriant à Meri :

— Ne t'avise pas de répondre « Je vous l'avais bien dit », ou je t'envoie tenir compagnie à Ouensou.

Rieur, le gamin dévala la pente escarpée au risque de se tordre le cou. Bak lui courut après, tandis qu'Imsiba guidait l'âne. Des sillons dans le sable et une empreinte brouillée conduisaient à l'arrière de la corniche. Là, ils découvrirent un levier appuyé contre un rocher et une ouverture rectangulaire.

— Vous voyez que j'avais raison ! déclara Meri avec animation. Je n'ai vu aucune entrée la fois précédente. Le rocher était sûrement devant. Mais je savais qu'il y avait un tombeau. C'était forcé !

Certain qu'Ouserhet était parti depuis longtemps, Bak permit au gamin de passer le premier. Le suivant de près, il entendit son exclamation de dépit. Dès l'instant où il franchit le seuil, il comprit sa réaction. La maigre lumière provenant de la porte éclairait une chambre exiguë aux parois dépourvues de décoration et, au milieu du mur du fond, un passage ne débouchant sur rien. Un tombeau inachevé.

Imsiba vint regarder la chambre vide, et son ombre allongée se projeta sur le sol.

— Une seconde cachette ? Pourrait-ce être l'endroit où le contrôleur entreposait sa part de butin ?

— Il est plus vraisemblable qu'il trompait ses associés, répliqua Bak. Je ne serais pas surpris que Ouensou, soupçonnant quelque fourberie, l'ait suivi dans le désert afin de savoir à quoi s'en tenir.

— Et Ouserhet l'a tué pour ne pas partager ?

— Quelle autre raison aurait-il eue de supprimer un complice de longue date ? répondit Bak avec un haussement d'épaules.

Des mouches bourdonnantes attirèrent son regard vers un tas de feuilles fripées, dans un coin. Il les ramassa, les disposa l'une à côté de l'autre, renifla. Elles luisaient d'huile et exhalaient une forte odeur de poisson. D'après le petit nombre de fourmis qu'il repéra, il conclut que le paquet n'était pas vide depuis longtemps.

Un sourire éclaira soudain son visage alors qu'il tendait les feuilles à Imsiba.

— Nous ne sommes peut-être pas aussi loin derrière Ouserhet que nous le pensions.

Pendant qu'Imsiba débâtait l'âne, Bak scrutait le paysage au sud, cherchant un signe de vie parmi les ombres longues qui annonçaient l'approche de la nuit. Au loin, des ondes de chaleur montaient des sables cuivrés, unissant le ciel et la terre en un monde miroitant qui appartenait plus au rêve qu'à la réalité. Un large ruban luisant telle de l'eau éveillait l'imagination. Une silhouette de forme humaine tremblotait, petite image indistincte progressant à travers la brume brillante, entre le rose et l'or. Elle réapparut, la tête disjointe du corps.

— L'homme sans tête, murmura Bak.

— Ouserhet ? Tu le vois ? dit Imsiba, regardant de tous côtés.

— Je n'en suis pas sûr. Je...

Bak fixa la brume lointaine, souhaitant que la silhouette se montre à nouveau dans la vapeur étincelante. Comme pour l'exaucer, elle reparut, cette fois sans pieds ni jambes.

— Dans la brume ! Le vois-tu ?

— Là-bas ! s'écria Meri, le doigt tendu dans la bonne direction, sautillant d'animation.

— Non, dit Imsiba en riant. Mais c'est lui ! Ça ne peut être que lui ! Qui serait-ce, autrement ?

— Où est mon lance-pierres ? s'écria Meri en courant vers l'âne.

— Attends !

Bak le rattrapa par le col. Il avait déjà risqué la vie du jeune garçon une fois ce jour-là ; il n'avait aucune intention de recommencer.

— L'obscurité descendra bientôt sur nous, aussi il n'y a pas de temps à perdre. Tu vas regagner la crique à dos d'âne et...

Le sourire de Meri se décomposa.

— Non ! Ne me renvoie pas maintenant !

— Il faut avertir Psouro, insista Bak. Dis-lui d'emprunter des barques aux gens de la région et de déployer des hommes le long du fleuve, de la baie à la rive éloignée. Si Ouserhet descend le courant, ils doivent l'intercepter.

Il marqua une pause, attendit une réponse, mais les commissures de la bouche de Meri s'incurvèrent en une moue boudeuse.

— Crois-tu que l'âne puisse aller vite, avec mon poids ou celui d'Imsiba sur son dos ?

Le gamin secoua lentement la tête, à contrecœur.

— Non, chef.

Imsiba récupéra les armes et Meri grimpa à leur place, au milieu des paniers presque vides. Il semblait au bord des larmes. Bak lui pressa le genou, puis recula.

— Hâte-toi, petit frère. Ouserhet a défié la déesse Maât, il a pris l'ordre et la justice à la légère. Il ne faut pas lui permettre d'en réchapper impunément.

Devant l'importance de cette mission, Meri se redressa, et les termes affectueux amenèrent sur ses lèvres un faible sourire.

— Je ferai de mon mieux, chef.

Il tira sur le licou pour faire faire demi-tour à l'âne et pressa les flancs de ses talons. Ils descendirent l'arête et trottèrent vers le fleuve, le gamin et les paniers tressautant à la cadence de l'animal.

Bak s'arma d'une lance et d'un bouclier, pendant qu'Imsiba plaçait le carquois sur son épaule et emportait l'arc. Leur gibier étant enfin en vue, ils marchèrent rapidement vers le sud au pied de l'arête, en suivant le double sillon laissé par le traîneau. Ils ne profitaient plus de la brise, mais risquaient moins d'être repérés par l'homme devant eux. Pour la première fois depuis de longues heures, ils osaient espérer le succès.

Quand ils atteignirent la piste d'empreintes rejoignant la baie, le double sillon quitta le sentier battu et continua vers le sud, encadrant des traces de pas. Ouserhet se dirigeait vers sa barque, et non vers le navire de Ouensou. A quelle distance Ahmosé avait-il dit que se trouvait l'autre bras du fleuve ? Une demi-heure de marche ?

— Son traîneau n'est pas large, mais laisse de profondes rainures. Quelle que soit sa charge, elle le retarde.

— Je prie pour qu'elle comporte une défense d'éléphant.

— Et moi donc ! Je n'ai pas envie de passer le restant de mes jours à fouiller chaque malheureux bateau, chaque pauvre caravane passant par Bouhen et Kor.

— Si Ouensou a caché la défense sur la barge de Mahou, ce dont je suis convaincu, c'était sur l'ordre d'Ouserhet. Il avouera. Il le faut, dit Bak, essuyant une goutte de sueur qui perlait au bout de son nez.

Les foulées d'Imsiba étaient longues et régulières afin de couvrir rapidement beaucoup de terrain. La transpiration ruisselait sur son torse et sur son dos. S'il souffrait encore de ses contusions, il ne le montrait pas, et ne trahissait pas davantage sa fatigue. Bak, à peine capable de conserver la même allure, abritait ses yeux sous sa main en visière et fixait la silhouette lointaine. La brume avait été balayée par la brise de plus en plus forte, mais les ondes de chaleur montant du sable faisaient miroiter et trembler les dunes et les massifs rocheux.

— Nous le rattrapons, Imsiba.

— Je ne l'ai jamais apprécié. Il est beaucoup trop imbu de sa personne. Mais je n'aurais pas cru qu'il ôterait la vie à trois hommes.

— Il a bien failli en tuer un quatrième, dit Bak, effleurant le bandage sale sur le bras de son ami. Cette flèche-là t'était destinée.

— A moi ? s'étonna Imsiba. Je ne constituais aucune menace.

— Ne désirait-il pas épouser Sitamon ? Nul doute qu'il la désirait, car elle possède un charme et une beauté infinis, mais il devait convoiter bien davantage le navire qu'elle héritait de Mahou.

Un sourire ironique effleura les lèvres d'Imsiba.

— Contrôler un grand navire de transport aplanirait certainement le chemin d'un contrebandier.

— Pas s'il devait partager son autorité avec un homme dont la tâche consiste à préserver l'équilibre des plateaux de la justice.

— Vois ! dit Imsiba, pressant son flanc mais refusant de céder à la douleur. On approche sûrement du coin où il laisse sa barque.

— Les dieux soient loués, il n'a pas regardé en arrière une seule fois. Il nous croit sans doute toujours enfermés.

Puisque le grand sergent parvenait à tenir bon, Bak n'était pas près de se plaindre de ses crampes dans les mollets.

Rê accomplissait sa descente finale vers l'au-delà en striant le ciel d'or.

— Si on ne le prend pas d'ici une heure, on le perdra dans les ténèbres. Il connaît cette terre beaucoup mieux que nous. Il y mène ses manigances depuis des mois.

— Nous le talonnons.

Bak s'essuya le front et sécha ses mains sur son pagne, humide de sueur et gris de poussière.

— Il y a peu, on ne distinguait pas le traîneau. Maintenant, si. Et on ne voyait pas non plus...

Il laissa sa phrase en suspens et fixa l'homme qui les précédait.

Ouserhet avait ralenti, s'était tourné comme pour vérifier qu'il n'avait pas perdu une partie de son chargement. Il leva la tête, trébucha, le traîneau heurta ses chevilles. Il reprit sa marche en allongeant le pas.

— Il nous a repérés ! dit Bak, accélérant malgré sa lassitude.

— Qui aurait cru qu'on pouvait courir aussi vite en tirant un traîneau chargé ?

Au lieu de poser cette question, purement rhétorique, Bak aurait mieux fait d'économiser son souffle, et il le savait. Imsiba ressentait manifestement le même besoin de parler.

— Il est avantagé par la pente qui descend vers le fleuve. Si douce qu'elle soit, elle suffit pour que le traîneau glisse.

Bak balaya le fleuve du regard. Il n'était plus guère éloigné, et Ouserhet se trouvait à mi-distance. En nombre d'endroits, l'eau empiétait sur la frange du désert, dérobant les grains dorés, néanmoins le policier ne discernait pas de bras envahi par les roseaux. Celui-ci devait pourtant être tout proche.

— Comment un homme dont la profession le confinait à l'intérieur et à l'inactivité jour après jour parvient-il à maintenir une telle allure, je ne peux l'imaginer, dit Bak d'une voix haletante. Ses excursions nocturnes sous l'apparence de l'homme sans tête ont endurci ses muscles autant que sa résolution.

— Le destin qui l'attend — l'empalement, à coup sûr — donnerait des ailes à n'importe qui.

Ils continuèrent à courir en silence, économisant leur souffle. Les mollets de Bak brûlaient, il se sentait les jambes lourdes et raides, la bouche sèche, la poitrine oppressée. Le traîneau leur rappelait, tel un mal de dent lancinant, qu'Ouserhet était sûr de leur échapper. S'il craignait d'être capturé, il l'aurait certainement abandonné. L'unique réconfort de Bak était la brise, plus fraîche à l'approche du soir, qui glaçait la sueur ruisselant sur son corps.

Bak et Imsiba avaient affaire à forte partie, toutefois aucun fardeau ne les encombrait et, peu à peu, ils réduisirent la distance qui les séparait de leur gibier. A environ trois cents pas du fleuve, Ouserhet coupa en diagonale à travers les sables vers un demi-cercle d'arbres. Une trouée dans le feuillage permettait d'entrevoir l'eau et d'épais groupes de roseaux.

— Fils de Seth ! marmonna Bak entre ses dents.

Ouserhet n'allait pas leur filer entre les doigts, pas alors qu'ils étaient si près de la victoire !

Sans crier gare, un homme presque nu sortit d'entre les arbres pour se camper sur la berge. Il portait une faux, dont la lame aiguisée étincelait sous les longs rais du soleil couchant. Une femme vêtue d'un fourreau coloré, descendant jusqu'aux chevilles, s'avança dans les fourrés à une demi-douzaine de pas en aval. Elle tenait un grand couteau. Un deuxième homme apparut en amont, puis un troisième, puis d'autres encore, postés à égale distance les uns des autres. Chacun brandissait une faux, une hache ou un maillet. Autant d'outils de ferme ordinaires, devenus des armes entre leurs mains.

Bak et Imsiba ralentirent et observèrent ce manège, interloqués.

— Viennent-ils pour l'aider ? demanda Bak.

A moins de cinquante pas des arbres, Ouserhet ralentit comme ses poursuivants. Au lieu de faire signe en souriant aux hommes qu'il savait ses amis, au lieu de se précipiter vers eux, il regarda derrière lui, puis devant, comme s'il cherchait un moyen de les dépasser et d'atteindre le fleuve.

Bak adressa une prière de gratitude à Amon, et à tout autre dieu qui se trouvait écouter.

Deux hommes s'avancèrent, armés de faux. Un adolescent, muni d'un couteau. Un autre, tenant une lance. Une femme et un homme, chacun muni d'une hache. D'autres apparurent plus loin le long de la ligne d'arbres. Un mur d'humanité, au silence menaçant, entre Ouserhet et la rive verdoyante. Le contrôleur se remit à courir, tirant le traîneau derrière lui, cherchant un passage.

— Par la barbe d'Amon ! s'exclama Imsiba. D'où sortent tous ces gens ? Qu'est-ce qui les a poussés à venir ici ?

— Regarde ! indiqua Bak.

Au milieu de la ligne de défense, Meri brandissait un bouclier roux qui cachait presque entièrement son corps frêle, et un long javelot dont la pointe se dressait bien audessus de sa tête.

— Il a dû venir en barque, profitant de cette brise favorable, et appeler à la rescousse tous ceux qu'il rencontrait en chemin.

— Un enfant plein de ressources, approuva Imsiba en souriant.

Encouragé par l'ingéniosité du gamin, Bak oublia ses muscles douloureux, sa difficulté à respirer. Il courut de toutes ses forces, Imsiba à ses côtés. Entendant le martèlement de leurs pas, Ouserhet regarda brièvement en arrière et, les voyant tout proches, lâcha la corde pour s'emparer d'un arc et d'un carquois au sommet de la charge placée sur le traîneau, qu'il abandonna en courant.

Imsiba tira une flèche de son carquois et banda son arc. Cependant, il hésita à tirer, de peur de frapper un des cultivateurs au lieu de l'homme qu'ils pourchassaient.

Bak contourna le traîneau, apercevant au passage des jarres scellées et des sacs bosselés, mais pas la moindre défense d'ivoire. Il continua, trop absorbé par la poursuite pour réfléchir davantage. Ouserhet redoubla de vitesse en suivant le bord de l'eau. Il regardait constamment sur sa gauche la barrière humaine, cherchant la faille. Tous restaient en place avec détermination et attendaient en l'observant.

Ouserhet obliqua soudain vers le désert. Les gens les plus proches de lui se regardèrent et hochèrent la tête avec satisfaction. Profitant de ce que leur vigilance se relâchait, le fugitif fit volte-face et se rua vers une fillette munie d'un couteau. Il l'écarta violemment d'un coup d'épaule et fonça entre les arbres sans que les autres, trop interdits, puissent réagir.

Bak plongea aussitôt à travers le feuillage clairsemé. Écartant les branches fragiles, il se retrouva jusqu'aux chevilles dans les eaux de la crue où des touffes de plantes exubérantes marquaient la limite habituelle de la berge. Sur sa gauche, il aperçut un petit esquif à moitié dissimulé par la végétation. Un bruit d'éclaboussures attira son attention vers la droite, où, à une vingtaine de pas de lui, Ouserhet pataugeait jusqu'aux genoux le long des roseaux. Il repéra Bak, tira une flèche du carquois et banda son arc en prenant soin de ne pas le mouiller.

Bak leva son bouclier et bondit sur le côté. La flèche frappa l'armature de bois et tomba dans l'eau. Voyant qu'Ouserhet préparait un deuxième projectile, il plongea parmi les roseaux. Dans les tourbillons de vase, les longues tiges dures retinrent son bouclier. Il dégagea sa lance, presque inutilisable dans cet enchevêtrement végétal.

Un homme armé d'une faux les observait entre les arbres. Ouserhet dirigea son arc vers cette nouvelle cible, qui s'éclipsa. Le contrôleur se retourna alors vers Bak et libéra la flèche, qui alla se ficher dans son bouclier, transperçant la peau à une demi-paume de la poignée. Bak s'accroupit dans l'eau trouble. Une troisième flèche, puis une quatrième frappèrent le bouclier à quelques secondes d'intervalle, repoussant le lieutenant dans les fourrés.

Pendant qu'Ouserhet se concentrait sur son arc, Bak jugea le moment venu de rétablir un peu l'équilibre des chances. La lance ne faisait que l'encombrer, aussi eut-il l'idée de la planter dans la vase, assez près des hauts-fonds pour qu'il puisse l'atteindre le cas échéant. La hampe se dressait au milieu des roseaux, visible pour lui, invisible à quiconque ignorait sa présence.

Toujours accroupi, il évolua vers les eaux profondes en se glissant entre les hautes tiges, dont le plumet s'agita comme sous l'effet de la brise. La vase s'insinuait entre ses orteils, une racine s'enroula autour de sa cheville, de minuscules créatures aquatiques chatouillaient ses jambes. Il dépassa les derniers roseaux et sentit le fond se dérober sous ses pieds. Une flèche fusa derrière sa tête, si près qu'il l'entendit siffler. Il plongea sous la surface.

Une douzaine de brasses rapides le propulsèrent jusqu'à l'esquif d'Ouserhet. Prenant soin de garder la tête baissée, il se faufila parmi les roseaux et s'approcha de la proue. Une flèche décapita la végétation au-dessus de lui avant de s'enfoncer dans l'eau. Un deuxième projectile se planta dans la barque avec un bruit sourd, tout près de son visage. Il plongea sous la proue et ressortit de l'autre côté, plaçant l'esquif entre Ouserhet et lui. Il dégaina alors sa dague pour trancher l'amarre. Il répugnait à envoyer à la dérive un aussi beau bateau, néanmoins il n'osait le laisser à l'ennemi. S'agrippant au rebord et protégé comme par un rempart, il l'entraîna vers le courant.

Une dernière poussée vigoureuse et la proue vira sur elle-même puis suivit le fil de l'eau.

— Fils de Seth ! vociféra Ouserhet avant de décocher une flèche qui rasa la surface à une coudée de Bak.

Mais le policier avait repéré Imsiba, son arc à la main, derrière le traître. Des hommes, des femmes, des enfants, à moitié cachés par les branchages, observaient l'affrontement tout le long de la berge. Ils barraient la route du désert au contrôleur, mais ils empêchaient aussi Imsiba d'utiliser son arme.

— Renonce, Ouserhet ! cria Bak.

— Jamais !

Après ce cri de défi, le contrôleur descendit le courant en restant près des roseaux, mais assez loin du cordon humain pour échapper à une attaque subite. Sa peau dorée brillait dans les derniers rayons du couchant. Il fallut à Bak un moment pour se rendre compte qu'il se dirigeait vers le bouclier abandonné — et la lance, au milieu des roseaux.

Le lieutenant prit sa respiration et plongea à contre-courant. Il refit surface, cherchant des yeux le chemin qu'il avait emprunté à travers les fourrés. Ouserhet lança une nouvelle flèche, qui, cette fois, lui transperça l'avant-bras, mais sans que la blessure fût grave. Le sang se mêla à l'eau tandis que Bak plongeait à nouveau dans la ligne floue des roseaux qui se courbèrent pour revenir aussitôt en place. Ouserhet le vit approcher et bondit vers le bouclier, qu'il dégagea violemment. Il battit les roseaux autour de lui à la recherche de la lance. Bak tendit la main, sentit un bras frais et humide, mais son adversaire l'esquiva et recula dans une pluie d'éclaboussures. Bak allongea le bras une seconde fois et trébucha. Ses doigts se refermèrent sur l'arc d'Ouserhet et parvinrent à le lui arracher. Retrouvant l'équilibre, il jeta l'arme inutile sans les flèches au-delà des roseaux.

Le contrôleur chercha fébrilement autour de lui et aperçut enfin la lance, qu'il arracha à la vase. Bak s'élança et agrippa la hampe bourbeuse près de la pointe.

Ouserhet tenait fermement la lance et tâchait de la dégager par des mouvements de torsion et des secousses, alors que Bak n'avait prise que d'une seule main. Il avait peine à ne pas la lâcher ; ses doigts glissèrent le long du bois, il sentit le fil acéré de la lame contre son poignet. Il était tout près de la perdre, et il le savait. Il se jeta en avant et empoigna la hampe de sa main libre.

Les deux hommes se faisaient face, enfoncés jusqu'aux chevilles dans la boue, la lance entre eux, le fer tranchant au niveau de leur tête. Ils tiraient, tournaient, poussaient. Le long bois se prit dans les racines et résista, comme soudain animé d'une vie propre.

Ouserhet pointa la lame vers Bak. Maudissant le contrôleur, l'arme, la vase, le lieutenant esquiva en reculant. L'air sinistre et déterminé, les muscles du cou saillant, Ouserhet repoussa à nouveau la pointe vers son adversaire. Bak réussit encore à l'éviter, mais il s'épuisait. Tous ses muscles étaient endoloris après les longs efforts déployés pour ouvrir le tombeau. Il devait en finir, sinon son ennemi aurait le dessus.

Celui-ci le sentit faiblir. Un rictus mauvais se dessina sur ses lèvres et, brusquement, il dirigea la lance vers Bak, qui trébucha en arrière contre une racine et tomba sur un genou. Mais, en même temps, il agrippa la lance, la fit passer au-dessus de sa tête, accompagnant la poussée d'Ouserhet. Celui-ci perdit l'équilibre et fut précipité en avant. Bak prit possession de l'arme et recula tant bien que mal pour se ménager de la place. Fou de rage, le contrôleur fonça sur lui. Bak se releva péniblement et fit tournoyer la lance dans les airs.

La pointe tranchante sectionna le cou d'Ouserhet. Il resta debout un moment, le sang jaillissant de sa blessure, puis ses genoux cédèrent et il tomba. Bak, saisi par la rapidité avec laquelle tout s'était joué, resta figé pendant que la vie du meurtrier s'écoulait dans la boue.

Imsiba arriva le long des arbres dans un grand jaillissement d'éclaboussures, suivi de près par plusieurs jeunes gens robustes. Bak reprit ses esprits et s'agenouilla auprès du corps sans vie. Personne ne pouvait survivre dans de telles conditions. Seules la colonne vertébrale et un peu de peau rattachaient encore la tête au corps.

Tous étouffèrent des exclamations stupéfaites.

— L'homme sans tête, murmura Imsiba d'une voix sourde.

17

Devant la salle d'audience privée de Thouti, les ombres du petit matin s'allongeaient dans la cour. Un chat gris se chauffait au soleil, battant de la queue en suivant des yeux un moineau qui sautillait sur les branches d'un acacia en pot. Quelqu'un sifflotait dans une pièce éloignée ; hormis cela, un calme inhabituel régnait dans l'édifice. La concubine et les enfants du commandant avaient emménagé ailleurs pour laisser place au vizir, au vice-roi et à leur suite. La moitié des serviteurs s'étaient installés en bas avec Tiya, afin de régler les préparatifs du banquet, pendant que les autres restaient à proximité, prêts à bondir au moindre caprice des hôtes illustres de leur maître.

— Le vizir m'a exprimé l'immense satisfaction que lui procurent la mort d'Ouserhet et la fin de cette vaste opération de contrebande.

Thouti se laissa aller contre le dossier de son fauteuil et regarda l'homme debout devant lui.

— Inutile de préciser que j'ai été enchanté de ces louanges.

— Oui, chef.

Voir sa valeur reconnue en haut lieu était un luxe rare, sur la frontière, et Bak comprenait fort bien la joie du commandant.

— Dommage que tu n'aies pas trouvé de défense d'ivoire. J'aimerais savoir une fois pour toutes qui avait fourni à Tyr celle découverte par notre ambassadeur. Était-ce Ouserhet, ou bien un autre trafiquant qu'il nous reste à capturer ?

Bak se contenta de hausser les épaules.

— Je pense qu'Ouserhet en était responsable, toutefois je ne dispose encore d'aucune preuve.

— Ai-je besoin de te rappeler que tant qu'un doute subsiste, tes hommes et ceux de Neboua devront continuer à fouiller tous les navires et les caravanes qui traversent la frontière ?

— Je ne négligerai rien dans ma quête de la vérité, chef, sois-en sûr.

Thouti dut percevoir son agacement, car il scruta le jeune officier par-dessus ses doigts en pyramide.

— Que tu le croies ou non, lieutenant, je n'apprécie pas plus cette tâche que toi. Chaque fois que tu retiens un navire, je croule sous les plaintes.

Grâce à Neboua, Bak était rentré la veille sur le navire de Ouensou. Le capitaine avait ordonné à un charpentier de réparer le gouvernail, puis les marins lui avaient fait franchir à la rame le Ventre de Pierres jusqu'à Bouhen. Trouvant le port saturé par la flottille du vizir, ils s'étaient amarrés à une courte distance en amont. Là, ils avaient débarqué les dépouilles d'Ouserhet et de Ouensou et livré les marins kouchites à un contingent medjai. Imsiba avait aussitôt couru chez Sitamon. Meri était rentré à la maison. Bak et Neboua avaient rendu leur rapport au commandant. Et le chef de la police se trouvait de nouveau devant son supérieur pour fournir les toutes dernières précisions. Si tant est qu'il le pût.

Thouti lui indiqua un tabouret et ordonna à une servante qui passait — une accorte jeune femme dont la vue ne manquerait pas de satisfaire les nobles visiteurs — de leur apporter à chacun une cruche de bière.

— Ainsi, la population est venue en renfort à l'appel de Meri ?

— Oui, chef.

— Ce n'est qu'un enfant, inconnu hors de nos

murailles, objecta Thouti. Tous ont pourtant quitté leur foyer à seule fin de t'aider ?

Mal à l'aise sur son tabouret, Bak chercha comment formuler au mieux sa réponse. Il ne tenait surtout pas à rappeler à Thouti un sujet qui ne manquait jamais de l'irriter.

— Eh bien, chef...

— Je m'entretiendrai avec ce gamin, qui a largement mérité mes félicitations. Mais au préalable, j'aimerais écouter ta version.

— Tu sais que les nouvelles circulent vite le long du fleuve...

— Épargne-moi les évidences, lieutenant, répliqua aigrement Thouti.

Bak sentit ses joues s'enflammer.

— Les gens qui vivent sur cette partie du fleuve n'avaient aucune estime pour Ouensou. Il exigeait souvent de la nourriture quand eux-mêmes avaient à peine de quoi survivre ; ses hommes et lui prenaient leurs femmes ou leurs filles selon leur bon plaisir. Quant à l'homme sans tête, il leur inspirait une folle terreur.

Les yeux fixés dans le vide, il poursuivit obstinément :

— Par ailleurs, ils savaient que j'avais été clément envers Pahouro et son village, et que j'avais assuré l'avenir de la veuve du chasseur Intef. J'ai en outre fait une promesse à un vieil homme de la région, mais il me reste à la tenir.

Thouti croisa les doigts sur son ventre musclé et considéra Bak sous ses sourcils froncés.

— Je ne reviendrai pas sur ces paroles, lieutenant. Je suis responsable de cette garnison ; par conséquent, il m'incombe de juger toutes les infractions commises sur ce secteur du fleuve.

Bak se prépara au pire.

— Néanmoins, cela ne veut pas dire que mes officiers ne peuvent, de temps à autre, se fier à leur discernement... ainsi que tu l'as fait par le passé, et que tu continueras sans nul doute à le faire à l'avenir.

Courbant la tête pour dissimuler son sourire de soulagement, Bak murmura :

— Je n'abuserai pas de ce privilège, je te le promets.

— Hum !

Le policier essayait encore d'interpréter cette réponse laconique quand la servante revint. Elle offrit à chacun une cruche de bière scellée et un bol avant de repartir à la hâte, comme si elle s'attendait à être convoquée d'un instant à l'autre par des instances supérieures.

Thouti remplit son bol, but à longs traits et hocha la tête d'un air approbateur.

— Le vizir compte tenir audience à ma place demain matin, et écouter ceux qui désirent lui soumettre une supplique, une plainte, ou solliciter un jugement entre eux-mêmes et un tiers.

Posant la cruche sur la petite table près de son accoudoir, il ajouta d'une voix aussi douce que le lin le plus fin :

— Dame Rennefer comparaîtra devant lui. Es-tu prêt à te présenter à côté d'elle pour exposer son crime ?

Bak en resta pantois.

— Oui, chef, mais...

— Comme tu le sais, lieutenant, peu de devoirs me pèsent autant que celui de juger une femme comme elle. Bien qu'elle ne soit pas parvenue à ses fins, elle préméditait de troubler la loi et l'ordre en supprimant son époux.

Bak, voyant comment son commandant se débarrassait d'une corvée, réprima un sourire.

— Treize jours ont passé depuis que je l'ai escortée jusqu'à Bouhen. Le vizir ne trouvera-t-il pas peu avisé d'avoir tant tardé à la juger ?

— Il sait que tu as été fort occupé à traquer ce misérable Ouserhet. Tu as fini, n'est-ce pas ? demanda Thouti en le scrutant par-dessus son bol.

— En ce moment même, mes Medjai fouillent sa demeure et une armée de scribes compare le contenu de chaque entrepôt avec les inventaires. J'ai depuis longtemps préparé mon rapport contre dame Rennefer, si bien que nous pouvons paraître devant le vizir sans que l'enquête en cours risque d'en pâtir.

— Tu es un homme minutieux, lieutenant.

— Ouserhet avait caché son esquif parmi ceux des officiers. Je suis sûr que, de même, nous trouverons la contrebande dans un des entrepôts, à la vue de tous.

« Et pour peu que les dieux nous sourient, pensa-t-il, nous découvrirons aussi une défense d'éléphant brute. »

— Alors, toujours rien ? demanda Neboua, parcourant des yeux la rangée de niches le long du mur.

Les jarres à l'intérieur étaient vides, les rouleaux qu'on y rangeait d'ordinaire ayant été emportés par les scribes vérifiant les inventaires.

— Pas encore, admit Bak.

Les deux hommes se tenaient dans la petite entrée carrée d'un entrepôt contenant une foule d'objets, certains utilisés par l'armée en plus ou moins grandes quantités — huiles pour le corps et pour la cuisine, pièces de lin, haricots secs et pois chiches, peaux, bois, cruches de bière pleines et vides —, tandis que le reste se composait d'objets exotiques donnés par les marchands pour s'acquitter des taxes en nature. Une multitude d'odeurs se mêlaient dans l'air chaud, évoquant sans qu'aucune ne prédomine des bois odorants, des épices, des aromates et du poisson séché.

Neboua alla ouvrir la porte du fond et contempla le long couloir étroit, coupé par des passages et entièrement éclairé par des torches vacillantes.

— Ce porc a sûrement expédié sa part de butin vers le nord chaque fois que le capitaine Roï naviguait jusqu'à Abou.

— Pas s'il gardait plus que son dû, objecta Bak, suivant machinalement des yeux une souris qui filait le long du mur, le museau frémissant. D'ailleurs, je n'ai pas perdu tout espoir de trouver une défense d'ivoire.

— D'après ce que j'ai vu de la cargaison de Roï, les doigts d'Ouserhet s'accrochaient souvent à ce qui passait à leur portée. Mais une défense ? Ouensou, oui, j'imagine bien un sauvage comme lui en cacher sur les navires de capitaines sans méfiance, néanmoins Ouserhet était un homme logique, trop fin pour courir un si grand risque.

— Il a abordé Mahou, dont la réputation était sans tache, la nuit où ils jouaient aux osselets chez Noferi. Tu appelles ça de la finesse ?

Neboua ne se laissa pas ébranler.

— J'aimerais rendre Ouserhet responsable de bien des méfaits. Tout régler ainsi me simplifierait infiniment la vie, cependant ce n'est pas une raison pour l'accuser.

— Nous avons la certitude qu'un des joueurs a proposé à Mahou de passer de la contrebande, s'impatienta Bak. Si ce n'est Ouserhet, qui était-ce, selon toi ? Ramosé, Hapouseneb, Kaï ou Nebamon ?

— D'accord, admit son ami, un peu à contrecœur. Tu as raison.

— C'était une opération d'une envergure inouïe, Neboua. Jamais je n'ai rencontré tant de témérité, et je ne peux croire qu'il existe un autre homme capable d'une telle audace. J'ai la conviction qu'il organisait également le trafic d'ivoire.

Passant ses doigts dans ses boucles rebelles, Neboua remarqua d'un ton de reproche :

— Dommage que tu l'aies tué avant qu'il ait avoué.

Repensant à l'ordre de Thouti de poursuivre les inspections, Bak trouvait que c'était peu dire.

— Chef ! appela Hori, entrant en trombe. J'ai mis la main sur ce que tu espérais !

Le jeune scribe lança un morceau de papyrus à Bak et agita un second document d'un air triomphal.

Le policier s'accroupit et aplatit le rouleau sur son genou. Il s'agissait d'une liste brève, énumérant des articles conservés dans une seule pièce du dépôt, cependant elle amena un sourire de satisfaction sur ses lèvres. Les symboles nets, parfaitement formés, ne dénotaient aucune habitude relâchée susceptible de désigner l'auteur. Hori s'agenouilla auprès de lui et déroula le second papyrus, le manifeste découvert sur le navire du capitaine Roï, et qui conférait une légitimité à la contrebande contenue à bord. L'écriture était identique.

Sur le seuil, Bak observait Hori et un vieux scribe maigre comparer les objets de la pièce avec ceux figurant sur l'inventaire découvert par le jeune homme. Imsiba en soulevait un, puis un autre, pendant que Neboua regardait la scène, les poings sur les hanches. Situé dans un coin isolé de l'entrepôt, le long espace étroit contenait moitié moins de marchandises que celles trouvées sur le navire de Roï, cependant leur valeur cumulée devait être quatre fois plus grande.

Des peaux de léopard s'entassaient en une pile bien nette à côté d'un panier de cornes à la forme étrange, provenant de bêtes inconnues au pays de Kemet. Des plumes d'autruche jaillissaient du col d'une amphore. De courts tronçons d'ébène étaient empilés près d'un panier débordant de fragments de pierres précieuses. Des jarres innombrables contenaient, d'après les étiquettes apposées sur leur paroi, de la myrrhe et de l'encens, des bois odoriférants, des épices. Une poterie rouge, à l'encolure étroite, renfermait les crocs d'énormes carnivores. Dans un récipient gris-vert étaient serrés de petits sachets de graines, chacun marqué du nom d'un arbre ou d'une plante poussant aux confins de Ouaouat. Un panier réunissait des racines, des feuilles et des tiges séchées, disposées en couches séparées par des carrés de lin brut.

Deux sarcophages à forme humaine et un coffre extérieur étaient superposés contre le mur du fond, ainsi que trois petites tables de bois et une chaise cassée. Les cercueils avaient été peints et décorés, néanmoins l'espace réservé pour le nom restait vierge. Leur couvercle était adossé au mur derrière eux. C'étaient des articles conservés en réserve, qui seraient convoyés en amont puis vendus au moment voulu. Leur présence semblait déplacée dans cette pièce remplie de marchandises exotiques. Bak soupçonna qu'Ouserhet les avait placés là pour convaincre les scribes curieux que le contenu de la pièce était au-dessus de tout soupçon.

Il était plus que satisfait par la qualité et la quantité de ce qu'ils avaient découvert. Pourtant, en même temps, il ne pouvait dissimuler sa déception. La réserve ne contenait pas de défense d'éléphant ni même le moindre fragment d'ivoire. Se pouvait-il qu'il se soit trompé, après tout ? Un autre qu'Ouserhet avait-il expédié les défenses au nord ? Mais comment pouvait-il bien s'y prendre ?

— Encore une jarre de myrrhe, la sixième, d'après mes comptes. Ouserhet avait sans doute l'intention de faire fortune avant de quitter Bouhen, remarqua Imsiba en posant la jarre noire parmi d'autres semblables.

— Je me demande ce que Psouro aura trouvé chez lui, dit Hori.

— Pas grand-chose, à mon avis. Il avait trop de voisins dotés d'enfants fureteurs pour dissimuler des biens de valeur là-bas.

Bak chassa de la main un épais ruban de fumée âcre provenant d'une torche fixée près de la porte.

— Quelque part dans le nord, probablement à Abou, un homme réceptionnait la contrebande qu'Ouserhet envoyait à Kemet, pour la diriger vers le lieu où ils entreposaient tout leur trafic.

— Thouti a envoyé un messager au point du jour, indiqua Neboua en observant le vieux scribe dénombrer les peaux de léopard. Si les dieux nous sourient, il atteindra Abou avant que le complice d'Ouserhet se rende compte de quoi que ce soit. Je détesterais que ce porc en réchappe.

— Comment sauront-ils qui chercher ? interrogea Hori.

— Rien de plus simple, répondit Neboua en riant. C'est celui qui traînera sur le quai en s'enquérant au sujet du capitaine Roï.

— Ouserhet apportait sûrement peu d'objets à la fois, remarqua Bak, qui réfléchissait toujours au moyen de passer une défense en contrebande. Il en dressait alors la liste comme s'ils faisaient partie de l'inventaire. Tant de navires vont et viennent, chacun laissant une partie de sa cargaison en guise de taxe, que pas un des scribes ne s'en apercevait.

— Une fois consignées dans les entrepôts de Bouhen, ces marchandises pouvaient être envoyées dans le nord sur n'importe quel bateau, ajouta Imsiba. Un faux manifeste les authentifierait chaque fois qu'un inspecteur s'y intéresserait en chemin.

— Oui, approuva Bak. Ouserhet n'avait plus qu'à convaincre un capitaine de les décharger à l'heure dite, sur le lieu du rendez-vous.

— Je le trouvais arrogant et pas spécialement intelligent, admit Imsiba. Jamais je ne l'aurais cru capable d'un plan à la fois aussi simple et astucieux.

— Un plan ne vaut que par ceux qui l'exécutent, observa Neboua en caressant une peau de singe grise. Le sien fut voué à sa perte dès l'instant où Roï décida de retourner à Kemet. Mais je ne comprendrai jamais pourquoi il a entrepris Mahou à ce sujet.

— Peut-être Mahou n'était-il pas si totalement incorruptible, avança Bak.

— Tu ne me feras pas croire ça ! protesta vivement Neboua.

Bak préférait ne pas y croire non plus, cependant aucune autre explication ne justifiait le comportement d'Ouserhet. Le contrôleur était trop rusé pour aborder un homme d'une intégrité sans faille. Mais mieux valait ne pas trop s'étendre sur la question. Mieux valait, pour Sitamon comme pour Imsiba, laisser sa réputation intacte.

— La voilà ! Je l'ai fait confectionner spécialement pour le banquet.

Passant son bras charnu dans les bretelles, Noferi étala au pied de son lit le bas d'une robe blanche, faite du lin le plus fin.

Bak, s'approchant pour mieux voir, esquissa un sourire admiratif. Il était difficile d'apprécier un vêtement d'une telle ampleur, mais il n'aurait voulu pour rien au monde blesser la vieille obèse dans ses sentiments. Il était venu chez elle afin de remplir sa promesse. Il lui avait conté sa chasse aux trafiquants, ses soupçons de plus en plus précis au sujet d'Ouserhet, et la poursuite finale s'achevant par la mort du contrôleur. Telle la riche terre noire s'imprégnant de la crue annuelle, elle avait bu ses moindres paroles et, en retour, avait insisté pour lui montrer sa magnifique toilette. Mais le récit de ces aventures n'était pour Bak qu'une distraction et n'avait pas atténué sa frustration de n'avoir pas trouvé de défense d'ivoire.

Amonaya, le serviteur à la peau foncée, posa un large collier de perles multicolores, sur le bras tendu de Noferi, et en admira l'effet la tête penchée. Il hocha le menton avec satisfaction, puis déploya un large rectangle de lin, le drapa autour du bras de sa maîtresse en croisant les extrémités frangées qu'il disposa sur le devant de la robe. Radieux, le jeune garçon y plaça des bracelets, des anneaux assortis pour les chevilles, parachevant l'ensemble.

Bak tapota le volumineux derrière de Noferi.

— Tu vas faire chavirer le cœur du vizir.

— A présent tu te moques de moi, mais ce soir tu seras impressionné, riposta-t-elle sur un ton de défi.

Bak ne répliqua pas. Il avait appris depuis longtemps à ne pas la sous-estimer.

— Prendras-tu ton serviteur et le lion avec toi ?

Elle posa la main sur la tête crépue du jeune garçon.

— Amonaya ira. J'ai décidé qu'il ne porterait qu'un pagne blanc et des bracelets d'or. Sa peau sera ointe afin de rehausser son éclat, et il agitera une plume d'autruche au-dessus de ma tête. Je susciterai l'envie de toutes les femmes de l'assistance. J'ai bien pensé à emmener le lion, mais ce n'est encore qu'un chaton, dit-elle, son sourire se muant en une petite moue.

Bak poussa un discret soupir de soulagement. Il craignait qu'elle n'amène le fauve, ce qui aurait nécessité de poster un Medjai à proximité pour le maîtriser, si l'envie lui prenait de lacérer quelque noble visiteur.

Noferi prit Bak par le bras et le fit sortir dans la cour. Une pâle jeune femme aux cheveux d'or était étendue sur des coussins de lin, nue au soleil. Une autre à peine plus âgée, aux cheveux noirs et aux seins opulents, était assise en tailleur auprès d'elle et lui massait le dos et les reins avec de l'huile. Toutes deux adressèrent à Bak des sourires indolents, l'invitant à partager leur intimité.

Noferi les ignora royalement et se laissa tomber sur un tabouret dans une bande d'ombre, près du mur.

— Tu ne m'as pas raconté ce qui, aux yeux d'Ouserhet, valait la peine d'être tiré sur un traîneau à travers le désert, alors qu'Imsiba et toi le talonniez de près.

— Rien de ce pour quoi j'aurais risqué ma vie, répondit Bak, souriant, en plaçant un autre tabouret à l'ombre.

— Tu as défié la mort plus souvent qu'à ton tour, mais toujours pour des principes, jamais par cupidité.

— Il avait un sac d'or, sous forme de ces pièces irrégulières qu'on fabrique en coulant l'or en fusion dans de l'eau, expliqua Bak, qui attendit qu'elle acquiesce pour continuer. Puis d'autres sacs remplis de pépites de métaux rares, comme le fer et l'électrum, et des fragments de pierres précieuses. Aucun de très grande taille, tous destinés à un bijoutier, à mon avis. Il avait en outre plus d'une dizaine de jarres de gommes aromatiques. Il devait fournir un client particulier, car nous avons surtout trouvé de la myrrhe et de l'encens.

— On dit que les peuples au nord de Kemet brûlent autant d'encens dans les temples de Baal et d'Astarté que nos forgerons de charbon dans leurs fours.

La femme aux cheveux noirs, grisée par l'évocation de tant de biens précieux, cambra le dos en feignant de s'étirer. Pour ne pas être en reste, la femme à la peau claire roula sur le flanc pour mieux exposer ses appas.

Bak leur adressa un sourire distrait. Si Ouserhet avait trouvé un moyen de convoyer de larges quantités de résines au-delà des frontières septentrionales de Kemet, ne pouvait-il tout aussi facilement y envoyer de l'ivoire brut ?

Noferi lui tapota le genou, comme si elle craignait que son attention ne s'égare.

— On dit que tu as fouillé les entrepôts, ce matin, et que tu as trouvé des salles remplies de contrebande jusqu'au plafond.

Bak éclata de rire.

— Il faut te procurer un nouvel informateur, la vieille, en tout cas quelqu'un qui ne soit pas aussi porté à l'exagération. Nous n'avons découvert qu'un seul dépôt, de dimension assez modeste, cependant je veux bien admettre qu'il renfermait nombre d'objets de valeur.

— Raconte, le pressa-t-elle, se penchant vers lui.

Il lui pinça la joue et murmura :

— N'ai-je pas déjà bien mérité une cruche de ton meilleur vin ?

Elle eut un mouvement de recul et le rabroua avec dédain :

— Je te prenais pour mon ami, pas pour un profiteur qui vient seulement boire et s'amuser à mes frais.

— Nous avons trouvé trois sarcophages dans la réserve, dit-il d'un ton taquin. Deux avaient une forme humaine, et le troisième...

Soudain, un trait de lumière jaillit dans son cœur et il bondit sur ses pieds.

— Par la barbe d'Amon, Noferi ! Si l'idée qui me vient s'avère exacte, je te devrai une éternelle reconnaissance !

Il sortit de la cour en toute hâte, laissant les trois femmes éberluées.

— Où est Imsiba ? cria Bak, entrant en courant dans le corps de garde.

Après la vive lumière de la rue, il ne voyait presque rien dans la maigre clarté de l'entrée. Les osselets résonnèrent sur le sol et l'un des Medjai de service se releva.

— Derrière, avec Hori, en train d'interroger un prisonnier. Tu veux que je l'appelle, chef ?

— Qu'ils viennent en vitesse tous les deux, ordonna le lieutenant avant de passer dans son bureau.

Le garde disparut par une porte du fond et son camarade suivit Bak.

— Il y a un problème, chef ?

Bak s'était planté à côté du sarcophage et le regardait fixement. Il s'était assis dessus si souvent qu'il commençait à penser avec affection à l'homme à l'intérieur, comme si Amenemopet était un oncle éloigné, dont il eût maintes fois entendu parler sans jamais le rencontrer.

— Par hasard, faisais-tu partie de l'équipe qui a transporté ce cercueil du navire de Ramosé à ce bâtiment ?

— Non. Ce jour-là, j'étais assigné à l'équipe d'inspection de Psouro. Nous avons trouvé la défense d'éléphant sur la barge du capitaine Mahou.

— Tu as besoin de nous, mon ami ? s'enquit Imsiba, accourant dans la pièce, suivi par Hori et le Medjai qui était allé les chercher.

Bak regarda les deux gardes en se demandant s'il allait faire appel à eux pour ce qu'il avait à l'esprit, mais décida que non. Cela, il devait l'accomplir lui-même. Il se plaça près de la tête du sarcophage et désigna l'extrémité opposée.

— Prends Amenemopet par les pieds, Imsiba. Portons-le dans l'entrée.

Imsiba lui lança un regard perplexe, mais obtempéra. Bak s'agenouilla afin d'empoigner les épaules sculptées au plus près du sol. Le Medjai trouva une prise légèrement meilleure au niveau des chevilles. Sur un signe de Bak, ils essayèrent de soulever le cercueil, mais comme ni l'un ni l'autre ne pouvait l'agripper par en dessous, ils ne parvinrent pas à le décoller d'un pouce.

— C'est trop lourd, constata Imsiba en secouant la tête. Va chercher un levier et des rouleaux ! lança-t-il à l'adresse d'un garde.

— Et aussi un ciseau et un maillet, ajouta Bak.

— Sais-tu quelque chose que j'ignore, mon ami ? lui demanda le grand Medjai en le considérant pensivement.

— Tu ne trouves pas qu'Amenemopet est étrangement lourd ?

Imsiba fixa Bak, puis le sarcophage, passant de l'incompréhension à la réflexion, jusqu'à entrevoir la vérité. La certitude s'imposant, il se mit à rire tout bas. Hori le regarda avec étonnement. Le garde qui restait scrutait le cercueil en tâchant de deviner ce qui donnait matière à plaisanterie.

Le second garde revint rapidement avec des outils. Grâce à cet équipement, son camarade et lui soulevèrent le sarcophage pour le poser sur les rouleaux en grognant sous l'effort, et le poussèrent jusqu'à l'entrée. Pendant qu'il trônait dans sa splendeur solitaire au centre de la grande pièce, Bak proposa à Imsiba de faire une nouvelle tentative. Mieux à même de le tenir, ils parvinrent à le soulever, mais non sans peine. Son poids était certes surprenant, pour le cercueil d'un homme au corps desséché.

Sous le regard d'Imsiba, d'Hori éberlué et des gardes trop stupéfaits pour parler, Bak se saisit du ciseau et du maillet. De vagues indentations lui indiquèrent l'emplacement des chevilles de bois qui maintenaient les tenons du couvercle dans les orifices de la partie inférieure. Il les fit sauter et inséra le ciseau sous le couvercle. Un coup de maillet en craquela la peinture. Hori retint un cri scandalisé. Les gardes murmurèrent des prières hâtives. Enfin, Bak souleva le couvercle.

Nulle odeur de décomposition ou d'huiles aromatiques ne vint assaillir leurs narines. Nulle silhouette emmaillotée pour son voyage dans l'au-delà n'occupait la cavité. Le cercueil était plein de sacs exhalant une forte odeur de grain, qui déclencha les éternuements de Bak. Imsiba, Hori et les gardes éclatèrent de rire, sentant leur tension disparaître.

Adressant une prière silencieuse à Amon afin de trouver ce qu'il cherchait, le lieutenant souleva un sac et le laissa tomber par terre dans un nuage de poussière. Il en prit un deuxième, puis un troisième. Entre deux autres sacs, plus au fond, il aperçut une surface blanche et lisse, et son cœur bondit dans sa poitrine.

Il dit en souriant à Imsiba :

— Combien de fois me suis-je assis sur ce sarcophage, en me demandant comment un homme pouvait transporter en secret un objet aussi volumineux qu'une défense d'éléphant brute ?

— Les dieux ont parfois un sens de l'humour un peu cruel.

— Certes ! Néanmoins, Amenemopet me manquera. Bien qu'il n'ait jamais existé, il vivait dans mon cœur.

Imsiba rit doucement et l'aida à enlever tous les sacs de grain. Tandis qu'Hori et les gardes continuaient à les observer avec ébahissement, ils ramenèrent au jour non pas une, mais deux défenses d'ivoire. Les extrémités plus épaisses et plus lourdes reposaient côte à côte près du centre du sarcophage, une défense s'incurvant vers la gauche, sa pointe vers la droite, l'autre tournée en sens inverse.

Ravi, Bak contempla son butin et formula une seconde prière, cette fois de gratitude. Combien de défenses avaient-elles ainsi descendu le fleuve et traversé la grande mer verte vers des contrées lointaines, au nord de Kemet ? Combien étaient en transit en ce moment même ? Cette pensée jeta une ombre sur sa joie et effaça son sourire.

— Te rends-tu compte, Imsiba, que nous devrons ouvrir tous les sarcophages passant par Bouhen, jusqu'à ce que nous soyons sûrs de ne plus trouver aucune défense ? Il va falloir dépêcher des messagers vers le nord, afin que chaque inspecteur agisse de même le long du fleuve, de Ouaouat à Kemet.

Imsiba gémit à cette idée.

— Espérons que cette prise nous vaudra plus de louanges que de malédictions !

18

— D'abord, les plus hauts fonctionnaires et les princes les plus puissants seront présentés au vizir.

Le jeune officier à peine en âge de se raser, ainsi que l'entourage du vizir en comptait un certain nombre, se redressait avec raideur, pénétré de sa propre importance.

— Ensuite ton tour viendra, et le commandant Thouti lui indiquera ton nom.

— Je comprends, répondit Bak.

Quand Thouti leur avait annoncé que le vizir souhaitait connaître les hommes qui avaient mis fin au vaste trafic de contrebande sévissant sur la frontière, seul Neboua avait accueilli cette nouvelle sans grand émoi. Bak répugnait à l'idée d'être présenté d'une manière si solennelle et si publique. Imsiba et surtout Meri partageaient son sentiment. Bak avait serré les dents, exprimé sa gratitude et cherché son meilleur pagne. Le gamin était venu au festin accompagné de ses parents, préparés à savourer cette occasion. Quant à Imsiba, sur qui l'on pouvait pourtant toujours compter, il avait disparu.

— Félicitations ! poursuivit l'officier en tapant Bak sur l'épaule comme s'ils étaient égaux par l'âge et par le rang. J'espère t'imiter un jour en actes et en courage.

« Voire te surpasser », lut Bak dans ses yeux.

— Cette terre de Ouaouat pousse à révéler toutes les ressources que l'on porte en soi.

— Euh... Sans doute.

L'officier, qui n'avait probablement jamais servi un seul jour hors de la maison royale, s'éloigna d'un pas précipité pour rejoindre plusieurs autres jeunes gens avides de plaire qui étaient apparus dans le sillage du vizir.

Bak parcourut la salle des yeux dans l'espoir de découvrir Imsiba, pourtant certain que celui-ci n'y était pas. « Il va arriver, se dit-il. Il le doit. »

Le vizir, un grand homme imposant à la chevelure grise clairsemée, traversa lentement la salle en bavardant avec le commandant Thouti et le vice-roi de Ouaouat, une mer de convives s'écartant sur leur passage. Comme Thouti, le vice-roi était de taille moyenne, mais plus fin, et affligé d'un nez proéminent et de grandes oreilles.

Les deux hommes, tel quiconque accoutumé à l'intense chaleur de Ouaouat, portaient de simples pagnes courts, de larges colliers de perles multicolores, des bracelets ainsi que des anneaux aux bras et aux chevilles. Au grand dam de son épouse, le commandant avait laissé sa perruque de cérémonie dans son panier, préférant le confort à l'élégance. En revanche, le vizir et ceux qu'il avait amenés avec lui de Kemet, cédant à la vanité plutôt qu'au bon sens, arboraient des pagnes descendant jusqu'aux chevilles, des tuniques dont les manches couvraient le coude, et des châles autour de leurs épaules. La sueur coulait sous les lourdes perruques et les bijoux compliqués.

Le vizir se dirigeait vers le fauteuil de Thouti, rembourré grâce à d'épais coussins et couvert d'un jeté de lin brodé, qui se dressait avec une splendeur royale au bout de la salle d'audience. Des officiers et des scribes venus des garnisons du Ventre de Pierres, des princes et des chefs de la région conversaient entre les colonnes, ou circulaient parmi les gens de la capitale.

Les femmes de Bouhen, beaucoup moins nombreuses, mais leurs rangs grossis par une vingtaine d'épouses et de concubines issues du sud de Kemet, étaient assises sur des tabourets bas dans une salle adjacente normalement occupée par les scribes. Lors d'une cérémonie moins officielle, elles se seraient mêlées aux hommes, mais Thouti avait décidé de rendre l'occasion aussi grandiose qu'il se pouvait dans une garnison frontalière telle que Bouhen, et mémorable aux yeux du vizir. Tandis que les hommes débattaient d'affaires d'État, les femmes discutaient de questions plus intimes.

Bak remarqua Noferi, assise en compagnie de Tiya et de la jeune et ravissante concubine du vizir, nommée Khaouet. Elles bavardaient telles des amies de longue date en rapprochant leur tête. Derrière elles, Amonaya agitait un éventail en plumes d'autruche. Bak n'aurait jamais pensé que Noferi puisse nouer une amitié avec des femmes. Peut-être s'était-il trompé.

Le flux et le reflux des conversations, des rires et de temps à autre un juron jovial couvraient les douces voix féminines. Des serviteurs chargés d'immenses plateaux passaient entre les invités, auxquels ils offraient des viandes rôties, des légumes savoureux, des gâteaux au miel ainsi que des pains sucrés, des dattes, des figues et du raisin. Le vin coulait à flots, ajoutant son effluve entêtant à la suave senteur des fleurs et aux parfums plus astringents des petits cônes fondant lentement sur bien des perruques. Des musiciennes s'assemblaient à un bout de la pièce avec quatre danseuses et des acrobates. L'atmosphère lourde se chargeait d'une moiteur dont l'âcreté montait aux narines déjà trop agressées.

— Très bien, Bak, approuva Neboua en inclinant la tête avec respect. C'était formulé avec un tact que je ne pourrai jamais maîtriser, mais suffisamment acéré pour pénétrer l'épiderme le plus coriace.

Il fallut un moment à Bak, toujours préoccupé par l'absence d'Imsiba, pour comprendre que Neboua avait surpris sa conversation avec le jeune officier de la capitale.

— Je doute qu'il ait servi un seul jour dans un régiment, mais je ne lui envie pas ses fonctions. Si j'en crois ce qu'on dit de la maison royale, les périls que l'on affronte dans les couloirs du pouvoir sont plus effrayants que ceux du champ de manœuvres.

— Rien de tel que Bouhen, approuva Neboua en riant.

— Je ne suis pas sûr que tout le monde soit d'accord avec toi, remarqua Bak en pointant son bâton de commandement vers le lieutenant Kaï. Chaque fois que je l'aperçois, il est en grande conversation avec un officier différent, dont aucun n'est de Ouaouat. Il m'a tout l'air d'un homme qui cherche une nouvelle affectation, plus au nord.

Neboua fit signe à un serviteur portant une grosse jarre au fond arrondi et lui tendit son bol. L'adolescent y versa un vin épais d'un rouge profond.

— Je regretterai son départ, mais je lui souhaite bonne chance. Kaï a servi longtemps à Semneh en accomplissant consciencieusement sa tâche d'inspecteur. Il a bien mérité une récompense.

La première harpiste effleura les cordes de son instrument. Une seconde harpiste, une luthiste, deux hautboïstes et une joueuse de lyre se joignirent à elle. Résidentes de Bouhen, elles produisaient quelquefois une note discordante, cependant nul ne semblait s'en soucier ni même le remarquer.

Neboua considéra le contenu de son bol avec satisfaction.

— As-tu parlé à ce jeune lancier que je t'ai suggéré de voir ?

— Oui, répondit Bak, savourant lui aussi le vin capiteux. Sa femme est originaire de la région, comme tu me l'avais dit, et elle est enceinte. Ils aspirent à demeurer à Ouaouat près de sa famille, au lieu de retourner à Kemet où lui devra travailler dans les champs d'un noble. Quand je leur ai parlé d'Ahmosé et de son île, ils ont cru à un présent des dieux.

Le sergent Psouro arriva derrière Bak, son bol à la main, un sourire crispé sur ses traits.

— On dirait que tu souffres d'une rage de dents, lui dit Bak avec amusement.

Le robuste Medjai persista à sourire comme si sa vie en dépendait.

— Je suis venu, chef, puisque tu me l'as recommandé, mais je préfère de loin la bière au vin, et je ne sais pas quoi dire aux gens de qualité. Pourrais-je retourner à la caserne, maintenant ?

— Tu as du mérite d'être resté aussi longtemps, répondit Bak en lui tapant sur l'épaule. Pars si tu veux. On a remarqué ta présence, c'est tout ce que je demandais.

Le sergent fourra son bol presque plein dans la main d'un serviteur surpris et fendit rapidement la foule vers la sortie.

— On fait admirer ses Medjai, lieutenant ? remarqua Hapouseneb, posant une main dans le dos de Neboua et un bras sur l'épaule de Bak.

Celui-ci accueillit le riche marchand avec un sourire.

— On ne se soucierait pas d'eux, autrement, or pour recevoir la promotion qu'ils méritent, ils doivent attirer l'attention des puissants.

Nebamon, comme toujours dans l'ombre de son cadet, approuva d'un hochement de tête.

— Je crains que ce ne soit malheureusement vrai.

— J'ai laissé mon vin quelque part et je ne peux pas prononcer mon petit discours la gorge sèche, dit Hapouseneb, qui appela un serviteur et reçut bientôt un bol plein à ras bord. Grâce à tous les dieux de l'Ennéade, au commandant Thouti, et surtout à vous...

Il leva son bol, brièvement devant Neboua puis longuement devant Bak.

— ... Nous pouvons reprendre nos affaires sans encombre. Mes chefs de caravane vous remercient. Mes capitaines de navire vous remercient. Et moi... je vous remercie également.

Nebamon leva son bol en l'honneur de Bak seul.

— Moi aussi je te suis reconnaissant, lieutenant. Mes marchandises se trouvent déjà à bord d'un vaisseau en partance pour Abou, et j'ai évité les pertes que je redoutais. Je suis ton débiteur, plus que je ne saurais le dire.

— Bien au contraire, c'est moi qui ai une dette envers toi car, le premier, tu m'as parlé de l'homme sans tête.

— A cet heureux dénouement ! conclut Hapouseneb en levant plus haut son bol.

Le trio l'imita à l'unisson.

Peu après, alors que les deux marchands s'éloignaient, Neboua fit observer :

— Il paraît que tu dois conduire dame Rennefer devant le vizir, demain.

— Selon la consigne de Thouti, confirma Bak avec un sourire en coin.

— Il est malin de se débarrasser d'elle de la sorte.

— On dit que le vizir a pris sa décision à la lecture de mon rapport, avant même que nous comparaissions devant lui, indiqua le lieutenant, redevenant grave.

— Elle mérite pourtant d'exposer sa défense.

— Il l'écoutera. Puis il ordonnera qu'on la conduise en amont pour la jeter aux crocodiles.

— C'est une femme qui revêt le visage du mensonge, un démon de la nuit, mais la voir châtiée ainsi alors que Roï, Ouensou et Ouserhet ont connu une fin rapide n'a aucun sens.

Bak était d'accord. Certes, Rennefer avait courtisé la mort en voulant assassiner son époux, toutefois, contrairement aux autres, elle n'avait pu mener son plan à bien. Cet échec n'exigeait-il pas d'être pris en compte ?

— Je n'ai pas encore vu Imsiba, remarqua Neboua, rompant le long silence. Nous aurait-il fait faux bond ?

— Je ne peux imaginer où il est passé. J'espère qu'il n'est pas... Ah ! Le voilà !

Avec un immense soulagement, Bak désigna du menton la porte où le grand Medjai s'était arrêté pour parler à Psouro, qui s'en allait. Sitamon, à ses côtés, était vêtue d'un fourreau blanc très simple. Son cou était orné d'une chaîne en or où pendaient douze fleurs de lotus en pierreries bleues et rouges, et sur ses minces poignets s'entrechoquaient quatre bracelets d'or.

Au lieu de la conduire directement dans la pièce réservée aux femmes, Imsiba la guida en direction de Bak et de Neboua à travers la foule. Le Medjai la tenait constamment par l'épaule, le dos ou le bras. Elle levait souvent les yeux vers lui, avec le sourire doux et chaleureux d'une femme enfin satisfaite dans son corps et son esprit.

Neboua observa le couple les yeux plissés.

— Je ne sais pas où ils se cachaient, mais rien qu'à les voir, j'ai une bonne idée de ce qu'ils faisaient.

— Si elle décide de retourner à Kemet, le choix ne sera pas facile pour lui.

Bak voulait plus que tout être juste et généreux, cependant il ne pouvait dissimuler son inquiétude.

— Crois-tu qu'elle l'ait convaincu de s'initier aux joies du commerce sur le fleuve ?

— Je prie pour qu'il n'en soit rien, répondit Bak avec ferveur. Il en serait capable, quant à cela je n'ai aucun doute, toutefois il ne serait pas heureux, enchaîné à un grand navire comme celui de Mahou, et aux contraintes incessantes des affaires.

Neboua s'apprêtait à émettre une remarque, mais l'arrivée du couple le fit taire. Sitamon sourit à Bak. Elle avait entrelacé une mèche postiche dans ses cheveux et ajouté des perles qui tintaient quand elle bougeait la tête.

— Je dois te remercier, lieutenant, pour avoir découvert le meurtrier de mon frère. Je croyais Ouserhet mon ami, et je pensais pouvoir lui confier tout ce que je possède. Sans ta persévérance, je l'aurais chargé de diriger mes affaires.

— Je ne peux imaginer une tâche plus satisfaisante que de mettre fin aux agissements d'un tel criminel, répondit modestement Bak.

— C'est aussi l'avis d'Imsiba, dit Sitamon, radieuse, en posant la main sur le bras du Medjai. J'ai tenté de le convaincre qu'il avait l'étoffe d'un homme d'affaires, mais il refuse de m'écouter et préfère rendre hommage à la déesse Maât.

— As-tu résolu de rester à Bouhen ?

« Ou l'as-tu persuadé de t'accompagner à Kemet ? » ajouta Bak en son for intérieur.

— J'ai une maison ici, et ce port est aussi bon qu'un autre pour une barge de commerce, répondit-elle, souriant tendrement à Imsiba. De plus, mon fils et moi avons trouvé de nouveaux amis. Oui, je vais rester.

— J'en suis enchanté, déclara le lieutenant avec soulagement.

— Pas autant que moi, mon ami, intervint Imsiba d'un air heureux.

Bak remarqua que le vizir avait pris place dans le fauteuil, auprès duquel un serviteur avait placé une petite table. Un autre lui offrait du vin et des mets raffinés. Un troisième attendait à côté, une guirlande de fleurs et un cône de graisse parfumée à la main. Des assistants fourmillaient tout autour pour anticiper ses moindres désirs. Le vice-roi avait fui l'auguste personnage pour attirer le commandant d'Iken dans un coin, où ils discutaient des importations ou, peut-être, du mariage imminent de la fille du commandant. Thouti, flanqué de trois princes locaux vêtus à la manière de Kemet pour prouver leur dévouement envers ce riche et puissant pays, avait dû rester tout près afin de se charger des présentations et de louer ces solides et fidèles alliés.

— Merveilleuse réception, commenta le capitaine Ramosé. Excellente nourriture, vin irréprochable, superbe compagnie. Qu'est-ce qu'un homme pourrait demander de plus ?

Bak se retourna et vit Ramosé en conversation avec le robuste amiral commandant la flottille du vizir. Tous deux suaient à grosses gouttes, parés d'une perruque et de bijoux tels des oiseaux migrateurs au plumage chamarré. Ils continuèrent à marcher, la main de l'amiral sur l'épaule de Ramosé. Bak ne put s'empêcher de rire. Pour un homme qui, à peine quatre jours plus tôt, affirmait n'avoir aucune affinité avec la noblesse, le capitaine se débrouillait fort bien.

Imsiba prit le bras de Sitamon afin de la guider vers la pièce où les femmes étaient assises.

— Viens, ma sœur, que je te confie à Tiya et à ces dames.

— Quand tu reviendras, prends Meri avec toi, lui dit Bak. Il joue avec les autres enfants dans la cour à colonnades, à l'arrière de la maison, et il aura probablement besoin de se laver avant que le vizir pose les yeux sur lui.

— Compte sur moi, répondit Imsiba.

Il s'apprêtait à partir quand une idée soudaine le poussa à s'attarder.

— Je sais que seule notre souveraine remet l'or de la vaillance, mon ami, mais le vizir veillera sûrement à ce que l'on te décerne une mouche d'or.

Bak éclata franchement de rire. Par deux fois, il avait arrêté des criminels dont les forfaits constituaient un grave affront envers Maât, menaçant la balance de la justice. Jamais il n'avait reçu pour autant la récompense tant convoitée.

Impression réalisée sur Presse Offset par

BRODARD & TAUPIN

GROUPE CPI

La Flèche (Sarthe), 16566
N° d'édition : 3340
Dépôt légal : mars 2002
Nouveau tirage : février 2003

Imprimé en France